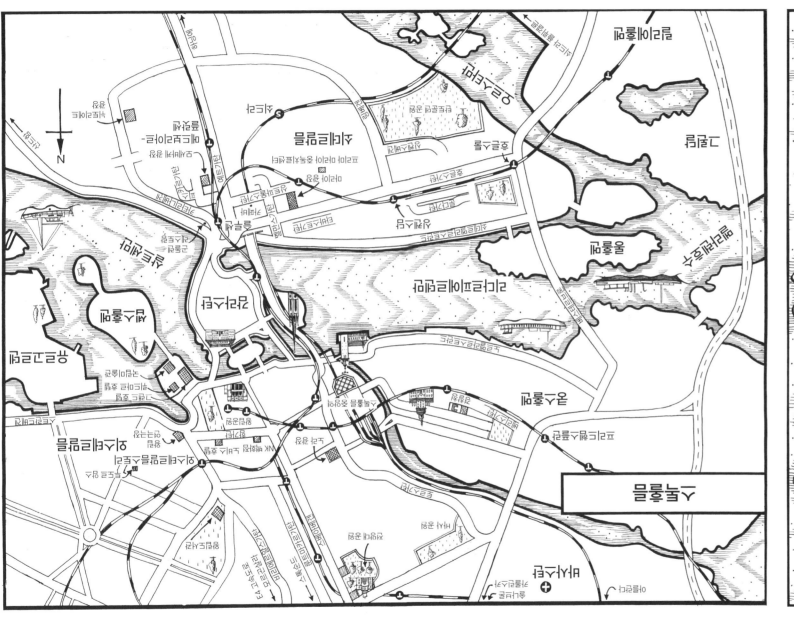
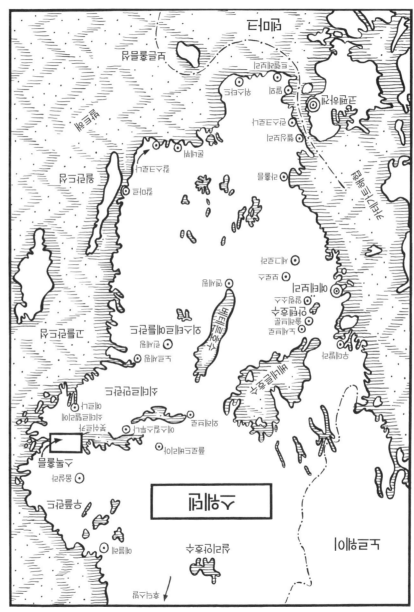

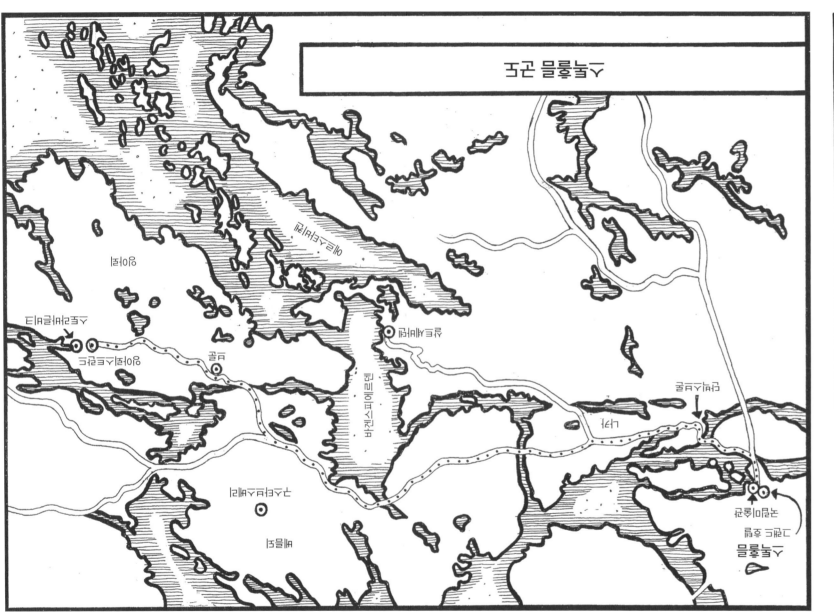

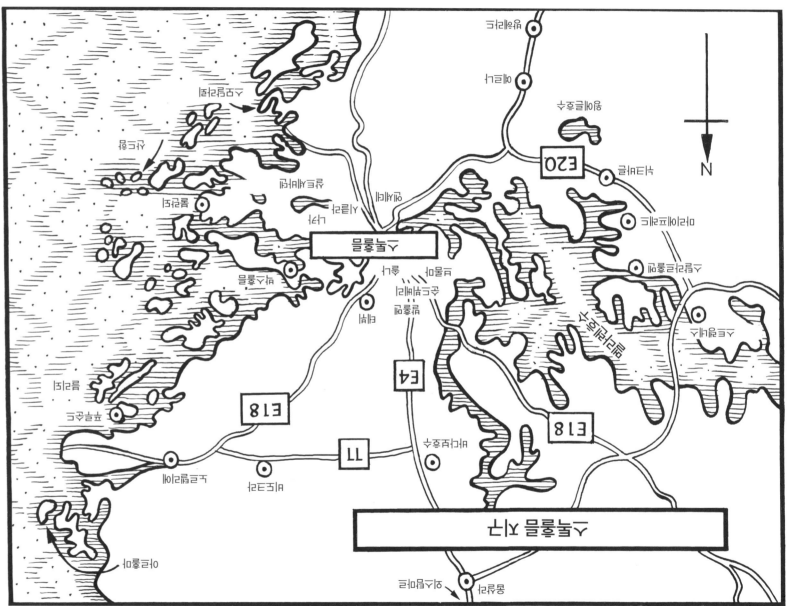

두 번
사는
소녀

이 도서의 국립중앙도서관 출판예정도서목록(CIP)은
서지정보유통지원시스템 홈페이지(http://seoji.nl.go.kr)와
국가자료종합목록 구축시스템(http://kolis-net.nl.go.kr)에서 이용하실 수 있습니다.
(CIP제어번호: CIP2020035999)

밀레니엄 6권

두 번
사는
소녀

다비드 라게르크란츠 장편소설

임호경 옮김

문학동네

일러두기

1. 주석은 모두 옮긴이주이다.
2. 본문 중 고딕체는 원서에서 이탤릭체 등으로 강조한 부분이다.
3. 인명, 지명 등 외래어는 국립국어원의 외래어표기법을 따랐으나 일부는 관습표기
   를 존중했다.
4. 장편 문학작품과 기타 단행본은 『 』, 단편소설과 시는 「 」, 연속간행물과 곡명 등은
   〈 〉로 구분했다.

등장인물

리스베트와 주변인물

리스베트 살란데르 실력자 해커.

앙네타 살란데르 리스베트의 엄마.

안니카 잔니니 리스베트의 변호인. 미카엘의 여동생.

홀게르 팔름그렌 변호사. 리스베트의 전 후견인.

드라간 아르만스키 보안회사 '밀톤 시큐리티' 대표.

플레이그 리스베트의 해커 동료.

미카엘과 사회고발 잡지 <밀레니엄>

미카엘 블롬크비스트 탐사기자. 〈밀레니엄〉 공동 사주 겸 발행인.

에리카 베리에르 〈밀레니엄〉 공동 사주 겸 편집장.

소피 멜케르 편집부 기자.

요하네스와 주변인물

요하네스 포르셀 스웨덴 국방부 장관.

레베카 포르셀 요하네스의 배우자.

스반테 린드베리 스웨덴 국방부 차관.

스탠 엥겔만 미국 유명 기업가.

클라라 엥겔만 스탠의 배우자.

빅토르 그란킨 에베레스트 등반대장.

스톡홀름 경찰청

얀 부블란스키 경찰청 강력반 반장.

소니아 모디그 경찰청 강력반 형사.

쿠르트 스벤손 경찰청 강력반 형사.

아만다 플로드 경찰청 강력반 형사.

예르케르 홀름베리 경찰청 소속 현장감식관.

카밀라와 주변인물

카밀라 살란데르 리스베트의 여동생.

이반 갈리노프 카밀라의 조력자.

유리 보그다노프 카밀라의 조력자 겸 해커.

MC 스바벨셰 오토바이 클럽 겸 범죄조직.

그 외 인물들

프레드리카 뉘만 법의학자.

카트린 린도스 기자 겸 칼럼니스트.

파울리나 뮐러 과학 전문 기자.

프롤로그

그해 여름, 거리에 못 보던 걸인이 나타났다. 아무도 그의 이름을 몰랐고, 아무도 그에게 신경쓰는 것 같지 않았다. 아침마다 걸인의 앞을 지나는 젊은 커플은 그를 '미친 난쟁이'라고 불렀는데 백 퍼센트 맞는 표현은 아니었다. 의학적 관점으로는 그렇게 작다고 할 수 없었다. 그는 키가 154센티미터였고 신장에 걸맞은 체격을 갖추고 있었다. 정신적으로는 다소 문제가 있는 게 사실이었으며, 이따금 벌떡 일어나 행인들의 팔을 붙잡고 횡설수설 떠들곤 했다.

그는 마리아 광장의 토르 동상이 있는 분수대 근처 바닥에 골판지 한 장을 깔고 그 위에서 대부분의 시간을 보냈다. 동상 밑에서 등을 곧게 펴고 고개를 꼿꼿이 세운 채 앉아 있는 그의 모습은 어느 몰락한 부족장의 모습과도 흡사해서 보는 이의 감탄을 자아냈다. 그 자세는 그에게 남아 있는 유일한 사회적 자산이었고, 사람들로 히어금 그에게 동전 하나, 혹은 지폐 한 장을 던지게 하는 유일한 요인이라 할 수 있었다. 그에게 위대한 과거가 있을지도 모른다는 사람들의 추측

9

은 틀린 게 아니었다. 그의 앞에서 모두가 머리를 조아리던 시절이
있었다.

하지만 오래전 그 모든 영예와 신분을 잃었다. 지금은 손가락 몇
개가 없었고, 양볼의 검은 반점들 때문에 더욱 초라해 보였다. 곧 죽
을 사람 같은 몰골이었다. 한 가지 기묘한 점은, 그가 입은 옷이 고가
의 파란색 마모트 오리털 점퍼라는 사실이었다. 그 옷은 주변 배경과
전혀 어울리지 않았다. 온통 때와 음식 얼룩으로 더럽혀진데다 푹푹
찌는 스톡홀름의 한여름 날씨에 입기에는 너무 두꺼운 겨울옷이었
다. 그의 뺨에는 땀방울이 줄줄 흘렀고, 행인들은 그 무거운 점퍼를
보기만 해도 답답해진다는 듯 눈살을 찌푸렸다. 걸인은 결코 그 옷을
벗는 법이 없었다.

자신만의 세계에 갇혀 사는 그는 누구에게도 위협이 될 수 없을
것처럼 보였지만, 사람들 말로는 8월에 접어들 무렵부터 돌연 그에
게서 결의에 찬 눈빛 같은 게 느껴졌다고 했다. 11일 오후, 그는 줄이
그어진 A4 용지에 무언가를 공들여 써내린 뒤 그날 저녁 쇠드라역
버스정류장에 벽보처럼 붙여놓았다.

폭풍에 관한 장황한 이야기였는데, 정부 인사 하나가 그 이야기에
언급되었다. 4번 버스를 기다리면서 그 벽보를 부분적으로 분석한
젊은 수련의 엘세 산드베리는 의학적 관점에서 흥미를 느꼈다. 그녀
의 진단에 따르면 그 글을 쓴 사람은 망상형 조현병을 앓고 있었다.

십 분 뒤 버스가 도착하자 그녀는 읽었던 것을 거의 잊어버렸고
어떤 불편한 감정만 남았다. 마치 카산드라의 저주 같았다. 걸인의
벽보에 쓰인 이야기는 매우 광기에 차 도저히 믿기지 않았다. 다만
메시지는 전달된 모양이었다. 바로 다음날 아침, 청색 아우디를 타고
나타난 흰 셔츠 차림의 젊은 남자가 그 벽보를 떼어내 쭉쭉 찢어버
린 것이다.

8월 14일 금요일 밤, 걸인은 암시장에서 술을 구하려고 노라 광장

으로 갔다. 거기서 예전 핀란드 포흐얀마에서 공장 노동자로 일했던 헤이키 예르비넨이라는 주정뱅이를 만났다.

"헤이, 친구. 인생을 완전히 조지셨나?" 헤이키가 말을 걸었다.

걸인은 대답이 없다가 이내 폭포수처럼 말을 쏟아냈는데, 헤이키에게는 순전히 허풍처럼 들렸다. "망할, 웃기고 자빠졌네!" 헤이키는 이렇게 대꾸한 뒤 "맛탱이 간 중국 놈" 같다고 덧붙였다. 불필요한 말이었다고 나중에 헤이키는 인정했다.

"난 중국 싫어!" 걸인이 헤이키에게 고함쳤다.

그러고는 싸움이 벌어졌다. 걸인은 손가락 몇 개를 잃은 손으로 헤이키에게 주먹을 날렸다. 특별한 기술이나 노련함이 느껴지진 않았지만 헤이키는 덜컥 주눅이 들었다. 헤이키의 터진 입술에서 피가 흘렀고 그는 핀란드어로 욕을 퍼부으면서 센트랄렌역 안으로 비틀비틀 사라졌다.

얼마 후, 본거지로 돌아온 걸인이 술에 잔뜩 취해 토악질하는 모습이 목격되었다. 그는 입가에 침을 질질 흘리면서 목을 부여잡고 중얼거렸다.

"너무 피곤해…… 다람살라를 찾아야 해. 이하와, 아주 좋은 이하와도…… 어디 있는지 알아?"

알쏭달쏭한 말이었다. 걸인은 대답 같은 건 기다리지 않고 몽유병자처럼 링베겐 거리를 건너 상표도 없는 술병을 던져버린 뒤, 탄토룬덴 공원의 나무와 관목들 사이로 모습을 감췄다. 그후 그에게 무슨 일이 일어났는지는 알 수 없다. 다음날 아침, 이슬비가 내리고 북풍이 불기 시작했다. 오전 8시경, 바람이 잦아들고 하늘이 맑아졌을 때 걸인은 무릎을 꿇은 채 자작나무에 몸을 기대고 있었다.

저 아래쪽 거리에서는 미드나트슬로페트* 준비가 한창이었다. 도시 전체가 축제 분위기에 휩싸여 있을 때 걸인은 공원에서 죽었다. 이 기묘한 남자는 파란만장하고 영웅적인 삶을 살아왔지만 그 사실

11

을 아는 사람은 없었다. 그가 오직 한 여자만을 사랑했고, 그녀도 끔찍한 고독 가운데 죽어갔다는 사실 역시 아무도 알지 못했다.

---

* 매년 8월, 한밤에 스톡홀름 거리 10킬로미터를 달리는 대회.

1 Jan

2 Feb

3 Mar

4 Apr

5 May

6 Jun

7 Jul

8 Aug

9 Sep

10 Oct

11 Nov

12 Dec

I 무명용사
8월 15일~25일

무수한 사람이 이름 없이 죽고, 어떤 이들은 무덤조차 갖지 못한다.

프랑스 노르망디 미군 묘지에서 볼 수 있듯
수천 개의 묘비들 가운데 무명용사들을 위한
흰 십자가 하나를 세워놓기도 한다.

드물지만 기념물 하나를 온전히 헌정하는 경우도 있으니,
파리 개선문과 모스크바 알렉산드롭스키 공원의 무명용사 묘가 그렇다.

1장
8월 15일

맨 처음 용기를 내 나무에 다가가 남자가 사망한 것을 발견한 사람은 작가 잉엘라 두프바였다. 오전 11시 30분이었다. 윙윙거리는 파리며 모기에 둘러싸인 시신에서 지독한 악취가 풍겼다. 나중에 잉엘라는 남자가 죽어 있는 모습에 어떤 가슴 뭉클한 면이 있었다고 증언했지만 백 퍼센트 진실은 아니었다.

남자의 주위에는 토하고 설사해놓은 흔적이 있었다. 그 광경을 본 잉엘라는 동정심보다는 심한 불안감을 느꼈고, 마치 자신의 죽음이라도 본 듯한 끔찍한 기분에 사로잡혔다. 십오 분 후, 현장에 도착한 경찰관 산드라 린데발과 사미르 에만마저 골치 아픈 일을 떠맡았다고 투덜거렸다.

그들은 시신을 촬영하고 부근을 수색했지만, 반쯤 비워진 채 밑바닥에 잔모래가 묻은 술병이 놓여 있던 싱켄스베센 도로의 비탈면 아래까지는 살펴보지 않았다. 두 경찰관은 이 사건에서 '범죄의 냄새가 난다'고 느끼지 않았지만 그래도 남자의 머리와 몸통 부분을 꼼꼼히 살폈다. 그들은 남자의 입가에 흘러내린 걸쭉한 침 외에는 폭력의 흔적이나 사망 원인을 암시하는 아무런 단서도 발견하지 못했다. 그리고 상관과 논의해 현장 주변에 경찰통제선을 두르지 않기로 결정했다.

구급차가 와서 시신을 인계해 가기를 기다리는 동안, 그들은 넝마처럼 지저분하고 후줄근한 그의 점퍼 주머니들을 뒤져봤다. 노점에서 산 핫도그를 감쌌던 기름투성이 종이 여러 장, 동전 몇 개, 20크로나 지폐 한 장, 그리고 호른스가탄의 어느 문구점에서 받은 영수증 한 장이 들어 있었지만 신분증 같은 건 보이지 않았다.

그들은 남자의 신원을 알아내는 일이 그리 어렵지 않으리라 생각했다. 눈에 띄는 특징들이 적지 않았기 때문이다. 하지만 흔히 그러듯 이는 잘못된 추측이었다. 부검을 맡은 솔나 법의학센터에서 촬영한 남자의 치아 엑스레이 사진이나, 남자의 남아 있는 손가락에서 채취한 지문들과 일치하는 기록이 데이터베이스에 존재하지 않았다. 법의학자 프레드리카 뉘만 박사는 스웨덴 국립법의학센터에 샘플 몇 개를 보낸 뒤 남자의 바지 주머니에서 발견된 쪽지에 적힌 몇 개의 전화번호를 확인해봤다. 이런 일이 그녀의 소관은 아니었지만.

전화번호 중 하나는 〈밀레니엄〉의 미카엘 블롬크비스트 기자의 것이었다. 그뒤로 몇 시간, 프레드리카는 이 일에 대해서는 더이상 생각하지 않았다. 하지만 늦은 저녁, 십대인 두 딸 중 하나와 유난히 힘든 언쟁을 벌이고 난 그녀는 자신이 지난 한 해 동안 신원이 확인되지 않은 시신을 세 구나 부검했다는 사실이 떠올랐다. 그 시신들은 부검 후 이름 없이 매장되었다. 한심하고 딱한 일이었다. 그녀 자신의 삶이 대체로 그렇듯이.

두 아이를 둔 마흔아홉 살의 싱글맘 프레드리카는 허리디스크와 불면증과 지독한 공허감에 시달리고 있었다. 그녀는 깊이 생각해보지 않고 미카엘에게 전화를 걸었다.

핸드폰이 울렸다. 알 수 없는 번호라 미카엘은 무시해버렸다. 그는 방금 전 집에서 나와 호른스가탄을 따라 슬루센과 감라스탄 쪽으로 내려가는 중이었다. 회색 리넨 바지와 다림질하지 않은 데님 셔츠 차림으로 뚜렷한 목적지 없이 골목 여기저기를 헤매다 어느 카페의 테라스에 앉아 기네스 맥주 한 잔을 주문했다.

저녁 7시였는데 공기가 아직도 뜨뜻했다. 셉스홀멘 쪽에서 사람들이 웃고 박수 치는 소리가 들렸다. 미카엘은 푸른 하늘을 올려다보고 물가에서 불어오는 기분좋은 미풍을 맞으면서 삶이 그렇게 나쁜 것만은 아니라고 생각해보려 했다. 하지만 맥주 한 잔, 또 한 잔을 마셔도 그런 확신은 들지 않았고 결국 나지막이 욕을 내뱉고 맥줏값을 지불했다. 다시 집에 가서 일이나 해야겠다고 생각했다. 아니면 TV 드라마나 추리소설에 빠져들거나.

그러다 갑자기 생각이 바뀐 미카엘은 모세바케 광장과 피스카르가탄 쪽으로 걸음을 옮겼다. 리스베트가 그 거리 9번지에 살고 있었다. 그녀가 집에 있으리라는 확신은 없었다. 리스베트는 전 후견인 홀게르 팔름그렌의 장례식 뒤, 유럽 곳곳을 다니면서 미카엘이 보내는 이메일과 메시지에 드문드문 응답하고 있었다. 미카엘은 운을 시험해보기로 했다. 광장에서부터 시작되는 계단을 오르던 그는 크게 놀라며 맞은편 건물 쪽으로 고개를 돌렸다. 그 건물의 전면이 지난번에는 보지 못했던 커다란 그래피티 그림으로 덮여 있었기 때문이다. 그림은 가령 녹색 지하철 열차 위에서 타탄무늬 바지를 입고 맨발로 서 있는 기묘한 소인 같은 초현실적 디테일로 가득해 한번 빠져들어 감상해볼 가치가 있었지만 그는 거기에 눈길을 오래 두지 않았다.

미카엘은 건물 현관의 비밀번호를 누르고 엘리베이터 안으로 들어가 거울에 비친 자신의 모습을 우울한 눈으로 바라보았다. 그의 얼굴만 봐서는 그해 여름이 유난히 덥고 화창하다는 사실을 알기 힘들었다. 유령처럼 핼쑥하고 눈은 퀭한 채 그는 7월 내내 씨름해온 증시 폭락에 대해 다시 생각했다. 물론 매우 중요한 주제였다. 이번 위기를 초래한 것은 단지 시장 고평가와 맞물린 과도한 기대감뿐만이 아니었다. 누군가에 의한 일련의 해킹 및 허위정보 유포도 있었다. 지금 웬만한 탐사기자들은 죄다 이 사건을 파고 있었고, 미카엘도 상당히 많은 것—특히 러시아의 트롤 팩토리* 중 어느 곳이 최악의 가짜 뉴스들을 쏟아냈는지—을 알아냈지만, 자신이 굳이 애쓰지 않아도 세상은 잘 돌아갈 거라는 생각이 들었다. 차라리 휴가를 내서 운동도 하고, 지금 그레게르 베크만과 이혼 수속중인 에리카도 보살피는 편이 낫겠다 싶었다.

엘리베이터가 멈춰 섰다. 미카엘은 연철로 된 덧문을 열고 이 방문이 시간 낭비가 되리라 확신하며 층계참으로 나왔다. 틀림없이 리스베트는 여행중일 것이고, 그에게 무슨 일이 일어나든 상관하지 않으리라. 그런데 그 순간, 미카엘은 강한 불안감에 사로잡혔다. 리스베트 집의 현관문이 활짝 열려 있었다. 지난여름 내내 리스베트의 적들이 그녀를 공격하지는 않을까 걱정했던 일들이 떠올랐다. "이봐! 이봐!" 하고 외치며 안으로 달려들어간 그를 맞이한 것은 갓 바른 페인트와 각종 세제 냄새였다.

뒤에서 발소리가 들렸다. 누군가가 성난 황소처럼 씨근덕대며 계단을 올라오고 있었다. 뒤로 돌아선 미카엘은 다부진 체격에 파란색 작업복을 입은 두 남자와 마주했다. 그들은 큼직한 무언가를 나르는 중이었다. 미카엘은 크게 놀란 나머지 극히 평범한 그 광경조차 제대로 파악하지 못했다.

"여기서 뭐하는 겁니까!"

"당신 생각으론 뭐하는 것 같은데요?"

---

* 인터넷에 편향적인 댓글 및 허위정보를 퍼뜨리는 조직.

정신을 차리고 보니 이삿짐 센터 직원들이 파란색 소파를 운반하는 광경이었다. 디자인이나 인테리어에 별 관심이 없는 리스베트의 취향이라고 하기에는 세련된 가구였다. 미카엘이 막 대꾸를 하려는데 집 안쪽에서 누군가의 목소리가 들렸다. 순간적으로 리스베트의 목소리라고 생각한 그는 얼굴이 밝아졌다. 그러나 아니었다. 리스베트와 거리가 먼 음색이었다.

"오, 아주 유명한 분이 오셨네요. 무슨 일이죠?"

돌아보니 키가 큰 사십대 흑인 여성이 문가에 서서 약간은 놀리는 듯한 미소를 머금고 그를 차분히 주시하고 있었다. 청바지와 우아한 회색 블라우스 차림이었다. 머리는 땋아내렸고 아몬드 모양의 두 눈은 반짝였다. 미카엘은 당황스러웠다. '어디서 본 사람 같기도 한데……'

"그러니까." 미카엘은 말을 더듬었다. "그저……"

"그저……"

"층을 착각한 모양입니다."

"아니면 여기 살던 젊은 여자가 집을 팔았다는 사실을 모르는 거겠죠?"

모르는 사실이었다. 줄곧 미소를 지으며 그를 주시하는 여자의 눈빛이 이제는 불편하게 느껴졌다. 여자가 몸을 돌려 인부들에게 문틀에 소파를 부딪히지 말라고 주의를 주고 집안으로 사라져버렸을 때는 절로 안도의 한숨이 나올 정도였다. 이제 어딘가로 가서 이 충격적인 뉴스를 소화하고 싶었다. 기네스나 몇 잔 더 마시고 싶었지만 얼음 조각상이 되어버린 듯 발이 떨어지지 않았고 그러다 우편함에 눈길이 갔다. 거기에 적힌 이름은 이제 **V. 쿨라**가 아닌 **린데르**였다. '젠장…… 린데르가 누구였더라……' 핸드폰을 꺼내 이름을 검색하니 여자의 사진이 화면에 나왔다.

카디 린데르. 심리학자 겸 몇몇 위원회에서 비상임이사로 활동중.

그녀에 대해 알 수 있는 전부였다. 미카엘은 리스베트에 대한 생각으로 되돌아갔고, 카디가 다시 복도에 나타났을 때는 심란한 마음이 조금은 가라앉았다. 이제 그녀의 표정에는 단지 놀리는 듯한 묘한 미소만이 아니라 호기심마저 감돌고 있었다. 카디는 멍한 얼굴로 집안 여기저기를 흘깃거리는 미카엘을 빤히 쳐다보았다. 날씬한 몸매에 손목은 가늘고 광대뼈가 높이 솟은 그녀에게서 옅은 향수 냄새가 풍겼다.

"자, 이제 말해보세요. 정말로 층을 착각한 건가요?"

"그 질문엔 답하고 싶지 않습니다." 정말이지 바보 같은 대답이었다는 걸 미카엘은 즉시 깨달았다.

그리고 그녀의 미소를 보고 알았다. 자신이 당황하고 있음을 그녀가 간파했다는 걸. 더는 이상하게 보이지 않도록 자리를 떠야겠다고 생각했다. 카디 린데르가 리스베트를 알든 모르든, 그녀가 가짜 신분으로 이 집에 거주했었다는 사실을 드러내고 싶지 않았다.

"그 대답에 내 호기심이 줄어들 것 같진 않군요." 카디가 대꾸했다.

미카엘은 이 모든 게 별일 아니라는 듯 헛웃음을 터뜨렸다.

"그러니까 나에 대해 조사하러 온 건 아니란 말이네요?" 그녀가 말을 이었다. "난 이 집을 공짜로 얻은 게 아니에요."

"당신이 말의 머리를 잘라서 누군가의 침대 위에 올려놓지 않은 이상 귀찮게 굴 생각은 없습니다."

"내가 계약 세부사항 전체를 외울 순 없지만, 말 머리를 자른 기억은 없어요."

"오, 다행이군요. 그럼 모든 일이 잘되기를 빌겠습니다." 미카엘은 짐짓 유쾌한 어조로 대꾸했다. 마침 집을 나서는 이삿짐 센터 직원들과 함께 사라지고픈 마음이었다.

자신의 블라우스 옷깃과 땋은 머리를 자꾸 만지작거리는 카디는 얘기를 더 나누고 싶은 기색이 역력했다. 미카엘은 그녀를 가만히 살펴보았다. 아까 자신이 '사람 신경을 긁는 자신감'이라고 해석했던 그녀의 태도가 실은 다른 무언가를 숨기고 있을지도 모른다는 생각이 불현듯 들었다.

"그녀를 아나요?" 카디가 불쑥 물었다.

"누구 말인가요?"

"여기서 살던 여자요."

미카엘은 대답 대신에 이렇게 물었다.

"그럼 당신은 아나요?"

"아뇨, 이름도 몰라요. 하지만 그녀가 무척 마음에 들었어요."

"왜죠?"

"요즘 증시가 이렇게나 폭락했는데도 이 집은 매물로 나오자 호가가 미친듯이 치솟았어요. 내게는 가능성이 거의 없어서 포기하고 말았는데 그 '젊은 숙녀'—그녀 측 변호사의 표현이에요—가 이 집을 내게 팔기로 결정해주었죠."

"이상하군요."

"그렇죠?"

"당신이 그 젊은 숙녀가 좋아할 만한 일을 하지 않았을까요?"

"사실 난 미디어에서 주로 정부 위원회 관리들과 언쟁을 벌이는 걸로 유명해요."

"그녀가 그 점을 좋아했을지도 모르겠네요."

"어쩌면요. 맥주 한잔 대접해도 될까요? 집들이 겸해서요."

이렇게 말하고 그녀는 잠시 머뭇거렸다.

"사실…… 쌍둥이에 관한 당신의 기사를 아주 재미있게 읽었어요. 대단히 감동적인 글이었어요."

"고맙습니다." 미카엘이 대답했다. "말은 고맙지만 이만 가봐야 할 것 같아요."

카디가 고개를 끄덕이자 미카엘은 들릴 듯 말 듯 "그럼 안녕히"라고 말을 건넸다. 나중에 그는 자신이 그곳을 어떻게 빠져나왔는지도 잘 기억나지 않았다. 어쨌든 여름 저녁의 훈훈한 공기 속에 서 있었다. 거리 초입에 감시카메라 두 대가 새로 설치된 것도, 머리 바로 위 하늘에 열기구가 하나 떠 있는 것도 알아채지 못했다. 그는 모세바케 광장을 가로질러 우르베데르스 골목 쪽으로 재빨리 걸었다. 예트가탄에 이르러서야 걸음을 늦춘 그는 돌연 힘이 쭉 빠지는 걸 느꼈다. 리스베트가 이사를 했다. 실은 기뻐해야 할 소식이었다. 어디에 있는지는 몰라도 이제 그녀는 안전한 것이다. 그런데 기쁨은 고사하고 따귀라도 한 대 얻어맞은 기분이었다. 그야말로 황당했다.

리스베트 살란데르는 원래 그런 사람이다. 누구도 그녀를 바꿔놓을 수 없다. 하지만 미카엘은 기분이 상했다. 최소한 그에게는 암시라도 줄 수 있었을 테다. 리스베트에게 메시지를 보내 물어볼까 망설이며 핸드폰을 만지작거렸지만 아니, 관두는 게 최선이었다. 호른스가탄에 이르자 미드나트슬로페트의 가장 어린 참가자들이 벌써 달리기 시작했다. 그는 부모들이 도로변에 서서 박수 치고 소리를 지르며 응원하는 모습을 이해하기 힘들다는 듯 놀란 눈으로 바라보다 주자들의 간격이 벌어지는 틈을 타 간신히 도로를 건넜다. 벨만스가탄에 들어서서도 마음은 여전히 심란했다. 그는 리스베트를 마지막으로 만났을 때를 떠올렸다.

홀게르의 장례식 다음날, 크바르넨 레스토랑에서였다. 둘 다 선뜻 할말을 찾지 못하고 있었다. 그 상황에서 놀라운 일은 아니었다. 단하나 생각나는 건 그의 질문에 대한 리스베트의 대답이었다.

"이제 어떻게 할 거야?"

"이제부터는 쥐가 아니라 고양이가 될 거예요."

쥐가 아니라, 고양이.

미카엘은 설명을 더 들어보려 했지만 허사였다. 그의 기억 속에 리스베트는 예식장에 데려가느라 억지로 옷을 입혀 화난 남자아이처

럼 검은 정장 차림으로 메드보리아르플랏센 거리를 가로질러 사라
져가는 모습으로 남았다. 7월 초였으니 그리 먼 과거도 아니건만 까
마득한 옛일처럼 느껴졌다. 미카엘은 그날 저녁에 벌어진 일과 또다
른 것들을 생각하면서 계속 걸었다. 집에 돌아와 필스너우르켈 맥주
한 병을 들고 소파에 앉았는데 핸드폰이 다시 울렸다.

　법의학자 프레드리카 뉘만이라는 사람이었다.

2장
8월 15일

리스베트는 모스크바의 마네즈나야 광장 근처 한 호텔의 객실에 있었다. 노트북 화면으로 미카엘이 피스카르가탄의 건물에서 걸어나오는 광경을 지켜보고 있었다. 평소 자신만만한 태도는 온데간데없이 기가 죽고 넋이 빠진 모습이었다. 리스베트는 불현듯 가슴 한쪽이 아려왔으나 그 아픔의 정체가 정확히 무엇인지 알 수 없었고 깊이 생각해보고 싶지도 않았다. 화면에서 눈을 떼고 현란한 광채를 반짝이는 바깥 광장의 유리돔을 흘깃 쳐다보았다.

전에는 아무런 관심이 일지 않던 이 도시가 돌연 흥미롭게 다가왔다. 모든 것을 내려놓고 밖으로 나가서 실컷 술이나 마시고 싶었지만 바보 같은 생각이었다. 절제력을 유지해야 했다. 최근 그녀는 밤낮없이 노트북 앞에서 살았고 잠도 제대로 못 잤다. 그러나 요즘처럼 말끔하게 지낸 때가 없었다. 머리를 짧게 자르고 피어싱을 모두 없앴으며 장례식 때처럼 흰 셔츠에 검은 정장 차림이었다. 홀게르를 추모하기 위해서가 아니라 이제는 사람들 사이에서 지내는 게 익숙해졌기 때문이다.

리스베트는 더이상 구석에 몰린 쥐처럼 기다리지 않고 먼저 타격을 가하기로 결심했다. 그녀가 지금 모스크바에 와 있고, 스톡홀름의 피스카르가탄에 카메라를 설치해놓은 이유였다. 다만 예상보다 큰 대가를 치르고 있었다. 이 일이 그녀의 과거를 되살려내 밤에도 잠 못 이루게 했기 때문만은 아니다. 적들이 위장막과 지독하게 복잡한 암호문 뒤에 숨어 있었기에 리스베트 역시 자신의 흔적을 가리는 데 많은 시간을 들여야 했다. 도망 다니는 탈옥범처럼 살면서. 그렇게 그녀가 찾는 것 가운데 쉽게 얻어지는 건 하나도 없었지만 한 달간의 끈질긴 작업 끝에 목표물에 근접해 있었다. 하지만 그녀의 생각일 뿐 확실하지는 않았다. 이따금 리스베트는 적이 늘 한 걸음 앞서가는 건 아닌지 헤아려보곤 했다.

이날 낮에는 정찰을 위해 밖에 나갔다가 감시당하는 느낌을 받았다. 때로는 밤중에 호텔 복도에서 발소리가 들려왔다. 특히 어떤 남자―리스베트가 느끼기에 분명히 남자였다―의 발소리가. 걸음걸이가 불규칙한 것이 운동측정장애라도 있는 듯한 남자가 종종 그녀의 방 앞에서 걸음을 늦추고 문에 귀를 기울이는 것 같았다.

리스베트는 녹화된 장면을 다시 보았다. 미카엘이 처량한 얼굴로 피스카르가탄의 건물에서 나오고 있었다. 그녀는 위스키잔을 비우며 상념에 잠긴 눈으로 창밖을 내다보았다. 하늘에는 먹구름이 러시아 연방의회 건물 위를 지나 붉은광장과 크렘린궁 쪽으로 몰려가고 있었다. 곧 비가 억수같이 퍼부을 것 같았고 그 또한 나쁘지 않을 터였다. 리스베트는 일어서서 샤워나 목욕을 할까 생각하다가 셔츠만 갈아입기로 했다. 검은색 셔츠가 적당해 보였다. 그리고 여행가방의 숨겨진 공간에서 베레타 치타, 그녀가 모스크바에 도착해 나음날 구매한 권총을 꺼내 재킷 안에 착용한 권총집에 꽂아넣었다. 그런 다음 방안을 한번 둘러보았다.

리스베트는 이 방이 별로 마음에 들지 않았다. 호텔도 마찬가지였다. 지나치게 호화롭고 과시적이었다. 일층의 바에는 그녀 아버지뻘의 남자들, 정부情婦나 부하를 자기 소유물로 여기는 개자식들이 득실거렸다. 또한 그녀를 쫓는 눈들이 있었고, 그들이 첩보기관이나 범죄조직에 정보를 넘길 수 있었다. 이따금 리스베트는 바로 이 순간처럼 전의를 다지며 두 주먹을 꽉 쥐곤 했다.

욕실에 들어가 찬물로 세수를 했으나 큰 도움은 되지 않았다. 수면부족과 두통으로 이마가 지끈거렸다. 드디어 때가 온 걸까? 너무 이르지 않을까? 어쨌든 상관없었다. 리스베트는 복도 쪽으로 귀를 기울였다. 아무런 소리도 들리지 않았기에 살그머니 밖으로 빠져나왔다. 그녀의 객실은 이십층에 있었고 엘리베이터에서 가까웠다. 한 중년 남자가 엘리베이터 앞에서 기다리고 있었다. 짧게 자른 머리에 청바지와 가죽재킷, 그리고 그녀처럼 검은색 셔츠를 입은 잘생긴 오십대 남자였다. 어디선가 본 듯한 얼굴이었다. 여러 빛깔이 뒤섞인 눈동자에서 기이한 광채가 번득였다. 하지만 그녀는 신경쓰지 않았다.

리스베트는 시선을 아래로 향한 채 남자와 한 엘리베이터를 타고 내려가 로비를 통해 곧장 광장으로 나갔다. 그녀 앞의 커다란 유리돔이 어둠 속에서 반짝였다. 이 빙빙 돌아가는 세계지도 아래로는 네 층짜리 쇼핑센터가 있고, 돔 꼭대기에는 용을 쓰러뜨리는 성 게오르기우스의 동상이 우뚝 서 있었다. 성 게오르기우스는 모스크바의 수호성인으로서 도시의 어디를 가나 검을 치켜든 그 모습을 볼 수 있었다. 이따금 리스베트는 자신의 용을 보호하듯 왼쪽 어깨에 손을 대곤 했다. 오래전에 입은 어깨의 총상, 혹은 자상 흉터가 있는 엉덩이를 과거의 고통을 상기하듯 어루만지기도 했다.

그녀는 화재와 재난, 그리고 어머니를 생각하는 와중에도 시내 곳곳에 설치된 감시카메라들을 피하려고 끊임없이 신경을 곤두세웠다. 그리하여 정원과 공원이 펼쳐진 트베르스코이 대로로 급히 향하는 그녀의 걸음은 딱딱하고 불규칙했다. 그런 식으로 계속 걸어서 도시의 최고급 레스토랑 중 하나인 베르사유에 이르렀다.

건물은 기둥과 금빛 장식과 크리스털 샹들리에를 비롯해 17세기 바로크양식 궁전처럼 현란하게 꾸며져 있었다. 리스베트는 그 공간에서 벗어나고만 싶었지만, 이날 저녁 그곳에서 모스크바의 최고 재력가들을 위한 파티가 열릴 예정이었고, 그녀는 멀리서 준비 과정을 지켜봐야 했다. 아직 젊고 예쁜 여자들 한 무리만 도착했는데 파티를 위해 특별히 고용한 여자들일 터였다. 직원들도 마지막 점검을 위해 부산히 움직이고 있었다. 좀더 가까이 다가가보니 파티 주최자의 모습이 눈에 들어왔다.

블라디미르 쿠즈네초프였다. 흰색 턱시도 재킷과 반들거리는 흰색 구두 차림으로 입구에 선 그는 쉰 살 남짓으로 나이는 그리 많지 않았지만 하얀 머리칼과 턱수염, 새처럼 가는 다리와 대조적으로 산처럼 튀어나온 배가 산타클로스를 연상케 했다. 공식적으로 그는 하찮은 잡범으로 실패한 인생을 살다가 곰고기 구이와 버섯 소스가 특기인 유명 셰프가 되어, 살아 있는 성공 신화로 통했다. 그러나 은밀하게는 반유대주의 성향을 공공연히 드러내는 가짜 뉴스를 퍼뜨리는 트롤 팩토리들을 이끌고 있었다. 블라디미르는 이런 식으로 정치적 혼란을 초래하고 선거에 영향을 미칠 뿐 아니라 손에 피를 묻히는 일까지 서슴지 않았다.

그는 집단학살을 조장하고 혐오를 대규모 비즈니스의 수단으로 삼는 인간이었다. 그가 파티장 입구에 선 모습을 보는 것만으로도 리스베트는 주먹을 불끈 쥐었다. 그리고 권총집 안의 베레타를 더듬어보면서 주위를 살폈다. 블라디미르가 초조한 기색으로 수염을 만지작거렸다. 그에게 중요한 밤이었다. 그의 뒤에서 현악 사중주단이 연주하고 있었고, 이어서 러시안 스윙재즈 팀이 공연할 예정임을 리스베트는 알고 있었다.

널따란 검정 차양 아래로 레드카펫이 펼쳐져 있었다. 밧줄을 쳐놓은 양옆으로는 회색 정장 차림에 이어폰을 낀 무장경호원들이 촘촘히 서 있었다. 블라디미르는 손목시계를 들여다보았다. 아직 도착한 손님이 한 명도 없었다. 어쩌면 이건 게임인 걸까? 그 누구도 제일 먼저 도착하고 싶어하지 않는 게임.

거리는 구경꾼들로 가득했다. 이날 이곳에 VIP들이 올 거라는 소식이 파다하게 퍼진 모양이었고 리스베트에게는 나쁘지 않은 일이었다. 군중 속에 더 쉽게 몸을 숨길 수 있을 테니까. 그런데 비가 오기 시작했다. 처음에는 가는 이슬비였다가 이내 장대비로 변했다. 멀리서는 번개의 섬광도 번득였고 천둥이 으르렁거렸다. 구경꾼들이 흩어지고 우산을 든 몇 명만 남았다. 얼마 지나지 않아 첫번째 리무진 무리와 손님들이 도착했다. 블라디미르는 허리를 숙이며 한 사람씩 맞이했고, 그 옆에 선 여자가 검은 수첩에 적힌 이름들을 확인했다. 레스토랑은 중년 남자들과 그보다 젊은 여자들로 서서히 채워져갔다.

안쪽에서 사람들이 와글거리는 소리와 함께 사중주단이 연주하는 음악도 희미하게 들렸다. 리스베트는 준비 기간 동안 자신이 조사한 인물들이 간간이 나타나는 광경과 손님의 중요도에 따라 블라디미르의 표정과 몸짓이 시시각각 변하는 모습을 지켜보았다. 그는 모든 손님들에게 저마다의 위상에 걸맞은 태도와 미소로 인사했다. 극히 특별한 상대에게는 가벼운 농담까지 던졌는데, 그 말에 웃는 사람은 블라디미르 자신뿐이었다.

궁정 광대처럼 웃음 짓고 낄낄거리는 블라디미르를 둘러싼 그 코미디 같은 광경을 리스베트는 비에 젖어 온몸이 얼어붙은 채 서서 지켜보았다. 너무 열중한 걸까? 경호원 한 명이 그녀가 거기 있는 걸 알아채고 동료에게 턱짓을 했다. 결코 좋은 신호가 아니었다. 리스베트는 그 자리를 떠나는 척하면서 부근의 건물 출입구에 몸을 숨겼다.

자신의 손이 덜덜 떨리는 것이 보였다. 비와 추위 때문만은 아닐 터였다.

당긴 활처럼 팽팽히 긴장한 그녀는 핸드폰을 꺼내 모든 게 이상 없는지 확인했다. 공격은 완벽한 타이밍에 한 치의 오차 없이 이뤄져야 했고, 안 그러면 끝장이었다. 머릿속으로 모든 과정을 한 번, 두 번, 세 번 되풀이했다. 시간이 흘렀다. 그러다 문득 의구심에 사로잡혔다. 비는 내리는데 아무런 일도 일어나지 않고 있었다. 일이 더더욱 실패한 작전의 양상을 띠었다.

모든 손님들이 도착한 듯했다. 블라디미르까지 안으로 들어가버렸다. 파티가 절정에 달했고 이미 남자들은 술에 취해 여자들을 만지작거렸다. 리스베트는 호텔로 돌아가기로 마음먹었다.

바로 그때, 리무진 한 대가 레스토랑 앞으로 다가왔다. 입구를 지키던 여자가 블라디미르를 부르러 황급히 안으로 들어간 뒤 이마가 땀에 젖은 채 한 손에 샴페인잔을 든 블라디미르가 어기적거리며 레스토랑 밖으로 걸어나왔다. 리스베트는 마음을 바꿔 자리에 남았다. 그 손님은 거물이었다. 경호원들의 태도, 돌연 전기라도 흐르듯 긴장된 분위기, 우스꽝스럽게 변한 블라디미르의 표정으로 알 수 있었다. 리스베트는 슬며시 건물 출입구로 돌아갔다. 하지만 아무도 리무진에서 내리지 않았다.

운전기사가 뒷문을 열기 위해 차에서 달려나오지도 않았다. 리무진은 그저 거기에 서 있었다. 블라디미르는 머리와 나비넥타이를 매만지고 이마의 땀을 훔친 뒤 배를 쑥 집어넣고는 잔에 남은 술을 마저 입에 털어넣었다. 이제 리스베트는 떨지 않았다. 블라디미르의 시선에서 그녀가 매우 잘 아는 눈빛을 읽었다. 더는 머뭇거리지 않고 공격을 개시했다.

리스베트는 주머니에 핸드폰을 집어넣고 프로그래밍 코드들이 알아서 작동하도록 놔둔 채, 사진을 찍는 것처럼 정확하게 주변의 세부사항 전체를 한눈에 파악했다. 경호원들의 동작, 그들의 손과 무기 사이의 거리, 레드카펫 옆에 늘어선 그들 어깨 사이의 간격, 보도의 요철들과 물웅덩이들……

마침내 운전기사가 리무진에서 내려 우산을 펼치고 차 뒷문을 열 때까지 리스베트는 긴장증 환자처럼 미동도 없이 거기에 서 있었다. 그러다 재킷 안의 권총으로 손을 가져가며 고양이 걸음으로 앞을 향해 나아갔다.

3장
8월 15일

미카엘은 핸드폰 때문에 생기는 귀찮은 일이 한두 가지가 아니었고, 사적으로 쓸 전화번호를 오래전에 마련했어야 옳았지만 그러고 싶지 않았다. 기자는 누구나 접근할 수 있는 존재여야 한다는 게 그의 지론이었으니까. 그런데 끊임없이 걸려오는 무의미한 전화들이 그를 괴롭혔고 지난해부터는 무언가 변했다는 느낌도 들었다.

그리고 그의 말투가 보다 거칠어졌다. 사람들이 소리를 지르고 욕을 퍼붓거나 말도 안 되는 제보를 하기도 했기에 더이상 모르는 전화번호에는 응답하지 않았다. 그저 핸드폰이 울리거나 진동하도록 놔두었고, 지금처럼 전화를 받을 때면 자신도 모르게 얼굴을 찡그리곤 했다.

"네, 미카엘 블롬크비스트입니다." 그는 냉장고에서 맥주 한 병을 꺼내들며 무뚝뚝하게 응답했다.

"아, 미안해요." 어떤 여자의 목소리였다. "나중에 전화할까요?"

"아뇨, 괜찮습니다." 그는 좀더 부드러운 말투로 대답했다. "무슨 일이죠?"

"프레드리카 뉘만이라고 해요. 솔나 법의학센터 소속 법의학자예요."

미카엘은 덜컥 겁이 났다.

"무슨 일이 일어난 건가요?"

"아무런 일도 일어나지 않았어요. 우리가 매일 겪는 일들뿐이고, 분명 당신과는 상관도 없을 거예요. 다만 내가 받은 시신 한 구가……"

"여자인가요?" 그가 말을 끊었다.

"아뇨, 더 남성적일 수 없는 남자예요. 더 남성적일 수 없는…… 인상착의를 묘사하는 말치고는 좀 이상하네요, 그렇죠? 어쨌든 남자이고 나이는 육십대나 좀더 아래일 거예요. 상상할 수 없는 힘든 일들을 겪은 사람인 것 같아요. 정말이지 그런 끔찍한 광경은 처음 보았어요."

"미안하지만 요점을 말해주겠습니까?"

"죄송해요. 성가시게 할 생각은 없었어요. 당신이 그를 알 것 같지도 않고요. 걸인들 중에서도 가장 밑바닥 사람일 거예요."

"그 남자가 나와 무슨 관계가 있죠?"

"그의 주머니에 당신 핸드폰 번호가 적힌 쪽지가 들어 있었어요."

"그런 사람은 많습니다!" 미카엘은 짜증을 내며 대꾸했다가 이내 그렇게 반응한 자신이 부끄러웠다. 아마추어처럼 군 것 같았다.

"네, 그렇겠죠." 프레드리카가 대답했다. "여기저기서 전화를 많이 받을 거예요. 하지만 난 이 시신이 무척 마음에 걸려요."

"왜죠?"

"사회에서 가장 비참하게 망가진 자들도 존엄한 죽음을 맞을 자격이 있잖아요."

"그야 물론이죠." 미카엘은 조금 전 냉정하게 군 일을 만회해보고

자 약간 과장되게 대답했다.

"맞아요." 그녀가 말을 이었다. "그런 점에서 스웨덴은 문명국답게 처신해왔어요. 다만 해를 거듭할수록 신원미상 시신이 늘고 있다는 사실이 정말 슬픕니다. 모든 사람의 죽음은 확인될 권리가 있어요. 죽은 자의 이름과 이야기가요."

"그렇죠……" 미카엘은 이렇게 대답했지만 이미 집중력을 잃고 있었다. 그는 기계적으로 책상을 향해 걸어가 노트북을 켰다.

"물론 이 일이 아주 힘들긴 해요." 프레드리카가 계속 말했다. "하지만 죽은 자의 신원을 밝혀내지 못하는 건 재원과 시간 부족, 더 나쁘게는 의지 부족의 결과라고 생각해요. 지금 내가 말한 시신이 바로 그 경우에 해당하는 것 같고요."

"왜 그렇게 생각하죠?"

"그 남자가 어느 데이터베이스에서도 검색되지 않는데다 극도의 결핍 상태에서 살아온 것 같아서요. 그야말로 인간이 도달할 수 있는 가장 밑바닥에서 살아온 거예요. 우리가 흔히들 외면하고 잊어버리는 존재들처럼요."

"슬프군요."

미카엘은 여러 해에 걸쳐 만들어둔 리스베트 관련 자료들을 훑어보았다.

"내 생각이 틀렸기를 바라고 있어요." 프레드리카가 말했다. "아까 국립법의학센터에 샘플을 보냈으니 곧 남자에 대해 더 많은 게 밝혀지겠죠. 지금은 집에 와 있는데 문득 이 일을 좀더 빨리 진행해볼 수 있지 않을까 싶더라고요. 당신은 벨만스가탄에 살죠? 시신이 발견된 곳에서 그리 멀지 않으니 그와 마주쳤을 가능성이 있어요. 어쩌면 그가 당신에게 전화를 걸었을 수도 있고요."

"남자가 발견된 곳이 정확히 어딥니까?"

"탄토룬덴 공원의 어느 나무 옆이요. 당신이 전에 그를 본 적 있다면 기억날 거예요. 얼굴이 검고 때투성이에 주름이 깊었어요. 수염은 성기게 났고요. 분명 땡볕과 강추위를 겪었을 거예요. 곳곳에 동상 흔적이 있고, 손가락과 발가락도 몇 개씩 없었어요. 인대에서는 극도로 힘을 쓴 흔적이 보였고요. 소견상 동남아시아 출신 같아요. 한때는 굉장한 미남이었을 수도 있어요. 지금은 얼굴이 심각하게 망가졌지만 이목구비가 뚜렷하거든요. 간이 손상되어 피부가 누르스름하고, 뺨에는 피부 괴사로 생긴 검은 반점들이 있어요. 당신도 잘 알겠지만 부검 초기 단계에서는 나이를 추정하기가 쉽지 않죠. 난 그가 육십대라고 생각해요. 오랫동안 탈수에 가까운 상태로 살아온 것 같고요. 키는 150센티미터가 조금 넘으니 작은 편이에요."

"글쎄요, 생각나는 사람이 없네요……" 미카엘이 대답했다.

그는 리스베트로부터 온 메시지가 있는지 확인했지만 아무것도 없었다. 요즘 그의 노트북을 해킹하는 일도 없는 것 같아 더욱 불안했다. 그는 리스베트가 위험에 처했을 거라는 예감에 사로잡혔다.

"아직 안 끝났어요." 프레드리카가 말했다. "그 남자에게서 가장 주목할 만한 점을 말 안 했다고요. 오리털 점퍼."

"그게 뭐 그리 특별한데요?"

"아주 크고 따뜻한 옷이에요. 요즘 같은 더운 날씨에 그런 옷을 입고 있으면 눈에 띄기 마련이죠."

"흠, 당신 말대로 내가 그를 보았다면 분명히 기억했겠네요."

미카엘은 노트북을 닫은 뒤 리스베트가 현명하게 결정해서 이사했으리라는 확신을 가지려고 애쓰면서 리다르피에르덴만 쪽으로 눈길을 돌렸다.

"하지만 기억나지 않는단 말이죠?" 그녀가 물었다.

"글쎄요……" 그가 머뭇거리며 대답했다. "혹시 그 남자 사진을 보내줄 수 있습니까?"

"그건 윤리 위반에 해당할 것 같네요."

"남자가 어떻게 죽었다고 보죠?"

아직도 미카엘의 정신은 딴 데 가 있었다.

"단기적 사인은 중독사로 보이는데 아마 자신이 초래한 일일 거예요. 술냄새가 지독하게 풍겼으니 주로 알코올 때문일 테고, 다른 것을 복용했을 가능성도 배제할 수 없어요. 며칠 내로 법의학센터 연구실에서 결과가 나올 거예요. 팔백 종류 이상의 약물 성분 분석을 요청했죠. 장기적으로 보면 복합장기부전과 심장비대증으로 이미 서서히 죽어가고 있었어요."

미카엘은 소파에 앉아 남은 맥주를 들이켰다. 그렇게 오랫동안 묵묵부답이니 프레드리카가 물었다.

"여보세요? 내 말 듣고 있나요?"

"네, 물론이죠. 단지 지금 드는 생각은……"

"뭔가요?"

사실 그는 리스베트를 생각하고 있었다.

"그가 내 전화번호를 소지한 게 다행일 수도 있겠다는 거예요."

"왜죠?"

"그가 내게 제보할 무언가를 가졌다고 느꼈다면 경찰이 더욱 자극받아 열심히 수사할 테니까요. 나도 한창때는 이따금 그들을 겁먹게 했답니다."

프레드리카가 웃음을 터뜨렸다.

"물론 그랬겠죠."

"가끔은 그들을 짜증스럽게 할 뿐이었지만."

그리고 미카엘은 생각했다. '때로는 나 자신까지 짜증나게 만들었지.'

"이번엔 전자라면 좋겠네요."

"네, 그랬으면 좋겠습니다."

미카엘은 통화를 빨리 끝내고 자기만의 상념에 빠져들고 싶었지만 그녀가 좀더 얘기를 나누고 싶어해서 일방적으로 끊을 수가 없었다.

"아까 내가 말했었죠? 그 남자는 우리가 흔히 외면하고 잊어버리는 존재 같다고."

"네, 그랬죠."

"다만 그게 전적으로 맞는 말은 아니에요. 적어도 내게는요. 내가 느끼기에는……"

"어떤데요?"

"그의 시신은 어떤 이야기를 품고 있어요."

"왜 그렇게 느꼈죠?"

"그는 매우 험난한 삶을 살아온 것 같았어요. 아까도 말했듯 그런 시신은 본 적 없어요."

"터프한 사람이었던 모양이군요."

"어쩌면요. 온몸이 만신창이였고 끔찍하게 더러웠어요. 지독한 냄새가 났죠. 그런데도 품위 같은 게 느껴졌어요. 그게 바로 내가 말하고 싶은 점이에요. 굴욕적인 처지에도 불구하고 그에게는 보는 이로 하여금 존경심을 일게 하는 무언가가 있었어요. 분투하면서, 싸우면서 살아온 거죠."

"과거에 군인이었을까요?"

"총상 흔적 같은 건 보이지 않았어요."

"아니면 원시부족 출신?"

"그럴 가능성은 거의 없어요. 치과 치료를 받은 흔적이 있고 글씨도 쓸 줄 아는 사람이에요. 왼쪽 손목에는 불교의 법륜을 의미하는 그림이 문신으로 새겨져 있고요."

"흠, 잘 알겠습니다."

"무엇을요?"

"어쨌든 그 남자가 당신을 자꾸 신경쓰이게 한다는 걸요. 그가 내게 연락했는지 음성사서함을 확인해보겠습니다."

"고마워요."

그러고서 좀더 대화를 나눈 듯했으나 미카엘은 정신이 딴 곳에 쏠린 터라 잘 기억나지 않았다.

통화를 마친 후, 미카엘은 소파에 멍하니 앉아 있었다. 미드나트 슬로페트에서 박수 치고 환호하는 소리가 호른스가탄으로부터 들려왔다. 그는 손가락으로 머리칼을 쓸어올렸다. 머리를 자르지 않은 지 벌써 세 달째였다. 이제는 정신을 좀 차릴 필요가 있었다. 일만 하며 스스로를 쥐어짜는 대신 정상적으로 살면서 남들처럼 놀기도 해야 하지 않겠는가. 빌어먹을 기사들에만 매달려 있지 말고 전화로 잡담도 나누고 말이다.

욕실로 갔지만 그렇다고 기분이 나아지는 건 아니었다. 널어놓은 빨래들이 말라비틀어져 있었다. 세면대는 치약이며 면도용 크림 따위로 얼룩덜룩했고 욕조 바닥에는 머리칼이 지저분하게 붙어 있었다. 이 한여름에 오리털 점퍼를 입었다……? 이상하긴 했다. 하지만 너무 많은 생각들로 머릿속이 어수선해 좀처럼 집중할 수 없었다. 그는 세면대와 거울을 물로 닦고 빨래를 개어놓은 뒤 음성사서함을 열었다.

확인하지 않은 음성메시지가 서른일곱 개나 있었다. 미확인 메시지를 이렇게나 쌓아두는 사람이 있을까. 그는 얼굴을 찌푸리며 하나씩 내용을 들었다. 젠장, 이런 인간들은 대체 뭐가 문제인 걸까? 정중하고 예의바른 태도로 제보하는 이들도 있었지만 대부분은 성난 목소리로 고함을 쳤다. "당신은 이민 문제에 대해 거짓말을 하고 있어!" "당신은 이슬람교도들에 대해 숨기는 게 많아!" "당신은 재계를 주무르는 유대인들을 비호하는 거야!" 얼굴에 구정물이라도 뒤집어쓴 기분이라 그대로 사서함을 닫아버리고 싶었으나 그는 꾹 참고서 계속 들었다. 그러다 마침내 다소 혼란스럽고 다른 것들과는 분위기가 다른 메시지가 나왔다.

"헬로, 헬로"라고 한 남자가 억양이 강한 영어로 말했다. 그러고는 잠시 무거운 숨소리가 들리더니 "컴 인, 오버"라는 말이 들렸다.

무전기로 듣는 소리 같았다. 남자는 알아들을 수 없는 말을 몇 마디 더 했는데 아무래도 다른 언어 같았다. 그의 목소리에서 필사적인 무언가가 느껴졌다. 프레드리카가 말한 그 걸인인 걸까? 그럴 수도 있고 아닐 수도 있었다. 그가 알 방법은 없다. 미카엘은 핸드폰을 꺼버리고 주방으로 갔다. 말린 프로데나 그의 기분을 낮게 해줄 누군가에게 전화라도 해볼까 하다 생각을 바꿔 리스베트에게 암호화 메시지를 보냈다. 그녀가 무시하든 말든 상관없었다.

그는 영구히 그녀에게 묶여 있었다.

트베르스코이 대로에 비가 내렸다. 카밀라, 이제 그녀가 자칭하는 이름으로 부르자면 키라는 운전기사가 모는 리무진 안에 경호원들과 앉아 자신의 긴 다리를 홀린 듯이 내려다보았다. 검은색 디오르 드레스에 빨간색 구치 하이힐을 신었고, 오펜하이머 다이아몬드 목걸이는 깊게 파인 네크라인 위에서 푸른빛으로 반짝였다.

키라는 숨이 막힐 정도로 아름다웠고 그 사실을 누구보다 스스로 잘 알았다. 그녀는 지금처럼 차에서 곧바로 내리지 않고 뒷좌석에서 능장을 부리는 때가 많았다. 곧 벌어질 일들을 미리 그려보며 음미하기를 즐겼다. 그녀가 들어서면 남자들은 몸을 움찔거리며 눈을 떼지도 벌어진 입을 다물지도 못하리라. 그녀는 오직 몇 사람만이 자신의 눈을 마주보며 찬사를 늘어놓을 수 있다는 걸 경험으로 알았다. 누구보다도 빛나는 자신을 꿈꿨다. 지금 그녀는 눈을 지그시 감고 차체를 두드리는 빗방울 소리를 들었다. 그러고선 선팅된 차창을 통해 밖을 내다보았다.

남녀 몇 사람이 우산 아래서 덜덜 떨고 있었는데, 누군가 차에서 내리든 별 관심이 없는 듯한 얼굴들이었다. 그녀는 짜증어린 시선으로 레스토랑 쪽을 흘깃 쳐다보았다. 그 속에서 바글대는 인간들이 서로 잔을 부딪히며 떠들고, 안쪽의 작은 무대 위에서는 바이올린이며 첼로 따위가 연주되고 있었다. 블라디미르…… 아, 돼지 같은 눈에 배가 잔뜩 부른 그 인간이 그녀를 맞이하러 뒤뚱뒤뚱 걸어나오고 있었다. 그 모습을 보는 순간 그녀는 따귀를 한 대 올려붙이고픈 충동을 느꼈다.

하지만 냉정함을, 여왕 같은 위엄을 유지해야 했다. 요즘 모든 게 수렁으로 빠져드는 것 같지만 이런 감정은 털끝만큼도 드러내서는 안 된다. 아직까지 자신의 쌍둥이 자매를 찾아내지 못했다는 사실에 그녀는 더욱 격노했다. 리스베트의 주소와 위장막을 알아내면 나머지 일은 저절로 해결되리라 여겼지만 여전히 종적이 묘연했다. 러시아 정보총국 GRU의 인맥들, 심지어 이반 갈리노프조차 리스베트를 찾아내지 못했다. 그들은 블라디미르의 트롤 팩토리와 다른 표적들이 교묘한 해킹 공격을 당했다는 사실을 알았다. 여기에 리스베트도 연루되었으리라 의심했지만 공격에 어느 정도로 참여했는지는 알 수 없었다. 다만 한 가지는 확실했다. 이제 이 모든 것을 끝내야 한다. 키라는 마음 편히 지내고 싶었다.

멀리서 천둥이 우르릉거렸고, 경찰차 한 대가 지나갔다. 키라는 손거울을 꺼내 얼굴을 보며 기운을 끌어내듯 미소를 지었다. 그러고서 시선을 올려보니 얼간이 같은 블라디미르가 나비넥타이와 셔츠 칼라를 매만지며 기다리고 있었다. 그가 몹시 초조해 보이는 건 잘된 일이었다. 그녀는 그가 비지땀을 흘리며 벌벌 떠는 모습에 즐거웠고, 무엇보다 그 끔찍한 농담을 듣지 않아도 되어서 좋았다.

"자, 문 열어!" 그녀가 지시하자 운전기사 세르게이가 밖으로 나가 뒷문을 열었다.

경호원들도 차에서 내렸으나 그녀는 세르게이가 우산을 펼쳐들 때까지 기다렸다. 그런 다음 보도 위에 한 발을 내리고 언제나처럼 '와우!' 하는 탄성이 터지기를 기대했다. 그러나 아무런 소리도 들리지 않았다. 쏟아지는 비와 레스토랑에서 흘러나오는 현악기 연주, 손님들이 와글대는 소리만이 전부였다. 그녀는 차분하고 냉정한 모습을 보이리라, 추호의 흔들림도 없는 모습을 보이리라 마음먹었고, 블라디미르가 희망과 불안이 뒤섞인 얼굴로 그녀를 맞이하러 양팔을 벌리고 달려오는 모습을 보는 순간, 어떤 강렬한 느낌에 사로잡혔다. 화살처럼 몸을 꿰뚫고 들어오는 순수한 공포감이었다.

그녀의 오른쪽으로 조금 떨어진 벽에서 이상한 무언가가 움직이는 모습이 언뜻 보였다. 그녀는 검은 실루엣 하나가 재킷 안에 손을 넣고 자신을 향해 다가오는 것을 곁눈으로 감지했다. 경호원들에게 소리를 지르고 보도 위로 몸을 던지고 싶었지만 조금이라도 경솔하게 행동하면 목숨을 잃을 수 있음을 순간적으로 깨달으며 그대로 얼어붙었다. 그녀는 실루엣만 알아챘을 뿐이지만 그게 누구인지 이미 알고 있었다.

움직이는 모습, 단호한 걸음걸이…… 섬뜩한 예감에 사로잡히며 본격적으로 일이 벌어지기도 전에 자신이 끝났다는 걸 깨달았다.

4장

8월 15일

그들이 하나가 될 수도 있었을까? 적이 아닌 다른 무엇이? 그럴 수도 있었으리라. 그들이 적어도 한 가지를 공유하던 때가 있었다. 아버지 알렉산데르 살라첸코에 대한 증오와 그가 어머니 앙네타를 죽일지도 모른다는 두려움.

그 시절 자매는 스톡홀름 룬다가탄의 아파트, 아니 쥐구멍과 다름없는 곳에서 살았다. 아버지가 술과 담배 냄새를 풍기며 찾아와 어머니를 침실로 끌고 가서 강간할 때면 자매는 어머니가 내지르는 비명, 그자가 어머니를 때리는 소리, 그리고 어머니가 발하는 고통스러운 신음을 전부 들을 수 있었다. 이따금 리스베트와 카밀라는 힘을 얻으려 서로의 손을 꼭 잡기도 했다. 그것 말고는 할 수 있는 게 없어서였지만 어쨌든…… 그들은 공포감과 죄의식을 공유했다. 하지만 그마저도 잃게 될 것이었다.

그들이 열두 살이 되었을 때 상황은 악화되었다. 폭력의 강도뿐 아니라 횟수도 증가했다. 이제 살라는 종종 그들의 집에 머물렀고 밤마다 앙네타를 구타했다. 이와 동시에 자매 관계에도 변화가 찾아왔다. 처음에는 미세해서 거의 인식하기 힘들었으나, 귀가하는 그에게 문을 열어줄 때 카밀라의 눈에 스치는 그 들뜬 빛에서, 문으로 달려가는 그 가벼운 발걸음을 통해서 드러났다. 이 시기에 모든 게 결정되었다.

전쟁이 절정에 달했을 때, 치열한 전투중에 그들은 각각 다른 진영을 택했다. 이 단계를 거치고 나자 화해의 가능성 따위는 없었다. 앙네타가 돌이킬 수 없는 뇌손상을 입을 정도로 폭행당하고, 리스베트가 살라에게 휘발유가 든 우유팩을 화염병처럼 던진 뒤 벤츠 앞좌석에서 그가 불타오르는 모습을 지켜본 후에 말이다. 그후 그들의 싸움은 생사가 걸린 문제가 되었다. 과거는 시한폭탄 같았다. 오랜 세월이 흐른 지금, 트베르스코이 대로의 어느 건물 입구에서 살그머니 빠져나오는 리스베트의 머릿속에 룬다가탄에서 있었던 일들이 마구 스쳐지나갔다.

그녀는 냉철했다. 지금, 여기에 집중해야 했다. 어느 각도로 발사해야 할지, 그다음에는 어떻게 이곳에서 벗어날지를 순간적으로 계산했다. 하지만 과거의 기억들이 걷잡을 수 없이 머릿속으로 스며들었다. 리스베트는 천천히 걸음을 옮겼다. 그리고 카밀라가 검은 드레스에 하이힐을 신은 모습으로 레드카펫에 한 발을 내디뎠을 때, 그녀는 여전히 몸을 굽힌 채 소리 없이 속도를 내기 시작했다.

레스토랑 안에서 현악기들이 내는 선율과 잔들이 부딪히는 소리가 흘러나왔고 비는 계속 쏟아졌다. 도로에서는 경찰차 한 대가 물웅덩이들 사이로 지나갔다. 리스베트는 경찰차와 늘어선 경호원들을 쳐다보면서 저들이 언제 자신을 발견하게 될지 가늠해봤다. 그녀가 총을 쏘기 전일까, 아니면 후일까? 알 수 없는 일이었다. 지금까지는 아무도 그녀에게 주목하지 않았다. 사방이 어둑하고 안개가 자욱한 와중에 모든 시선이 카밀라에게 쏠려 있었다.

언제나처럼 카밀라는 눈부시게 아름다웠다. 블라디미르는 어린 시절 학교 운동장에서 친구들과 그랬던 것처럼 두 눈을 반짝였다. 카밀라에게는 시간을 멈추는 힘이 있었다. 태어날 때부터 타고난 능력이었다. 리스베트는 자매가 앞으로 나아가는 모습을 지켜보았다. 블라디미르가 매무새를 가다듬고 다소 긴장된 표정으로 양팔을 벌리며 그녀를 맞이하는 모습, 다른 손님들이 그녀를 보려고 입구 쪽으로 몰려드는 광경도 눈에 들어왔다. 그런데 바로 그 순간, 거리 쪽에서 누군가의 목소리가 들렸다. 리스베트가 예상한 것이었다. 그건 "저쪽을 봐!"라는 뜻의 러시아어였다. 권투선수처럼 납작 찌그러진 코에 머리가 금발인 경호원이 리스베트 쪽으로 몸을 휙 돌렸다. 더이상 망설일 틈이 없었다.

리스베트는 권총이 있는 곳으로 손을 가져갔다. 과거 아버지에게 휘발유가 든 우유팩을 던졌을 때처럼 심장이 얼음처럼 차가워지는 걸 느꼈다. 카밀라가 공포로 얼어붙고, 최소한 세 명의 경호원이 각자가 소지한 무기 쪽으로 손을 옮기는 모습이 보였다. 이제는 번개처럼 신속하게, 그리고 가차없이 움직여야 했다.

그런데 갑자기 알 수 없는 이유로 몸이 굳어버렸다. 리스베트는 어린 시절의 그림자 하나가 또다시 엄습하는 걸 느끼며, 자신이 기회를 놓쳤을 뿐 아니라 무장한 적들에게 노출되었음을 깨달았다. 이제 출구는 없었다.

카밀라는 상대가 머뭇대는 것을 알아채지 못했다. 단지 자신의 비명소리만 들었고, 주변 사람들의 머리와 몸이 움찔거리는 것을, 황급히 무기를 뽑아드는 움직임들을 느꼈을 뿐이다. 그녀는 너무 늦었다고 확신했다. 이제 자신의 가슴은 빗발치는 총알로 벌집이 되리라고. 하지만 그런 일은 벌어지지 않았다. 그녀는 그 틈을 타 입구 쪽으로 뛰어가 블라디미르 뒤로 몸을 숨겼다. 그후 몇 초간 자신의 거친 호흡과 주변의 어수선한 움직임만 느껴졌다.

잠시 후, 카밀라는 자신이 무사할 뿐더러 상황이 그녀에게 유리하게 전개되고 있음을 깨달았다. 이제 목숨이 위태로운 건 그녀가 아니었다. 위기에 처한 건 저쪽의 어두운 실루엣, 아직 얼굴을 보지 못한 사람이었다. 그 실루엣은 핸드폰으로 무언가를 확인하는지 고개를 숙였다. 분명 리스베트일 터였다. 카밀라는 맹렬한 분노, 미칠 듯한 피의 갈증, 그 가냘픈 실루엣을 고통스럽게 죽이고 싶은 격렬한 욕구에 사로잡혔다. 그녀는 혼돈에 찬 광경을 눈으로 훑었다.

상황은 더할 나위 없이 좋아 보였다. 자신은 방탄복을 착용한 경호원들에 둘러싸여 있고, 리스베트는 그녀를 겨냥한 총구들을 마주하고 보도에 홀로 서 있었다. 그야말로 환상적인 장면이었다. 카밀라는 이 순간을 지속시키고 싶었다. 나중에 이 순간을 무한 반복해 떠올릴 거라는 확신이 벌써부터 들었다. 이제 리스베트는 끝났고 세상에서 곧 사라질 거였다. 카밀라는 아직 머뭇거리는 자가 있을지 몰라 소리쳤다.

"어서 쏴! 저년이 날 죽이려 하고 있어!"

카밀라는 요란한 총소리와 함께 그쪽으로 달려오는 경찰차의 날카로운 사이렌 소리가 뒤섞여 들린다는 착각에 사로잡히며 그 환청에 몸을 부르르 떨기까지 했다. 놀란 사람들이 앞에서 정신없이 뛰어다니는 통에 시야가 가려 리스베트는 더이상 보이지 않았지만 카밀라는 자신의 쌍둥이 자매가 빗발치는 총알들을 맞고 보도에 쓰러져 죽어가고 있다는 상상을 했다. 그런데 아니었다…… 무언가 이상했다. 총소리는 들리지 않았다…… 뭐지? 폭탄? 폭발하는 소리? 귀를 먹먹케 하는 굉음이 레스토랑을 뒤흔들었다. 카밀라는 리스베트가 굴욕 속에 죽어가는 광경을 단 일 초도 놓치고 싶지 않았지만 레스토랑 안의 사람들을 살펴보지 않을 수 없었다. 하지만 그 안에서 무슨 일이 일어나고 있는 건지 전혀 알 수 없었다.

사중주단의 연주가 멈췄고 연주자들은 입을 벌린 채 아수라장으로 변한 파티장을 바라보고 있었다. 어떤 이들은 그 자리에 못박혀 양손으로 귀를 틀어막았고, 또 어떤 이들은 공포에 질려 가슴을 움켜쥐거나 비명을 질러댔다. 대부분은 공황감에 사로잡혀 입구 쪽으로 우르르 몰려나왔다. 레스토랑 문이 왈칵 열리며 첫번째 무리가 쏟아지는 빗속으로 뛰쳐나왔을 때 카밀라는 비로소 이해했다. 그건 폭탄이 아니었다. 굉음의 정체는 비정상적으로 음량을 키워 무슨 소리인지 분간할 수 없게 된 어떤 음악이었다. 아니, 음악이라기보다는 귀를 찢는 천둥소리 같았다. 어느 대머리 중년 남자가 외쳤다.

"이게 무슨 일이야? 이게 무슨 일이냐고!"

짤막한 진청색 드레스 차림에 스무 살쯤 되었을 젊은 여자가 천장이 무너져내리기라도 할 것처럼 양손으로 머리를 부여잡고 털썩 무릎을 꿇었다. 그 여자의 바로 옆에 서 있던 블라디미르가 뭐라고 웅얼거렸지만 요란한 소음에 묻혀버렸다. 그 순간 카밀라는 자신의 잘못을 깨달았다. 잠시 방심한 것이다. 불같은 분노에 휩싸이며 리스베트를 목격했던 보도와 벽 쪽을 쳐다보았지만 그녀는 이미 사라지고 없었다.

땅속으로 꺼져버린 것 같았다. 카밀라가 아수라장이 된 주위를 둘러보며 분을 못 이기고 욕을 내뱉는 순간, 무언가가 그녀의 어깨를 세게 때렸다. 카밀라는 팔꿈치와 머리를 보도에 부딪히며 나뒹굴었다. 쿵쾅거리며 뛰어가는 사람들의 발길에 차이며 드러누운 채 이마는 통증으로 고동쳤고 입술은 찢어져 피가 흘렀다. 이때 바로 위에서 들려오는 귀에 익은 목소리에 카밀라는 피가 얼어붙을 지경이었다.

"기다려, 동생. 내가 반드시 복수할 테니까."

카밀라는 머리가 멍해서 그 말에 반응할 수 없었다. 잠시 후 고개를 들어 주변을 살폈지만 레스토랑에서 황급히 쏟아져나오는 사람들만 보일 뿐 리스베트는 흔적조차 없었다. 카밀라는 다시 한번 "저년을 죽여!"라고 소리쳤지만 무의미한 말이라는 걸 스스로도 알았다.

블라디미르는 키라가 쓰러진 것도 알아채지 못했다. 지금 주변에서 벌어지는 광기어린 광경에도 무감각했다. 이 북새통 속에서 세상 무엇보다 소름 끼치는 무언가를 들었기 때문이다. 짧고 날카로운 리듬으로 악쓰듯 내지르는 단어들. 잠시 그는 귀를 의심했다.

블라디미르는 고개를 흔들며 "아냐, 아냐"라고 웅얼거렸다. 이건 끔찍한 환상이라고, 자신의 병적인 상상력이 빚어낸 소름 끼치는 괴물이라고 생각하려 애썼다. 하지만 그가 들은 건 분명 노랫소리, 그의 악몽에 등장하는 그 노랫소리였다. 블라디미르는 그대로 사라져버리고 싶었다. 그대로 죽어버리고 싶었다.

"이건 말도 안 돼, 이건 말도 안 돼……" 그는 후렴구의 합창소리가 수류탄의 충격파처럼 거세게 고막을 울리는 것을 느끼며 신음했다.

거짓말로 세상을 죽여라.
리더들에게
세상을 마비시키는 힘을 주어라,
증오를 먹여 살인자들을 키워라,
절단하고, 완전히 부숴버리고, 축하하라.
하지만 결코, 결코
사과하지 마라.

세상에서 이 노래만큼 그를 얼어붙게 하는 건 없었다. 거기에 비하면 그가 그토록 기대한 파티가 처참하게 고의적인 방해를 당한 것도, 이 도시 실력자들의 고막을 터지게 해서 고소당할 위험에 처한 것도 별일 아니었다. 지금 그의 머릿속은 온통 이 음악뿐이었다. 그게 여기서 흘러나오고 있다는 건 누군가가 그의 가장 어두운 비밀을 파고들었다는 의미였다. 온 세상 앞에 끌려나와 진창에 내동댕이쳐질 위험에 처했다는 뜻이었다. 미칠 듯한 공황감이 가슴을 옥죄었다. 제대로 숨도 쉬기 힘들었다. 마침내 수하들이 음악을 껐을 때 그는 이 모든 게 별거 아니라는 듯 미소를 지어 보였고 과장적으로 안도의 한숨을 내쉬며 말했다.

"신사 숙녀 여러분, 정말 죄송합니다! 이러니 테크놀로지를 맹신하면 안 되는 거군요! 진심으로 사과드립니다. 자, 이제 다시 파티를 시작하시죠! 오늘밤에 술이 떨어지는 일은 없을 거라고 여러분께 약속하겠습니다. 그리고 술에 곁들일 다른 것들도……"

블라디미르는 미녀들이 분위기를 띄워주기를 바라며 가벼운 옷차림의 콜걸들을 눈으로 찾았다. 눈에 들어온 몇 안 되는 여자들은 새파랗게 겁에 질려 벽에 붙어 있었다. 그는 말을 제대로 끝맺을 수 없었다. 그의 목소리에 맥이 빠져 있다는 걸 모두가 느꼈다. 블라디미르는 허물어지기 직전이었다. 연주자들이 줄줄이 그의 앞을 지나 출구 쪽으로 향하자 손님들도 대부분 돌아갈 채비를 했다. 블라디미르는 반가울 따름이었다. 어서 혼자가 되어 자신의 내면과 공포에 골몰하고 싶었다.

그리고 조금이나마 위안을 얻고자 자신의 변호사들과 러시아 정부의 인맥들에게 전화를 걸 생각이었다. 자신이 서구의 언론들에 추악한 전범으로 거론되는 일은 없으리라는 말을 듣고 싶었다. 블라디미르는 힘있는 보호자들을 두었고, 양심의 거리낌 없이 흉악한 범죄들을 저질러온 거물이었다. 그렇다고 정신이 강인한 사람은 아니었다. 적어도 자신이 주최한 화려한 파티에서 난데없이 〈거짓말로 세상을 죽여라〉가 흘러나온 지금 같은 때라면.

이런 일들이 일어나면 그는 시시껄렁한 건달의 모습으로 돌아가곤 했다. 그 시절 아주 운좋게도 어느 사우나에서 두 러시아 하원의

원의 옆에 앉게 되어 그들에게 황당한 이야기들을 늘어놓았던 이류 범죄자의 모습으로 말이다. 말도 안 되는 헛소리를 늘어놓는 건 배운 것도 없고 특별한 능력도 없는 블라디미르의 유일한 재능이었다. 그에게 필요한 건 그게 전부인 듯했다.

아주 오래전 일이다. 그날 오후, 블라디미르는 술을 잔뜩 퍼마시고 한 사우나에 가서 헛소리들을 늘어놓고 높으신 분들의 친구가 되었다. 그 후로는 성실하게 일했다. 지금은 직원 수백 명을 거느리는 보스가 되었는데, 대부분이 수학자, 전략가, 심리학자, 러시아 연방보안국 혹은 GRU의 자문위원, 해커, IT 전문가, 엔지니어, 그리고 A.I. 혹은 로봇공학 전문가로서 그보다 훨씬 똑똑한 이들이었다. 블라디미르는 재력과 권력이 있었고, 무엇보다 중요한 사실은 누구도 그를 정보기관이나 가짜 뉴스 공작과 결부해 생각하지 않는다는 점이었다.

그는 자신의 책무와 소유권을 교묘하게 감춰왔고, 최근에는 위기마다 미소를 지어준 행운의 여신에게 감사할 따름이었다. 위기를 초래한 건 그가 증시 폭락에 관여한 일이 아니라 (오히려 그는 그 일을 자랑거리로 삼았다) 체첸공화국에서 벌인 공작이었다. 그 사건은 언론에서 폭발적으로 다뤄졌고, 유엔 본부 앞에서 소요에 가까운 항의를 유발했으며, 전 세계를 뒤흔든 하드록 저항곡까지 탄생시켰다.

이 곡은 살인자들에 대한 항의 집회가 열릴 때마다 연주되었고 매번 블라디미르는 자신의 이름이 나올지도 모른다는 두려움에 마음을 졸였다. 그래도 이 파티를 준비해온 지난 몇 주 동안에 그의 삶은 정상으로 돌아왔다. 다시 웃고, 농담하고, 시시껄렁한 소리를 늘어놓을 수 있었다. 그리고 이날 저녁, 그가 초대한 VIP들이 연이어 나타났다. 오랜만에 가슴을 활짝 펴고 그 광경을 만끽하는데 갑자기 빌어먹을 노래가 두개골을 터뜨려버릴 듯 어마어마한 굉음으로 울려퍼졌다.

"이런 망할, 망할, 망할!"

"뭐라는 겁니까?"

모자를 쓰고 지팡이를 든 점잖은 신사—블라디미르는 정신이 없어 그 신사가 누구인지 기억나지 않았다—가 그를 못마땅한 눈으로 쳐다보았다. 블라디미르는 그에게 꺼지라고 소리치고 싶었지만 상대가 자기보다 힘있는 사람일지 몰라 최대한 공손히 대답했다.

"말이 험해서 죄송합니다. 화나는 일이 있어서요."

"IT 보안을 손봐야 할 것 같군요."

블라디미르는 속으로 '내가 늘 하는 일이 바로 그거야, 이 자식아!'라고 내뱉었지만 겉으로는 이렇게 대답했다.

"그것과는 상관없는 일입니다."

"그럼 대체 무슨 일입니까?"

"그냥…… 전기 문제 같습니다."

전기 문제라니. 스스로 생각해도 멍청하기 그지없는 대답이었다. 전기 합선 같은 문제로 〈거짓말로 세상을 죽여라〉가 저절로 흘러나올 수 있다는 소리인가! 무안해진 블라디미르는 고개를 돌린 뒤 마지막으로 택시에 오르는 손님들에게 처량하게 손을 흔들어 보였다. 레스토랑은 비어갔다. 그는 젊은 기술팀장 펠릭스를 눈으로 찾았다. 이 쓸모없는 얼간이는 대체 어디 있는 건가?

마침내 무대 앞에서 펠릭스를 찾았다. 우스꽝스러운 염소수염을 기르고 자루를 뒤집어쓴 듯 안 어울리는 턱시도 차림을 한 그가 누군가와 통화하고 있었다. 얼굴을 잔뜩 찌푸린 채였는데 그럴 만도 했다. 얼간이 같은 놈이 파티에 문제는 없을 거라고 장담했으나 이렇게 개판이 되어버렸으니 말이다. 블라디미르는 그에게 당장 오라고 손짓했다.

그런데 펠릭스가 잠깐만 기다리라는 뜻으로 손을 내젓는 게 아닌가. 블라디미르는 그에게 주먹을 한 방 날리거나 그대로 머리통을 붙잡아 벽에 찧어버리고픈 욕구가 치밀었다. 마침내 펠릭스가 어기적거리며 걸어왔을 때 그는 그저 맥빠진 얼굴로 이렇게 물었다.

"그 노래 들었어?"

"네."

"누군가가 알고 있다는 건데?"

"그런 것 같아요."

"앞으로 무슨 일이 일어날 것 같아?"

"전혀 모르겠네요."

"조만간 누군가가 우리를 협박한다는 건가?"

펠릭스는 말없이 입술만 잘근잘근 깨물었고 블라디미르는 멍하니 거리를 바라보았다.

"최악의 상황에 대비하는 게 좋겠어요." 펠릭스가 말했다.

'그 말만은 하지마.' 블라디미르는 생각했다. '그 말만은 하지마.'

"왜?" 되묻는 그의 목소리가 갈라졌다.

"방금 전에 유리 보그다노프가 전화했어요……"

"유리?"

"네, 키라의 수하요."

키라…… 블라디미르는 생각했다. 아름답고 끔찍한 키라…… 그러다 불현듯 떠올랐다. 이 모든 일의 시작이 바로 키라였다. 그녀의 아름다운 얼굴이 섬뜩하게 일그러졌을 때, 그 입에서 "쏴! 죽여!"라는 말이 튀어나왔을 때, 그리고 그녀의 두 눈이 벽을 따라 지나는 어두운 실루엣에 고정되었을 때 모든 게 시작되었다. 돌이켜보니 이 모든 일이 그후에 일어난 끔찍한 소동과 관련된 것 같았다.

"유리가 뭐라고 했는데?" 블라디미르가 물었다.

"누가 우리를 해킹했는지 안다고요."

전기 문제…… 블라디미르는 속으로 되뇌었다. 어떻게 그런 멍청한 소릴 할 수 있지?

"그러니까 우리가 해킹당했다는 거야?"

"그런 것 같아요."

"그건 불가능한 일이잖아? 불가능하다고, 이 얼간이 같은 자식아!"

"하지만 그 문제의 인물이······"

"그 문제의 인물이 뭐?"

"실력이 비상한 여자라고 합니다."

"범인이 여자란 소리야?"

"네. 그리고 돈에는 관심이 없는 모양이에요."

"그럼 어디에 관심이 있는데?"

"복수요."

블라디미르는 몸을 부르르 떨다가 갑자기 펠릭스의 턱에 주먹을 날렸다. 그러고는 그 자리를 떠나 샴페인과 보드카를 진탕 마셨다.

호텔방에 들어온 리스베트는 평온한 얼굴이었다. 느긋해 보이기까지 했다. 그녀는 위스키를 한 잔 따라서 단번에 들이켜고 티테이블 위 그릇에 담긴 견과를 몇 개 집어먹었다. 그런 다음 조금도 불안하거나 초조한 기색 없이 여유롭게 짐을 싸기 시작했다.

하지만 가방의 지퍼를 잠그고 출발할 준비를 마쳤을 때 자신의 몸이 부자연스럽게 경직되어 있음을 느꼈다. 그녀는 꽃병, 액자, 크리스털 샹들리에처럼 박살내버릴 수 있는 무언가를 눈으로 찾았다. 그러다 욕실로 들어가 거울에 비친 자신의 모습을 보면서 얼굴 곳곳을 자세히 살폈다. 아니, 사실 그녀는 아무것도 보지 않고 있었다.

그녀의 정신은 아직도 트베르스코이 대로에 있었다. 권총을 향해 뻗었다가 다시 멀어지는 자신의 손이 보였다. 무엇이 그 일을 쉬워 보이게 했는지, 또 무엇이 그 일을 그토록 어렵게 만들었는지 다시 생각해봤다. 그러다 이번 여름 들어 처음으로 불현듯 깨달았다. 자신이 무얼 해야 할지 모르고 있다는 사실을. 나는······ 그래, 정확히 어떤 상태지? 완전히 길을 잃어버린 걸까? 핸드폰을 들어 검색만 하면 카밀라의 주소를 쉽게 알아낼 수 있었지만 그것도 기운을 북돋아주진 못했다.

리스베트는 구글어스의 위성사진을 통해 널찍한 테라스, 정원, 수영장, 조각상 등으로 둘러싸인 거대한 석조 건물을 내려다보았다. 룬다가탄의 벤츠 안에서 아버지가 그랬던 것처럼 이 모든 것들이 불타오르는 광경을 상상해봤지만 기분이 나아지지 않았다. 완벽한 계획은 실패로 끝났다. 리스베트는 자신의 머뭇거림, 그리고 아주 오래전에도 오늘처럼 머뭇거렸던 일을 재차 곱씹었다. 그녀에게는 치명적이고 심각한 결함이었다. 리스베트는 알아들을 수 없는 말을 중얼거리며 다시 위스키를 한 모금 마셨다.

그런 다음 온라인으로 숙박비를 계산하고 가방을 들고서 밖으로 나왔다. 호텔에서 몇 블록 떨어진 곳에 이르러 권총을 깨끗이 닦은 뒤 하수구 구멍에 던져버렸다. 택시를 잡아탄 리스베트는 공항으로 달리는 차 안에서 다음날 오전 코펜하겐에 도착하는 항공편을 여러 가짜 신분 중 하나로 예약했다. 그리고 셰레메티예보 공항 부근의 셰러턴 호텔에 체크인했다.

새벽녘에 리스베트는 미카엘이 보낸 메시지를 열었다. 그녀를 걱정하고 있다는 말에 피스카르가탄에서 녹화된 장면이 떠올랐다. 리스베트는 늘 사용하는 백도어를 통해 미카엘의 노트북에 들어가보기로 했다. 자신이 왜 그러는 건지 이유는 알 수 없었다. 자꾸만 머릿속에서 반복되는 그 장면으로부터 다른 쪽으로 생각을 돌릴 필요가 있는 건지도 몰랐다. 그녀는 책상 앞에 앉았다.

잠시 후, 암호화된 문서를 몇 개 찾아냈다. 미카엘에게 매우 중요한 문서처럼 보였고, 그녀가 읽어보기를 원하는 것 같았다. 미카엘은 특별히 그녀를 위해 만든 문서에 오직 그녀만이 이해할 수 있는 단서와 힌트를 남겨놓았다. 그렇게 한 시간가량 그의 노트북을 이리저리 돌아다닌 끝에 주식시장과 트롤 팩토리에 대해 쓴 장문의 탐사기사에 접근할 수 있었다. 미카엘은 조사를 통해 꽤 많은 것들을 알아냈지만 그녀만큼은 아니었다. 리스베트는 기사를 두 차례 훑어본 뒤 말미에 몇 문장을 덧붙이고 다양한 자료를 모은 링크 주소와 이메일들을 첨부했다. 그러고 나니 몹시 피곤해져 블라디미르 쿠즈네초프의 철자를 잘못 썼다는 것도 알아채지 못했다. 게다가 미카엘이 평소 쓰는 문체를 따르지도 못했다. 나중에는 로그아웃을 한 뒤 옷도 신발도 벗지 않은 채 침대에 드러누웠다는 것만 기억했다.

잠이 든 리스베트는 꿈에서 아버지를 보았다. 그는 불바다 한가운데 서서 이렇게 말했다. 리스베트는 이제 약해져서 카밀라에게 아무런 승산이 없다고.

5장
8월 16일

미카엘은 일요일 아침 6시에 눈을 떴다. 더위 탓이겠거니 했다. 소나기가 퍼붓기 전처럼 공기가 후덥지근했고 이불과 베개는 땀으로 축축했다. 머리가 지끈지끈 아파 병이라도 났나 싶었지만 어제 저녁에 있었던 일들이 떠올랐다. 밤이 이슥하도록 잠이 오지 않아 술을 몇 잔 마신 일도 기억났다. 미카엘은 커튼 아래로 스며드는 아침햇살을 보며 욕을 내뱉고는 이불을 머리 위로 끌어당기고 다시 잠을 청했다.

하지만 이내 핸드폰에 눈길을 주는 멍청한 실수를 하고 말았다. 리스베트가 메시지에 답을 보냈을까? 물론 그러지 않았다. 미카엘은 그녀 생각에 다시 마음이 어수선해져 침대에서 벌떡 일어나 앉았다.

그러고는 머리맡 협탁 위에 어지러이 쌓여 있는 책들을 보았다. 앞부분만 시작했을 뿐 끝까지 읽은 책은 한 권도 없었다. 침대에 누워 책이나 읽을까, 아니면 쓰던 기사나 계속 쓸까 잠시 망설였다. 결국은 주방으로 가 카푸치노를 한 잔 만든 뒤 배달된 조간신문을 가져와 최신 뉴스들을 훑어보았다. 삼십 분쯤 지나 몇 통의 이메일에 답장을 보낸 다음 욕실을 청소하고 집안 곳곳을 정리했다.

9시 30분, 〈밀레니엄〉의 젊은 기자 소피 멜케르로부터 메시지가 왔다. 몇 달 전 그녀는 남편과 두 아들과 함께 그의 동네로 이사왔다. 그녀는 탐사기사에 관한 아이디어가 있다며 의논하고 싶어했다. 미카엘은 내키지 않았지만 좋아하는 동료였기에 삼십 분 뒤 상트파울스가탄의 카페바에서 만나자고 제안했다. 그녀는 대답으로 엄지 모양 이모티콘을 보내왔다. 평소 그는 이모티콘을 좋아하지 않았다. 말로 해도 충분한데 왜 이런 것들을 사용하는지 이해할 수 없었지만 구식으로 보이고 싶지는 않아 자신도 귀여운 이모티콘을 보내기로 마음먹었다.

그런데 불행하게도 그의 굼뜬 손이 웃는 얼굴 대신 빨간 하트를 보내고 말았다! 소피가 오해할 수도 있다. 그런데 아니…… 이 영역에도 인플레이션이 있지 않나? 요즘은 누구나 하트 이모티콘을 남발해서 아무런 의미도 없게 됐다, 그렇지 않나? 그는 욕실에 들어가 샤워와 면도를 마친 뒤 청바지와 여름셔츠를 입고 밖으로 나갔다.

파란 하늘에 해가 밝게 빛나고 있었다. 그는 호른스가탄으로 통하는 돌계단을 내려가 마리아 광장으로 들어서서 주위를 둘러보았다. 놀랍게도 전날 저녁 축제의 흔적이 거의 보이지 않았다. 담배꽁초 하나 떨어져 있지 않았다. 쓰레기통들은 깨끗이 비워졌고 우측의 리발 호텔 앞에서는 주황색 조끼 차림의 젊은 여자가 기다란 집게로 잔디에 떨어진 마지막 쓰레기들을 줍고 있었다. 그는 그 여자의 앞을 지나 광장 한가운데 서 있는 동상 앞에 이르렀다.

미카엘은 이 도시에서 무엇보다 자주 그 동상 앞을 지나쳤지만 그게 무엇을 형상화한 건지도 잘 몰랐다. 우리가 눈앞에 있는 것들에 대해 흔히 그러듯 별 주의를 기울이지 않았다. 만일 누군가 묻는다면 그는 그 동상이 용을 죽이는 성 게오르기우스라고 생각했을 것이다.

하지만 그건 바다뱀 요르문간드를 죽이는 토르 신이었다. 몇 년간 그는 동상에 새겨진 설명문 한번 읽은 적 없었다. 이날은 동상 뒤 놀이터에서 아들을 그네에 태워 밀어주는 젊은 아버지, 벤치와 잔디에 앉아 고개를 든 채 햇볕을 받고 있는 사람들을 바라보았다. 여느 일요일과 다름없는 평범한 풍경이었다. 그런데 미카엘은 무언가가 빠졌다는 느낌이 들었다. '웬 바보 같은 생각이지? 착각일 거야.' 이렇게 생각하고는 걸음을 재촉해 상트파울스가탄으로 들어서는 순간 그는 깨달았다.

거기서 빠진 건 분수대 근처에 골판지를 깔고 참선하는 승려처럼 꼼짝 않고 앉아 있던 그 남자였다. 일주일 전부터 그의 모습이 보이지 않았다. 손가락 몇 개가 잘려나갔고, 바짝 마른 얼굴은 검게 그을렸으며, 늘 커다란 파란색 점퍼를 입고 있었다. 한동안 남자는 미카엘의 일상적인 도시 풍경의 일부로 존재했다. 비록, 자주 그렇듯이, 그가 일에 몰두해 있을 때면 흐릿한 배경으로 옅어지고 마는 풍경이었지만.

미카엘은 생각에 깊이 빠져 있어 남자를 제대로 보지 못했다. 하지만 그 불쌍한 남자는 미카엘의 무의식의 그늘에 숨은 듯 늘 거기에 있었고, 역설적이게도 이제 그 모습이 사라지자 더 잘 보이게 되었다. 이제는 남자를 아주 세세히 기억해낼 수 있었다. 뺨을 뒤덮은 검은 반점들, 쩍쩍 갈라진 입술, 육체적으로 고통스러워 보이는 데 비해 의연함을 잃지 않은 모습…… 그 법의학자가 사망한 사람에 대해 물었을 때 미카엘은 그 남자와 연관짓지 못했다. 어떻게 그를 까맣게 잊을 수 있단 말인가. 아니, 미카엘은 답을 알았다.

거리에 앉아 있는 이런 사람들의 경우 과거에는 금방 눈에 띄는 흉한 존재와도 같았다. 오늘날은 당신에게서 몇 크로나를 얻어내고자 애쓰는 누군가와 마주치지 않고는 채 50미터도 걸어갈 수 없다. 상점 앞, 지하철역 입구, 재활용 센터 등 어디서나 보도 위에 앉아 있는 그들을 볼 수 있다. 누더기를 걸친 새로운 스톡홀름이 탄생했고 모두가 금방 거기에 익숙해졌다. 서글픈 진실이었다.

스톡홀름 걸인의 수는 시민들이 현금 사용을 멈춘 시점부터 폭증했고, 다른 이들과 마찬가지로 미카엘도 그들을 외면하는 법을 배우게 되었다. 그는 여기에 죄책감도 느끼지 않았다. 단지 좀 우울했다. 그 남자나 다른 걸인들 때문이라기보다는 시간이 참 빨리 흐른다는, 우리가 모르는 사이에 세상이 계속 변하고 있다는 생각 때문이었다.

카페바 앞에는 트럭이 한 대 서 있었는데, 주차된 공간이 극히 협소해 저 차가 어떻게 저기를 빠져나갈지 궁금할 정도였다. 카페 안에는 늘 그렇듯 낯익은 얼굴이 많았다. 많아도 너무. 그들과 잡담을 나눌 기분이 아니었던 미카엘은 지나가면서 간단한 인사말만 건네고, 더블 에스프레소와 버섯 토스트를 주문한 뒤 상트파울스가탄에 면한 창가에 앉아 상념에 잠겼다. 잠시 후, 그의 등에 누군가의 손길이 닿는 게 느껴졌다. 소피였다. 녹색 원피스 차림의 그녀가 조심스레 미소를 지었다. 그녀는 밀크티 한 잔과 페리에 한 병을 주문하고 미카엘에게 빨간 하트가 뜬 핸드폰을 흔들어 보였다.

"한번 찔러보는 거예요, 아니면 직원의 사기 진작을 위한 거예요?" 소피가 물었다.

"에이, 손가락이 굼떠서." 미카엘이 대답했다.

"형편없는 대답이네요."

"그럼 직원의 사기 진작을 위한 거라고 해두지. 에리카의 지시에 따라."

"여전히 형편없지만 아까보다는 낫군요."

"그래, 가족들은 어떻게 지내?" 그가 물었다.

"어머니는 여름휴가가 너무 길다고 하세요. 애들은 계속 재미있게 해달라고 떼쓰고요. 개구쟁이들!"

"이제 이 동네에서 지낸 지 얼마나 됐지?"

"다섯 달이 다 되어가요. 기자님은요?"

"백 년."

소피가 웃음을 터뜨렸다.

"어떤 의미에선 농담이 아냐." 그가 설명했다. "여기서 나만큼 오래 살면 더는 아무것도 보지 않게 돼. 보이지 않아도 다닐 수 있는 경지에 이르지."

"정말로요?"

"적어도 난 그래. 자네는 이 동네 신참이니 아직은 두 눈 크게 뜨고 다녀야 할 거야."

"그럴지도 모르죠."

"소피, 혹시 마리아 광장에서 커다란 파란색 점퍼 차림으로 앉아 있던 걸인 기억해? 얼굴에 검은 반점이 있고, 양손에 손가락이 거의 없는 남자."

그녀가 슬픈 미소를 지었다.

"네, 또렷하게 기억해요."

"어째서?"

"그런 사람은 쉽게 잊히지 않거든요."

"난 그를 잊고 있었어."

소피가 놀라서 그를 쳐다보았다.

"그게 무슨 말이에요?"

"적어도 그와 열 번은 마주쳤을 텐데 한 번도 눈여겨본 적이 없어. 그런데 그가 죽고 나니 이상하게 더욱 생생히 떠오르는 거야."

"그가 죽었다고요?"

"어제 법의학자라는 사람이 내게 전화를 해왔어."

"왜 하필 기자님이죠?"

"그의 주머니에 내 핸드폰 번호가 적힌 쪽지가 있었대. 그의 신원을 확인하는 데 내가 도움을 줄 수 있을 거라고 생각했겠지."

"기자님은 그 사람을……"

"전혀 몰라."

"어쩌면 제보하고 싶은 이야기가 있었는지도 모르죠."

"아마도."

소피가 밀크티를 다 마셨다. 잠시 침묵이 감돌았다.

"일주일 전쯤 일인데요, 그 사람이 카트린 린도스에게 달려들었어요." 마침내 소피가 입을 열었다.

"진짜야?"

"그녀가 지나가는 걸 보더니 흥분해서 날뛰던걸요. 그때 전 스웨덴 보리스가탄에 있다가 멀리서 그 광경을 목격했고요."

"왜 그랬던 거지?"

"TV에서 그녀를 보았겠죠."

카트린 린도스는 종종 TV에 출연했다. 보수 성향의 논설위원이자 칼럼니스트인 그녀는 법과 안전, 혹은 학교 내 규율과 수업 규범 등에 대한 토론에 참여했다. 퍽 세련된 외모의 그녀는 늘 완벽하게 다림질된 정장과 리본을 큼지막하게 맨 블라우스 차림이었고 머리칼 한 올 삐져나오는 법이 없었다. 미카엘은 그녀가 진지한 면은 있지만 상상력이 부족하다고 생각했다. 그녀는 일간지 〈스벤스카 다그블라데트〉에서 미카엘에 대해 비판적인 논조를 취해왔다.

"그래서 어떻게 됐지?"

"그가 카트린의 팔을 꽉 붙잡고 소리를 질렀어요."

"뭐라고 소리를 질렀는데?"

"전혀 모르겠어요. 지팡이 같은 걸 흔들어대기까지 했죠. 그가 떠난 후에도 카트린은 정신을 못 차리더군요. 제가 가서 그녀를 진정시키고 재킷에 붙은 지저분한 것들을 떼는 걸 도와주었고요."

"이런, 그녀에겐 아주 끔찍한 순간이었겠네."

미카엘은 자신도 모르게 빈정거리는 투로 말했다. 소피가 그걸 놓치지 않았다.

"기자님은 카트린을 별로 안 좋아하죠, 그렇죠?"

"천만에. 아무런 사감 없어." 미카엘이 방어적으로 대답했다. "단지 우파적 성향이 강하고 나한테 좀 까다롭게 군다고 생각할 뿐이야."

"밥맛없게 완벽한 여자?"

"그런 말 한 적 없는데."

"하지만 그렇게 생각하잖아요. 기자님은 카트린이 인터넷에서 얼마나 험한 소리를 많이 듣는지 모를 거예요. 사람들은 그녀가 룬드스베리 기숙학교 출신에 서민들을 거들떠보지도 않는 부잣집 새침데기인 줄 알죠. 실제로는 어떻게 자랐는지 알아요?"

"나야 전혀 모르지."

미카엘은 소피가 왜 갑자기 열을 내는지 알 수 없었다.

"그렇다면 얘기해줄게요."

"그래, 한번 해봐."

"카트린은 예테보리의 유랑민 마을에서 아주 비참하게 자랐어요. 부모는 LSD와 헤로인을 했죠. 집은 늘 난장판인데다 약에 취한 사람들로 들끓었고요. 깔끔한 정장과 정돈된 모습이 그녀에게는 생존방식인 거예요. 카트린은 싸우며 살아왔어요. 어떤 의미에선 반항아로 볼 수 있죠."

"흥미롭군."

"그렇죠! 기자님은 카트린을 지독한 보수주의자로 여기겠지만, 그녀는 좋은 일을 많이 하고 있어요. 자신의 성장 환경을 지배했던 '뉴에이지'니 '새로운 영성'이니 하는 헛소리들의 허상을 드러내려 싸워왔다고요. 사람들이 생각하는 것보다 훨씬 흥미로운 인물이에요."

"소피, 카트린과 친구야?"

"네."

"고마워, 소피. 앞으로는 그녀를 다른 시각으로 보도록 노력해볼게."

"그 말, 못 믿겠어요." 소피는 웃으며 대답했지만 말까지 약간 더듬는 모습에서 이것이 그녀에게 중요한 문제임을 알 수 있었다.

그러고서 소피가 미카엘의 탐사기사가 잘되어가는지 물었고, 그는 별 진척이 없다고 대답했다. 러시아 쪽을 추적하는 건 꽉 막혀버렸다고.

"좋은 정보원들이 있다고 하지 않았어요?"

"내 정보원들이 모르니 나도 알 수 없지."

"상트페테르부르크에 직접 가서 문제의 트롤 팩토리를 파봐야 하지 않을까요? 이름이 뭐랬죠?"

"뉴 에이전시 하우스."

"일종의 본부인 건가요?"

"그쪽도 꽉 막힌 것 같아."

"아니, 천하의 미카엘 블롬크비스트가 왜 이토록 비관적이 됐죠?"

미카엘 역시 그렇게 느끼고 있었지만 상트페테르부르크에 가고 싶은 생각은 전혀 없었다. 그곳은 이미 기자들로 우글거렸지만 트롤 팩토리의 배후에 누가 있는지, 러시아 정부나 정보기관이 어디까지 연루되어 있는지 알아낸 사람은 없었다. 미카엘은 그 모든 것에 신물이 났다. 뉴스들, 그리고 세계 정치가 한심하게 돌아가는 모습에. 그는 에스프레소를 한 잔 더 주문한 뒤 소피가 새로 계획하고 있다는 기사에 대해 물었다.

소피는 가짜 뉴스 공작에 내포된 반유대주의 경향에 대해 기사를 쓰고 싶다고 했다. 새로운 뉴스거리는 아니었다. 지금껏 트롤 팩토리들은 증시 폭락이 유대인의 음모에 의한 것이라는 암시를 퍼뜨리고 싶은 충동에 번번이 굴복해왔기 때문이다. 그 가짜 뉴스들은 지난 수세기 동안 날조되어온 쓰레기 같은 주장들과 조금도 다를 바 없었고, 수없이 기사로 다뤄지고 분석된 내용이었지만 소피의 시각은 좀더 독창적이었다.

소피는 이런 경향이 초등학생, 교사, 지식인 등 지금껏 자신이 유대인이라는 사실을 전혀 의식하지 않고 살아온 평범한 사람들의 일상에 미치는 영향을 다루고 싶어했다. 미카엘은 "좋아! 잘해봐!"라며 격려했다. 그리고 몇 가지 질문과 조언을 한 뒤 스웨덴 사회 안에서 꿈틀대는 혐오, 그 혐오를 들쑤시는 포퓰리스트와 극단주의자 들에 대해 대략적으로 얘기했다. 그의 음성사서함에 욕설을 남기는 멍청이들에 대해서도 몇 마디 덧붙였다. 그러다 미카엘은 이 모든 장광설이 돌연 피곤하게 느껴졌고, 소피를 가볍게 포옹하며 미안하다는 말—왜 그런 말을 했는지 자신도 알 수 없었다—과 함께 작별을 고했다. 그는 집으로 돌아가 옷을 갈아입고 조깅을 하러 밖으로 나갔다.

6장
8월 16일

키라가 모스크바 서부 루블툡카의 대저택에서 침대에 누워 있을 때 해커들의 총책임자 유리 보그다노프로부터 얘기 좀 하자는 메시지가 도착했다. 키라는 그에게 입 닥치고 조용히 기다리라고 답했다. 그렇게 말하고도 분이 풀리지 않아 가정부 카탸에게 헤어브러시를 집어던지고, 덮고 있던 이불을 머리 위까지 끌어올렸다. 정말이지 지난밤은 악몽 같았다. 난장판이 된 레스토랑, 리스베트의 단호한 걸음걸이와 실루엣, 그 모든 게 생생하게 떠올랐다. 그녀는 보도에 넘어질 때 받은 충격으로 여태 욱신거리는 어깨를 무의식적으로 만져보곤 했다. 통증 때문이라기보다는 그녀에게 달라붙어 떨어지려 하지 않는 어떤 존재 때문이었다.

대체 언제쯤 이 모든 게 끝날까? 그녀는 치열하게 싸워왔고 정상에 올라섰다. 그러나 과거는 계속해서 나시 솟아 나타났다. 매번 다른 모습으로. 어린 시절은 그리 달콤하다고 할 수 없었지만 그래도 좋아하는 부분들이 있었다. 지금은 그것들마저 하나씩 뜯겨나가고 있었다.

어린 시절부터 카밀라는 떠나고 싶은 마음뿐이었다. 룬다가탄과 쌍둥이 자매와 어머니, 가난하고 소외된 삶으로부터 멀리. 어린 나이부터 자신이 이보다 더 나은 삶을 누릴 자격이 있음을 깨달았다. 아주 오래전 스톡홀름 중심가의 NK 백화점에서 겪은 일을 기억한다. 그곳에서 모피 코트와 무늬 있는 바지를 입은 여자 하나가 웃고 있었다. 몹시 아름다워서 다른 세상 사람처럼 느껴질 정도였다. 카밀라는 조금씩 다가가다 결국 여자의 발치에 서게 되었다. 그 여자만큼이나 아름다운 그녀의 친구가 카밀라의 양볼에 키스하고는 물었다.

"오, 네 딸이야?"

몸을 돌린 여자가 시선을 내려 카밀라를 발견하더니 미소를 지으며 영어로 대답했다.

"그랬으면 좋겠지만 아니야."

카밀라는 그 대답이 친절한 말이라는 것만은 이해했다. 카밀라는 멀어져가면서 여자가 스웨덴어로 하는 말을 띄엄띄엄 들었다. "참 예쁜 아이네. 저애 엄마가 옷을 잘 입었으면 좋았을 텐데……" 가슴이 찢어지는 것만 같았다. 카밀라는 크리스마스를 맞아 화려하게 꾸며놓은 진열창을 리스베트와 함께 들여다보고 있는 앙네타—이미 그때부터 자신의 엄마를 이름으로 불렀다—를 쳐다보았다. 그리고 불현듯 깊은 구렁과 같은 차이가 느껴졌다. 저쪽에서는 삶이 즐거움만으로 가득한 듯 보이는 두 여자가 휘황하게 빛나는데, 이쪽에는 다해져서 흉한 옷을 입은 앙네타가 창백한 얼굴로 구부정하게 서 있었다. 분함과 억울함으로 속이 들끓었다. '난 정말 거지같은 곳에서 태어난 거야!'

카밀라의 어린 시절에는 이런 순간들, 자부심과 깊은 절망이 동시에 느껴지던 순간들이 많았다. 공주처럼 예쁘다는 사람들의 말에 자부심을 느꼈지만, 실제로는 어둠이 드리운 변두리 가정에서 살고 있었기에 절망스러웠다.

이때부터 옷이며 머리핀을 사기 위해 도둑질을 시작한 건 사실이지만 대단한 것은 아니었다. 기껏해야 동전 몇 개, 혹은 지폐 몇 장, 할머니 집에 있던 오래된 브로치 하나, 선반에 놓인 러시아 꽃병 정도가 전부였다. 그런데 사람들은 그녀를 실제보다 훨씬 나쁜 아이로 몰았다. 게다가 앙네타와 리스베트까지 한통속으로 그녀를 배척하는 것 같았다. 집안에서도 스스로가 이방인처럼 느껴졌다. 주워 온 아이, 주워다놓고 끊임없이 감시하는 아이처럼. 간간이 찾아오는 아버지 살라도 도움이 안 됐다. 거치적거리는 개를 차버리듯 그녀를 옆으로 밀쳐내곤 했다.

그럴 때면 세상에 혼자인 기분이었다. 멀리 도망치는 것을, 다른 가정 혹은 자신에게 걸맞은 다른 사람에게 입양되는 것을 꿈꾸곤 했다. 그런데 서서히 어떤 불빛이 보이기 시작했다. 어쩌면 허상일 수도 있었지만 그녀에게는 그게 전부였다. 먼저 몇 가지 디테일—금으로 된 손목시계, 바지 주머니 속 돈다발, 통화할 때의 명령조 음성, 즉 아버지 살라가 그저 야수만은 아니라는 신호를—을 주목했다. 그러고는 조금씩 그의 자신만만함, 여유로우면서도 강한 면모, 그에게서 발산되는 힘을 감지했다.

무엇보다 그의 쪽에서 그녀를 눈여겨보기 시작했다. 이따금 걸음을 멈추고 엷은 미소를 머금고서 그녀를 위아래로 훑어보았는데 그럴 때면 도저히 저항할 수 없었다. 그는 평소 미소를 짓는 법이 없었기에 이런 드문 순간들이 그녀에게 비춰진 탐조등처럼 몹시 강력한 영향력을 발휘했다. 어느 순간부터 그녀는 살라의 방문이 더이상 두렵지 않았다. 그가 그녀를 번쩍 안아들고 보다 부유하고 아름다운 곳으로 데려가는 몽상에 잠기기도 했다.

카밀라가 열한 살인가 열두 살이던 무렵의 어느 날 저녁, 앙네타와 리스베트가 외출하고 없는 사이에 살라가 주방에서 보드카를 마시고 있었다. 카밀라가 다가가자 그가 그녀의 머리를 쓰다듬고는 술에 주스를 섞어 한 잔 주었다. "스크루드라이버라는 거야." 살라는 우랄 산악지대 스베르들롭스크의 고아원에서 매일같이 얻어맞으며 어떻게 자랐는지 들려주었다. 그는 자신의 두 주먹으로 모든 것을 이겨냈으며 이제는 부와 권력을 얻었고 세계 각지에도 친구들이 있다고 했다. 그저 동화 같은 이야기였다. 살라는 자신의 입술에 검지를 가져다대면서 이 이야기는 그들만의 비밀이라고 속삭였다. 카밀라는 전율했다. 그리고 용기를 내어 앙네타와 리스베트가 자기에게 못되게 군다고 고백했다.

"그년들은 널 질투하는 거야. 모두가 우리 같은 사람을 질투하지." 살라는 이렇게 말하더니 앞으로는 그 두 사람이 한결 착하게 굴 거라고 약속했다. 이 일 이후로 카밀라의 삶은 바뀌었다.

그 초라한 집안에서 살라는 넓고 큰 세상이었다. 카밀라는 그를 사랑했다. 단지 그녀의 구원자이기 때문만은 아니었다. 또한 그는 그 무엇도 흔들 수 없는 견고한 바위였다. 이따금 그들을 방문하는 회색 코트 차림에 심각한 얼굴을 한 남자들도, 어느 날 아침에 현관문을 두드린 우람한 경찰관들도 그를 건드리지 못했다. 그 누구도, 그 무엇도 그를 어쩌지 못했다. 하지만 그녀만은 예외였다.

카밀라와 함께 있으면 살라는 부드럽고 사려 깊은 모습을 보였다. 오랫동안 그녀는 이로 인해 자신이 어떤 대가를 치르게 될지, 또한 자신이 스스로를 속이고 있다는 사실을 깨닫지 못했다. 단순히 이 시기를 자기 삶의 절정기로 여겼다. 마침내 그녀에게 관심을 보이는 사람이 나타났고 행복했다. 아버지 살라는 점점 자주 찾아와 이따금 그녀에게 선물이나 돈을 쥐여주기도 했다. 그녀에게 새로운 무언가, 굉장한 무언가가 막 일어나려던 바로 그때, 리스베트가 모든 것을 앗아가버렸다. 그후 카밀라는 자신의 자매를 맹렬히 증오했고, 이 증오는 그녀의 성격 형성에 깊은 영향을 미쳤다. 카밀라의 가장 거센 욕망은 복수였다. 리스베트를 철저히 파괴하는 것이었다. 현재 자신의 자매가 한 발짝 앞서 있다고 해서 수그러들 생각 따윈 없었다.

밤새 비가 내렸지만 지금은 커튼 너머로 태양이 빛나고 있었다. 멀리서 사람들 목소리와 예초기 돌아가는 소리가 들렸다. 그녀는 눈을 감으며 다시 떠올렸다. 한밤중 룬다가탄의 집에서 그들의 방으로 다가오던 발소리를. 그녀는 주먹을 꽉 쥐고 이불을 옆으로 걷어차며 벌떡 일어났다.

이제는 그녀가 다시 주도권을 쥐려 하고 있었다.

유리 보그다노프는 벌써 한 시간째 기다리고 있었지만 그냥 시간만 보내지는 않았다. 무릎 위에 노트북을 올려놓고 일에 열중했다. 지금은 눈을 들어 바깥 테라스와 널찍한 정원 쪽을 불안스레 내다보았다. 오늘은 나쁜 소식만 가져왔으니 받을 거라곤 욕과 질책뿐이리라. 일거리도 잔뜩 받을 게 뻔했고. 하지만 조직 전체에 동원령을 내린 그는 자신감과 의욕으로 충만했다. 핸드폰이 울렸다. 또 블라디미르였다. 멍청하고 신경질적인 빌어먹을 블라디미르. 유리는 수신거부 버튼을 눌렀다.

오전 11시 10분, 바깥에서 정원사들이 이른 점심을 먹고 있었다. 시간이 쏜살같이 흘렀다. 유리는 자신의 구두를 내려다보았다. 이제 부자가 된 그는 세련된 맞춤정장을 차려입고 고가의 손목시계를 찼다. 그러나 밑바닥 삶이 그를 완전히 떠난 건 아니었다. 그는 거리에서 자란 마약중독자였다. 그런 삶은 그의 내면, 그의 시선과 몸짓에 영영 지워지지 않는 흔적처럼 새겨져 있었다.

유리는 키가 컸고, 길쭉하고 각진 얼굴은 흉터투성이였으며, 입술은 얇고 양팔은 어설픈 문신들로 덮여 있었다. 기라는 상류사회에 유리를 내보이는 걸 꺼렸지만, 그는 그녀에게 더없이 소중한 존재였다. 대리석 바닥 위로 또각또각 울리는 그녀의 하이힐 소리에 유리는 다시 힘이 솟았다. 하늘색 정장과 단추를 끝까지 채운 붉은색 블라우스 차림으로 그 어느 때보다 아름다운 모습의 그녀가 걸어와 그의 옆에 있는 안락의자에 앉았다.

"그래서 뭘 알아냈어?" 키라가 물었다.

"몇 가지 문제가 있어."

"자, 뭔지 얘기해봐."

"그 여자……"

"리스베트 살란데르."

"아직 확신할 순 없지만 이번 해킹의 수준으로 볼 때 분명 그녀일 거야."

"그 해킹이 뭐가 그리 특별했는데?"

"블라디미르는 지독한 편집증이 있어서 규칙적으로 전문가들을 동원해 시스템을 빈틈없이 체크하고 있어. 전문가들은 이 시스템이 절대 침투당하지 않을 거라고 보장했고."

"완전히 헛소리였지."

"맞아. 게다가 우리는 그녀가 대체 어떻게 들어온 건지 여태껏 정확히 파악하지 못하고 있어. 수법 자체는—일단 그녀가 시스템 안으로 침투한 후에는—아주 간단했어. 그날 파티를 위해 준비된 스피커들, 그리고 스포티파이*에 접속한 뒤 그 록음악을 내보낸 거야."

"그런데 사람들이 미쳐버렸지……"

"불행히도 파라메트릭 디지털 이퀄라이저**가 와이파이에 연결되어 있었어."

"그게 무슨 말이야?"

"이퀄라이저는 음량, 최저음, 최고음을 조정하는 거야. 리스베트는

---

* 스웨덴의 글로벌 음원 스트리밍 서비스.

** 진폭, 주파수, 대역폭 등 음향의 모든 변수를 조정하는 기기.

그 이퀄라이저에 자기 핸드폰을 연결해서 무시무시한 음향을 만들어냈어. 음량을 그 정도로 높이면 심장에 직접적인 타격을 줘. 그래서 사람들이 가슴을 움켜쥔 건데, 자신들에게 충격을 주는 게 소리라는 것도 몰랐지."

"그년의 목적이 그런 식으로 난장판을 만드는 거였나?"

"무엇보다 어떤 메시지를 보내고 싶었겠지. 그 곡이 푸시 스트라이커스의 〈거짓말로 세상을 죽여라〉였잖아. 알지, 그 하드록밴드."

"그 빨간 머리 미친년들?"

"맞아." 유리는 개인적으로 상당히 괜찮은 밴드라고 생각했지만 그런 감정은 전혀 내비치지 않고 대답했다. "그 곡은 체첸공화국에서 성소수자 학살 사건이 벌어진 후에 만들어졌어. 학살자나 그곳의 체제를 겨냥한 게 아니라 SNS에서 조직적으로 혐오를 퍼뜨리고 범죄를 선동하는 자들에 관한 곡이지."

"그러니까, 블라디미르?"

"맞아. 그렇지만 실은……"

"……원칙적으론 그 인물이 블라디미르라는 사실을 외부의 누구도 알아선 안 되지." 키라가 말을 이었다.

"그가 정보기관들의 배후에 있다는 것도 몰라야 하고."

"리스베트는 어떻게 그걸 알아낸 거지?"

"지금 확인중이야. 관련자들을 안심시키려고 애도 쓰고 있고. 블라디미르는 아주 정신이 나갔더군. 새파랗게 겁에 질려서 술만 퍼마시고 있어."

"어째서? 그가 사람들의 증오심을 부추긴 게 이번이 처음도 아닌데?"

"그렇지만 이번 체첸 사건은 너무 멀리 가버렸어. 생매장당한 사람들까지 있었잖아."

"그건 그 인간의 문제고 우리와는 상관없어."

"그래도 내가 우려하는 건……"

"뭔데? 말해봐."

"……리스베트의 주요 타깃이 블라디미르가 아닐 수도 있다는 거야. 우리가 정보기관들에 관여하고 있다는 사실을 그녀가 알고 있을 가능성을 배제할 수 없어. 그녀의 복수 대상이 블라디미르가 아니라 당신이라고 생각 안 해?"

"오래전에 그년을 죽였어야 했는데."

"아직 얘기 안 한 게 하나 더 있어."

"뭔데?"

어차피 알게 될 일이므로 오래 끌 필요가 없음을 그는 알고 있었다.

"어제 저녁, 리스베트가 당신에게 불쑥 다가오다가 균형을 잃고 휘청거렸어. 앞으로 기우뚱하면서—적어도 우리가 보기에는 그랬어—넘어지지 않으려고 리무진을, 그러니까 뒷바퀴 바로 위쪽을 손으로 짚었어. 처음에는 극히 자연스러운 동작 같았어. 그런데 감시카메라에 찍힌 영상을 여러 번 돌려보니 넘어지는 게 아닐 수도 있겠다는 생각이 드는 거야. 리스베트가 차체를 붙잡으면서 뭔가를 붙여놓았어. 자, 이거야."

유리가 그녀에게 네모난 작은 상자를 내밀었다.

"이게 뭐지?"

"여기까지 당신을 따라온 GPS 발신기."

"그럼 내가 여기 산다는 걸 그년이 안다는 소리야?"

분에 으르렁대며 어찌나 이를 악물었던지 키라는 입에서 비릿한 피 맛이 느껴졌다.

"그런 것 같아." 유리가 고개를 끄덕였다.

"멍청한 것들!"

"가능한 예방 조치를 전부 취했어." 말을 잇는 유리의 이마에 땀이 흐르기 시작했다. "보안도 대폭 강화했고. 특히 IT 시스템 쪽으로."

"그래서 지금 우리가 수세에 몰렸다는 거야?"

"아니, 아니. 전혀 그런 건 아니고. 단지 무슨 일이 있었는지 알려주는 것뿐이야."

"그럼 빨리 그년을 찾아내라고, 망할!"

"불행히도 그리 쉽지가 않아. 주변 감시카메라 영상을 전부 살펴봤지만 어디에도 보이지 않는다고. 핸드폰이나 컴퓨터로 접속한 흔적도 발견되지 않고."

"호텔들을 뒤져봐. 수배령도 내리고. 여기저기 한 군데도 빼놓지 말고 다 들춰보라고!"

"그렇게 하고 있어. 확실히 그녀를 박살내고 말 거야."

"그 마녀를 절대로 과소평가하지 마!"

"한 번도 리스베트를 과소평가한 적 없어. 이번엔 그녀가 기회를 놓쳤으니 이제 상황이 우리한테 유리하게 돌아가고 있다고."

"내가 사는 곳을 그년이 알고 있는데 어떻게 그런 멍청한 소릴 하는 거야?"

유리는 어떻게 대꾸해야 할지 몰라 잠시 머뭇거리다 이렇게 물었다.

"……리스베트가 당신을 죽이려 했다고 생각하는 거야?"

"분명 그럴 심산이었겠지. 하지만 훨씬 더 고약한 음모를 꾸미고 있는 것 같아."

"난 당신이 틀린 것 같아."

"무슨 말이야?"

"나도 그렇게 생각해. 리스베트가 정말 당신에게 총을 쏠 작정이었다고. 그게 아니면 우리를 공격해올 이유가 없잖아. 그녀가 블리디미르에게 겁을 준 것도 사실이지. 하지만 그것 말고는? 아무런 일도 일어나지 않았어. 리스베트는 자신을 노출시켰을 뿐이고, 그게 전부야."

"그래서 하고 싶은 말이 뭔데……"

정원 쪽으로 고개를 돌린 그녀는 빌어먹을 정원사들이 다들 어디로 갔는지 궁금했다.

"그러니까 리스베트가 마지막 순간에 망설였다는 얘기야. 용기가 나질 않아서. 그렇게 독한 인간은 아니었던 거지."

"흠, 아주 기분좋은 얘기군."

"난 그게 맞다고 생각해. 아니면 이 모든 게 설명되지 않아."

키라는 기분이 조금 나아졌다.

"게다가 리스베트에게는 소중한 사람들이 몇 있어." 유리가 말을 이었다.

"여자 친구들이 있지."

"미카엘 블롬크비스트도. 그래, 특히 미카엘."

7장

8월 16일

저녁 7시 30분, 미카엘은 슬루센의 곤돌렌 레스토랑에서 보안업체 밀톤 시큐리티의 대표 드라간 아르만스키와 저녁식사를 하고 있었다. 그런데 지금 이 저녁을 약속한 일이 약간 후회되었다. 오르스타비켄에서 조깅을 한 탓에 다리와 등이 쑤시는데다 무엇보다 그와의 대화가 지루했다. 드라간은 자기 사업을 동유럽과 서유럽, 아니 온 세상으로 확장시키는 얘기를 끝없이 늘어놓았다. 그러고는 대뜸 유르고르덴에서 열린 어느 축제 때 말 한 마리가 대형 천막 안으로 난입한 얘기까지 꺼냈다.

"……그러고서 그 바보 녀석들이 그랜드피아노를 수영장으로 밀어버렸죠."

미카엘은 그 소동이 문제의 말 한 마리와 대체 무슨 관계가 있는지 아리송했다. 이차피 모든 얘기를 경청하지는 않았지만. 조금 떨어진 테이블에 〈다겐스 뉘헤테르〉 기자들 한 무리가 보였고, 그중에는 미카엘과 실패로 끝난 관계인 미아 세데르룬드도 있었다. 저쪽 구석에서는 모르텐 뉘스트룀의 모습도 보였는데, 스웨덴 왕립극단 배우인 그는 연극계의 권력 남용을 다룬 〈밀레니엄〉의 탐사기사에서 썩 좋은 모습으로 등장하진 않았다. 두 사람 모두 미카엘을 보는 표정이 그리 좋지 않았기 때문에 그는 테이블에 시선을 고정한 채 리스베트를 생각하며 와인만 홀짝였다.

미카엘과 드라간에게 공통점이 하나 있다면 바로 리스베트였다. 드라간은 리스베트 일생의 유일한 고용주였다. 드라간이 그녀와 처음 만났을 때 받았던 충격에서 여전히 벗어나지 못하는 것도 그리 놀라운 일은 아니었다. 오래전 그는 사회복지 프로젝트의 일환으로 리스베트에게 일자리를 주었고, 그때껏 그가 고용했던 직원들 가운데 그녀가 가장 뛰어난 인물이라는 걸 알았다. 한동안은 그녀에게 사랑 같은 감정마저 느꼈다.

"완전히 미쳤군요." 미카엘이 건성으로 말했다.

"맞아요, 미쳤죠! 그리고 그 피아노는……"

"그런데 리스베트가 이사한다는 걸 당신도 몰랐나요?" 미카엘이 불쑥 말을 끊었다.

드라간은 화제가 바뀌는 게 탐탁잖은 표정이었고 미카엘이 그의 얘기를 재미없어해 속상한 듯했다. 아니, 그랜드피아노가 수영장에 빠졌다는데…… 개그맨도 웃고 갈 얘기 아닌가? 하지만 드라간은 이내 진지해졌다.

"사실 당신에게 말해줄 수 없는 상황이었어요."

'흠, 시작이 좋군.' 미카엘은 이렇게 생각하며 몸을 테이블 앞으로 기울였다.

리스베트가 코펜하겐 호텔 객실에서 낮잠을 자고 깨어나 샤워를 한 뒤 노트북 앞에 앉았을 때, 플레이그—해커 공화국에서 그녀와 가장 가까운 친구—가 암호화 메시지를 보내왔다. 일상적으로 보이는 짤막한 메시지였지만 그녀는 심란해졌다.

−괜찮아?

'젠장, 드디어 왔군!' 리스베트는 투덜거리며 이렇게 답했다.

−난 이제 모스크바에 없어.

−왜?

−내 계획을 실행할 배짱이 없었어.

−그게 뭔데?

그녀는 시내로 외출해 그저 모든 것을 잊고 싶었다. 그녀는 이렇게 썼다.

−끝내버리는 것.

−뭘?

그녀는 속으로 중얼거렸다. '잘 가, 플레이그.'

−아무것도 아냐.

−어째서 그 '아무것'도 아닌 걸 끝낼 배짱이 없었던 거지?

"플레이그, 네 일이나 신경써." 그녀는 앙다문 이 사이로 이렇게 내 뱉었다. 그러고는 다시 썼다.

−갑자기 뭔가가 떠올라서.

−뭐가?

'발소리.' 그녀는 생각했다. 아버지가 속삭이는 소리, 자신의 망설 임, 상황을 완전히 이해할 수 없었던 것, 자신의 자매가 침대에서 일 어나 그 돼지새끼 같은 살라와 방을 나가던 일이 떠올랐었다.

−끔찍한 것들.

−끔찍한 것들이라니? 어떤?

그녀는 노트북을 벽에 집어던지고 싶은 충동을 느꼈다.

−우리가 모스크바에서 접촉할 수 있는 애들이 누구지?

−와스프, 난 네가 걱정돼. 러시아 일은 그만 접어버려. 그 거지같은 데서
  빨리 나오라고.

'시끄러.' 그녀는 속으로 내뱉었다.

―우리가 모스크바에서 접촉할 수 있는 애들이 누구냐니까?

―괜찮은 애들이 있지.

―IMSI 캐처*를 좀 까다로운 장소에 설치할 수 있는 사람이 있을까?

플레이그는 곧바로 대답하지 않았다.

그러고는 이렇게 썼다.

―카티아 플립 같은.

―그게 누구지?

―살짝 맛이 간 애. 전에 샬타이 볼타이**에 있었지.

그러니까 이 카티아 플립이라는 여자에게 돈을 좀 줘야 한다는 뜻이었다.

―믿을 만해?

―돈을 얼마나 지불하느냐에 달렸지.

―정보 좀 보내줘.

리스베트는 노트북을 덮고 옷을 입었다. 오늘도 검은색 정장을 입고 지내기로 했다. 어젯밤 비를 맞아 후줄근해지고 오른쪽 소매에 회색 얼룩이 묻은데다 그걸 입은 채 잠을 잔 까닭에 온통 구겨졌지만. 그녀는 옷에 개의치 않았고 화장도 할 생각이 없었다. 손가락으로 머리칼을 대충 빗고 객실을 나와 엘리베이터를 탔다. 호텔 일층의 바에 가서 맥주를 한 잔 주문했다.

바깥에는 왕의 신新 광장이 드넓게 펼쳐져 있고 하늘에는 어두운 구름들이 떠갔다. 리스베트는 아무것도 보지 못했다. 그녀는 트베르스코이 대로에서 손을 멈칫했던 기억, 그리고 머릿속에서 끝없이 되새김질되는 과거에 잠겨 있었다. 그렇게 주위의 모든 것을 까맣게 잊

---

* 핸드폰 통화 내용 및 문자메시지 등을 파악할 수 있는 도감청 장치.
** 러시아의 해커 그룹.

고 있는 와중에 바로 옆에서 누군가의 목소리가 들렸다. 아까 플레이그의 물음과 같았다.

"괜찮아요?"

리스베트는 짜증이 확 치밀었다. 왜 다들 자꾸 남의 일에 신경쓰는 걸까? 그녀는 위를 올려다보지도 않고 있다가 미카엘로부터 메시지가 온 것을 발견했다.

드라간은 몸을 앞으로 기울이고 미카엘에게 속삭이듯 말했다.

"봄에 리스베트가 전화를 했어요. 아파트소유주협의회에 요청해서 피스카르가탄의 건물 입구에 감시카메라를 설치하게 해달라고. 괜찮은 아이디어라고 생각했죠."

"그래서 당신이 그 일을 처리해줬군요."

"미카엘, 그게 손바닥 뒤집듯 간단한 문제가 아니에요. 시의회 허가도 얻어야 하고 해야 할 일이 한두 가지가 아니라고요. 그래도 잘 해결된 편이죠. 내가 관련자들에게 리스베트가 얼마나 심각한 위협을 받고 있는지 설명했고, 얀 부블란스키 반장은 보고서까지 써줬어요."

"얀에게 경의를!"

"우리 둘 다 고생 많았죠. 7월 초에 직원들을 보내 원격조종 가능한 넷기어 카메라를 설치하게 했어요. 물론 데이터 암호화에 몹시 신경을 썼고요. 우리 말고는 아무도 녹화 영상에 접근할 수 없게 해놨죠. 중앙감시센터 직원들에게 계속 모니터를 주시하도록 지시했고요. 리스베트가 무척 걱정됐거든요. 놈들이 그녀를 찾아올까봐 겁이 났어요."

"우리 모두가 그랬죠."

"그렇다 한들 내 우려가 그렇게 빨리 현실이 될지는 몰랐어요. 엿새 후 새벽 1시 30분경 야간감시를 맡은 스테네 그란룬드가 오토바이 소리를 확인했어요. 우리가 설치해둔 마이크에 감지된 거였죠. 영상을 다시 보니 누군가 이미 왔다갔더라고요."

"어이쿠……"

"맞아요, 정말 '어이쿠' 상황이었죠. 스테네는 이게 어찌된 일인지 생각해볼 겨를도 없었고요. 오토바이를 타고 온 자들은 오토바이 클럽 MC 스바벨셰의 가죽재킷을 입은 남자 둘이었어요."

"빌어먹을!"

"진짜로 빌어먹을 일이었죠. 리스베트의 비밀 주소가 유출됐으니. 게다가 스바벨셰 친구들이 보통 누군가의 집에 방문할 때 커피와 빵을 들고 오진 않잖아요."

"걔들 스타일은 아니죠."

"다행히 그 남자들은 감시카메라가 있는 걸 보고 그냥 떠났어요. 우리는 경찰에 신고해서 그들의 신원을 확인했죠. 내 기억이 맞다면 그중 한 명은 코비치라는 자였어요. 페테르 코비치. 그걸로 문제가 해결되는 건 아니니 리스베트에게 전화해 당장 만나자고 했죠. 마지못해 승낙하고 내 사무실에 찾아왔는데, 그 차려입은 모습이 꼭 명문가 아가씨 같더군요."

"좀 과장하는 것 아닌가요?"

"리스베트의 기준에서 보면 그렇다는 얘기죠. 피어싱들은 사라졌고 머리는 짧게 잘랐더군요. 흠잡을 데 없는 모습이었어요. '이 괴상한 친구야, 그동안 정말 보고 싶었다!' 속으로 생각했죠. 그녀에게 호되게 말할 엄두도 나지 않았어요. 리스베트는 이미 감시카메라를 해킹해 그 사실을 다 아는 듯했지만 그래도 조심해야 한다고 내가 경고했죠. '놈들이 널 쫓고 있어'라고 말했더니 '나한테는 언제나 나를 쫓는 놈들이 있었어요'라고 대답하더군요. 거기서 폭발하고 말았어요. '지금 네 안전을 지키려면 누군가의 도움이 필요해, 안 그럼 놈들이 널 죽이고 말거야!'라고 말해버렸죠. 그런데 그녀가 하는 말에 웬지 오싹해지더군요."

"뭔데요?"

"시선을 아래로 내리깔더니 이렇게 대답했어요. '내가 선수를 치지 않으면 그렇게 되겠죠'라고."

"그게 무슨 뜻이죠?"

"나도 궁금했어요. 그런데 그녀와 그 아버지 사이에 있었던 일이 떠오르더군요."

"그래서요?"

"당시 리스베트는 상대를 공격함으로써 자신을 보호했죠. 그래서 이번에도 비슷한 계획을 세웠을 거라는 느낌이 들었어요. 선제공격을 하겠다는. 미카엘, 그런 생각을 하니 온몸이 오싹해지더군요. 눈을 보니 그녀가 얼마나 단정한 차림을 했는지는 이제 따질 계제도 아니었어요. 폭력적으로 치달을 기세였죠. 눈빛이 살벌하게 이글거렸다고요."

"또 과장하는 거 아니에요? 리스베트는 결코 불필요한 위험을 감수하는 사람이 아니에요. 늘 합리적으로 행동한다고요."

"그래요, 아주 합리적이죠. 그녀만의 독특한 방식으로."

미카엘은 크바르넨 레스토랑에서 리스베트에게 들었던 말이 떠올랐다. 이제부터는 쥐가 아닌 고양이가 되겠다는.

"그러고서 무슨 일이 있었나요?"

"아무런 일도 없었어요. 그후로 그녀로부터 소식도 없고요. MC 스바벨셰의 클럽하우스가 폭발 사고로 가루가 되어버렸다, 리스베트의 쌍둥이 자매가 모스크바의 어느 차량 안에서 불에 탄 시신으로 발견되었다, 그런 뉴스가 들려오진 않을까 난 매일같이 기다렸죠."

"카밀라는 리시아 마피아의 보호를 빌고 있어요. 그들과 전쟁을 빌일 정도로 리스베트가 멍청하지는 않아요."

"정말 그렇게 믿어요?"

"잘 모르겠어요. 그녀는 절대로……"

"절대로?"

"아무것도 아니에요." 미카엘은 이렇게 말하면서 입술을 지그시 깨물었다. 자신이 순진하고 어리석게 느껴졌다.

"미카엘, 이 전쟁은 끝날 때까지 끝난 게 아니에요. 내 느낌에는 그래요. 리스베트도 카밀라도 둘 중 하나가 죽어 쓰러지기 전에는 결코 포기하지 않을 거라고요."

"좀 확대 해석 같군요."

"그래요?"

"그러길 바라는 거죠, 뭐."

미카엘은 와인을 한 모금 마신 뒤 잠시 양해를 구하고 핸드폰을 꺼내 리스베트에게 메시지를 보냈다.

놀랍게도 곧장 답장이 왔다.

진정해요, 미카엘. 난 지금 휴가중이에요. 쥐죽은듯 지내고 있어요. 멍청한 짓도 안 하고요.

'휴가중'이라는 말은 과한 표현일 수 있었다. 어쨌든 리스베트에게 행복이란 개념은 고통으로부터 해방되는 것과 관계가 있었다. 그녀는 당글레테르 호텔의 바에서 맥주잔을 다 비우고 내려놓았을 때 비로소 어깨에서 무거운 짐을 내려놓은 듯한 후련함을 느꼈다. 여름 내내 얼마나 긴장해 있었는지, 쌍둥이 자매를 사냥하는 일이 어떻게 자신을 광기 직전의 상태까지 몰고 갔는지를 불현듯 깨달았다. 그렇다고 완전히 긴장을 푼 건 아니었다. 여전히 어린 시절의 기억들이 머릿속에 맴돌았다. 다만 시야는 좀더 트인 느낌이었다. 어떤 갈망까지 느꼈다. 딱히 바라는 게 있다기보다는 그저 모든 것으로부터 벗어나 멀리 떠나고 싶었다. 그런 생각만으로도 무거운 짐이 사라지는 것 같왔다.

"괜찮아요?"

바의 소음 속에서 아까와 같은 질문이 들려왔다. 고개를 돌려보니 젊은 여자가 바로 옆에 서 있었다.

"왜 그렇게 묻죠?"

나이는 서른 살 남짓, 어두운 피부색, 약간 매섭고 강렬한 눈매, 길고 검은 곱슬머리. 그리고 청바지와 진청색 블라우스에 굽이 높은 부츠를 신은 차림이었다. 여자에게선 강인하면서도 면밀한 기운이 느껴졌다. 오른팔은 붕대로 감겨 있었다.

"글쎄요." 여자가 대답했다. "사람들끼리 종종 하는 말 아닌가요?"

"뭐, 그렇겠죠."

"그러니까…… 당신 상태가 엉망인 것처럼 보여서요."

리스베트가 이런 얘기를 듣는 게 처음은 아니었다. 사람들은 다가와 거리낌없이 말하곤 했다. 우울해 보인다, 화난 것처럼 보인다, 혹은 바로 지금처럼 상태가 엉망으로 보인다…… 리스베트는 늘 그런 간섭이 싫었지만 이번에는 자신도 알 수 없는 이유로 여자의 접근을 받아들였다.

"맞아요, 그랬던 것 같아요."

"그럼 지금은 나아졌나요?"

"뭐, 좀 달라진 건 사실이죠."

"내 이름은 파울리나예요. 그런데 나 역시 상태가 그리 좋지 않네요."

파울리나 뮐러는 그 젊은 여자의 소개를 기다렸지만 아무런 대꾸도 돌아오지 않았다. 여자는 고개도 끄덕이지 않았다. 그럼에도 대화를 거부하는 건 아니었다. 파울리나가 그녀에게 호기심을 느낀 건 특이한 거동 때문이었다. 그 낯선 여자는 주변 사람들을 거들떠보지도 않았고, 남들이 그녀의 외양에 대해 어떻게 생각하든 개의치 않는다는 듯 걸었다. 그런 태도에는 묘한 매력이 있었다. 파울리나는 먼 과거에 자신의 걸음걸이도 어쩌면 그와 같았을지 모른다고 생각했다. 토마스가 그녀에게서 모든 것을 빼앗기 전에는 말이다.

그녀의 삶은 조금씩 망가져왔으나 그 과정이 몹시 서서히 이뤄져 그녀는 거의 의식하지 못했다. 코펜하겐으로 이사오고 나서야 피해의 규모를 가늠할 수 있었고, 그 낯선 여자가 그것을 확실히 깨닫게 해주었다. 온전히 독립적이고 전적으로 자유로운 그 모습이 파울리나로 하여금 지금 스스로가 얼마나 굴종적인 삶을 살고 있는지를 느끼게 했다.

"코펜하겐에 살아요?" 파울리나가 머뭇거리며 물었다.

"아뇨."

"우리는 얼마 전에 뮌헨에서 이곳으로 이사왔어요. 남편이 제약회사 안글러의 스칸디나비아 지부장이 됐거든요." 파울리나는 약간 으스대는 투로 말했다.

"아, 네."

"하지만 오늘 저녁에 그에게서 도망쳐 나왔죠."

"그렇군요."

"난 〈게오〉에서 기자로 일했어요. 과학잡지 말이에요. 이곳으로 오면서 그만뒀고요."

"아, 네."

"주로 의학과 생물학에 대한 기사를 썼죠."

"그렇군요."

"그 일을 굉장히 좋아했어요. 남편이 승진하는 바람에 이 꼴이 되고 말았지만. 지금은 이따금 프리랜서로 글을 쓰고요."

"아, 네."

파울리나는 누가 묻지도 않았는데 자꾸 자기 얘기를 늘어놓았고,

상대 여자는 "아, 네" 혹은 "그렇군요" 하고 건성으로 대꾸했다. 그러다 마침내 파울리나에게 뭘 좀 마시겠느냐고 물었다. "아무거나 좋아요." 파울리나의 대답에 여자는 얼음을 넣은 털러모어 듀 위스키 한 잔을 주문했다. 그러면서 희미한 미소 같은 것도 지어 보였다. 여자는 흰색 블라우스와 드라이클리닝이 필요해 보이는 검은색 정장 차림이었다. 화장기 없는 얼굴은 최근에 잠을 제대로 못 잤는지 초췌했고 눈빛에는 어둡고 불안한 기운이 있었다.

파울리나는 농담을 시도해봤지만 여자는 별 반응이 없었다. 그 대신 여자가 몸을 좀더 가까이 붙여 다가오자 뜻밖에도 기분이 좋았다. 하지만 토마스가 불쑥 나타나진 않을까 두려운 듯 그녀가 거리 쪽을 흘깃거리기 시작하자 여자가 자기 방에 가서 한잔하자고 제안했다.

파울리나는 말했다. "아니, 아니, 절대 그럴 수 없어요. 남편이 좋아하지 않을 거예요." 결국 그들은 키스를 했고 객실로 올라가 사랑을 나눴다. 파울리나는 이토록 격렬하고 뜨겁게 사랑을 나눈 기억이 없었다. 그녀가 토마스와 그들 가정의 비극에 대해 털어놓자 여자의 얼굴에 돌연 살기가 돌았다. 여자가 박살내버리고 싶은 게 토마스인지, 아니면 온 세상인지 파울리나는 알 수 없었다.

8장
8월 20일

그다음주에 미카엘은 〈밀레니엄〉 사무실에 얼굴을 비치지도 않았고, 트롤 팩토리에 대한 탐사기사를 준비하지도 않았다. 그 대신 집안을 청소하고, 조깅을 하고, 엘리자베스 스트라우트의 소설 두 권을 읽었다. 그리고 동생 안니카 잔니니와 저녁식사를 했다. 무엇보다 그녀가 리스베트의 변호인이기 때문이었다. 안니카도 그에게 해줄 말은 별로 없었다. 리스베트가 전화를 걸어와 독일의 이혼 전문 변호사들에 대해 물었다는 사실 외에는.

미카엘은 빈둥거리며 대부분의 시간을 보냈다. 몇 시간이고 침대에 누워 오랜 친구이자 동료인 에리카 베리에르와 전화 통화를, 특히 최근 진행중인 그녀의 이혼 수속에 대해 얘기를 나누곤 했다. 그는 묘한 해방감을 느꼈다. 십대 시절로 돌아가 서로의 이성 고민을 늘어놓으며 수다를 떠는 기분이었다. 그러나 현실에서 에리카에게 이혼은 고통스러운 과정일 뿐이었다. 목요일, 그녀가 다시 전화를 걸어왔는데 이번에는 전혀 다른 어조였다. 그녀는 일에 대해 얘기하고 싶어했고 그러다 둘은 언쟁을 벌였다. 에리카는 험한 말을 늘어놓으며 그를 허영덩어리라고 비난했다.

"에리카, 난 허영 때문에 이러는 게 아냐!" 미카엘이 항변했다. "단지 지쳤을 뿐이라고. 휴식이 필요하단 말이야."

"기사가 거의 완성됐다고 했잖아! 그냥 보내줘, 우리가 다듬을 테니까!"

"이미 지나간 얘기들을 모아놓은 쓰레기일 뿐이야."

"나더러 그 말을 믿으라고?"

"사실이야. 에리카, 〈워싱턴 포스트〉 기사 읽어봤어?"

"아니."

"내가 쓰려는 내용을 거기서 다 보도해버렸어."

"미카엘, 모든 기사가 새로운 특종일 필요는 없어. 고유한 관점이 가장 가치 있는 거라고. 어떻게 매번 특종만 터뜨려? 그런 생각 자체가 말도 안 되는 거지."

"내용도 형편없단 말이야. 피로감이 느껴지는 글이야. 이건 그냥 접어버리자."

"접긴 뭘 접어? 절대 안 돼! 그래…… 좋아. 그 기사는 보류했다 다음 호에 내기로 해. 이번 호 분량은 충분히 확보해뒀어."

"물론 그랬겠지."

"그동안 뭘 할 거야?"

"산드함에서 며칠 지내다 올 생각이야."

즐거운 통화는 아니었지만 미카엘은 무거운 짐을 내려놓은 것 같았다. 그는 옷장에서 여행가방을 꺼내 짐을 채우기 시작했다. 하지만 떠나기 싫은 사람처럼 짐 싸기는 느릿느릿 이어졌다. 이따금 리스베트가 떠올랐다. 그 빌어먹을 생각이 계속 떠올랐다. 도저히 떨쳐버릴 수 없어 욕을 내뱉고 말았다. 그녀가 바보 같은 짓은 하지 않겠다고 약속했지만 걱정되는 건 어쩔 수 없었다. 화도 났다. 제대로 연락도 되지 않고 비밀스럽게만 굴어 몹시 화가 났다. 그는 리스베트를 둘러싼 위협들과 감시카메라들, 그리고 카밀라와 MC 스바벨셰에 대해 더 자세히 듣고 싶었다.

미카엘은 어떻게든 그녀를 도울 방법이 없을지 이리저리 머리를 굴렸다. 둘이서 크바르넨 레스토랑에서 나눈 대화를 다시 떠올렸고, 그날 저녁 메드보리아르플랏센 거리의 어둠 속으로 사라져간 그녀의 뒷모습도 그려봤다. 그러다 짐 싸기를 멈추고 주방으로 가 요구르트를 꺼내 팩째 들고 마시는 와중에 핸드폰이 울렸다. 모르는 번호였다. '지금은 휴가중이니 한번쯤 전화에 응답해도 되겠지.' 미카엘은 통화 버튼을 누르고 심지어 명랑한 목소리로 이렇게 말했다. 이봐요, 이 몸에게 욕하려고 손수 전화를 걸어주시니 몸 둘 바를 모르겠네요!

법의학자 프레드리카 뉘만이 스톡홀름 외곽 트롱순드의 집에 돌아왔을 때, 십대인 두 딸은 거실 소파에 앉아 핸드폰을 보는 데 빠져 있었다. 그녀에게 그런 광경은 늘 그 자리에 있는 창밖의 호수만큼이나 놀라운 일이 아니었다. 아이들은 틈만 나면 핸드폰을 쥐고 유튜브를 보거나 온갖 다른 것들을 했고, 그녀는 당장 올라가서 책을 읽거나 피아노를 치라고, 혹은 농구 연습을 거르지 말라고 쏘아붙이고 싶었다. 최소한 나가서 햇볕이라도 쬐면 오죽 좋을까.

하지만 그녀에게는 잔소리할 힘조차 남아 있지 않았다. 지독히 힘든 하루를 보낸데다 조금 전에는 여느 멍청이들처럼 자신이 천재라고 믿는 한심한 수사관과 얘기를 나누고 왔다. 그는 자신이 이 문제와 관련해 조사해봤다며—즉, 위키피디아를 찾아봤다는 뜻이었다—불교학자처럼 굴었다. 아마 그 괴짜는 길거리 어딘가에 앉아 해탈할 날을 기다리고 있었겠죠. 몹시 한심하고 무례한 소리라 대꾸하고 싶지 않았다. 이제 TV 앞 회색 소파에 딸들과 함께 앉은 그녀는 그중 하나가 인사라도 해주기를 바랐으나 둘 다 알은체도 하지 않았다. 지금 뭘 보고 있느냐고 묻자 그나마 조세핀이 대답했다.

"어떤 거."

어떤 거……

참으로 대단한 그 대답에 프레드리카는 버럭 소리를 지르고 싶었지만 꾹 참고 일어서서 주방으로 가 싱크대와 식탁 위를 닦았다. 그리고 핸드폰으로 페이스북에 들어가 스크롤바를 내리기—자신도 이 정도는 할 수 있다는 걸 보여주고자—시작했다. 그러고서 이것저것 검색을 해보다가 자신도 모르는 사이에 그리스 관광 웹사이트에 들어갔다.

거기에 올라와 있는 사진 속 해변가 카페에 앉은 주름투성이 노인의 모습을 보니 그녀는 문득 어떤 생각이 떠올랐다. 더불어 미카엘 블롬크비스트도 생각났다. 다만 그에게 전화하는 건 망설여졌다. 자꾸 전화를 걸어 유명한 기자를 괴롭게 하는 지겨운 사람으로 보일 순 없었다. 하지만 미카엘은 그녀의 생각에 관심을 보일 만한 유일한 사람이기도 했다. 그녀는 그의 전화번호를 눌렀다.

"오, 여보세요!" 미카엘이 응답했다. "이렇게 전화해주셔서 얼마나 기쁜지!"

그 명랑한 목소리 덕분에 그녀는 이날 하루 중 최고의 순간을 맞은 기분이었다. 고작 이런 걸로 기쁜 날이라니.

"내가 생각해봤는데요……" 프레드리카가 말했다.

"그런데 말이죠." 미카엘이 말을 끊었다. "당신이 말한 그 걸인을 본 것 같아요. 맞아요, 분명히 그 사람일 거예요."

"정말인가요?"

"모든 게 일치해요. 파란색 점퍼, 뺨의 반점들, 잘린 손가락…… 그래요, 다른 사람일 리 없어요."

"어디서 보았죠?"

"마리아 광장에서요. 내가 그 남자를 잊고 있었다는 게 놀라울 따름이에요." 그가 말을 이었다. "어떻게 그럴 수 있을까요? 남자는 광장의 동상 옆에 골판지를 깔고 그 위에 꼼짝 않고 앉아 있었고, 난 그 옆을 열 번, 아니 스무 번은 지나다녔는데 말이죠."

미카엘이 흥분하자 그녀도 덩달아 기분이 들떴다.

"정말 좋은 소식이네요! 당신은 그에게서 어떤 인상을 받았었죠?"

"음, 글쎄요……" 미카엘이 대답했다. "그를 주의깊게 살펴보진 않았어요. 약간 노쇠했다는 인상을 받았죠. 긍지 같은 것도 느껴졌고요. 그가 죽었을 때 당신도 그렇게 묘사했죠. 영화에서나 보던 어느 부족의 추장처럼 등과 고개를 꼿꼿이 세우고 앉아 있었어요. 그런 자세로 몇 시간이나 버틸 수 있는 힘이 어디서 나왔을까요?"

"알코올이나 마약에 취한 낌새는 없었나요?"

"글쎄요, 잘 모르겠어요. 그럴 수도 있었겠죠. 하지만 무언가에 취했다면 그토록 오랫동안 그런 자세를 유지하는 게 불가능할 거예요. 그건 왜요?"

"오늘 아침에 약물 분석 결과가 나왔거든요. 대퇴부에서 채취한 혈액에서 1그램당 2.5마이크로그램의 조피클론이 검출됐어요. 끔찍하게 많은 양이죠."

"조피클론이 뭐죠?"

"수면제에 들어 있는 성분이에요. 수면제를 적어도 스무 알은 삼켰을 거예요. 술에 섞어서요. 마약성 진통제인 프로폭시펜도 상당량 복용했고요."

"경찰은 뭐라고 하나요?"

"약물 과다 복용, 아니면 자살이라고요."

"어떤 근거로요?"

프레드리카가 코웃음을 쳤다.

"근거랄 게 있겠어요? 저 두 가지가 그들에게 가장 간단한 설명이니 그렇겠죠. 이번 담당 수사관은 최대한 적게 일하는 걸 목표로 삼은 듯 보이더군요."

"이름이 뭔가요?"

"담당 수사관이요?"

"네."

"한스 파스테."

"아, 이런⋯⋯"

"아는 사람인가요?"

미카엘은 한스 파스테를 아주 잘 알았다. 과거 한스는 리스베트가 사탄을 숭상하는 레즈비언 하드록밴드에 속했다고 굳게 믿고서 아무런 근거 없이―그 자신의 케케묵은 여성혐오가 유일한 근거였다―그녀에게 살인 혐의를 씌운 자였다. 얀 부블란스키는 한스 파스테에 대해 경찰이 지은 죄의 업보와 같은 존재라고 말하곤 했다.

"불행히도 그렇습니다." 미카엘이 대답했다.

"죽은 남자를 놓고 '괴짜'라고 부르던걸요."

"매우 한스다운 표현이네요."

"그러고선 분석 결과를 보더니 그 괴짜가 약을 너무 좋아한 것 같다고 하더라고요."

"당신은 그렇게 확신하지 않는군요?"

"약물 과용이 가장 그럴듯한 설명일 순 있어요. 그런데 조피클론은⋯⋯ 납득이 안 가요. 그 약물을 과다 복용할 순 있지만 일반적으로 약물의존자들은 벤조디아제핀을 먹죠. 어쩌면 죽은 남자가 불교도일 가능성이 있다고 내가 설명하자 그 수사관이 정말 웃기지도 않는 일을 하더군요."

"뭘 했는데요?"

"몇 시간 후에 다시 전화를 걸어오더니 자신이 조사를 좀 해봤다더군요. 위키피디아에서 '자살' 항목을 읽어봤는데, 해탈에 이르렀다고 믿는 불교도들은 스스로 목숨을 끊을 권리가 있다고 쓰여 있었대요. 그게 웃기다는 듯한 태도였어요. 아마 그 남자가 해탈할 날을 기다리며 나무 밑에 앉아 있었을 거라고 말하더군요."

"맙소사."

"너무 화가 났지만 아무 말 안 했어요. 그 인간하고 말씨름할 힘도 없어서요. 적어도 오늘은. 결국 녹초가 돼서 집에 돌아왔는데 무언가 이상하다는 생각이 드는 거예요."

"뭐가 이상하죠?"

"그 시신에 대해 다시 생각해봤어요. 그처럼 많은 시련을 겪은 시신을 부검한 적은 없어요. 그의 모든 것, 인대와 근육 하나하나가 그가 살면서 얼마나 끔찍한 싸움을 벌여왔는지 말해주었죠. 대중심리학처럼 들릴 수 있겠지만, 그런 사람이 갑자기 모든 걸 포기하고 약을 한 움큼 삼킬 수 있었다곤 믿기지 않아요. 즉, 누군가가 그를 살해했을 가능성을 배제할 수 없다고 봐요."

미카엘은 움찔했다.

"그럼 경찰에 알려야 해요. 한스 말고 다른 수사관들이 배정되어야 할 것 같고요."

"그럴 생각이에요. 당신에게 먼저 말해두고 싶었어요. 경찰이 일을 제대로 하지 못할 경우를 대비해 일종의 보장책으로요."

"그렇게 해줘 고맙습니다."

미카엘은 이렇게 대답한 뒤 소피에게 들었던 카트린 린도스의 이야기를 떠올렸다. 말끔히 다림질된 정장과 재킷에 붙어 있었다는 지저분한 것들, 그리고 그녀가 성장했다는 유랑민 마을. 카트린에게 일어난 일을 이 법의학자에게 말해줘야 할까? 어쩌면 카트린이 경찰에게 얘기할 만한 게 있지 않을까? 미카엘은 프레드리카가 한스와 다시 접촉하는 고역을 잠시나마 면하게 해주고자 이렇게 말했다.

"남자의 신원은 아직 알아내지 못했나요?"

"네, 어디에도 기록이 없어요. 비슷한 인상착의로 실종 신고된 사람도 없고요. 이미 예상했던 바지만. 다만 오늘 법의학센터 연구실에서 DNA 서열 분석 결과가 나왔어요. 상염색체 DNA라 피상적인 분석일 뿐이에요. 그래서 미토콘드리아 DNA와 Y염색체 분석도 요청할 생각이고요. 그 결과가 나오면 좀더 진전되겠죠."

"분명 많은 사람들이 그를 기억할 거예요."

"그게 무슨 말이죠?"

"그는 눈에 띄는 사람이었어요. 내가 이번 여름에 일에 너무 빠져 있어서 주의를 기울이지 않았지만 다른 사람들은 그를 주목했어요. 어쨌든 난 그렇게 생각해요. 경찰이 마리아 광장 주변의 주민들을 탐문해볼 필요가 있어요."

"그 말은 내가 전할게요."

미카엘은 이 사건에 흥미가 일기 시작했다.

"그리고 또하나."

"네?"

"만일 그가 실제로 그 약들을 복용했다면 분명 의사로부터 처방받진 않았을 거예요. 정신과 의사와 진료 약속을 잡을 사람으로는 보이지 않으니까. 그런 약들을 거래하는 암시장이 있어요. 경찰이 분명 그쪽 세계에도 정보원들을 두고 있을 겁니다."

프레드리카가 잠시 침묵을 지키더니 갑자기 목소리를 높였다.

"아, 젠장!"

"네?"

"내가 정말 멍청했네요!"

"전혀 그런 것 같진……"

"아뇨, 정말이에요. 미카엘…… 그를 기억해줘서 고마워요. 내게는 무척 중요한 일이거든요."

미카엘은 반쯤 꾸리다 만 여행가방을 흘깃 쳐다보았다. 더이상 산드함에는 가고 싶지 않았다.

미카엘이 무언가 상냥한 말을 해주었으나 프레드리카의 귀에는 잘 들어오지 않았다. 서둘러 통화를 마친 그녀는 옆에 서서 저녁으로 무얼 먹을 거냐고 묻는 아만다의 말도 거의 듣지 않았다. 어쩌면 딸아이가 조금 전에 퉁명스럽게 군 일을 사과하러 왔을 수도 있다. 프레드리카는 배달 음식을 아무거나 주문해 먹으라고 대답했다.

"뭐라고?" 딸들이 놀라며 되물었다.

"먹고 싶은 거 아무거나 먹으라고. 피자, 인도 음식, 태국 음식, 감자튀김, 사탕이든 뭐든."

두 아이는 엄마가 어디 잘못됐나 하는 눈빛으로 그녀의 얼굴을 쳐다보았다. 프레드리카는 개의치 않고 곧장 서재로 가 모발분할 분석을 긴급 요청하는 이메일을 법의학센터 연구실로 보냈다. 애초에 요청했어야 하는 검사를 깜빡한 것이었다.

이 분석은 남자가 사망했을 당시의 조피클론과 프로폭시펜의 혈중 함량뿐만 아니라, 그 함량이 사망 전 몇 주, 혹은 몇 달간 어떻게 변해왔는지를 밝혀줄 터였다. 즉, 그가 약물을 오랫동안 복용해왔는지, 아니면 죽기 전에 단 한 차례만 사용했는지 알 수 있고, 이는 이 퍼즐에서 중요한 조각이 될 것이었다. 이런 예측이 모든 고민을 잊게 해주었다. 딸들, 등의 통증, 수면 부족, 삶은 허망한 것이라는 느낌이 씻은듯이 사라졌다. 지금껏 무수히 많은 의문사를 부검해온 그녀였지만 한 사건에 이렇게나 감정적으로 몰두한 경우는 드물었다.

이 인물에 흠뻑 매료된 그녀는 어쩌면 모험과 극적인 사건으로 가득한 삶을 발견하기를 바라고 있는 건지도 몰랐다. 피폐한 남자의 시신은 그럴 만한 가치가 있어 보였다. 그녀는 몇 시간 동안 시신 사진들을 들여다보며 거듭 새로운 디테일들을 찾아냈다. 그러면서 이따금 중얼거렸다.

이봐요, 대체 당신에게 무슨 일이 있었던 거예요?

당신은 어떤 지옥을 지나온 거예요?

미카엘은 노트북 앞에 앉아 구글을 띄우고 '카트린 린도스'를 입력했다. 서른일곱 살인 그녀는 스톡홀름대학교에서 정치경제학 석사학위를 취득한 후 지금은 보수 성향의 기자 겸 칼럼니스트로 활동하고 있었다. 〈스벤스카 다그블라데트〉 〈악세스〉 〈포쿠스〉 〈유르날리스텐〉 등에 칼럼을 기고했고, 그녀가 진행하는 팟캐스트는 상당한 성공을 거두었다.

그녀는 구걸행위 금지를 찬성하는 입장이었고 사회복지 의존성의 위험과 스웨덴 교육제도의 결함에 대해 주로 논했다. 왕당파이자 방위력 증강을 주장했으며, 자신은 아직 가정을 이루지 않은 듯했으나 가족적 가치들을 옹호했다. 스스로 페미니스트라고 주장하지만 정작 페미니스트로부터는 비난을 듣기 일쑤였다. 인터넷에서는 좌우익을 가리지 않고 그녀를 미워했으며, 플래시백이라는 웹사이트의 시사 게시판에는 그녀를 욕하는 댓글들이 줄을 이었다. "우리에게는 엄격한 기준이 필요합니다." 그녀는 이렇게 말하곤 했다. "엄격한 기준과 의무감이 인간을 성장시킵니다."

카트린은 불분명한 생각, 미신, 그리고 종교적 신념—이것에는 보다 신중한 태도를 취하긴 했지만—을 끔찍이 싫어했다. 〈스벤스카 다그블라데트〉에 기고한 '건설적 저널리즘'이라는 제목의 글에서는 저널리즘의 파행을 고발하고 그 해결책을 제시하면서 "미카엘 블롬크비스트는 스스로 포퓰리스트에 맞서 싸운다고 주장하지만 실제로는 이 사회를 암울하게만 묘사함으로써 불에 기름을 끼얹을 뿐이다"라고 썼다.

그녀는 젊은 기자들이 미카엘을 모델로 삼는 게 매우 우려스럽다고 했다. 그녀에 따르면 미카엘은 사람들을 피해자로만 바라보려 하고, 민간 기업의 경영자들을 무조건 적대시하는 경향이 있으며, 한마디로 문제를 해결하기보다는 더욱 만들어내는 인물이었다. 하지만 미카엘은 이보다 훨씬 지독한 소리도 들어본 적 있었다.

그녀의 말이 아주 틀린 것도 아니었다. 다만 그 딱딱한 표정과 특유의 눈빛이 미카엘을 오싹하게 만든다는 사실이 조금 우스웠다. 그의 사소한 허물들, 가령 설거지를 하지 않은 것, 샤워를 게을리하는 것, 바지 지퍼를 올리지 않은 것, 평소 요구르트를 팩째 들고 마시는 것까지 죄다 꿰뚫고 있는 듯한 그 눈빛 말이다. 그녀의 모습에서는 사람을 책망하는 듯한 왠지 모를 차가운 면모—그로 인해 그녀의 차가운 아름다움이 한층 부각되는 게 사실이었지만—가 느껴졌다.

이 얼음 여왕이 그녀와는 극히 대조적인 그 걸인과 마주쳤다는 사건이 머릿속을 맴돌았다. 결국 미카엘은 그녀의 번호를 알아내 전화를 걸었다. 그녀는 응답하지 않았고, 어쩌면 잘된 일인지도 몰랐다. 어차피 할말이 없었다. 별로 중요하지도 않은 그 사건에 대한 질문 몇 가지가 전부였다. 너무 늦어지기 전에 산드함으로 떠나는 게 좋을 듯했다. 그는 세그라르 호텔 레스토랑에서 식사하게 될 경우를 대비해 옷장에서 단정한 재킷과 셔츠 몇 장을 꺼냈다. 그때 핸드폰이 울렸다. 카트린 린도스였다. 목소리가 그 외양만큼이나 딱딱했다.

"무슨 일이죠?" 카트린이 대뜸 이렇게 묻자 미카엘은 분위기를 풀어볼 요량으로 그녀의 칼럼에 대해 좋은 얘기를 꺼내보려 했다. 하지만 할말이 떠오르지 않아 자신이 전화를 걸어 방해가 되었느냐고 물었다.

"난 바빠요."

"그래요, 나중에 다시 얘기하죠."

"용건이 무엇인지 미리 밝혀야 나중에 얘기를 할 수 있겠죠?"

당신을 엿 먹이려는 기사를 한 편 쓰고 있어요, 라고 미카엘은 말하고 싶었다.

"내 동료 소피 멜케르에게서 들었습니다. 최근 마리아 광장에서 한 걸인과 불쾌한 언쟁이 있었다고요."

"난 불쾌한 언쟁을 자주 겪는 편이에요. 일의 일부죠."

세상에…… 미카엘은 속으로 신음했다.

"개인적 호기심입니다만, 그가 뭐라고 말했는지 알고 싶군요."

"그저 횡설수설하는 말이었어요."

미카엘은 카트린의 사진들이 떠 있는 노트북 화면을 흘깃 쳐다보았다.

"아직 사무실에 있나요?"

"그건 왜 묻죠?"

"잠시 들러서 얘기를 나눠도 될까요? 사무실이 메스테르미카엘스 거리에 있죠?"

자신도 모르게 불쑥 튀어나온 제안이었다. 어쨌든 그녀에게서 정보를 얻어내려면 전화상으로는 불가능할 것 같았다. 여기서 수화기 저편까지 무수한 철조망들이 놓여 있는 것만 같았다.

"네, 좋아요." 카트린이 선뜻 대답했다. "그럼 빨리 와요. 한 시간 내로요."

프라하의 공화국 광장에서 리스베트가 묵는 호텔 앞으로 전차가 요란한 소리를 내며 지나갔다. 리스베트는 또 과음한 상태로 패러데이 상자* 뒤에 앉아 노트북에 바짝 붙어 있었다. 물론 해방과 망각의 순간들을 맛보기도 했지만 그러려면 그녀는 늘 술과 섹스의 도움이 필요했고, 그다음에는 어김없이 분노와 무력감이 찾아왔다.

리스베트는 모종의 광기에 사로잡혔고 과거가 든 머릿속이 원심분리기처럼 윙윙 소리를 내며 돌았다. '이건 사는 게 아니야.' 그녀는 쿵쿵

---

* 외부 전기자장 차단막.

생각했다. 더는 이런 식으로 살아갈 수 없었다. 행동을 취해야 했다. 이렇게 기다리기만 할 순 없었다. 복도나 길가에서 발소리가 들리는지 신경을 곤두세운 채 줄곧 도망만 다닐 순 없었다. 그래서 그녀가 다시 주도권을 쥐어보려 했지만 쉽지 않았다.

플레이그가 추천한 카티아 플립은 대단한 실력자인 모양이었으나 리스베트는 그녀에게 당하는 기분이었다. 그녀는 계속 더 많은 돈을 요구하면서 그쪽 계열의 마피아―특히 이반 갈리노프가 연루된 이상―와 엮이려는 사람은 아무도 없다고 말할 뿐이었다.

카티아는 이반 갈리노프와 블라디미르 쿠즈네초프에 대해, 그리고 그들이 얼마나 흉악한 복수극들을 벌였는지에 대해 끝없이 말을 늘어놓았다. 리스베트는 다크웹에서의 기나긴 채팅 끝에 그녀를 설득해 카밀라의 루블룝카 저택으로부터 100미터 떨어진 곳의 진달래 관목 안에 IMSI 캐처를 숨기게 했다. 그후 끈질기게 추적한 결과, 저택에서 발신되는 무선통신 가운데서 한 IMEI 번호*를 포착하는 데 성공했다. 아무런 소득이 없는 것보다는 나았으나 그렇다고 이 일의 성공이 보장된 건 아니었고, 그녀 안에서 아우성치는 과거가 잠잠해지지도 않았다. 리스베트는 종종 지금처럼 노트북 앞에 꼼짝 않고 앉아 룸서비스로 주문한 패스트푸드를 먹고 미니바의 위스키와 보드카를 비우며 그녀가 해킹한 위성 링크를 통해 카밀라의 저택을 뚫어지게 쳐다보곤 했다.

이 고립은 광기 그 자체였다. 리스베트는 운동도 외출도 하지 않았다. 그때 누군가가 문을 두드렸다. 리스베트는 일어나 문을 열고 파울리나를 들어오게 했다. 그녀가 무언가에 대해 얘기를 늘어놓았지만 리스베트의 귀에는 아무것도 들리지 않았다. 결국 파울리나가 버럭 소리쳤다.

---

* 모바일 기기에 내장된 고유식별번호.

"대체 무슨 일이야?"

"아무것도 아냐."

"지금 네 모습은……"

"엉망이라고?" 리스베트가 말을 이었다.

"그래. 내가 해줄 만한 게 있을까?"

'내게 접근하지 마. 더는 날 찾아오지 마……' 하지만 이런 생각과
달리 리스베트는 침대에 몸을 눕혔고, 파울리나가 그녀를 따라 옆에
누울 것인지 속으로 궁금해했다.

미카엘은 카트린 린도스와 악수를 했다. 하늘색 재킷과 치마, 타탄
무늬 숄, 목까지 단추를 채운 흰색 블라우스 차림에 검은색 하이힐을
신은 그녀는 미카엘의 손을 힘있게 잡았지만 눈을 마주치지는 않았
다. 머리를 하나로 말아올리고 딱 달라붙는 복장으로 몸매가 돋보이
긴 했지만 그 모습이 단정하다 못해 영어 학교의 교사처럼 고지식해
보이기까지 했다. 사무실에는 그녀 혼자만 남은 듯했다. 책상 위 게
시판에는 그녀가 IMF 총재 크리스틴 라가르드와 찍은 사진이 걸려
있었다. 두 여자는 모녀처럼 보였다.

"멋지네요." 미카엘이 사진을 가리키며 말했다.

카트린은 아무 말 하지 않았다. 대신 그에게 사무실 한쪽에 마련
된 소파에 앉으라고 권한 뒤 자신은 팔걸이가 있는 의자에 앉아 등
을 꼿꼿이 세우고 다리를 꼬았다. 미카엘은 마지못해 백성에게 알현
을 허락한 여왕 앞에 앉은 듯한 기분이 들어 어이가 없었다.

"이렇게 시간을 내줘서 고맙습니다." 미카엘이 말했다.

"천만에요."

카트린이 의심에 찬 눈빛으로 그를 쳐다보았고, 미키엘은 왜 그토
록 나를 싫어하느냐는 물음이 목구멍까지 올라왔다.

"당신에 대한 기사를 쓰려고 찾아온 게 아니니 긴장 풀어요." 그가

말했다.

"나에 대해 무얼 쓴대도 상관없어요."

"아, 그렇군요. 잘 알겠습니다."

미카엘은 미소를 지었다. 그녀의 얼굴에는 여전히 웃음기가 없었다.

"사실 오늘 난 휴가입니다." 미카엘이 말을 이었다.

"오, 좋군요."

"그럼요, 좋고말고요."

미카엘은 그녀를 도발하고 싶은 충동을 억누를 수 없었다.

"자, 내가 그 걸인에게 관심을 갖는 이유를 설명하죠. 며칠 전, 그 사람은 내 전화번호가 적힌 쪽지를 주머니에 지닌 채 변사체로 발견됐어요."

"그렇군요."

'그 남자가 죽었다는 소식에 눈이라도 깜빡여야 하는 거 아냐?' 미카엘은 이렇게 생각하며 설명을 계속했다.

"남자는 내게 얘기할 거리가 있었던 것 같아요. 그래서 그가 당신에게 무슨 말을 했는지 알고 싶은 겁니다."

"별 얘기 안 했어요. 고래고래 소리를 지르고 손에 든 지팡이 같은 물건을 위협적으로 흔들어댔죠. 정말 무서웠어요."

"뭐라고 소리를 지르던가요?"

"흔한 헛소리였죠."

"흔한 헛소리라 함은 무엇일까요?"

"요하네스 포르셀을 두고 아주 음흉한 인간이라고 하더군요."

"그가 그런 말을 했다고요?"

"그 남자가 요하네스에 대해 고래고래 떠들어댔는데 솔직히 그곳을 빨리 벗어나고만 싶었어요. 그가 내 팔을 끌어당기는데 얼마나 난폭하고 불쾌했는지. 그러니 내가 거기 남아 그가 늘어놓는 음모론을 참을성 있게 듣지 않은 건 양해해줬으면 해요."

"이해합니다. 정말 이해해요." 미카엘은 이렇게 대답했지만 실망스러운 것도 사실이었다.

미카엘 역시 스웨덴 국방부 장관에 대한 헛소리를 지겹도록 들었다. 요하네스는 악성 댓글 작성자들이 즐겨 공격하는 목표 중 하나였고 그에 대한 거짓 정보들은 날이 갈수록 무성해졌다. 머지않아 요하네스가 소아성애자를 위한 피자집을 연다는 주장까지 나올 태세였다. 이런 분위기는 그가 극우파와 외국인혐오자에 대해 강경한 태도를 보이고, 갈수록 공격적 양상을 띠는 러시아의 정책에 우려를 표명하기 때문이기도 했지만 인간 자체의 개성에서 비롯된 것도 있다. 부유한 고학력자에 마라톤 선수이자 수영으로 영국해협을 횡단하기도 한 그의 당당한 태도에 어떤 이들은 불편함을 느낄 수 있었다.

미카엘은 그가 싫지 않았다. 둘은 산드함에서 이따금 마주친 적이 있고 그럴 때마다 가벼운 대화를 나누곤 했다. 미카엘은 기자의 입장에서 요하네스가 증시 폭락 덕분에 큰돈을 벌었으며 심지어 폭락에 개입했다는 루머가 사실인지 확인해봤다. 하지만 그런 주장을 뒷받침할 증거는 전혀 찾아내지 못했다. 그의 자산은 위탁 관리되었고 증시 폭락 직전과 직후에 거래한 흔적은 보이지 않았다. 그렇다고 증시 폭락이 그의 입지를 공고히 해주었다고 말할 수도 없었다. 그는 정부 인사 가운데 가장 미움받는 사람이었고, 재임 후에 이룬 일이라곤 MUST(스웨덴 군정보보안부)와 MSB(스웨덴 재난관리청)의 예산 증액을 얻어낸 게 고작이었다. 더욱 요즘 국면에서 예산 증액이 거부될 수 없는 것도 사실이었고.

"그에 대한 거짓말과 모함을 더는 참을 수 없어요." 카트린이 말했다.

"실은 나도 마찬가지입니다." 미카엘이 동의했다.

"그럼 적어도 한 가지 점에서는 의견이 같군요."

미카엘은 슬그머니 짜증이 일었다.

"이해합니다. 소리를 지르고 지팡이를 흔들어대는 사람과 대화하는 게 쉽지 않다는 걸요."

"네, 이해해줘 고맙군요."

"때로는 어리석게 느껴지는 말도 들어볼 필요가 있지 않을까요? 그런 말들에도 한두 가지 진실이 담겨 있을지 모르니까요."

"지금 내게 직업적 조언을 해주는 건가요?"

정말이지 그녀의 말투에는 사람을 열받게 하는 무언가가 있었다. 미카엘은 한마디 쏘아붙이고 싶은 마음을 꾹 억눌렀다.

"그런데 이거 알아요?" 그가 말을 이었다. "말을 해도 사람들이 들어주지 않으면 아주 화가 나는 법입니다. 미치게 만들죠."

"무슨 말이죠?"

"당신도 평생 무시당하고만 산다면 완전히 망가져버릴 겁니다."

"그러니까 나 같은 사람들이 말을 들어주지 않아 그 남자가 정신병이 생기고 노숙자가 되었다는 말을 하고 싶은 건가요?"

"꼭 그런 뜻은 아닙니다."

"그렇게 들리는데요?"

"그렇다면 사과하겠습니다."

"고맙군요."

"당신도 쉽지 않은 삶을 살아왔다고 들었습니다만……" 미카엘이 대화를 풀어볼 생각으로 이렇게 말했다.

"그게 이 일과 무슨 상관이죠?"

"아무런 상관도 없겠죠."

"자, 그럼 됐네요. 방문해줘서 고마워요."

"이런……" 그가 나직이 내뱉었다. "당신은 대체 뭐가 문제죠?"

"내가 뭐가 문제냐고요?" 카트린이 벌떡 일어서며 되물었다. 그들은 몇 초간 서로를 노려보았다.

미카엘은 자신들이 결투를 벌이는 라이벌, 혹은 링 위에 마주선 권투선수 같다는 생각이 들어 어처구니가 없었다. 게다가 어쩌다 그리 되었는지 알 수 없지만 그들의 얼굴이 점점 가까워지고 있었다. 미카엘은 불현듯 그녀의 숨결을 느꼈다. 그녀의 눈이 열기로 번들거리고 가슴이 들썩이는 것을 보았다. 그녀의 고개가 옆으로 갸웃 기울어졌을 때 불쑥 키스를 해버린 미카엘은 그 순간 돌이킬 수 없이 멍청한 짓을 하고 있다고 생각했다. 하지만 그녀도 입을 맞춰왔다. 그러고서 둘은 지금 무슨 일이 일어났는지 이해하지 못하겠다는 듯 몇 초간 서로를 멍하니 바라보았다.

카트린이 그의 목덜미를 잡아 자기 쪽으로 끌어당기면서 상황은 걷잡을 수 없는 방향으로 흘러갔다. 그들은 소파 위를, 그다음에는 바닥 위를 뒹굴었다. 이 광기어린 열기 속에서 미카엘은 그녀의 사진을 처음 본 순간부터 자신이 그녀를 갈구해왔음을 깨달았다.

9장

8월 24일

프레드리카는 법의학센터 연구실에 앉아 딸들을 생각하면서 대체 왜 자신들의 관계가 이 지경까지 꼬였는지 자문해봤다.

"도저히 이해 못하겠어." 그녀가 동료 마티아스 홀름스트룀에게 푸념했다.

"왜 그래, 프레드리카?"

"조세핀과 아만다만 생각하면 왜 이리 화가 나는지. 금방이라도 폭발해버릴 것 같은 기분이야."

"뭐 때문에 그렇게 화가 나는데?"

"얼마나 건방진지 몰라. 마주쳐도 인사도 안 한다니까."

"이런, 프레드리카. 그애들은 십대잖아? 당연한 거야. 그 나이 때 네가 어땠는지 기억 안 나?"

물론 프레드리카는 기억했다. 집에서나 학교에서나 모범적인 아이였고, 플루트 연주를 잘했으며, 배구선수이자 합창대원이기도 했다. 그리고 예의가 깍듯한 소녀였다. 명랑한 꼬마 병사처럼 활짝 미소를 지으며 "네, 엄마" "물론이죠, 아빠" 하고 또박또박 대답했다. 분명 나름대로 견디기 힘든 일들도 있었을 것이다. 하지만 세상에…… 어떻게 엄마가 하는 말에 아무런 대꾸도 안 할 수 있는 걸까?

딸들을 도저히 이해할 수 없는 그녀는 늘 기분이 나빴고, 저녁마다 냉정을 잃고서 고함치곤 했다. 이 모든 건 누적된 피로 때문이었다. 그녀에게는 잠과 혼자만의 조용한 휴식이 필요했다. 수면제를 처방받았어야 했다. 아니면 불법약물이라고 해서 못 먹어볼 이유는 뭔가? 그토록 모범적인 십대 시절을 보냈으니 이제는 일탈을 좀 해도 되지 않을까? 그래, 레드 와인에 진통제를 섞어 마시지 못할 이유가 뭐란 말인가? 프레드리카가 쓴웃음을 지으며 미안하다고 사과하자 마티아스는 미소로 화답했다. 그 미소가 어찌나 부드러운지 그녀는 그에게도 버럭 고함치고 싶었다.

프레드리카는 그 걸인에 대해 다시 생각했다. 요즘 유일한 관심 사건이었다. 그녀는 경찰 수사에 협력중인 척 가장하면서 시신의 치아에 대한 탄소14 연대측정을 우선적으로 해달라고 요청했다. 이를 통해 오차 범위 이 년 내에서 남자의 나이를 밝힐 수 있을 것이다. 더불어 남자의 치아가 형성된 어린 시절의 식습관 및 치아의 스트론튬과 산소 함량을 알게 해줄 탄소13 연대측정도 요청했다.

그리고 internationalgenome.org에 등록된 상염색체 DNA 분석 결과들을 비교해 남자가 중남아시아 출신일 가능성이 있음을 알아냈다. 모발분할 분석 결과는 아직 기다리는 중이었다. 최악의 경우 몇 개월이 걸릴 수도 있었으나 최대한 연구실측을 압박해두었기에 그녀는 담당자에게 다시 한번 전화해보기로 했다.

"잉엘라, 자꾸 귀찮게 굴어서 미안해."

"걱정 마, 네가 여기서 그나마 가장 덜 귀찮게 구는 편이니까. 그런데 요즘 꽤나 열심인 것 같아?"

"모발 분석 결과는 나왔어?"

"그 신원미상인 남자?"

"응."

"잠깐만 기다려, 본부에 확인해볼 테니."

프레드리카는 손끝으로 책상을 두드리며 벽시계를 쳐다보았다. 오전 10시 20분이었다. 그녀는 벌써부터 배가 고팠다.

"오, 웬일이지?" 수화기 너머에서 잉엘라가 말했다. "이번에는 빨리 처리했네. 보고서가 들어왔으니 곧 보내줄게."

"지금 결과를 읽어줘."

"음, 잠깐……"

이상하게도 프레드리카는 마음이 조급했다.

"머리칼이 꽤 길었던 모양이야……" 잉엘라가 말을 이었다. "모발을 세 부분으로 나눠 분석했는데…… 전부 음성이야. 마약류나 벤조디아제핀의 흔적은 없어."

"마약중독은 아니었다는 얘기네."

"그저 오래된 알코올중독자였겠지. 아니…… 잠깐…… 남자가 과거에 아리피프라졸을 복용했던 것 같아. 신경이완제 아냐?"

"맞아, 조현병 치료제로 쓰이지."

"이것 말고 다른 건 없네."

전화를 끊은 프레드리카는 잠시 생각에 잠긴 채 앉아 있었다. 남자는 아리피프라졸 외에 다른 향정신성 약물을 복용하지 않았고 그조차 상당히 오래전 일이었다. 이건 과연 무엇을 의미할까? 그녀는 아랫입술을 지그시 깨물면서 또 바보 같은 미소를 지어 보이는 마티아스를 쳐다보았다. 그렇다면 결론은 자명하지 않은가? 남자가 어느 날 갑자기—아마 우연한 기회로—상당량의 수면제를 구해서 복용했거나, 아니면 누군가가 그를 살해하기 위해 술병에 약을 탔거나. 직접 맛본 적은 없지만 술과 조피클론을 섞으면 맛이 그리 좋진 않을 것이다. 하지만 남자 역시 입맛이 그리 까다롭지 않았을 테고. 누가 그를 죽이려 했을까? 현 시점에서는 전혀 알 수 없었다. 그녀는 이미 우발적 살인은 배제한 상태였다. 이런 종류의 살인이 순간적인 충동으로 일어날 순 없었다. 술병에 조피클론을 섞고 거기에 마약성 진통제인 프로폭시펜까지 첨가하는 건 섬세함이 요구되는 일이었다.

프로폭시펜……

그녀는 아무래도 의심이 가시지 않았다. 프로폭시펜을 섞은 그 칵테일은 완벽한 혼합물이었다. 약사가 조제했거나 의사에게 자문을 구해 만든 것처럼. 프레드리카는 약간의 흥분을 느끼며 이제 어떻게 해야 좋을지 생각했다. 한스 파스테에게 전화해 괴짜에 관한 말도 안 되는 강의를 또 들어야 할까? 그럴 순 없었다. 그녀는 보고서를 완성한 뒤 미카엘에게 전화를 걸었다. 업무상 기밀 누설은 이미 저질러진 터, 한번 더 한다고 달라질 것도 없었다.

카트린 린도스는 산드함에 있는 미카엘의 별장에 앉아 〈스벤스카 다그블라데트〉에 실을 짧은 칼럼을 써보려 했지만 허사였다. 아무런 영감이 떠오르지 않았다. 마감일을 지키려고 아등바등하는 게, 모든 것에 대해 의견을 내놓아야 하는 게 이제는 지겨웠다. 사실 지금 미카엘 외에는 모든 게 지루했고, 그야말로 바보 같았지만 그녀 스스로도 어쩔 수 없었다. 이제라도 집으로 돌아가 고양이와 식물들을 돌보고 자신이 독립적인 존재임을 보여야 했다.

그런데 여기서 이렇게 꼼짝 않고 있다. 도무지 그에게서 떨어질 수 없었다. 게다가 희한하게도 그들은 지금까지 한 번도 언쟁을 벌인 적이 없다. 섹스를 하고 얘기를 나누며 시간을 보냈다. 그 옛날의 젊은 기자들이 그랬듯 그녀도 미카엘에게 어떤 감정을 느끼게 된 걸까? 아니, 그보다는 이 모든 일이 매우 급작스럽고 예상치 못하게 벌어졌기 때문이리라. 카트린은 미카엘이 그녀를 경멸하고 함정에 빠뜨릴 궁리를 하고 있다고 확신했었다. 그래서 궁지에 몰릴 때면 늘 그랬듯

방어적이고 오만한 태도를 보였다. 그렇게 해서 사무실에서 쫓아내려는데 그의 눈에서 무언가 다른 것, 다시 말해 굶주린 늑대 같은 눈빛을 발견한 순간 통제력을 잃고 말았다. 사람들이 그녀에 대해 믿는 것과 정반대인 행동이었다. 동료들이 어느 때고 사무실에 불쑥 찾아올 수도 있었지만 조금도 개의치 않았다. 광기어린 정열에 휩싸여 그에게 달려들었고 그후에는 함께 밖으로 나가 술을 진탕 마셨다. 평소 무엇이든 과한 법이 없는 그녀가 말이다.

늦은 밤 보트 택시를 타고 산드함에 도착한 그들은 미카엘의 별장까지 비틀거리며 걸었다. 그후로는 침대 위 서로의 품에서 빈둥거리거나 정원에 앉아 있거나, 혹은 그가 작년에 구입한 작은 모터보트를 타고 외출하며 며칠을 보냈다. 카트린은 이것을 진지한 관계로 여기지 않았다. 그래서 자기 삶의 유일한 상수, 즉 그녀를 결코 떠나지 않는 공포에 대해서는 한마디도 하지 않았다. 그녀는 다음날, 혹은 그날 저녁에 돌아가겠다고 입버릇처럼 말했지만 줄곧 여기에 머물고 있다. 지금은 월요일 오전 10시 30분, 바다 위로 바람이 불었다. 시선을 들어보니 하늘에 녹색 연 하나가 제멋대로 떠가고 있었다. 그때 갑자기 그녀의 옆에서 무언가 진동하는 소리가 났다.

미카엘의 핸드폰이었다. 그는 핸드폰을 놔둔 채 조깅하러 나갔다. 신경쓸 이유는 없었지만 그녀는 화면을 한번 들여다보았다. 프레드리카 뉘만. 미카엘이 말한 적 있는 그 법의학자가 분명했다. 그녀는 전화를 받았다.

"미카엘 씨 전화입니다."

"그와 통화할 수 있을까요?"

"지금 조깅하러 나갔어요. 전할 메시지라도 있나요?"

"내게 전화해달라고 말씀해주세요. 분석 결과가 나왔다고요."

"점퍼를 입은 걸인에 관한 건가요?"

"맞아요."

"내가 그 사람을 만난 적 있어요."

"정말요?"

카트린은 상대의 목소리에 호기심이 어려 있음을 느꼈다.

"미안하지만 지금 전화를 받은 분은 누구죠?"

"카트린이라고 해요. 미카엘의 친구죠."

"무슨 일이 있었던 건가요?"

"어느 아침에 마리아 광장을 지나는데 그가 내게 다가오더니 소리를 질렀어요."

"왜 그런 거죠?"

그 순간 이미 카트린은 그 얘기를 꺼낸 게 후회되었다. 차가운 돌풍 같은 불길한 기운이 과거로부터 되살아나 그녀를 강타한 것만 같았다.

"그 남자는 요하네스 포르셀에 대해 얘기하고 싶어했어요."

"국방부 장관 말인가요?"

"네. 요즘 모두가 그렇듯 그를 욕하고 싶었겠죠. 난 최대한 빨리 그곳을 벗어났어요."

"그가 어느 나라 출신인지 짐작되는 바가 있나요?"

카트린은 적어도 이 질문에는 분명히 대답할 수 있었다.

"아뇨, 전혀 모르겠어요. 분석 결과가 어떻게 나왔다는 건가요?"

"내가 직접 미카엘에게 말하는 편이 낫겠어요."

"네, 좋아요. 당신에게 전화하라고 말하죠."

통화를 마쳤을 때 또다시 알 수 없는 과거로부터의 공포가 스멀스멀 피어올랐다. 그녀는 걸인을 만났던 날을 떠올렸다. 마리아 광장의 동상 옆에 무릎을 꿇고 앉은 남자의 모습이 어떤 기시감을 불러일으키며 그녀가 어린 시절에 했던 여행의 기억에 잠기게 했다. 여행중에 마주친 가엾은 이들에게 그랬듯 그 남자에게도 걱정어린 미소를 살짝 지어 보였을 것이다. 이유야 어쨌든 남자는 카트린이 자신을 주목했음을 알아차렸다. 벌떡 일어선 그가 옆에 있는 지팡이를 집어들고 절뚝거리며 그녀를 향해 다가오면서 소리쳤다.

"유명한 여사님! 유명한 여사님!"

카트린은 남자가 먼저 그녀를 알아봐서 놀라웠다. 남자가 다가왔을 때 그녀는 볼 수 있었다. 손가락들이 잘려나간 자리, 누레진 얼굴을 뒤덮은 검은 반점들, 그리고 절망적인 눈빛을. 돌연 그녀는 몸이 얼어붙었다. 남자가 그녀의 팔을 붙잡고 요하네스에 대해 횡설수설 떠들기 시작했을 때에야 비로소 정신을 차리고 그의 손아귀에서 빠져나올 수 있었다.

"그가 무슨 말을 했는지 기억납니까?" 지난번 미카엘이 이렇게 물었었다.

그때 그녀는 흔한 헛소리였다고 대답했지만 지금은 확신할 수 없었다. 지금 떠오른 그 말은 그저 이해할 수 없는 헛소리가 아니었고, 요하네스에 대해 사람들이 흔히 하는 험담도 아니었다. 그 말은 전혀 다른 무언가를 암시하고 있었다.

미카엘은 땀에 젖고 기진한 상태로 집에 거의 도착했을 때 주위를 휙 둘러보았다. 아무도 보이지 않았다. 자신이 엉뚱한 상상을 하는 거라고 생각했다. 최근 들어 감시당하고 있다는 의구심이 들었기 때문이다. 말총머리에 턱수염을 기르고 양팔에 문신을 한 남자와 지나치게 자주 마주친다는 느낌도 들었다. 남자는 피서객 같은 옷차림을 하고 있었지만 여유롭게 휴가를 즐기는 사람이라기에는 자꾸 주위를 살피는 기색이 역력했다.

실제로는 미카엘과 아무런 상관이 없는 사람일지도 모른다. 어쨌든 지금은 세상일을 다 잊고 그의 최고의 관심사, 즉 카트린에게 집중하고 싶었다. 하지만 바로 이 순간처럼 이따금 불안감이 불쑥 고개를 들었고 그때마다 반사적으로 리스베트를 생각했다. 끔찍한 장면들이 머릿속을 스쳐갔다. 그는 숨을 고르면서 고개를 들었다. 하늘은 구름 한 점 없이 청명했다. 무더위가 계속될 거라는 예보가 있었지만 오늘밤에는 바람이 강해지고 어쩌면 폭풍우까지 올 조짐이 보였다. 가지 칠 때가 된 까치밥나무 두 그루가 보이는 별장 정원 앞에서 멈춘 그는 가쁘게 숨을 몰아쉬며 양손으로 무릎을 짚고 선 채 바다와 수영하는 사람들을 오랫동안 바라보았다.

미카엘은 열렬한 환영을 받을 기대를 안고 별장 안으로 들어갔다. 카트린은 그가 십 분만 외출했다 돌아와도 전장에서 귀환한 병사를 맞이하듯 환영해주었는데 이번에는 딱딱하게 굳은 모습으로 침대에 앉아 있었다. 그는 불안해졌다. 말총머리 남자가 떠올랐다.

"무슨 일 있었어?" 미카엘이 물었다.

"뭐라고…… 아니."

"찾아온 사람은 없었고?"

"누구 올 사람이라도 있어?" 그녀의 대답에 미카엘은 안도했다. 그는 그녀의 머리칼을 어루만지며 기분이 괜찮은지 물었다.

그녀는 괜찮다고 대답했지만 미카엘은 그 말을 믿지 않았다. 그녀에게서 어두운 그늘을 감지한 건 처음이 아니었지만 보통 그 그늘은 나타날 때처럼 빠르게 사라졌다. 카트린이 그에게 프레드리카의 메시지를 전해주었다. 미카엘은 그녀를 잠시 놔두기로 하고 프레드리카에게 전화를 걸어 모발 분석 결과를 들었다.

"아, 그렇군요. 그래서 결론이 뭐죠?" 미카엘이 물었다.

"모든 가능성을 열어두고 고려해봤는데 솔직히 수상한 구석이 있어요."

미카엘은 팔짱을 끼고 앉아 있는 카트린을 바라보았다. 그가 미소를 지어 보이자 그녀도 애써 웃음을 지었다. 창밖으로는 수면 위를 나는 흰기러기들이 보였다. 제대로 정박되지 않은 미카엘의 모터보트가 물결에 흔들리고 있었다. 나중에 제대로 매어놓아야 했다.

"한스 파스테는 뭐라고 하던가요?"

"그는 아직 아무것도 몰라요. 내 보고서에는 기록해뒀고요."

"그에게 알려야 해요."

"그럴 거예요. 당신 친구가 해준 말로는 그 걸인이 요하네스 포르셸에 대해 얘기했다던데요."

"요즘엔 그가 마치 전염병 바이러스 같아요. 이 나라의 미친 인간들이 죄다 입만 열면 그 장관 얘기니."

"그래요? 난 전혀 몰랐어요."

"올로프 팔메 수상이 암살당했을 때와 비슷해요. 당시 그 사건은 이 나라 정신병자들의 머릿속에 바이러스처럼 파고들었죠. 요하네스에 대한 터무니없는 음모론들에 이젠 넌더리가 납니다."

"대체 왜 그러는 거죠?"

미카엘은 침대에서 일어나 욕실로 들어가는 카트린을 쳐다보았다.

"글쎄요, 설명하기 쉽지 않아요. 공적 인사들 가운데 대중의 상상력을 자극하는 이들이 있는 모양이죠. 요하네스의 경우에는 누군가가 원한을 품고 갖가지 루머를 퍼뜨린 게 분명해요. 요하네스는 러시아가 증시 폭락에 개입했다고 비판한 인물들 중 하나였고 러시아 정부에도 늘 강경한 입장을 취해왔죠. 누군가가 그를 해치기 위해 조직적으로 허위정보를 유포했다고 의심할 만한 정황이 있어요."

"요하네스는 저돌적인 사람 아닌가요? 승부사 기질이 있는."

"내가 보기에 괜찮은 사람 같아요. 그에 대해 좀 알아봤거든요. 그런데 그 걸인이 어느 나라 출신인지는 여전히 모르나요?"

"탄소13 분석 결과를 통해 그가 극히 가난한 환경에서 성장했다는 사실만 알고 있어요. 이미 짐작했던 바지만. 어린 시절에 채소와 곡물만 먹고 자란 것 같아요. 부모가 채식주의자였을 수도 있어요."

미카엘은 욕실 쪽을 흘깃 쳐다보며 물었다.

"이 모든 게 조금 이상하지 않나요?"

"어떤 점에서요?"

"어느 날 하늘에서 뚝 떨어진 것처럼 나타난 남자가 다시 어느 날 죽은 채 발견됐다는 사실 말이에요. 혈액에는 각종 독극물의 흔적이 있고요."

"맞아요."

그때 미카엘의 머릿속에 스치는 생각이 있었다.

"경찰청 강력반에 아는 사람이 있어요. 한스와 같이 일한 적이 있고요. 그는 한스를 구제불능의 멍청이라고 생각하죠."

"그분은 똑똑하신 것 같네요."

"네, 똑똑하죠. 그에게 이 사건을 살펴봐달라고 부탁할 수 있을 것 같아요. 그럼 우리 일도 속도를 낼 수 있겠죠."

"오, 그래준다면 정말 고맙죠."

"전화해줘서 고마워요. 다시 연락하죠."

전화를 끊은 미카엘은 얀 부블란스키와 통화할 기회가 생겨 기분이 좋았다. 얀 반장과 그는 오래전부터 알고 지낸 사이였다. 그들의 관계가 늘 유쾌한 건 아니었지만, 최근 몇 년간 좋은 친구처럼 지냈고 미카엘은 그와 대화할 때마다 마음이 편안해졌다. 매사 신중히 성찰하는 그의 모습이 미카엘로 하여금 삶을 한 걸음 떨어져서 바라보게 해주었다. 기자로서 피할 수 없는 부분이지만 때때로 그를 센세이셔널리즘과 광기에 빠뜨리는 그 끝없는 세상사로부터 잠시나마 벗어날 수 있게 해주었다.

그들이 마지막으로 만난 건 홀게르 팔름그렌의 장례식에서였다. 그때 그들은 리스베트에 대해, 그녀가 예배당에서 한 추도사와 용 이야기에 대해 대화를 나눈 뒤 조만간 다시 만나기로 약속했다. 하지만 그런 약속이 늘 그렇듯 결국 이뤄지지 않았다. 핸드폰을 집어든 미카엘은 선뜻 전화를 걸지 못하고 그 대신 욕실 문을 두드렸다.

"당신, 괜찮아?"

카트린은 대답할 기분이 아니었지만 어쨌든 기척을 해야 한다고 느꼈다. "응, 잠깐만"이라고 작게 말하고 몸을 일으킨 그녀는 눈이 붉게 충혈된 것을 세수로 감춰보려 했지만 소용없었다. 그런 뒤 문을 열고 나와 침대에 걸터앉았다. 미카엘이 다가와 머리칼을 쓰다듬었지만 마음이 편해지지 않았다.

　"칼럼은 잘돼가?" 미카엘이 물었다.

　"전혀."

　"그 기분 잘 알지…… 다른 문제도 있는 듯한데, 안 그래?"

　"그 걸인 말이야……"

　"그가 왜?"

　"그 사람 때문에 자꾸 불안한 기분이 들어."

　"그래 보여."

　"왜 그런지는 모르겠어."

　"음, 그렇겠지."

　카트린은 잠시 머뭇거리다 자신의 양손을 응시하며 말하기 시작했다.

　"아홉 살 때, 부모님이 내게 말했어. 일 년간 학교에 다니지 않게 될 거라고. 둘이서 내 교육을 책임질 수 있다고 학교를 설득한 모양이야. 거기서 학습자료며 문제집 따위를 한아름 받아 온 모양인데 난 구경도 못했지. 그러고는 비행기를 타고 인도의 고아 지역으로 갔어. 처음엔 나쁘지 않았어. 우리는 해변에 해먹을 걸고 잠을 자고, 난 온종일 아이들과 뛰어놀며 시간을 보냈지. 나무를 깎고 보석을 꿰어 장신구 만드는 법도 배우고 축구나 배구를 하며 놀기도 했어. 저녁에는 춤을 추고 모닥불을 피우고. 아빠는 기타를 치고 엄마는 노래를 불렀지. 한동안 우리는 아람볼에서 카페를 운영했어. 난 서빙을 돕거나 코코넛밀크와 렌틸콩으로 수프—사람들은 그걸 '카트린의 수프'라고 불렀지―를 끊었어. 하지만 이 모든 게 조금씩 허물어졌어. 카페에 벌거벗은 사람들이 드나들기 시작했고 어떤 이들은 약에 취해 있었어. 팔뚝에 주사 자국 천지인 사람들이 많았지. 누군가는 내 몸을 더듬기도 하고 이상한 농담으로 겁을 주기도 했어."

"끔찍하군."

"어느 밤이었어. 잠에서 깨어나보니 어둑한 방안에서 엄마의 두 눈이 빛나고 있었어. 방금 전에 약을 주사한 거였지. 아빠는 조금 떨어진 곳에 서서 몸을 흔들거리며 반쯤 취한 목소리로 '이런, 이런……' 하고 웅얼거렸고. 진짜 문제가 터지기 시작한 게 이 무렵이었어. 아빠가 헛소리를 시작한 거야. '아빠, 왜 저러는 거야?'라고 물으면 엄마는 '놔둬, 그냥 헛소리야'라고 대답했지. 얼마 후엔 이사를 했어. 마치 그 헛소리들로부터 도망치려는 듯. 지금도 기억이 생생한데, 우리는 며칠, 아니 몇 주 동안 손수레 하나를 끌고 다녔어. 썩어빠진 나무 바퀴가 달린 낡은 손수레였는데, 엄마는 거기에 솥이며 옷가지며 잡동사니를 가득 싣고는 사람들에게 팔아보려고 애썼어. 그렇게 우리가 쓰는 물건들까지 하나둘 사라져가다 거의 아무것도 남지 않았고. 이때부터 기차를 타거나 히치하이킹을 하며 다녔지. 바라나시를 거쳐 중국에는 카트만두로 가 오래된 유랑민 마을인 프리크 스트리트에서 살았어. 그때 난 우리가 버는 돈이 죄다 마약을 사는 데 들어간다는 사실을 알았어. 헤로인을 살 뿐만 아니라 팔기도 했어. 사람들이 우리집에 찾아와 '제발, 제발' 하며 애원했지. 어떨 때는 거리에서 남자들이 우리를 쫓아오기도 했고. 그들 가운데는 손가락이 없거나 팔이나 다리 한 쪽이 없는 사람도 있었어. 다들 누더기 차림에 피부색은 누렇고 얼굴은 반점들로 덮여 있었지. 아직도 가끔 그들이 꿈에 나타나."

"그 걸인을 보고 그들 생각이 난 거군."

"옛날 일들이 전부 되살아났어."

"정말 안됐네."

"그래, 난 오랫동안 그렇게 살아왔어."

"이 말이 당신에게 도움이 될지는 모르겠지만, 그 걸인은 마약중독자가 아니었어. 약 같은 건 전혀 하지 않았던 것 같아."

"하지만 그들과 아주 닮았어. 그들만큼이나 절망한 모습이었고."

"법의학자는 그가 살해당했다고 생각해."

미카엘은 카트린의 이야기를 벌써 잊기라도 한 듯 전혀 다른 어조로 말을 이었다. 이런 그의 태도에 기분이 상해서였는지, 아니면 그저 피곤해서였는지 카트린은 잠시 밖으로 나가 바람을 쐬고 오겠다고 했다. 미카엘은 애써 그녀를 붙잡으려 하지 않았다.

카트린이 현관에 서서 고개를 돌려보니 미카엘이 핸드폰으로 누군가의 번호를 누르는 모습이 눈에 들어왔다. '그래, 저 사람에게 모든 걸 얘기할 필요는 없겠지.' 그녀는 생각했다. 어차피 그녀 혼자서도 충분히 알아볼 수 있는 일이었다.

10장
8월 24일~25일

얀 부블란스키는 결정을 내리지 못해 영원히 고통받을 인물이었다. 지금도 과연 점심을 먹어도 될지 정하지 못하고 있었다. 경찰청 복도 자판기에서 샌드위치를 사 먹고 일을 계속하는 게 낫지 않을까? 아니, 샌드위치씩이나? 그냥 샐러드를 조금 먹거나 아예 점심을 건너뛰는 게 나을지도 몰랐다. 그는 약혼자 파라 샤리프와 텔아비브에서 휴가를 보내고 온 뒤 체중이 약간 늘었다. 정수리 쪽 머리칼도 좀더 빠진 것 같았다. 어쩌겠는가, 고민해봤자 소용없는 일이었다. 그는 밀린 업무들을 처리하기로 하고 엉망으로 작성된 피의자 신문 기록 한 건과 후딩에 경찰서에서 온 역시나 엉성한 감식 보고서를 읽기 시작했다. 엉성한 보고서들 때문에 주의가 흩어지기 시작하는 와중에 미카엘이 전화를 걸어오자 그는 퍽 진솔하게 응답했다.

"미카엘, 희한하군요! 마침 당신 생각을 하고 있었는데 말이죠."

사실 얀이 생각하고 있던 건 리스베트인지도 몰랐다. 어쨌든 그는 그렇게 느꼈다.

"요즘 어떻게 지내요?" 얀이 말을 이었다.

"그럭저럭 괜찮다고 봐야겠죠."

"딱 잘라 말하지 않는 게 마음에 드네요. 요즘 난 사람들의 생각 없는 해맑음을 견디기가 힘들어요. 휴가 잘 보내고 있습니까?"

"잘 보내려고 최선을 다하고 있죠."

"나한테 전화한 걸 보면 최선을 다하는 것 같진 않은데. 당신 여자 때문입니까?"

"그녀가 내 여자였던 적은 한 번도 없어요." 미카엘이 대답했다.

"알죠, 알아. 결코 누군가의 여자가 될 사람은 아니지. 그녀를 보면 하늘에서 추락한 천사 같은 느낌이 드는데, 그렇지 않나요? 신도 주인도 없는 존재 말이에요."

"얀, 난 당신이 경찰이라는 사실이 어리둥절하다니까요."

"우리 랍비는 나더러 이제 은퇴해야 한대요. 솔직히 말해봐요. 그녀한테서 소식이 있었나요?"

"말썽도 안 부리고 얌전히 지낸다고 하더군요. 지금으로선 사실인 걸로 믿고 있고요."

"기쁜 소식이군요. MC 스바벨셰 조직원들이 그녀 주위를 맴도는 게 거슬렸거든요."

"나도 그래요."

"당신도 알겠지만 경찰이 그녀에게 신변보호를 제안했었어요."

"네, 들었어요."

"그녀가 제안을 거절했고 그후 연락이 두절됐다는 것도요?"

"네, 하지만……"

"하지만……?"

"아니, 아무것도 아니에요. 한 가지 아는 게 있다면, 몸을 감추는 데는 이 세상 누구도 그녀를 따라잡을 수 없다는 사실이죠. 그게 내 유일한 위안이고요."

"전파 감시 같은 걸 말하는 거죠?"

"기지국이나 IP주소 따위로는 그녀를 추적할 수 없으니까요."

"그것만 해도 다행이에요. 우리는 차분히 앉아서 기다리는 수밖에."

"그래야죠. 그런데 이 얘기와는 관계없는 다른 일을 한 가지 부탁해도 될까요?"

"말해봐요."

"한스 파스테가 사건을 하나 맡았는데 전혀 관심이 없는 것 같아서요."

"오히려 그러는 편이 나을 수도 있겠죠. 어쩌다 그가 관심을 갖고 날뛰기 시작하면……"

"흠, 그럴지도 모르겠군요. 여하튼 이건 걸인 한 사람이 거리에서 변사체로 발견된 사건이에요. 프레드리카 뉘만이라는 법의학자는 그가 살해당했다고 생각하고요."

미카엘로부터 상세한 설명을 듣고 난 얀은 복도 자판기로 가 비닐 포장된 치즈 샌드위치 두 개와 초콜릿바 하나를 사 왔다. 그런 다음 동료 소니아 모디그 형사에게 전화를 걸었다.

카트린은 정원 풀밭에서 발견한 원예용 장갑을 끼고 까치밥나무 둥치께에 자라난 쐐기풀을 뽑기 시작했다. 그러다 잠시 고개를 들어보니 말총머리에 청재킷 차림의 남자가 눈에 띄었다. 그는 위협적으로 느껴지는 널찍한 등을 보이며 해변을 따라 멀리 사라졌다. 카트린은 이내 그 남자를 잊고 별장 안에서부터 그녀를 심란하게 만들었던 생각으로 돌아왔다.

마리아 광장의 걸인이 프리크 스트리트의 마약중독자들과 같지 않은 건 사실이었다. 하지만 그녀는 그가 바로 그 지역에서 왔으며, 그곳 사람들과 마찬가지로 무성의한 의사의 진료를 받았다고 확신했다. 그의 손가락들이 잘려나간 자리, 발밑의 땅이 푹푹 꺼지듯 휘청거리며 걷는 특이한 동작이 생각났다. 그리고 그녀의 팔을 붙잡던 강철 같은 손아귀와 그가 한 말이 떠올랐다.

"난 요하네스 포르셀에 대해 끔찍한 것을 알고 있어……"

그 순간 그녀는 인터넷에서 매일 보던, 혹은 자신의 이메일로 쏟아져들어오는 것과 같은 험담을 들을 거라고 예상했다. 그리고 그가 폭행을 가할지도 모른다는 생각에 몸이 굳어버렸다. 그녀가 공황감에 빠지려는 찰나에 그가 붙잡았던 팔을 놓으며 슬픈 목소리로 말했다.

"난 요하네스를 잡았어. 그리고 난 맘사비브를 떠났지. 끔찍해, 끔찍해."

아니, '맘사비브Mamsabiv'가 아닐 수도 있었다. 다만 그와 비슷하면서 첫 음절에 강세가 있는 긴 단어였다. 그곳을 황급히 벗어나는 와중에도 그 단어가 귀에 맴돌았다. 그리고 스웨덴보리스가탄 길가에 있던 소피 멜케르와 마주쳤다. 그후 그 수수께끼 같은 단어를 까맣게 잊었다가 미카엘의 별장에서 법의학자와 통화하는 사이에 문득 떠올랐다. 그 말의 의미는 무엇이었을까? 좀더 조사해볼 필요가 있어 보였다.

그녀는 원예용 장갑을 벗어버리고 맘사비브와 비슷한 단어들을 검색해봤지만 어떤 언어에서도 유의미한 결과를 얻지 못했다. 구글이 '맛스 사빈Mats Sabin'을 찾는 거냐고 물었다. 어쩌면 그럴 수도 있었다. 단숨에 재빨리 발음하면 비슷한 소리가 나니까. 이 가설이 좀더 그럴듯하게 와닿은 건 맛스 사빈이 해안포병대 사령관이었다가 후에 스웨덴국방대학교 군역사학 교수가 되었다는 사실을 발견했을 때였다. 그렇다면 전 첩보장교이자 러시아 전문가인 요하네스와 관계 있는 인물일 가능성이 있었다.

혹시나 하는 마음으로 검색창에 두 이름을 입력해본 그녀는 그 둘이 만난 적 있을 뿐만 아니라 서로에게 적대감, 적어도 공개적으로는 깊은 불화가 있었다는 사실을 알게 되었다. 하마터면 곧바로 달려가 미카엘에게 이를 말할 뻔했으나 한편 억지스러운 가설로 느껴지기도 했다. 그녀는 다시 장갑을 끼고 심란한 마음으로 이따금 해변 쪽을 바라보면서 풀을 뽑기 시작했다.

리스베트는 여전히 프라하의 킹스코트 호텔에 있었다. 객실 창가의 책상에 앉아 루블룝카에 있는 카밀라의 대저택 상황을 노트북 화면으로 들여다보았다. 이는 더이상 단순한 강박적 행위도, 그녀의 기억 각인을 위한 작업도 아니었다. 갈수록 그 저택이 요새나 사령부처럼 느껴졌다. 끊임없이 방문객이 드나들었고 그 가운데는 블라디미르 같은 거물들도 섞여 있었다. 모두가 입구에서 철저한 몸수색을 당했다. 경비원 수는 나날이 늘어갔고 IT 보안 역시 꾸준히 점검되는 게 분명했다.

카티아 플립이 적당한 장소에 설치했다가 며칠 후에 철거한 IMSI 캐처 덕분에 리스베트는 카밀라의 핸드폰으로 오가는 신호들을 포착해 그녀의 행보를 하나도 놓치지 않고 추적할 수 있었다. 아직 카밀라의 IT 시스템을 해킹하지 못한 탓에 저택 안에서 일어나는 일들은 상상에 맡겨야 했지만. 한 가지 확실한 건 저들의 활동이 활발해졌다는 사실이었다.

저택은 중대한 작전을 앞둔 것처럼 흥분된 에너지로 요동쳤다. 어제 카밀라는 리무진을 타고 이른바 수족관, 즉 모스크바 외곽 호딘카에 위치한 GRU 본부를 찾아갔다. 이는 좋은 신호가 아니었다. 카밀라는 가능한 도움을 전부 끌어모으려는 모양이었다.

카밀라는 그녀의 쌍둥이 자매가 어디 있는지 알아내지 못한 듯했고 이는 리스베트에게 약간의 안도감을 주었다. 카밀라가 루블룝키의 저택에 머무는 한 리스베트와 파울리나에게는 아무런 위험이 없을 테니까. 그러나 백 퍼센트 확실한 건 없는 법이었다.

리스베트는 위성 영상을 닫고 그 대신 파울리나의 남편 토마스의 동정을 확인했다. 특별한 건 없어 보였다. 지금 그는 늘 똑같은 뚱한 얼굴을 하고 웹카메라를 통해 자신도 모르는 채 그녀를 쳐다보고 있었다.

리스베트는 며칠간 말을 많이 하지는 않았지만 저녁에는 몇 시간씩 할애해 파울리나의 얘기를 들어주었다. 이제 그녀는 다리미 사건을 비롯해 파울리나의 삶에 대해 많은 것을 알게 되었다. 방금 전 웹카메라 앞에서 시원하게 코를 푼 토마스라는 남자는 독일에 사는 동안 매번 자기 셔츠들을 직접 세탁소에 맡겼다. 그런데 코펜하겐에 오자 파울리나에게 셔츠를 다리라고 요구했다. 그녀에게 "낮 동안에 할 일을 주기 위해서"라고 했다. 어느 날 파울리나는 다림질과 설거지거리를 내팽개치고 다리지 않은 그의 셔츠에 팬티만 입은 차림으로 위스키와 와인을 들이켰다.

그 전날 밤 그녀는 토마스에게 구타를 당했다. 입술이 다 터져버린 꼴로 술을 마시며, 그들의 관계를 끝내거나 남편을 몰아세울 용기를 얻어보려 했다. 그런데 상황이 점점 나쁘게만 흘렀다. 그녀는 실수로 꽃병을 깼다. 잔과 접시도 몇 개를 깼는데 그건 실수가 아니었다. 셔츠에는 붉은 와인을 흘리고 침대시트와 카펫에는 위스키를 쏟았다. 그러다 술에 잔뜩 취해 도전적인 기분으로 잠들었다. "이젠 그 자식에게 지옥으로 꺼져버리라고 소리칠 수 있어"라고 중얼거리며.

파울리나가 깨어났을 때 토마스는 그녀의 양팔을 무릎으로 누른 채 거듭해서 얼굴을 구타하고 있었다. 그런 다음 그녀를 다림판 앞으로 끌고 가 그녀가 입고 있는 셔츠에 달궈진 다리미를 갖다댔다. 파울리나는 피부 타는 냄새와 형언할 수 없는 고통, 현관문 쪽으로 뛰어가는 자신의 발걸음 외에는 아무런 기억도 나지 않았다. 리스베트는 이따금 이 일을 떠올렸다. 토마스의 눈을 들여다보고 있으면 그 얼굴이 그녀 아버지의 얼굴과 겹쳐 보이기도 했다.

피곤해지면 모든 것이 뒤섞였다. 카밀라, 토마스, 어린 시절, 살라…… 과거는 결박끈처럼 그녀의 가슴과 이마 둘레를 죄어왔고 그럴 때면 숨을 쉬기 위해 헐떡여야 했다. 바깥에서 음악소리가 들려오고 누군가가 기타를 조율하고 있었다. 리스베트는 고개를 길게 빼고 창밖을 내다보았다. 거리는 팔라디움 쇼핑센터를 드나드는 사람들로 북적였다. 오른쪽에 보이는 거대한 흰색 무대 위에서 콘서트 준비가 한창이었다. 벌써 토요일인가? 아니면 공휴일? 아무래도 상관없었다. 그런데 파울리나는 대체 어디에 있는 걸까. 또 시내를 돌아다니는 걸까. 그녀는 머리를 식힐 겸 이메일을 열었다.

해커 공화국에선 아무런 메시지도 오지 않았다. 그녀가 낮 동안 보낸 질문들에 대한 대답은 하나도 없었다. 반면 미카엘로부터 온 암호화 문서 몇 개가 그녀의 입가에 엷은 미소를 번지게 했다. 그래, 드디어 힘을 내 자기 기사를 다시 한번 읽어본 건가…… 아니었다. 그가 보낸 문서들은 블라디미르나 트롤 팩토리와는 관련이 없었다. 대신 그것은……

XY, 11, 12, 13, 19 같은 숫자와 글자가 끝없이 이어지고 있었다. DNA 염기서열임이 분명했으나 누구의 것인지는 알 수 없었다. 문서들과 첨부된 부검 보고서를 훑어본 뒤에야 그 모든 게 탄소14 분석에 따라 55세에서 56세로 추정되는 한 남자와 관련된 것임을 알 수 있었다. 중남아시아 출신인 듯했다. 손가락과 발가락이 여러 개 절단되었고, 사망 당시 건강 상태가 극히 불량했으며 알코올중독까지 있었다. 부검 보고서는 그가 조피클론과 프로폭시펜에 중독되어 사망한 것으로 결론짓고 있었다.

미카엘은 이렇게 썼다.

리스베트, 정말 휴가중이고 바보 같은 짓을 할 계획도 없다면 이 남자가 누구인지 알아봐줄 수 있어? 경찰은 이름도 아무것도 몰라. 프레드리카 뉘만이라는 법의학자는 그가 살해당했을 가능성이 있다고 생각해. 남자의 시신은 8월 15일 탄토룬덴 공원의 어느 나무 옆에서 발견됐어. 상염색체 DNA 분석 결과와 다른 몇 가지—탄소13 분석 결과, 모발 분석 결과, 그리고 죽은 남자가 남긴 쪽지 사진(그래, 그가 내 전화번호를 적어놓았어)—를 첨부할게.

M.

"빌어먹을, 정말 웃기고 있네." 리스베트는 투덜거렸다. "난 지금 나가서 파울리나를 찾아 술이나 한잔 더 할 거라고. DNA 분석 따위나 들여다보고 웬 법의학자랑 대화할 생각 같은 건 없어."

이번에도 리스베트는 호텔방을 나서지 못했다. 복도에서 파울리나의 발소리가 들려왔기 때문이다. 그녀는 미니바에서 조그만 샴페인병 두 개를 꺼내들고 파울리나가 들어오면 처량한 모습을 보이지 않기 위해 양팔을 활짝 펼쳐 보였다.

바보 같지만 카트린이 고양이와 식물들을 돌보기 위해 돌아가야 한다고 말한 이후로 미카엘은 외롭고 우울한 기분—아니, 내가 식물보다 못하단 말이야?—이 드는 것을 어쩔 수 없었다. 배를 타고 떠나는 그녀에게 손을 흔들어주고 별장으로 돌아와 프레드리카에게 전화를 걸었다.

미카엘은 그녀에게 DNA 분석에 도움을 줄 뛰어난 여성 유전학자를 알고 있다고 말했다. 프레드리카는 그 학자가 누구인지, 정확히 어떤 분야를 연구하는 건지 알고 싶어했다. 매우 유능한 학자이자 유전계보학을 연구하는 런던의 교수라고 미카엘은 둘러댔다. 실제로 리스베트는 DNA 분석의 귀재였다. 그녀는 어째서 자신의 가계에서 그토록 극단적인 인물들이 나왔는지 이유를 알아보려 했다. 높은 지능과 사악함이 이를 데 없는 아버지 살라 때문만은 아니었다. 그녀의 이복형제 로날드 니더만, 믿기지 않는 괴력을 지닌데다 통증을 전혀 느끼지 못하는 그 거인도 있었다. 그리고 사진기억력을 지닌 그녀 자신이 있었다. 한마디로 예외적 능력과 극단적 성격의 소유자들이 연달아 출현한 집안이었다. 리스베트가 결국 무엇을 찾아냈는지 미카엘은 전혀 몰랐다. 다만 그 조사에 필요한 과학적 방법을 초고속으로 습득했다는 사실만 알았다. 미카엘은 한참 동안 프레드리카를 설득한 끝에 리스베트에게 보낼 자료를 받아냈다.

그러고서 그 모든 자료를 리스베트에게 전송했다. 솔직히 그리 희망적이지는 않았다. 어쩌면 그녀와 접촉하기 위한 구실에 불과할지도 몰랐다. 어쨌든 일이 잘 풀리기를 바랄 뿐이었다. 미카엘은 바다를 바라보았다. 바람이 점점 거세졌다. 마지막 남은 해수욕객들이 소지품을 주워들고 있었다. 그는 상념에 잠겨들었다.

카트린은 왜 그렇게 갑자기 떠난 걸까? 불과 며칠 사이에 몹시 가까워졌다고 생각했는데…… 아니, 그 생각에 확신은 없었다. 그들이 떨어질 수 없는 사이가 되었다고? 어리석은 생각이었다. 그들은 밤과 낮처럼 달랐다. 지금 여기서 멈추는 편이 나았다. 그 대신 에리카에게 전화해 기사를 뒤로 미룬 일을 만회하겠다고 말하는 게 나을 듯했다. 미카엘은 핸드폰을 꺼내 전화를 걸었다…… 카트린에게. 처음에는 대화가 딱딱하고 어색하게 흘러갔다. 그러다 카트린이 말했다.

"미안해."

"뭐가?"

"혼자 떠나서."

"나 때문에 식물이 죽으면 안 되잖아."

그녀가 서글프게 웃었다.

"이제 뭐할 거야?" 미카엘이 물었다.

"모르겠어. 노트북 앞에 앉아 뭔가를 쓰려고 노력해봐야겠지."

"즐겁게 들리지는 않네."

"맞아."

"혼자 있고 싶었던 거잖아, 그렇지?"

"그런 것 같아."

"아까 창문 너머에서 당신이 풀 뽑는 모습을 봤어."

"그랬어?"

"걱정이 있어 보이던데."

"그럴 수도 있겠네."

"무슨 일 있었어?"

"꼭 그런 건 아냐."

"하지만⋯⋯"

"그 걸인에 대해 생각하고 있었어."

"무슨 생각?"

"그가 요하네스에 대해 소리치며 한 말을 당신에게 알려주지 않은 것."

"그저 흔한 헛소리라고 했잖아."

"꼭 그렇지만은 않았어."

"그 얘기를 갑자기 꺼내는 이유는 뭐야?"

"그 법의학자한테서 온 전화를 받았을 때에야 당시의 일이 선명하게 떠올랐으니까."

"그래서 그 남자가 무슨 말을 했는데?"

"난 요하네스를 잡았어. 그리고 난 맘사비브를 떠났지. 끔찍해, 끔찍해⋯⋯ 대략 이런 말이었어."

"알 수 없는 말이네."

"맞아."

"그게 무슨 뜻인 것 같아?"

"모르겠어. 그런데 맘사비브나 맘사빈 같은 단어들을 검색해보다 맛스 사빈을 찾게 됐어. 그나마 제일 가능성이 있었지."

"그 군역사학자?"

"그 사람을 알아?"

"나도 한때 2차대전에 관한 거라면 모조리 찾아 읽는 사람이었어."

"그럼 맛스가 사 년 전 아비스코 국립공원에서 트레킹중에 사망했다는 것도 알아? 호숫가에서 동사한 채 발견됐어. 몸을 녹일 곳을 찾지 못해 뇌출혈이 온 거라고 사람들은 추측하고 있고."

"그건 몰랐네."

"그가 요하네스와 무슨 관계가 있을지는 잘 모르겠어……"

"그렇지만……" 미카엘은 그녀의 말을 더 이끌어내려 했다.

"그렇지만 그 둘을 연결해 조사해보고 싶은 마음이 자꾸 들어. 언론에서 서로 대립했던 일도 있고."

"대립했다니, 무슨 일로?"

"러시아."

"자세히 설명해줘."

"맛스 사빈은 은퇴 후 진영을 옮겼어. 강경파에서 친러시아파로. 여러 언론 중에서도 특히 〈엑스프레센〉을 통해 스웨덴이 편집증적인 러시아 공포증을 지녔다고 비판하면서 러시아의 정책에 보다 관용적인 태도를 취할 것을 권했어. 이에 요하네스가 반박하고 나섰지. 맛스의 용어는 러시아의 선전문구를 그대로 베낀 것이며 그는 러시아에 매수된 하인에 불과하다고. 뜨거운 설전이 오갔지. 맛스가 요하네스를 명예훼손 혐의로 고소한다는 소문까지 돌았는데 요하네스가 한 걸음 물러나 사과했어."

"그런데 이 일과 걸인 사이에 무슨 연결점이 있는 거지?"

"전혀 모르겠어. 다만……"

"……뭔데?"

"걸인이 '난 맘사비브를 떠났지' 같은 말을 했잖아. 그럼 연결점이 될 수 있어. 맛스는 모두에게 버림받고 홀로 외롭게 죽었거든."

"흠, 말이 되네."

"터무니없는 소리는 아니지."

"배를 타고 다시 돌아올 수 없어? 같이 그 얘기를 해보자. 아니면 인생의 의미 같은 것들에 대해 얘기해도 좋고."

"다음에, 미카엘…… 다음에."

미카엘은 그녀를 설득하고 싶었다. 아니, 사정하고 싶었지만 자신이 너무 한심해 보일 것 같아 그저 좋은 저녁 보내라는 말만 하고 전화를 끊었다. 그리고 자리에서 일어나 냉장고에서 맥주 한 캔을 꺼낸 뒤 이제 무얼 할까 고민했다. 카트린과 걸인에 대해서는 더는 떠올리지 않는 게 가장 현명한 선택일 터였다. 궁리해봤자 아무런 결론에도 이르지 못할 주제들이니까. 차라리 트롤 팩토리와 증시 폭락에 관한 기사에 집중하거나 본격적으로 휴가를 즐기는 편이 나을 것이다.

하지만 미카엘은 어쩔 수 없는 외골수에 미련한 구석까지 있었다. 이 일을 그저 놔버릴 수 없었던 그는 설거지를 하고 주방을 정리한 뒤 잠시 창밖의 바다 풍경을 바라보다 맛스 사빈에게 돌아가 〈노를렌스카 소시알데모크라텐〉이라는 지역지에 실린 장문의 부고기사를 읽기 시작했다.

룰레오에서 성장한 맛스는 해안포병대에 입대, 장교에서 시작해 사령관까지 진급한 인물이었다. 1980년대에는 외적外敵 잠수함 추적 작전에 투입되었다. 그러면서 역사학을 공부해 웁살라대학교에서 박사학위를 취득하러 잠시 군을 떠나 있기도 했다. 논문 주제는 히틀러의 소련 침공에 관한 것이었다. 스웨덴국방대학교에서 교편을 잡게 된 그는 미카엘도 잘 알다시피 2차대전에 관한 대중서들을 출간했다. 오랫동안 스웨덴의 나토 가입 찬성파였던 그는 과거 자신이 발트해에서 추적한 대상이 러시아 잠수함이었다고 확신했다. 그런데 말년에 이르러 돌연 친러시아파가 되어 우크라이나와 크림반도에 대한 러시아의 개입을 옹호하고, 시리아의 평화 유지에 러시아가 큰 역할을 하고 있다고 주장하기도 했다.

"의견이란 바뀌기 위해 있는 것이다. 그러면서 우리는 더 나이들고 더 현명해진다." 이 말 외에는 어째서 그가 입장을 바꿨는지 설명해줄 근거가 전혀 없었다. 맛스는 훌륭한 크로스컨트리 선수이자 다이버였다. 아내와 사별하고 얼마 후 그 유명한 아비스코-니칼루옥타 트레킹에 도전했고, 부고기사에 따르면 "몸 상태가 매우 좋았다"고 했다. 때는 5월 초였고 일기예보도 좋았으나 사흘째 저녁에 날씨가 갑자기 차가워졌다. 수은주가 영하 8도로 떨어졌고 그는 아비스코 요카강으로부터 멀지 않은 곳에서 뇌출혈을 일으켜 쓰러졌다. 트레킹 코스를 따라 점점이 흩어져 있는 산막 중 하나에 이르지 못했다. 나흘째 아침, 그는 순드뷔베리에서 온 트레커들에 의해 사망한 상태로 발견되었다. 의심쩍은 정황이나 폭력의 흔적은 없었다. 그는 67세였다.

미카엘은 그 당시 요하네스—그 역시 아웃도어 스포츠 마니아였다—가 어디에 있었는지 알아보려 했으나 인터넷에서는 건질 것이 없었다. 사건이 일어난 때는 2016년 5월로, 요하네스가 국방부 장관에 취임하기 대략 일 년 반 전이었고 그의 고향 외스테르순드의 언론에서도 그의 동정을 언급하지 않았다. 다만 미카엘은 요하네스가 그 당시 아비스코 지역에 투자를 했다는 사실을 알게 되었다. 그렇다면 그 무렵 그가 아비스코에 들렀을 가능성도 배제할 수 없었다.

어쨌든 조사에 박차를 가하기에는 모든 것이 매우 불확실했다. 미카엘은 책이라도 읽어보려고 침실의 책꽂이를 살펴보았으나 대부분 다 봐버린 추리소설들이었다. 그는 딸 페르닐라에게, 그다음에는 에리카에게 전화를 걸었다. 둘 다 응답이 없었다. 그렇게 방안을 빙빙 돌다 밖으로 나가 항구에 있는 세그라르 호텔로 저녁을 먹으러 갔다. 저녁 늦게 별장에 돌아왔을 때는 기운이 하나도 없었다.

파울리나는 잠들었고 리스베트는 천장을 응시하고 있었다. 평소 그들의 모습이었다. 한 사람은 잠들고 나머지는 깨어 있거나 아니면 둘 다 눈을 멀뚱히 뜬 채 누워 있곤 했다. 둘 다 쉽게 잠을 이루지 못했고 늘 몸 상태가 좋지 않았다. 이날 저녁에는 샴페인과 맥주와 몇 차례의 오르가슴으로 활력을 얻었고 금방 잠들었다. 다만 이것도 큰 도움이 되진 않았는지 얼마 후 리스베트는 소스라치듯 놀라며 잠에서 깨어났다. 룬다가탄의 기억들과 어린 시절의 의문들이 차가운 바람처럼 그녀를 덮쳐왔다. 대체 우리는 무엇이 잘못된 걸까?

리스베트는 과학에 관심을 갖기 전부터 자기 가족에게 유전적 결함이 있다고 생각했다. 오랜 세월 그녀 집안의 많은 이가 그녀처럼 극단적인 능력이나 사악한 성향을 보였다는 사실만 확인해왔다. 그러다 일 년 전부터는 이 가설을 보다 깊이 있게 증명해보리라 마음먹었고, 린셰핑의 유전자 감식 연구실을 해킹해 살라의 Y염색체 데이터를 얻었다.

그후 며칠 밤을 새워 데이터 분석법을 알아냈고, 하플로그룹*에 대해 얻을 수 있는 자료를 죄다 찾아 읽었다. 모든 가계에서는 돌연변이가 발생해 새로운 유전자적 가지들이 생겨나고, 하플로그룹은 개인이 인류의 어느 유전학적 가지에 속했는지를 보여준다. 리스베트는 아버지 그룹에 속한 사람이 극도로 드물 거라고 추측해왔고, 배경을 추적해 올라가보니 그 의심은 사실로 확인되었다. 그녀의 가계에는 천재와 정신질환자가 많았다. 이렇듯 확실히 알게 되었지만 리스베트는 더 만족스럽지도 않았고 머릿속이 정리되는 것도 아니었다.

어쨌든 이를 통해 그녀는 DNA 분석 기술을 습득했다. 어느새 새벽 2시가 조금 넘었다. 그녀는 천장에 붙은 화재감지기를 뚫어지게

---

* 공통의 선조를 공유하는 유사한 하플로타입의 집단.

쳐다보았다. 그것은 사악한 붉은 눈처럼 깜빡거렸다. 미카엘이 보낸 자료를 살펴보는 것도 나쁘지 않겠다는 생각이 들었다. 적어도 기분 전환은 될 것 같았다.

침대에서 조심스레 몸을 일으켜 책상 앞에 앉아 자료들을 열었다. "어디 한번 볼까…… 대체 뭘 보낸 거야?" 그것은 상염색체 DNA 1차 분석 결과였고, STR* 마커들이 첨부되어 있었다. 리스베트는 이를 분석하는 데 도움이 될 브로드 인스티튜트**의 BAM 뷰어 프로그램을 열었다. 그러면서 이따금 카밀라의 저택을 보여주는 위성 영상들에 무심히 눈길을 던졌다. 그런데 분석이 진행될수록 점점 흥미를 느꼈다. 문제의 남자가 북유럽인과 아무런 혈연관계가 없다는 사실 때문인지도 몰랐다.

남자는 아주 먼 곳에서 온 것 같았다. 리스베트는 부검 보고서, 특히 탄소13 분석 결과를 비롯해 부상 부위와 절단 부위를 기록한 내용을 재차 읽어보던 와중에 놀라운 생각이 번쩍 스쳤다. 그녀는 한동안 몸을 숙인 채 총상이 있는 어깨를 한 손으로 지그시 누르면서 꼼짝 않고 앉아 있었다.

그러다 이내 신속하게 몇 가지를 검색했다. "아니, 이게 사실이야?" 그녀는 눈을 의심했다.

리스베트는 법의학자의 서버를 해킹하려던 생각을 바꿔 보다 일반적인 방법을 쓰기로 하고 그녀에게 자료 열람을 요청하는 이메일을 보냈다. 그런 다음 미니바에 남아 있는 코카콜라 한 캔과 작은 코냑병을 가지고 와 아침이 올 때까지 시간이 흐르기를 기다리며 의자에 앉은 채 이따금 선잠에 빠졌다. 바깥 복도에서 들리는 소리에 파울리나가 눈을 떴고, 그때 핸드폰에서 신호음이 울렸다. 다시 위성

---

* 짧은연쇄반복(Short Tandem Repeat). 연속으로 반복되는 짧은 DNA 서열로, 사람마다 그 횟수가 다르다.
** 하버드대학교와 MIT가 공동 설립한 유전체학·생물정보학·생물의학 연구소.

영상에 접속해 피곤한 눈으로 들여다보던 그녀는 소스라치며 몸을
곧추세웠다.

화면에는 그녀의 쌍둥이 자매와 세 남자―그중 한 명은 거대한
장신이었다―가 류블룝카의 저택을 나와 리무진에 오르는 모습이
보였다. 리스베트는 그들이 모스크바 외곽의 도모데도보 공항에 이
를 때까지 추적했다.

11장

8월 25일

프레드리카는 이불 속에서 계속 몸을 뒤척였다. 오전 5시 30분이라도 되었기를 바라며 결국 머리맡 협탁에 놓인 알람시계를 쳐다보았다. 4시 20분이었다. 큰 소리로 욕을 내뱉었다. 겨우 네 시간밖에 눈을 붙이지 못했지만 더는 잠들 수 없음을 불면증 환자의 직감으로 잘 알았기에 몸을 일으켜 주방으로 가 녹차를 우리기 시작했다. 조간신문은 아직 도착하지 않았다. 그녀는 핸드폰을 챙겨 들고 주방 식탁에 앉아 새들이 지저귀는 소리를 들었다. 도시가 그리웠다. 남자도 그리웠다. 십대 여자애들 말고 그 누구라도 옆에 있었으면 했다.

"오늘도 제대로 못 잤어. 머리가 아프고 등도 쑤셔." 이렇게 하소연했지만 그걸 듣는 사람은 그녀 자신뿐이었다. 그래서 대답도 자신이 해줘야 했다. "아, 불쌍한 프레드리카!"

밤새 강풍에 시달리던 호수는 다시 평온해졌다. 늘 보이는 백조 한 쌍이 멀리서 몸을 꼭 붙이고 수면 위를 미끄러져 갔다. 이따금 녀석들이 부러웠다. 백조가 되고 싶어서가 아니라 적어도 녀석들은 짝이 있으니까. 녀석들도 고약한 밤을 보냈으리라. 그래도 서로에게 불평할 순 있었겠지. 프레드리카는 이메일을 열어 '와스프'라는 이로부터 온 메시지를 발견했다.

미카엘 블롬크비스트로부터 STR 마커와 부검 보고서를 받았음. 남자의 출신지에 대해 짐작되는 바가 있음. 탄소13 분석 결과는 흥미롭지만 전체유전자서열이 필요함. 웁살라 유전자센터가 가장 빠를 듯함. 서두르라고 할 것. 기다릴 시간이 없음.

'뭐 이따위 말투가 다 있어? 메시지에 서명조차 없고. 서열 분석을 직접 해보시지 그래?' 프레드리카는 속으로 쏘아붙였다. 이렇게 괴팍하고 자신밖에 모르는 연구원은 질색이었다. 그녀의 남편 역시 같은 부류였고 지금 생각해봐도 구제불능의 인간이었다. 그녀는 메시지를 다시 한번 읽어보니 마음이 좀 가라앉았다. 말투는 거칠고 무례했지만 이 사건에 대한 시각이 그녀와 비슷했다. 게다가 이미 일주일 전 웁살라 유전자센터에 혈액 샘플을 보내 전체유전자서열 분석을 요청한 상태였다.

그리고 생물정보분석원을 재촉하면서 특이한 돌연변이나 차이점이 있으면 전부 표시해달라고 일러둔 터였다. 지금쯤 보고서가 들어와야 마땅했기에 그녀는 이 건방진 연구원에게 답장하는 대신 센터에 재촉 메시지를 보내기로 했다. 내친김에 와스프의 말투도 따라했다.

당장 서열 분석 결과가 필요함.

꼭두새벽부터 메일을 보냈으니 그들이 좀 감안해주었으면 했다. 오전 5시도 채 안 된 시각이었다. 이제는 호수 위 백조들도 왠지 기분이 언짢아 보였다. 둘이라고 그리 행복해 보이지도 않았다.

호른스가탄에 위치한 쿠르트 비드마르크 전자제품점은 아직 문을 열지 않았다. 소니아 모디그는 매장 안에 나이 지긋한 남자가 구부정히 있는 모습을 보고 노크를 했다. 남자는 슬리퍼를 끌며 문 앞까지 와 그녀에게 딱딱한 미소를 지었다.

"일찍도 오셨네. 어쨌든 들어오시오."

소니아는 자신을 소개한 뒤 찾아온 용건을 설명했다. 남자는 얼굴이 굳고 눈빛에 짜증스러운 기색이 스치더니 한숨을 푹 내쉬고 혀를 찼다. 창백하고 약간 비뚤어진 얼굴에 긴 옆머리를 빗으로 넘겨 대머리를 가린 남자는 심기가 불편한지 입가가 살짝 일그러졌다.

"그렇잖아도 불경기여서 죽겠는데." 그가 한탄했다. "온라인 쇼핑몰하고 대형 마트가 우리 자리를 다 먹어버리고 있다니까."

소니아는 이해한다는 의미로 미소를 지어 보였다. 이른 아침부터 그녀는 이 일대를 돌아다니며 탐문수사를 벌였다. 그러다 이 매장 옆 헤어숍에서 만난 젊은 남자를 통해 단서를 얻었다. 얀 부블란스키가 말한 그 걸인이 종종 이 전자제품점 앞에 서서 매장 안의 TV 화면을 뚫어지게 바라보았다는 것이다.

"그를 처음 본 게 언제죠?" 소니아가 물었다.

"몇 주 전에 가게 안으로 들어오더니 여기 있는 TV 앞에 꼼짝 않고 서 있었지." 매장 주인 쿠르트 비드마르크가 대답했다.

"어떤 프로그램을 보던가요?"

"뉴스였소. 증시 폭락이랑 총동원령 관련해 요하네스 포르셸이 나와 꽤나 격렬하게 설전을 벌였던."

"왜 걸인이 그런 것에 관심이 있었을까요?"

"나야 모르지."

"짐작되는 게 전혀 없나요?"

"젠장, 내가 그걸 어떻게 알겠소? 그저 빨리 내보내고 싶은 생각뿐이었지. 그래도 그한테 무례하게 굴지는 않았소. 사람들의 겉모습이 어떻든 난 별로 신경쓰지 않으니까. 단지 그 남자 때문에 다른 손님들이 무서워한다고만 말했소."

"무서워했다고요?"

"줄곧 거기 서서 혼잣말로 중얼거리는데다 냄새도 고약했소. 정신이 이상한 사람 같았다고."

"그가 무슨 말을 하는지 들었나요?"

"아, 들었소! 요하네스가 지금 유명한 사람이냐고 또렷하게 영어로 묻더군. 조금 놀라웠지만 대답해줬지. 유명한 사람이 맞고, 국방부 장관에 돈도 아주 많다고."

"그가 요하네스를 유명해지기 전부터 알고 있었던 것 같았나요?"

"그건 잘 모르겠소. 이렇게 물었던 건 기억나는군. '문제, 지금 그에게 문제가 있습니까?'라고. 내가 '그렇다'라고 대답해주기를 바라는 듯한 투로."

"그래서 뭐라고 대답했나요?"

"그렇다고 대답했소. 아주 큰 문제들이 있다고. 주식으로 장난질을 벌이고 왕실 쿠데타를 꾀하기도 했잖소."

"다 루머에 불과한 얘기 아닌가요?"

"하지만 다들 그렇게 말하잖소."

"그래서 걸인이 어떻게 하던가요?"

"고래고래 소리를 지르기 시작했지. 그의 팔을 붙잡고 매장에서 몰아내려 했는데 힘이 꽤 세더라니까. 그러더니 나한테 자기 얼굴을 보여주며 소리쳤소. '나를 봐요! 내가 어떻게 됐는지 보라고요! 내가 그를 잡았어요! 내가 그를 잡았다고!' 그 모습이 얼마나 처절한지 그를 잠시 놔줄 수밖에 없었소. 요하네스의 인터뷰가 끝나고 스웨덴 교육 문제를 토론하는 자리에 늘상 그렇듯 그 밥맛없는 여자가 나왔고."

"밥맛없는 여자? 그게 누군데요?" 소니아는 약간 짜증이 난 상태로 물었다.

"카트린 린도스. 거들먹대며 잘난 척하는 꼴이란! 그런데 걸인은 그녀를 천사라도 되는 양 바라보더니 이렇게 중얼거리더군. '아주 아름다운 여자네. 저 여자도 요하네스에 대해 비판적인가?' 내가 그 둘은 아무런 관련이 없다고 말해주려 했는데 그는 알아듣지 못하는 듯했소. 정신이 딴 데 가 있더군. 그러고는 밖으로 나갔고."

"다시 돌아왔나요?"

"매일 똑같은 시간, 그러니까 매장 문을 닫기 직전마다 찾아왔소. 일주일 정도. 밖에 서서 창 너머로 매장 안을 뚫어지게 들여다보면서 우리 손님들한테 기자들 연락처 따위를 묻더군. 너무 화가 나서 경찰에 신고했는데 아무도 신경써주지 않더라고."

"그의 이름이나 다른 건 전혀 모르나요?"

"자기 이름이 사르다르라고 했소."

"사르다르?"

"어느 날 저녁에 그를 매장 앞에서 쫓아내려 하니까 난 사르다르요! 라고 하더군."

"음, 좋은 정보네요." 소니아는 주인 남자에게 고마움을 표하고 마리아 광장 쪽으로 향했다.

소니아는 경찰청이 있는 프리드헴스플란 방면 지하철 안에서 '사르다르Sardar'를 검색했다. 왕족, 귀족, 혹은 무리나 부족의 우두머리를 뜻하는 페르시아 고어였다. 중동, 중앙아시아, 동남아시아 등지에서 사용되었는데 시르다르Sirdar, 사르다르Sardaar, 세르다르Serdar로 표기하기도 한다. 왕족…… 거지 옷을 입은 왕족…… 소니아는 흥미롭다고 생각했다. 비록 현실의 삶은 동화와 다르지만.

그들이 공항에서 한동안 출발하지 못했던 건 리스베트의 흔적을 찾아내지 못했기 때문만은 아니었다. 전 GRU 요원 이반 갈리노프가 다른 일들로 바쁜 와중이었고, 카밀라는 무슨 일이 있어도 그를 데려 가고 싶었다. 예순세 살의 이반은 학식이 뛰어나고 첩보와 잠입 분야 에서 뼈가 굵은 남자였다.

이반은 여러 언어에 능통했다. 무려 열한 가지 언어를 유창하게 구 사했으며 다양한 지역 방언도 사용할 수 있었다. 영국, 프랑스, 독일 같은 나라에서는 원어민으로 여겨질 정도였다. 잿빛 머리칼과 허옇 게 센 구레나룻, 새를 연상시키는 얼굴 윤곽에 잘생긴 외모, 호리하 면서도 날렵한 체격, 그리고 꼿꼿한 자세를 갖춘 사람이었다. 그는 늘 세련되고 정중하게 행동했지만 마주한 이를 섬뜩하게 만드는 무 언가가 있었다. 이러한 성격과 그가 어떤 사람인지를 더욱 확실히 드 러내는 일화들이 있다.

한 가지는 이반이 체첸 전쟁 때 잃은 눈에 관한 것이다. 그는 당시 의 최첨단 기술로 제작된 의안으로 잃은 눈을 대체했다. 어느 대출 담당 은행원에 대한 오래된 농담에서 비롯되었을 얘기에 따르면, 아 무도 어느 게 진짜 눈이고 가짜 눈인지 가려내지 못할 때 이반의 부 하가 진실을 알아낸 뒤 이렇게 말했다고 한다. "조금이나마 인간미가 느껴지는 쪽이 의안이야."

또다른 일화는 호딘카의 GRU 본부 지하 이층에 있는 화장장에 관 한 것이었다. 이반이 기밀 정보를 영국에 팔아넘긴 동료를 그곳으로 끌고 가 산 채로 화장시켰다고 했다. 적들을 고문할 때는 동작이 느 려지고 눈을 깜빡이지 않는다고도 했다. 말하기 좋아하는 사람들이 과장해서 지어낸 얘기가 전설처럼 퍼진 것이리라. 카밀라 역시 원하 는 것을 얻기 위해 이 일화들의 위력을 이용해왔지만 그녀가 늘 그 를 필요로 하는 게 그 이유 때문은 아니었다.

이반은 그녀의 아버지 살라와 가까운 사람이었다. 카밀라처럼 이 반도 살라를 좋아하고 숭배했으며 역시 그녀처럼 살라에게 배신을 당했다. 이 공통된 경험이 그들을 하나로 묶는 끈이었다. 카밀라는 이반이 잔인한 인물보다는 자신을 이해해주고 아버지처럼 관심을 보여주는 사람으로 느껴졌다. 그녀는 그의 진짜 눈과 의안을 구별하는 게 조금도 어렵지 않았다. 이반은 그녀에게 어떤 역경도 견뎌내는 법을 가르쳐주었다. 과거 살라가 스웨덴으로 떠났을 때 이반이 큰 충격을 받았다는 사실을 최근에야 알게 된 카밀라가 그에게 물었다.

"그때 당신은 어떻게 살아남았죠?"

"네가 한 것처럼 했지, 키라."

"내가 어떻게 했는데요?"

"넌 바로 그 사람처럼 됨으로써 살아남았어."

카밀라는 그 말을 가슴 깊이 새겼다. 그 말은 섬뜩한 깨달음과 동시에 힘을 주곤 했다. 그리고 지금처럼 과거가 자신의 뒤를 바짝 쫓아올 때면 그녀는 이반을 옆에 두려 했다. 그와 함께 있을 때는 어린 아이로 돌아가는 게 두렵지 않았다. 이반은 최근에 그녀가 우는 모습을 본 유일한 사람이기도 했다. 이제 카밀라는 개인 여객기를 타고 스톡홀름의 아를란다 공항으로 향하며 이반의 미소를 보고 싶었다.

"같이 가줘서 고마워요." 카밀라가 말했다.

"그녀를 잡게 될 테니 걱정 마. 우리가 그녀를 잡을 거야." 그는 카밀라의 손을 부드럽게 토닥이며 대답했다.

리스베트는 카밀라와 그 수행원들이 리무진을 타고 공항으로 향하는 모습을 지켜보다 자신도 모르게 침대로 가 잠든 모양이었다. 깨어나보니 아침을 먹으러 내려간다는 파울리나의 쪽지가 머리맡 협탁에 놓여 있었다. 오전 11시 10분이었다. 호텔 식당은 닫혔을 터였다. 어쩔 수 없이 객실에 혼자 남은 리스베트는 자신이 미니바에 남은 것들을 전부 먹어치웠던 걸 떠올리고 스스로에게 욕을 내뱉었다. 그러고는 수돗물로 목을 축인 뒤 샤워를 하고 청바지와 검은색 티셔츠를 입고 이메일을 확인하러 책상 앞에 앉았다. 10기가바이트가 넘는 용량의 파일 두 개와 함께 법의학자 프레드리카가 보낸 메시지가 와 있었다.

안녕하세요. 난 바보가 아니에요. 이미 전체유전자서열 분석을 요청해 뒀어요. 결과는 오늘 아침에 도착했고요. 웁살라 센터 연구원들이 얼마나 정밀하게 분석했는진 알 수 없지만 어쨌든 몇몇 특이사항을 표시해 뒀어요. 물론 내게도 전문가 동료들이 있지만 당신이 한번 본다고 문제될 건 없겠죠. 의견들이 첨부된 파일 하나, 그리고 당신이 직접 작업할수 있도록 가공하지 않은 FastQ 파일을 하나 보내겠어요. 최대한 빨리 의견을 보내주면 고맙겠군요.

F.

행간마다 분노가 감도는 글이었지만 리스베트의 정신은 딴 곳에 가 있었다. 스웨덴에 도착한 카밀라가 아를란다 공항에서 E4 고속도로를 경유해 스톡홀름 시내로 향하고 있었다. 그녀는 주먹을 꽉 움켜쥔 채 자기도 곧장 귀국하는 게 나을지 헤아려봤다. 하지만 책상 앞에 그대로 앉아 프레드리카가 보낸 파일들을 다운로드해 열었다. 페이지들이 깜빡이며 돌아가는 마이크로필름처럼 그녀의 눈앞에서 재빠르게 내려갔다. '어째서 이 귀찮은 일을 해야 하지?'

다만 자신의 행동 계획을 좀더 확실히 세우기 전까지는 그 자료들을 훑어보기로 했다. 자신이 이 방면에 뛰어나다는 걸 스스로도 잘 알았다.

리스베트는 방대한 데이터―아무리 혼란하고 산만한 형태일지라도―를 아주 짧은 시간에 파악할 수 있었기에 프레드리카가 말했듯 가공되지 않은 자료를 직접 다루는 걸 선호했다. 그래야 다른 사람의 의견이나 관점에 영향받지 않을 수 있었다. 그녀는 SAMtools라는 프로그램을 사용해 자료들을 이른바 BAM 파일, 즉 유전 정보 전체를 포함하는 문서로 변환시켰다. 결코 만만한 작업이 아니었다.

그 문서는 A, C, G, T(질소화합물인 아데닌, 사이토신, 구아닌, 티민의 약자)라는 네 개의 문자를 포함한 거대한 암호문이라 할 수 있었다. 언뜻 보면 그저 이해할 수 없는 큰 덩어리 같지만 그 안에는 하나의 삶 전체가 숨겨져 있다. 리스베트는 먼저 남자의 유전 정보 중 정상에서 벗어나는 부분들을 빠짐없이 찾아내는 일부터 시작했다. 그런 다음 특이한 부분들, 혹은 무작위로 고른 부분들과 1000 게놈 프로젝트*에 등록된 DNA 서열들을 BAM 뷰어 프로그램을 통해 비교했다. 그리고 인체의 헤모글로빈 생성에 관여하는 EPAS1 유전자의 rs4954 빈도에서 특이점을 발견했다.

리스베트는 이상함을 감지하고 곧장 PubMed**에 들어가 자료들을 찾았다. 그리고 얼마 지나지 않아 큰 소리로 탄성을 내뱉으며 고개를 저었다. '이게 정말로 가능해?' 막연히 예측하긴 했지만 그 명백한 증거를 이토록 빨리 보게 될 줄은 몰랐다. 너무 몰두한 나머지 스톡홀름에 있는 자신의 자매를 까맣게 잊고, 외출에서 돌아온 파울리나가 인사를 건네도 그녀가 대답이 없자 어깨를 으쓱하며 욕실로 들어가는 것도 알아차리지 못했다.

이제 리스베트는 방금 알게 된 변종 EPAS1 유전자에 온 정신을 빼앗겼다. 이 변종 유전자에 관한 정보들을 걸신처럼 흡수했다. 극도로 희귀할 뿐 아니라 그 역사 또한 놀라워서 4만 년 전 멸종된 고대인류 데니소바인까지 거슬러올라갔다.

데니소바인은 오랫동안 알려지지 않았다가 2008년 러시아 고고학자들이 시베리아 알타이산맥의 데니소바 동굴에서 여자의 뼛조각

---

* 2008년 미국·영국·중국의 합작으로 다양한 인종으로 구성된 1000명의 유전체를 수집 및 해독한 프로젝트.
** 생명과학 및 생물의학 관련 자료를 제공하는 검색 엔진.

과 치아 화석을 발견함으로써 처음 그 존재가 드러났다. 데니소바인은 남아시아에서 오랜 세월에 걸쳐 호모사피엔스와 교배했고, 그렇게 현생인류에게 물려준 일부 유전자 중 하나가 변종 EPAS1이다.

이 변종 유전자 덕분에 인체는 산소가 희박한 환경에도 적응할 수 있다. 이 변종 유전자는 혈액을 묽게 만들어 빨리 순환하게 해주고 혈액 응고와 부종의 위험을 낮춰주는데, 특히 산소가 희박한 고지에서 살거나 활동하는 사람에게 유용하다. 맨 처음 리스베트가 남자의 탄소13 분석과 부상 및 절단 양상에 근거해 추측했던 것과 완벽히 일치했다.

구체적인 단서가 있음에도 전적으로 확신할 순 없었다. 이 변종 유전자가 드문 건 사실이지만 세계 도처에서 발견되고 있기 때문이었다. 그래서 Y염색체와 미토콘드리아 DNA를 좀더 자세히 분석해보니 남자는 하플로그룹 C4a3b1에 속하는 것으로 나타났다. 여기까지 확인하고 나자 마지막 남은 의심까지 안개 걷히듯 사라졌다.

이 그룹은 네팔과 티베트의 히말라야 산지에 살면서 고산 등반객을 위한 짐꾼이나 안내자로 활동하는 주민들에게만 존재했다.

남자는 셰르파였다.

1 Jan

2 Feb

3 Mar

4 Apr

5 May

6 Jun

7 Jul

8 Aug

9 Sep

10 Oct

11 Nov

12 Dec

II 산 사람들
8월 25일~27일

셰르파는 네팔의 히말라야 지방에 사는 집단이다.
셰르파 중에는 고산 등반대의 짐꾼이나 안내자로 일하는 사람이 많다.

그들 중 대부분은 고대 불교 종파인 닝마의 신도이며
산에는 신과 영혼이 산다고 믿는다.
그리고 이 신령들을 매우 명확하게 규정된 종교의식에 따라 경배한다.

주술사인 '이하와'는 병들거나 사고를 당한 셰르파를
치료하는 능력이 있다고 여겨진다.

12장
8월 25일

산드함의 바다에 바람이 불었고 미카엘은 노트북 앞에 앉아 있었다. 뚜렷한 목적 없이 인터넷 검색을 하고 있었지만 그래도 가장 많이 클릭하는 건 요하네스 포르셀에 관한 것들이었다. 미카엘은 이곳 식료품점이나 항구에서 이따금 그와 마주치곤 했었다. 그가 국방부 장관에 취임한 2017년 10월에 인터뷰를 한 적도 있었다. 미카엘은 벽이 지도들로 뒤덮인 커다란 방에서 그를 기다렸던 일이 떠올랐다. 그는 막 파티장에 도착한 장난꾸러기처럼 문 사이로 고개를 삐죽 내밀었다.

"미카엘 블롬크비스트," 요하네스가 외쳤다. "이런, 정말 반가운데요!"

미카엘은 정치인이 이런 식으로 자신을 맞아주는 일에 익숙하지 않았다. 그의 환심을 사기 위한 입 발린 인사말로 해석할 수도 있었지만 요하네스에게서는 진정으로 열정적인 무언가가 느껴졌다. 미카엘이 기억하기로 그들의 대화 역시 꽤나 흥미로웠다. 요하네스는 교양이 풍부하고 두뇌 회전이 빨랐다. 질문한 사안마다 정말로 관심이 있고 정당의 정책에 매이지 않은 사람처럼 진지하게 답했다. 미카엘의 기억에 가장 선명히 떠오르는 건 접시에 가득 담겨 나온 대니시 빵이었다. 요하네스가 대니시 빵을 즐길 사람으로는 보이지 않았지만.

요하네스는 좋은 체격에 탄탄한 몸매의 소유자였다. 아침마다 5킬로미터를 달리고 팔굽혀펴기를 200회씩 한다는 그에게서 경박한 구석은 찾아볼 수 없었다. 대니시 빵은 평범해 보이길 원하는 엘리트 정치인이 자신의 대중적 면모를 내비치려는 시도일지도 몰랐다. 〈아프톤블라데트〉와의 인터뷰에서 유로비전 음악 콘테스트를 좋아한다고 말해놓고 그것에 관한 질문에는 한마디도 대답하지 못했던 것처럼.

그들은 동갑이었다. 요하네스 쪽이 더 젊어 보이고 만약 건강검진을 한다면 그 결과도 훨씬 좋겠지만. 그는 에너지와 긍정적인 기운이 넘치는 사람이었다. "우리는 어려운 시대를 살고 있지만 그래도 세상은 전진하고 있어요. 전쟁이 점점 줄어들고 있다는 사실을 잊지 말자고요." 그는 이렇게 말하며 스티븐 핑커의 책을 선물했다. 미카엘은 지금까지도 그 책을 읽지 않은 채 집안 어딘가에 방치했다.

요하네스는 외스테르순드 출신으로, 오레에서 소규모 호텔과 휴가철 별장을 경영하는 가정에서 태어났다. 이른 나이부터 학업에 두각을 나타냈고 유망한 크로스컨트리 선수로서 동계스포츠 유망주를 육성하는 솔레프테오 특수고등학교에 들어갔다. 군복무를 겸해 스웨덴 군통역학교에 입학해 러시아어를 배웠고 후에 첩보장교가 되어 스웨덴 군정보보안부에 들어갔다. 당연하게도 그곳에서 보낸 세월이 그의 삶에서 가장 베일에 싸인 시기다. 2008년 늦가을, 러시아 주재 스웨덴 대사관에서 추방되었을 때 〈가디언〉에서 보도한 정보로 판단해보면 그가 스웨덴에서 암약하는 GRU의 활동을 조사하는 일에 가

담했던 것 같다.

이듬해 2월, 그의 아버지가 사망했다. 요하네스는 제대해 가업을 이어받았다. 그리고 대기업으로 성장시켰다. 오레, 셀렌, 뱀달렌, 예르브쇠뿐 아니라 노르웨이의 예일로와 릴레함메르에도 호텔을 세웠다. 2015년에는 이 모든 것을 독일의 여행사에 2억 크로나에 매각했고, 오레와 아비스코에 있는 호텔의 주식은 아직 얼마간 보유하고 있다.

같은 해 사회민주당에 입당한 그는 정치 경험이 전혀 없었음에도 외스테르순드 시의원에 선출되었다. 그리고 정력적 활동과 지역 축구팀에 대한 무조건적 애정을 보인 덕분에 이내 명성을 얻어 인기 정치인으로 부상했다. 그때부터 다양한 직책을 거쳐 돌연 국방부 장관에 임명되었고 한동안 정부의 이미지 제고 차원에서 괜찮은 선택으로 여겨졌다.

유능한 정치인이기만 한 것이 아니라, 2002년 여름에 영국해협을 수영으로 횡단하고 육 년 후인 2008년 5월에 에베레스트를 정복한 영웅이자 모험가로도 알려졌기 때문이다. 얼마 후 여론의 흐름은 정반대로 바뀌었다. 그 시점은 외국인혐오주의를 드러내는 스웨덴민주당을 러시아가 선거철마다 지원해왔다며 가차없이 비난했을 때로 거슬러올라간다.

요하네스에게 쏟아지는 비난은 갈수록 맹렬해졌으나 그후 이어진 일들에 비하면 아무것도 아니었다. 6월 증시 폭락 뒤 요하네스에 대한 가짜 뉴스들이 쏟아졌다. 노르웨이 출신인 그의 배우자 레베카는 〈다겐스 뉘헤테르〉와의 인터뷰에서 그런 거짓말들을 퍼뜨리는 건 매우 파렴치한 행위이며, 그들의 아이들에게까지 경호원이 필요한 지경이리고 한탄했다. 그 하소연에 동정심이 일 정도였다. 하지만 세상에는 혐오와 광분의 분위기가 만연했고 어조는 갈수록 과격해졌다.

최근 보도된 사진들을 보면 요하네스는 지치고 수척해진 모습이었다. 완벽하고 활력 넘치는 모습은 온데간데없었다. 들리는 소식에 의하면 지난 금요일에 일주일간 휴가를 떠난 모양이었다. 그가 사임한다는 소문까지 돌았다. 미카엘은 아무리 생각해봐도 요하네스에게 동정심밖에 느껴지지 않았다. 그가 걸인이나 맛스 사빈과 모종의 관계가 있었는지 추적해야 하는 상황에서 썩 좋은 자세라고 할 순 없었지만.

요하네스를 완전무결한 사람으로 여기는 게 과연 온당할까? 비방 공세에 의하면, 영국해협 횡단 때 동행한 보트에 그가 가끔씩 올라탔다고 했다. 에베레스트 정상에 오르지 못했다는 말도 있었다. 미카엘에게는 근거 없는 비방으로 느껴졌다. 에베레스트 등반 당시에 그리스 비극 같은 끔찍한 일이 벌어졌던 건 사실이다. 그 사건을 두고 언론은 시끄럽게 떠들어대지만 그때 실제로 어떤 일이 있었는지 규명하기는 어려웠다.

더구나 요하네스는 비극의 주인공도 아니었다. 미국의 여성 거부인 클라라 엥겔만이 안내자 빅토르 그란킨과 해발 8300미터 지점에서 사망했을 때 요하네스는 사건의 중심지로부터 먼 곳에 있었다. 미카엘은 이 사건에 대해 깊이 생각하는 대신 그의 군 경력에 관심을 집중했다.

요하네스가 군 첩보요원이었다는 사실은 기밀이었겠지만 그가 러시아에서 추방되면서 세간에 누설되었다. 그에 대한 비방 공세를 통해 터무니없는 루머들이 쏟아져나왔음에도 스웨덴군 참모총장 라르스 그라나트는 모스크바에서 요하네스가 수행한 임무는 "한마디로 훌륭했다"며 여러 차례 그를 두둔했다.

악의에 찬 루머든 두둔하는 말이든 그에 대해 입증할 수 있는 확실한 정보가 없어 미카엘은 더 찾아보기를 포기했다. 요하네스와 레베카에게 열한 살과 아홉 살 사무엘과 요나탄이라는 두 아들이 있다는 사실만 확인했다. 가족은 스톡홀름 외곽의 스톡순드에 거주하고, 지금 미카엘이 있는 곳에서 그리 멀지 않은 산된섬의 남동쪽에 별장을 두고 있었다. 그들은 거기에 있는 걸까?

전에 요하네스가 미카엘에게 개인 전화번호를 주었다. "질문할 게 있으면 언제든지 전화해요." 그 모방하기 힘든 허물없는 태도로 이렇게 말하면서. 다만 지금은 그를 귀찮게 할 이유가 없었다. 다 내려놓고 낮잠이나 자는 게 나았다. 몹시 피곤하기도 했으니까. 하지만 도저히 쉴 수 없었던 그는 얀 부블란스키에게 전화해 리스베트에 대해 얘기를 나눴다. 그런 다음 걸인이 맛스 사빈에 대해 어떤 말을 했는지 얀에게 들려주고 이렇게 덧붙였다.

"분명 아무것도 아닐 겁니다."

흰색 목욕가운을 입고 욕실에서 나온 파울리나는 리스베트가 여전히 노트북 앞에 붙어 있는 모습을 보았다. 리스베트의 어깨에 살짝 손을 올려놓았다. 그녀는 이제 모스크바 외곽의 저택을 감시하지 않았다. 그 대신 어떤 기사를 읽고 있었는데 늘 그렇듯 리스베트의 글 읽는 속도를 따라갈 수 없었다. 지금껏 그녀처럼 글을 빨리 읽는 사람은 본 적 없었다. 화면 위로 문장들이 획획 지나갔다.

그래도 언뜻언뜻 눈에 들어오는 글이 있었다. 데니소바인의 유전자와 어느 남아시아인의 유전자…… 파울리나는 곧장 흥미를 느꼈다. 〈게오〉에서 일할 때 호모사피엔스의 기원 및 호모사피엔스·네안데르탈인·데니소바인의 혈연관계에 대한 기사를 몇 편 썼었다.

"그 주제에 대해 기사를 쓴 적이 있어." 파울리나가 말했다.

리스베트가 아무런 말이 없자 그녀는 화가 났다. 리스베트가 그녀를 보살피고 보호해주는 건 사실이지만 종종 외롭고 따돌림당하는 느낌도 들었다 리스베트의 침묵과 그녀가 한없이 노트북 앞에 붙어 있는 시간들을 견딜 수 없었다. 특히 밤이면 미쳐버릴 것 같았다. 그녀가 아니더라도 파울리나가 잠 못 이룰 이유는 이미 충분했다. 토마스에게 당했던 끔찍한 기억들이 아우성쳤고, 기어코 복수하고 응징하겠다는 생각이 머릿속을 채웠다. 리스베트의 도움이 절대적으로 필요한 순간들이었다.

하지만 리스베트 역시 자신의 지옥 속에서 살았다. 때로 파울리나가 가까이 다가갈 엄두도 못 낼 만큼 몸이 긴장돼 있었다. 게다가 어찌 사람이 그렇게 조금 자고 견딜 수 있단 말인가. 파울리나가 잠에서 깨어나보면 언제나 리스베트는 눈을 뜨고 누운 채 복도에서 들리는 소리에 귀기울이거나 책상 앞에 앉아 감시카메라에 녹화된 영상이나 위성 영상을 들여다보고 있었다. 이토록 서로 가까워진 이상, 파울리나는 자신이 소외되는 걸 더는 견딜 수 없었다. 이렇게 소리치고 싶었다. 넌 대체 누구에게 쫓기는 거야? 대체 뭘 하고 있는 거냐고?

"지금 뭐하는 거야?" 대신 파울리나는 이렇게 물었다.

리스베트는 대답이 없었다. 그래도 이번에는 파울리나를 살짝 돌아보았다. 그 시선이 마치 그녀에게 내민 손처럼 느껴졌다. 리스베트의 눈빛에 전에 없이 부드러운 기색이 스쳤기 때문이다.

"지금 뭐하는 거야?" 파울리나가 다시 물었다.

"남자의 신원을 찾고 있어." 리스베트가 대답했다.

"어떤 남자?"

"쉰 살 조금 넘은 셰르파. 지금은 죽고 없어. 네팔 북동부 쿰부 계곡 출신일 거야. 인도의 시킴이나 다르질링일 수도 있지만 여러 단서로 볼 때 네팔, 그중에서도 남체바자르 마을 주변 출신일 것 같아. 거슬러올라가면 선조는 서티베트에서 왔을 테고. 어린 시절의 식단에는 지방분이 극히 적었던 것 같고."

리스베트가 들려주는 얘기는 소설 같았다. 파울리나는 얼굴에 화색이 돌면서 리스베트의 옆에 있는 의자에 앉았다.

"다른 건 없어?"

"남자의 DNA 정보와 부검 보고서가 있어. 몸에 남은 부상 흔적들을 보면 고산 등반 안내자나 짐꾼이었을 거야. 그런 일에 매우 뛰어난 사람이었겠고."

"어째서 그런 건데?"

"남자의 몸에 제1타입 근섬유가 예외적으로 많은데, 이런 사람은 에너지를 많이 소모하지 않고도 무거운 짐을 나를 수 있어. 무엇보다 혈중 헤모글로빈의 양을 조절하는 유전자 덕분에 가능한 일이야. 남자는 산소가 희박한 환경에서도 엄청난 힘과 지구력을 발휘할 수 있었을 거야. 그리고 혹독한 일을 겪었을 걸로 추측돼. 심각한 동상과 근육 파열의 흔적이 있어. 손가락과 발가락도 절단되었고."

"Y염색체 정보도 있어?"

"전체유전자서열이 있어."

"그럼 와이풀 쪽을 알아봐야 하지 않을까?"

와이풀은 파울리나가 일 년 전쯤 관련 기사를 썼던 러시아 기업이다. 수학자, 생물학자, 개발자 들로 구성된 팀이 전 세계 다양한 개인들의 Y염색체를 수집하고 분석한다. 이들이 모으는 유전자 정보는 학술 연구에 참여했거나 자신의 기원을 밝히기 위해 DNA 분석을 의뢰한 사람들로부터 나온 것이었다.

"난 패밀리트리나 앤세스트리를 생각했는데, 와이풀?"

"내가 보기엔 그들이 최고야. 회사를 운영하는 게 바로 너 같은 사람들이거든. 연구를 위해서라면 물불 안 가리는 괴짜들."

"오케이. 하지만 어려울 것 같아."

"왜?"

"이 남자의 DNA는 자주 분석되는 그룹에 속해 있지 않거든."

"그럼 과학 논문에서 동족에 관한 내용을 찾을 수 있지 않을까? 어째서 셰르파들이 탁월한 고지 등반가인지 밝히는 연구들이 꽤 많은 걸로 아는데." 파울리나는 리스베트의 관심사에 자신도 함께하는 것에 뿌듯함을 느끼며 말했다.

"그렇지……" 리스베트는 돌연 정신이 딴 데 쏠린 것처럼 건성으로 대답했다.

"그들은 아주 작은 인구 집단이잖아, 안 그래?"

"……셰르파는 전 세계에 약 2만 명 정도니까."

"자, 그래서?" 파울리나는 그녀와 함께 일하게 될지도 모른다는 희망에 눈을 반짝이며 물었지만 그사이 리스베트는 다른 링크를 클릭하고 있었다. 스톡홀름 지도였다. "……어째서 이 일이 너한테 그토록 중요한 거야?"

"중요하지 않아."

리스베트의 눈빛이 어두워졌다. 당황한 파울리나는 자리에서 일어나 조용히 옷을 입고 호텔을 나와 프라하성 쪽으로 걸음을 옮겼다.

13장

8월 25일

결혼 전 이름이 레베카 뢰브였던 레베카 포르셀은 박력 있고 쾌활한 성격의 요하네스와 사랑에 빠졌다. 빅토르 그란킨이 이끄는 에베레스트 등반대의 의료진이었던 그녀는 자신이 맡은 일에 대해 오랫동안 의구심을 느꼈고 그들을 향한 비판적인 목소리에 무감각하지도 않았다. 에베레스트 등반의 상업화는 당시 사람들의 입에 자주 오르내리던 주제였다.

어떤 이들은 포르쉐를 사지만 어떤 이들은 에베레스트 정상에 자리를 사놓는다. 일부 등반가들은 이렇게 말하곤 했다. 그런 자들은 알피니즘의 순수성을 훼손할 뿐 아니라 산에서 다른 이들의 안전도 위협하는 걸로 여겨졌다. 당시 빅토르의 등반대에 속한 이들 대부분이 등반 경험이 적었는데 특히 요하네스가 그랬기에 레베카는 매우 불안했다. 그는 해발 5000미터 이상을 오른 적이 없났다.

베이스캠프에 도착했을 때, 다른 이들은 기침과 두통을 호소하고 이 등반을 해낼 수 있을지 확신하지 못하기도 했으나 오히려 요하네스는 그녀에게 조금도 걱정을 끼치지 않았다. 그는 빙퇴석 위를 말 그대로 껑충껑충 뛰어다녔다. 그리고 모두와 친구가 되었다. 원주민들도 예외는 아니었는데, 그의 허물없으면서도 예의바른 태도 때문이었을 것이다. 요하네스는 다른 등반대원들에게 하듯 원주민들에게도 농담을 던지고 재미있는 얘기를 들려주었다.

대부분이 요하네스의 그런 모습을 천성으로 여겼지만 레베카는 꼭 그렇지만은 않을 거라고 생각했다. 그녀가 보기에 그는 세상의 좋은 면을 보며 살기로 결심한 성숙한 지성인이었고 그런 점이 더욱 매력적으로 다가왔다. 그때 레베카가 바란 건 한 가지, 요하네스와 함께 돌아가 힘차게 삶을 껴안고 사는 것이었다.

클라라와 빅토르가 사망한 뒤 요하네스가 힘든 시간을 보낸 건 사실이었다. 어떤 이유에서 이 비극은 남들보다 그에게 더 큰 슬픔을 안겼다. 심각한 우울증에 빠졌던 그는 오랜 시간이 흘러서야 행복하고 의욕적인 모습을 되찾았다. 그후 요하네스는 그녀와 함께 파리와 바르셀로나에 갔고 이듬해 4월—요하네스의 아버지가 사망하고 몇달 후—에 외스테르순드에서 결혼식을 올렸다. 레베카는 노르웨이 베르겐에 있는 그녀의 집을 미련 없이 떠났다.

그녀는 외스테르순드와 오레, 그리고 스키를 좋아했고 무엇보다 요하네스를 사랑했다. 그의 사업이 번창하고 모든 사람이 그에게 이끌리는 걸 당연한 일로 여겼고, 그가 큰 부를 축적하고 그토록 빠르게 장관이 된 것도 놀랍지 않았다. 요하네스는 경이로운 사람이었다. 한순간도 쉬지 않고 달리면서 동시에 성찰할 줄 알았다. 그런데 바로 그 점이 레베카를 미치게 만들었다. 그는 결코 멈추는 법이 없었다. 세상에 문제란 있을 수 없으며 팔을 걷어붙이고 좀더 노력하면 모든 게 해결된다고 믿었다. 아이들에게도 지나치게 높은 목표를 제시했다. "너희들은 더 잘할 수 있어"라고 말하면서.

레베카에게도 늘 그런 식이었지만 그녀의 고민을 진지하게 들어주는 일은 거의 없었다. 그저 키스를 하면서 "레베카, 당신은 할 수 있어, 할 수 있다고"라고 말할 뿐이었다. 요하네스는 갈수록 바빠졌고 특히 장관이 된 후에는 더욱 그랬다. 종종 새벽까지 일하기도 했는데, 그런 날에도 아침이면 일어나 5킬로미터를 달리고 '네이비 실즈'라 칭하는 해군식 체력 단련을 거르지 않았다. 그런 초인적인 생활을 즐기는 것 같았다. 그리고 사람들로부터 사랑을 받다 어느 날 갑자기 증오의 대상이 된 것도 크게 신경쓰지 않는 듯했다.

더 힘들어한 사람은 요하네스가 아니라 레베카였다. 아침에 일어나자마자, 그리고 잠들기 전에 강박적으로 검색창에 그의 이름을 쳐넣고 악성 댓글과 욕설을 보았다. 가장 우울한 때에는 이 모든 게 자기 탓―유대인이기 때문에―이라는 생각이 들기도 했다. 아리아인인 요하네스마저 반유대주의 공세의 표적이 되었으나 그는 오랫동안 그런 말들을 무시하고 낙관을 잃지 않았다.

"레베카, 이를 통해 우리는 강해질 거야. 곧 모든 게 바뀔 거야."

하지만 그 거짓말들이 결국 그에게도 영향을 미친 걸까. 요하네스는 한시도 불평하거나 한탄하지 않았지만 이제 그의 열정은 자동 항법장치로 조종되듯 기계적으로 느껴졌다. 지난 금요일에는 설명이나 예고도 없이 일주일간의 휴가를 낸 터라 수행원들이 골치깨나 앓았을 것이다. 지금 그들은 산뢰섬 해안가에 위치한 대형 별장에서 지내고 있다. 아이들은 조모에게 맡겼다. 늘 동행하는 경호원들이 이번에도 함께였기 때문에 그녀는 어쩔 수 없이 그들까지 챙겨야 하는 입장이었다. 요하네스는 이층의 서재에 틀어박혔다. 어제는 그가 전화기에 대고 고함치는 소리가 들렸고, 오늘 아침에는 운동도 나가지 않았다. 그는 말없이 아침식사만 하고 다시 이층으로 올라가버렸다.

무언가 단단히 잘못되었다는 느낌이 들었다. 바깥에 바람이 불기 시작했다. 레베카는 주방에서 페타치즈와 잣을 곁들인 비트 샐러드를 만들고 있었다. 점심때가 되었지만 요하네스를 아래로 부를 엄두가 나지 않았다.

이층으로 올라간 그녀는 노크하지 않고—그러는 편이 나을 것 같아서—서재 안으로 들어갔다. 그러자 요하네스가 서류 몇 장을 황급히 옆으로 치웠다. 그런 수상쩍은 동작을 보이지 않았다면 그쪽은 쳐다보지도 않았을 텐데 이제 그녀는 그게 정신과 의료 기록이라는 사실을 알아차렸다. 이상했다. 직원을 채용하기 위해 사전 조사라도 하는 걸까. 레베카는 평소처럼 미소를 지어 보이려 했다.

"왜 왔어?" 요하네스가 물었다.

"점심 먹을 시간이야."

"배고프지 않아."

당신은 입만 열면 배고프다고 말하는 사람 아니었어? 레베카는 소리치고 싶었다.

"무슨 일 있어?" 대신 그녀는 차분하게 물었다.

"아니, 없어."

"요하네스…… 그게 아닌 게 얼굴에 보이는데, 왜 그래?"

레베카는 속에서 분노가 들끓었다.

"말했잖아, 아무 일도 없다고."

"혹시 병이라도 있는 거야?"

"무슨 뜻이야?"

"당신이 지금 의료 기록을 읽고 있잖아! 그러니 내가 궁금할 수밖에 없지!"

레베카는 고함쳤다. 그리고 자신이 치명적인 실수를 저질렀음을 곧바로 깨달았다. 두려움 가득한 눈빛으로 그녀를 쳐다보는 요하네스의 시선에 그녀는 피가 얼어붙는 것만 같았다. 레베카는 우물거리듯 사과했고, 방을 빠져나올 때는 다리에 힘이 풀려 몸을 가누기조차 어려웠다.

우리에게 대체 무슨 일이 일어난 거지?

우리는 행복했잖아……

리스베트는 지금 카밀라가 스톡홀름 스트란드베겐 거리의 한 아파트에 있다는 사실을 알았다. 해커인 유리 보그다노프와 전 GRU 요원이자 카밀라의 조력자인 이반 갈리노프가 함께라는 것도 알았다. 이제는 행동해야 한다. 하지만 어떻게? 리스베트는 셰르파를 신경쓰지 않기로 마음먹었지만 자신도 모르게 다시 자료들을 들여다보았다. 현실 도피일지도 몰랐다. 그녀는 BAM 뷰어를 통해 DNA 조각 가운데서 67개의 특이한 부분을 찾아내 일일이 살펴본 끝에 남자의 부계 하플로그룹을 유추해냈다.

DM174라 불리는 극히 드문 하플로그룹이었고, 이는 관점에 따라 좋은 일일 수도 나쁜 일일 수도 있었다. 리스베트는 파울리나가 추천한 모스크바의 DNA 분석 회사 와이풀의 검색 엔진에 이 하플로그룹의 정보를 입력하고 기다렸다.

"뭐가 이렇게 엿같아? 지렁이도 이것보단 빠르겠다."

리스베트는 믿을 수 없었다, 어째서 자신이 이 일을 하고 있는지 말이다. 모든 것을 잊고 카밀라에게 집중해야 할 때였다. 그러다 마침내 나온 검색 결과를 본 그녀는 휘익 하고 휘파람을 불었다. 156개의 가계에서 212개의 결과가 나왔다. 기대를 훨씬 뛰어넘는 결과였다. 리스베트는 눈을 질끈 감고 숨을 깊게 들이마셨다. 그런 다음 DNA 조각의 비정상적 부분들에 유의하면서 자료를 훑어보았다. 눈에 띄는 이름이 있었다. 잘못된 것처럼 느껴졌지만 그 이름이 거듭 등장했다. 미국 콜로라도주 덴버의 로버트 카슨이었다.

로버트는 생김새가 아시아인 같아 보이는 구석이 있지만 그것만 빼면 모든 면에서 완벽한 미국인이었다. 마흔셋의 나이에 세 자녀를 둔 아버지였고 마라톤과 알파인스키를 즐겼다. 지역 대학교 교수이자 민주당 열성 지지자인 그는 장남이 시애틀 학원 총기 난사 사건에서 간신히 목숨을 건진 후 전미총기협회의 맹렬한 반대자로 활동하고 있었다.

계보학에도 관심이 지대했다. 이 년 전, 자신의 Y염색체 분석을 의뢰해 EPAS1 유전자가 있다는 결과를 받았다. 걸인에게도 동일한 유전자가 있었다.

"난 슈퍼 유전자를 가지고 있다." 로버트는 이 년 전 rootsweb.ancestry.com이라는 웹사이트에 이렇게 썼다. 첨부한 사진 한 장에는 운동복을 입고 콜로라도 아이스하키팀 모자를 쓴 그가 활기찬 모습으로 이두박근을 과시하고 있었다.

로버트의 글에 따르면, 친조부 다와 도르제는 에베레스트에서 멀지 않은 서티베트에서 성장했고, 중국이 그곳을 점령하자 1951년에 고향을 떠나 네팔의 텡보체 사원 근처 쿰부 계곡에 친척들과 정착했다. 조부가 쿤데 마을의 병원 개원식 때 에드먼드 힐러리 경과 찍은 사진도 올라와 있었다. 조부는 여섯 자녀를 두었고, 그중 하나인 로브상은 "도무지 겁이 없고 잘생긴 청년이었고 믿거나 말거나 롤링스톤스의 열렬한 팬이었다"고 로버트는 썼다.

나는 그를 만난 적 없지만 어머니가 들려준 이야기에 의하면, 그는 등반대에서 가장 강인하고 잘생겼으며 카리스마가 넘쳤다고 했다(어머니의 생각이 객관적이지 않을 수 있고 내 생각 역시 그럴 가능성이 있다).

로브상 도르제는 1976년 9월 에베레스트 서쪽 사면 등반에 참여했다. 등반대에는 크리스틴 카슨이라는 미국 여성이 있었다. 조류학자인 그녀는—"이곳은 연작류가 지천이다"라고 기록했다—베이스캠프까지 오르며 그곳의 새들을 연구했다. 당시 마흔 살이었던 그녀는 미시간대학교 교수였고 미혼에 아이도 없었다. 그녀는 베이스캠프에 이르러 극심한 구토와 두통에 시달리다 치료를 받으러 남체바자르로 돌아가기로 결정했다. 그리고 9월 9일, 그녀는 로브상이 포함된 6인의 등반대가 정상이 얼마 남지 않은 곳에서 사망했다는 소식을 들었다.

집으로 돌아간 크리스틴은 로브상의 아이를 임신했다는 사실을 알게 되었다. 미묘한 상황이었다. 당시 로브상은 열아홉 살에 불과했고 쿰부 계곡에 약혼자까지 있었기 때문이다. 그녀는 1977년 7월 미시간주 앤아버에서 로버트를 출산했다. 백 퍼센트 확신할 수 없지만—유전자가 전달되는 과정에는 우발성이 개입하기 마련이므로—로버트와 스톡홀름의 걸인은 팔촌이나 십촌일 가능성이 있었다. 그럼 그들은 19세기의 공동 조상을 둔 상당히 먼 친척이겠으나 미카엘이라면 충분히 그 간극을 메울 수 있으리라 리스베트는 생각했다. 특히 로버트는 이런 주제에 관심이 많은데다 대화를 좋아하고 열정적인 사람이므로 도움을 받을 수 있을 터였다. 리스베트는 작년에 로버트가 쿰부를 방문해 아버지의 가족과 함께 찍은 사진들을 발견했다.

리스베트는 미카엘에게 이렇게 썼다.

그 남자는 셰르파예요. 로체, 에베레스트, 캉첸중가 같은 네팔 고산 등반대의 짐꾼이나 안내자로 일했을 거예요. 미국 덴버에 그의 친척이 있어요. 이 모든 것들에 대한 정보를 첨부했고요. 트롤 팩토리에 관한 당신 기사 한번 체크해볼래요?

마지막 문장은 지워버렸다. 미카엘이 제 일을 어떻게 하든 그녀가 상관할 바 아니었다. 리스베트는 전송 버튼을 누르고 파울리나를 찾아 밖으로 나갔다.

얀은 소니아와 노르멜라르스트란드 거리를 걷고 있었다. 요즘 그는 길을 걸으면서 회의를 한다는 괴상한 망상에 꽂혀 있었다. "걸으면 생각이 더 잘되거든." 그는 이렇게 설명했지만 실은 체중을 줄이고 몸 상태를 개선하기 위한 것이기도 했다.

얀은 조금만 움직여도 숨이 찼고 지금은 소니아의 걸음을 따라가는 것도 쉽지 않았다. 그들은 잠시 이런저런 얘기를 나누다 이제 미카엘이 제보한 사건에 다다랐다. 소니아가 호른스가탄의 전자제품점을 탐문한 일을 보고하자 얀은 한숨을 내쉬었다. "왜 다들 요하네스를 못 잡아먹어 난리일까?" 사람들은 요하네스가 모든 악의 근원인 양 떠들어댔다. 얀은 이 모든 게 요하네스의 배우자가 유대인이기 때문에 벌어지는 일이 아니기만을 빌었다.

"이 사건은 너무 막연하게 느껴져요." 소니아가 말했다.

"살해 동기로 짐작되는 게 있나?"

"어쩌면 질투?"

"불쌍한 걸인을 누가 질투하겠어?"

"사회의 밑바닥에도 질투는 존재하죠."

"그래, 맞는 말이지."

"미렐라라는 루마니아 출신 여성과 얘기를 나눠봤어요." 소니아가 말을 이었다. "그녀 말로는 걸인이 그 구역에서 누구보다 돈을 많이 벌었대요. 그에게서 느껴지는 품위 같은 게 사람들의 지갑을 열게 했고, 그 때문에 구역의 고참들은 화가 난 거죠."

"살해 동기로는 부족해 보이는데."

"그렇죠. 하지만 꽤 많은 돈을 지니고 다녔던 모양이에요. 뷔시스 광장의 핫도그 가게와 호른스가탄 맥도날드의 단골이었어요. 맥주와 보드카를 사러 로센룬스가탄의 주류점도 자주 찾았고요. 그리고……"

"그리고?"

"새벽에 볼마르윅스쿨스가탄에서 몇 차례 목격된 적도 있어요. 암시장에서 밀주를 샀다고 해요."

얀은 생각에 잠겼다.

"지금 무슨 생각하는지 맞혀볼까요?" 소니아가 말했다. "밀주 거래 상들을 수사해야 한다!"

"맞아, 그거야."

얀은 숨을 깊게 들이마시고 한트베르카르가탄으로 연결되는 언덕을 오르기 시작했다. 그리고 요하네스와 그의 아내를 떠올렸다. 그는 유대인 공동체 센터에서 레베카를 만난 적이 있었다.

185센티미터는 넘어 보이는 장신에 늘씬한 그녀는 움직임이 경쾌하고 우아했으며 반짝이는 검은 눈동자에서 생동감과 따스함이 느껴졌다. 얀은 어째서 이 부부에게 그토록 많은 적이 생겼는지 이해할 수 있었다.

무한한 에너지를 발산하는 사람들은 언제나 증오를 유발하는 법이다. 나머지 사람들을 작고 초라하게 만드니까.

14장

8월 25일

리스베트의 메시지를 읽은 미카엘은 책상에서 일어나 창가로 가바다를 바라보았다. 오후 5시, 바다 위로 바람이 거세지는데 요트 한대가 폭풍을 무릅쓰고 난바다로 나아가고 있었다. "셰르파……" 미카엘은 중얼거렸다. "셰르파…… 대체 뭐가 있는 걸까?"

국방부 장관과는 연관성이 없어 보이긴 했지만…… 장관이 2008년 5월에 에베레스트를 등반한 사실을 무시할 수도 없었다. 미카엘은 이 사건을 끝까지 파헤쳐보기로 결심했다. 관련된 자료들을 구하기는 어렵지 않았다. 클라라 엥겔만이 있었던 이유로 당시 그 비극은 세간의 화제였기 때문이다.

금발로 물들인 머리, 성형수술로 부풀린 입술과 가슴 등 클라라는 화려함의 화신이라 할 수 있었다. 뉴욕, 모스크바, 상트페테르부르크에 호텔과 건물을 소유한 유명 거부 스탠 엥겔만과 결혼한 그녀는 선정성을 추구하는 가십 칼럼니스트들에게 신이 내린 선물과도 같았다. 클라라는 사교계 인물이 아닌 전직 모델이었다. 헝가리 출신인 그녀는 십대 때 미국을 여행하다 라스베이거스 미인대회에서 우승을 차지했고, 거기서 심사위원이었던 스탠을 만났다. 타블로이드 신문들의 입맛에 딱 맞는 스토리였다.

2008년, 서른여섯 살이 된 그녀에게는 열두 살짜리 딸 줄리엣이 있었다. 그동안 그녀는 뉴욕의 세인트조지프대학교에서 홍보학으로 학위를 취득했고, 이를 통해 자신도 누구의 도움 없이 스스로 해낼 수 있음을 증명하고 싶었던 듯했다. 십 년 전 일을 돌이켜보면 당시 그녀가 베이스캠프에 합류했을 때 사람들이 왜 그토록 분개했는지 이해하기 어렵다. 〈보그〉에 소개된 그녀의 블로그에 그녀가 최신 유행하는 패션으로 치장하고 그곳에 간 모습이 우스꽝스럽게 부각된 사진들이 올라온 건 사실이다. 이제 와 분명한 건 당시 그녀가 오만하고 섹시한 여자로만 다뤄졌다는 점이다. 기자들은 그녀를 머리가 텅 빈 금발 미녀, 히말라야와 그곳 주민들의 대척점에 있는 존재로 만들어버렸다. 요컨대 그녀는 대자연의 순수함과 대립되는 서구적 천박함의 상징이 되었다.

클라라는 요하네스 포르셀, 그리고 그의 친구이자 현 스웨덴 국방부 차관인 스반테 린드베리와 함께 등반했다. 세 사람은 안내자를 따라 정상까지 오르는 데 7만 5천 달러씩을 지불했고 이 또한 사람들의 공분을 샀다. 에베레스트가 세계 최고봉에 오름으로써 자신들의 자존심을 세우려는 재력가들의 소굴로 전락했다는 비판이 많던 때였다. 러시아인 빅토르 그란킨이 이끄는 등반대는 안내자 세 명, 베이스캠프 매니저 한 명, 의사 한 명, 셰르파 열네 명, 그리고 고객 대원 열 명으로 구성되어 있었다. 고객 대원들을 정상까지 모시는 데 이토록 많은 인원이 필요했다.

스톡홀름의 걸인이 이 셰르파들 중 하나였을까. 이런 생각이 잠시 미카엘의 머릿속에 스쳤다. 그는 산에서 일어난 비극적인 사건을 들여다보기 전에 먼저 등반대원 각각에 대해 좀더 알아보기로 했다. 세

르파들 중 스웨덴에 왔거나 요하네스와 특별한 관계를 맺었던 사람
이 있을까? 셰르파들에 관한 기록은 전혀 찾아볼 수 없어 확인하기
가 쉽지 않았으나 장부 치리라는 젊은 셰르파가 실마리일 가능성이
있어 보였다.

장부와 요하네스는 그로부터 삼 년 후 프랑스의 산악도시 샤모니
에서 재회해 맥주를 마셨다. 훗날 그들이 원수 같은 사이가 되었을
가능성도 있지만 적어도 사진 속에선 함께 엄지를 치켜세우며 아주
행복해 보였다. 미카엘이 알아본 바, 등반에 참여한 셰르파들 가운데
서 요하네스에 대해 나쁘게 말하는 이는 없었다. 요하네스가 등반대
의 진행을 지체시키고 분산되게 해서 클라라의 죽음에 일조했다는
익명의 고발―가짜 뉴스 공세 가운데서 나온―들이 있긴 했다. 그
러나 다른 증언들에 따르면 오히려 그 반대였다. 등반대를 지체시킨
건 클라라 자신이었으며, 사고가 발생했을 때 요하네스와 스반테는
정상을 향해 이미 무리에서 떠난 뒤였다고 했다.

미카엘은 요하네스를 비난하는 말들을 믿지 않았다. 믿고 싶지 않
았을 수도 있다. 미카엘은 기자로서 감정의 함정에 빠지는 일을 극도
로 경계했다. 직업윤리상 당연한 일이었다. 하지만 악성 댓글 작성자
들의 증오 대상인 저명인사가 스톡홀름의 걸인 독살 사건에 연루됐
을 가능성은 도저히 상상할 수 없었다.

미카엘은 리스베트가 보낸 메시지와 걸인의 친척으로 추정된다는
콜로라도의 로버트 카슨에 대한 자료를 다시 한번 읽었다. 조사된 자
료의 틀에 한정된 판단이긴 하지만 로버트는 쾌활하고 활력 넘치는
사람이라는 점에서 요하네스와 비슷하게 느껴졌다. 미카엘은 깊이
생각하지 않고 리스베트가 알려준 번호로 전화를 걸었다.

"네, 로버트입니다."

미카엘은 자신을 소개한 뒤 전화한 용건을 어떻게 설명하면 좋을
지 몰라 잠시 머뭇거렸다. 먼저 상대에게 기분좋은 말을 건네기로

했다.

"당신이 슈퍼 유전자를 갖고 있다는 글을 읽었습니다."

로버트가 소탈하게 웃었다.

"굉장하지 않습니까?"

"맞습니다. 제 전화가 혹시 방해가 됐나요?"

"전혀요. 따분한 논문을 읽고 있던 터라 제 유전자 얘기가 훨씬 낫습니다. 과학잡지 기자입니까?"

"과학잡지는 아닙니다. 의문의 사망 사건을 취재하고 있어요."

"그렇군요……" 로버트의 말투가 약간 불안해졌다.

"나이는 54에서 56세 사이, 손가락과 발가락 몇 개를 잃은 걸인이 약 일주일 전 스톡홀름에서 변사체로 발견됐습니다. 유전자 분석 결과, 당신과 동일한 변종 EPAS1 유전자가 검출됐죠. 당신과 팔촌 혹은 십촌 간으로 추측되고요."

"유감이군요. 그의 이름이 뭔가요?"

"그게 문제입니다. 아직 이름도 몰라요. 지금까지 알아낸 거라곤 그와 당신이 친척 간이라는 사실뿐입니다."

"제가 어떻게 도울 수 있을까요?"

"솔직히 말해서 잘 모르겠습니다. 동료가 추측하기에 그 남자는 매우 뛰어난 등산가 자질이 있어서 고산 등반대의 짐꾼이나 안내자로 일했거나, 어떤 비극적인 사건에 연루되었을 것 같다고 해요. 그때 손가락과 발가락을 잃었을 거고요. 당신의 가족 가운데 제가 묘사한 사람과 일치하는 셰르파가 있을까요?"

"이런, 먼 가족까지 찾아보면 몇 명은 있을 거예요. 솔직히 우리는 좀 특별하거든요."

"좀더 구체적으로 떠오르는 게 있나요?"

"생각할 시간을 주면 무언가 찾아낼 수 있을 겁니다. 각자의 생애 기록까지 포함해 전체 가계도를 작성해두었거든요. 제게 다른 자료도 보내줄 수 있나요?"

미카엘은 잠시 생각한 후 이렇게 대답했다.

"비밀을 엄수해준다면 부검 보고서와 DNA 분석 결과를 보내줄 수 있습니다."

"약속하죠."

"지금 당장 보내겠어요. 신속히 살펴봐주면 고맙겠습니다."

로버트가 잠시 조용해졌다.

"저 말이죠……" 이윽고 그가 입을 열었다. "제게 연락 주셔서 정말 영광입니다. 스웨덴에도 친척이 있었다니 기분이 좋고요. 그가 힘든 일을 겪었다는 건 매우 유감이지만."

"네, 힘들게 살았던 것 같아요. 제 친구가 그를 만난 적이 있어요."

"무슨 일이 있었나요?"

"그가 몹시 흥분해선 스웨덴 국방부 장관인 요하네스 포르셀에 대해 횡설수설했다고 합니다. 요하네스는 2008년 5월에 에베레스트를 등반한 적이 있고요."

"2008년 5월이요?"

"네."

"클라라 엥겔만이 죽었을 때 말입니까?"

"맞아요."

"이상하네요."

"어떤 점이요?"

"친척 중 한 사람이 그 등반에 참여했어요. 뭐, 전설 같은 얘기긴 하지만. 삼사 년 전에 죽었고요."

"그가 몇 주 전 스톡홀름에 있었을 가능성은 희박하겠네요."

"그렇죠."

"당시 산에서 활동했던 셰르파들의 명단을 보내줄 수 있습니다. 단서가 될지도 모르겠네요."

"도움이 되겠군요."

"사실 그의 죽음이 에베레스트와 관련이 있으리라고 보지는 않아요." 미카엘이 혼잣말처럼 말을 이었다. "그 사람과 국방부 장관은 어느 모로 보나 거리가 멀거든요."

"다만 모든 가능성을 열어놓고 싶다는 얘기군요."

"네, 그렇죠. 당신의 글을 대단히 흥미롭게 읽었습니다."

"고마워요." 로버트가 대답했다. "자료를 보내줘요. 곧 연락하죠."

전화를 끊은 미카엘은 잠시 생각에 잠겼다. 그런 다음 리스베트에게 보내는 메일에 감사의 말을 쓰고 요하네스와 에베레스트, 맛스 사빈, 그리고 알아낸 모든 것들을 적었다. 최소한 그녀의 머릿속에는 전체를 아우르는 그림이 들어 있기를 바라면서.

리스베트는 밤 10시에 그 메일이 온 것을 알았지만 열어서 읽어보지 않았다. 다른 문제들로 머리가 복잡했다. 게다가 호텔방의 분위기도 좋지 않았다.

"그 빌어먹을 노트북에서 제발 눈 좀 뗄 수 없어?" 파울리나가 소리를 질렀다.

리스베트는 그 빌어먹을 노트북에서 눈을 떼고 파울리나를 올려다보았다. 곱슬곱슬한 긴 머리칼을 늘어뜨린 채 책상 옆에 서 있는 그녀의 우수 서린 가느다란 두 눈에 분노어린 눈물이 가득 맺혀 있었다.

"토마스가 날 죽여버릴 거라고!"

"당신은 뮌헨에 있는 부모님 집으로 갈 수 있다고 했잖아?"

"나를 쫓아와 부모님을 구워삶을 거야. 두 분은 그 인간을 좋아하니까. 그렇다고 믿는 거겠지만."

리스베트는 고개를 끄덕이고 생각을 가다듬으려 애썼다. 그냥 기다리는 편이 나을까? 아니, 그녀는 결정했다. 그건 아니다. 더이상 여기서 움츠리고 있을 수는 없었고, 스톡홀름으로 파울리나를 데려가는 건 더욱 안 될 말이었다. 지금 당장, 그리고 혼자서 가야 했다. 과거에 사로잡혀 넋 놓고 있을 때가 아니었다. 이제는 더 바짝 추격해야 했다. 그러지 않으면 다른 사람들이 위험해질 수 있었다. 특히 이반 갈리노프 같은 자가 등장한 상황에서는.

"내가 얘기 좀 나눠볼까?" 리스베트가 물었다

"우리 부모님과?"

"응."

"절대 안 돼."

"왜?"

"사람들과 소통하는 데서 넌 외계인이나 다름없으니까! 몰랐어?"

파울리나는 이렇게 윽박지르고 핸드백을 홱 낚아채더니 등뒤로 문을 쾅 닫으며 호텔방을 나갔다. 리스베트는 그녀를 쫓아가는 게 좋을지 잠시 생각했지만 늘 그렇듯 이번에도 노트북 앞에 돌처럼 굳어버렸다. 아직 카밀라가 머물고 있는 듯한 스트란드베겐 주변의 감시 카메라들을 해킹하기로 결정했다. 하지만 일이 더뎠다. 좀처럼 집중하기가 힘들었다. 파울리나뿐 아니라 온갖 문제들이 머릿속을 어지럽혔다. 미카엘의 이메일도 그중 하나였다. 다른 것들에 비해 급한 사안으로 보이지는 않았지만.

대체 이걸 어떻게 해냈어? 그저 갈채를 보내는 수밖에 없네. 경의를 표한다고! 그리고 이 말을 전해야겠어. 남자가 요하네스에 대해 횡설수설했다는 거 말이야. "난 요하네스를 잡았어. 그리고 난 맘사비브를 떠났지" 같은 말이었대. (어쩌면 '맛스 사빈'?) 정확하진 않아. 그런데 요하네스는 2008년 5월에 실제로 에베레스트를 등반했고 정상까지 올랐던 모양이야. 당시 에베레스트의 남쪽 사면에 있었던 셰르파들의 명단을 보낼게. 네가 무언가 찾아낼 수 있을지도 모르니까. 그리고 로버트 카슨과 통화했어. 우리에게 도움을 주겠대.

몸조심해. 그리고 정말로 고마워.

M.

P.S. 맞스 사빈은 실제로 존재했어. 해안포병대 사령관이자 군역사학자였고 몇 해 전 아비스코에서 사망했어. 요하네스와 격렬히 대립했던 인물이야.

"음, 그랬어?" 리스베트는 중얼거렸다. "음, 그랬군." 그녀는 이메일 창을 닫고 감시카메라 해킹으로 돌아갔다. 삼십 분 정도 흘렀을까. 손가락들에 자기의지라도 있는 듯 그녀는 어느새 요하네스와 에베레스트에 대해 검색해본 뒤 클라라와 관련해 끝없이 이어지는 기사들을 읽어나갔다.

클라라는 카밀라와 비슷한 데가 있었다. 카밀라보다는 가벼워 보였지만 같은 종류의 카리스마가 있었다. 자신이 관심의 중심이 되는 일을 당연시하는 인물이었다. 리스베트는 클라라에게 더이상 시간을 허비할 필요가 없다고 느꼈다. 더 중요한 일들이 많았다. 그럼에도 계속해서 기사를 대략적으로 읽어내려가면서 감시카메라와 관련해 플레이그에게 메일을 보냈고, 파울리나에게 전화했으나 응답이 없었다. 리스베트는 자신도 모르는 사이에 요하네스의 에베레스트 등반에 대한 전체적인 그림을 맞춰가고 있었다.

2008년 5월 13일 오후 1시, 요하네스와 스반테는 에베레스트 정상에 도달했다. 맑게 갠 하늘 아래 잠시 머무르면서 아래로 펼쳐진 전경을 감상하며 사진을 찍었다. 그리고 베이스캠프에 자신들의 위치를 알렸다. 얼마 후 남봉南峰으로 내려가는 좁다란 바위 등반로인 힐러리스텝에서 문제가 시작된다.

오후 3시 30분─그들은 이른바 발코니라 불리는 해발 8500미터

지점까지밖에 이르지 못했다―산소가 바닥나고 있어 제6캠프까지 내려가지 못할 수도 있다는 불안감이 들기 시작했다. 시야는 갈수록 나빠지는 와중에 요하네스는 주위에서 무슨 일이 벌어지는지 제대로 파악하지 못했지만 심각한 무언가가 일어날지도 모른다는 예감에 사로잡혔다.

무전기 너머에서 공황감에 사로잡힌 목소리들이 들려왔지만 상황을 파악하기에 요하네스는 극도로 기진한 상태였다. 천근같은 다리를 끌며 아득히 펼쳐진 공간 속으로 계속 나아갈 뿐이었다.

얼마 안 가 폭풍이 절정에 달했다. 그들은 눈보라와 영하 60도에 달하는 혹독한 추위가 사납게 몰아치는 하얀 혼돈 속에 갇혔다. 온몸이 얼어붙어 위아래도 분간이 안 됐다. 어떻게 남서쪽 사면을 타고 텐트까지 내려왔는지 두 사람 모두 정확히 설명하지 못한 건 당연한 일이었는지도 모른다.

그날 하루와 관련해 보도된 내용 중 그 양이 가장 적은 시간대는 저녁 7시에서 11시 사이였다. 리스베트는 두 사람의 증언―특히 요하네스의 위중한 상태에 대한―가운데 조금씩 어긋나는 점을 발견했다.

리스베트는 요하네스의 상태가 점차 나아졌다는 인상을 받았다. 그가 처했던 위기는 그날 오후 다른 지점에서 일어난 비극, 즉 클라라와 안내자 빅토르가 사망한 일에 비하면 사소하다 할 수 있었다. 그들의 사망 정황이 언론을 뜨겁게 달군 것은 놀랄 일이 아니었다. 그날 산에 있었던 고객들 가운데 왜 하필 그 화려한 고객만 죽었을까? 숱한 가십과 조롱의 대상이던 그 여자만.

한동안 사람들은 질투, 계급 갈등, 여성혐오 같은 문제가 원인이라고 말했다. 세간의 떠들썩한 논란이 가라앉고 나자 당시 등반대가 클라라를 구하고자 최선을 다했으며, 그녀가 눈보라 속에서 돌연 쓰러진 뒤로는 더이상 구조할 가망이 없었다는 사실이 분명히 밝혀졌다.

보조 안내자였던 로빈 해밀은 이런 말까지 했다.

"클라라를 구하기 위한 우리 노력은 부족했던 게 아니라 오히려 지나쳤어요. 빅토르와 등반대에게 매우 중요한 존재였기 때문에 다른 이들의 목숨을 위험에 빠뜨려가면서까지 그녀를 구하려 했다고요." 리스베트는 이 증언이 타당하다고 느꼈다.

클라라 같은 엄청난 유명인사를 적시에 하산시킬 용기는 아무도 내지 못했으리라. 그녀는 점차 뒤처지면서 등반대의 진행을 지체시켰다. 그리고 오후 1시경, 그녀는 버럭 짜증을 내면서 쓰고 있던 산소마스크를 벗어던졌고 그후로 걷잡을 수 없이 체력이 떨어졌다.

클라라는 털썩 무릎을 꿇은 채 눈밭 위로 쓰러졌다. 이날따라 평소의 씩씩한 모습을 잃은 빅토르는 공황감에 사로잡혀 다른 대원들에게 정지하라고 소리쳤다. 그들은 클라라를 하산시키기 위해 상당한 노력을 기울였지만 곧 기상이 악화되면서 사나운 눈보라가 그들을 덮쳤다. 등반대 중 많은 이—특히 덴마크인 마스 라르센과 독일인 샤를로테 리히터—가 위중한 상태에 빠졌다. 그렇게 몇 시간이 흐르는 동안 그들 모두는 이제 완전한 파국으로 가고 있다고 생각했다.

등반대의 셰르파들은 그들의 리더인 니마 리타의 지휘 아래 대원들을 로프로 묶거나 부축하며 쉬지 않고 하산시켰다. 저녁에 전원이 구조되었으나 클라라와 빅토르만 예외였다. 빅토르는 침몰하는 배에 남은 선장처럼 그녀 곁을 떠나기를 거부했다.

그후 이 비극적 사건에 대한 심층 조사가 이뤄진 끝에 지금은 진실 대부분이 밝혀졌다. 다만 완전히 설명되지 않는 것이 있다. 모두의 증언에 따르면 클라라와 빅토르는 눈보라 속에서 나란히 누운 채 사망했다고 알려졌는데—비록 강력한 제트기류가 발생했으리라 추측되지만—나중에 사고 지점으로부터 1킬로미터 아래로 떨어진 곳에서 클라라의 시신이 발견되었다는 점이다.

리스베트는 아래로 옮겨와 매장해주지 못한 채 방치되어 해가 갈수록 산등성이에 쌓여가는 그 모든 시신들을 생각했다. 모르는 새 시간이 흐르고 있었다. 그녀는 당시의 일을 증언하는 다양한 자료들을 면밀히 훑어본 끝에 이 이야기에 삐걱대는 무언가가 있다는 느낌을 받았다. 미카엘이 언급한 맛스 사빈에 관한 글도 몇 편 찾아서 읽어보다 포기하고 인터넷에 등록된 댓글들을 뒤적이기 시작했다. 그러다 어느 순간 머릿속에 한 가지 생각이 스쳤으나 깊이 고민해볼 겨를이 없었다.

문이 왈칵 열리며 잔뜩 술에 취한 파울리나가 들어왔다. 그녀는 리스베트를 괴물 취급하며 욕을 퍼부었고 리스베트도 지지 않고 거세게 맞받았다. 그러다 둘은 서로에게 안기며 절망적인 기분으로 격렬하게 섹스를 했다.

15장
8월 26일

이날 아침, 미카엘은 해변을 따라 10킬로미터를 달렸다. 별장에 돌아오니 전화벨이 울리고 있었다. 에리카였다. 〈밀레니엄〉 이번 호가 내일 인쇄에 들어간다고 했다. 아주 만족한 것 같진 않았지만 그렇다고 불만스러운 기색도 아니었다.

"자, 우리 〈밀레니엄〉이 거의 정상으로 돌아왔어." 에리카가 말했다.

그러고는 그에게 요즘 대체 뭘 하면서 지내느냐고 물었다. 전원의 맑은 공기를 즐기고, 달리기를 다시 시작했으며, 국방부 장관을 무너뜨리려는 공세에 대해서도 취재하고 있다고 미카엘은 대답했다.

"그래? 재미있네." 에리카가 말했다.

"재미있다니?"

"소피가 쓴 기사에 그런 내용이 있거든."

"소피가 뭘 썼는데?"

"요하네스의 아이들이 폭행당한 일, 그 때문에 경찰이 유대인 학교 부근을 순찰한 일 등등."

"그래, 나도 읽은 적 있어."

"그런데 말이지……"

에리카는 돌연 생각에 잠긴 것처럼 말끝을 흐렸다. 그에게 기사 주제를 제안할 때면 어김없이 나타나는 말투였다.

"증시 폭락에 관한 기사를 정말로 쓰고 싶지 않다면…… 그 대신 요하네스에 대한 인물기사를 써보면 어떨까? 좀더 인간적인 모습을 그리면서. 자기는 그 사람과도 잘 통하는 것 같던데."

미카엘은 바다를 바라보았다.

"한때 그랬지."

"자, 어떻게 생각해? 이번 기회에 우리 독자들에게 객관적인 정보도 제공하고."

미카엘은 잠시 침묵을 지키다 대답했다.

"그리 나쁜 생각은 아니네."

그는 셰르파와 에베레스트 등반대를 생각했다.

"요하네스가 일주일 휴가를 얻었다는 소식을 얼마 전에 들었어. 거기서 멀지 않은 곳에 그의 별장이 있지?"

"섬 반대편에 있어."

"그렇다면……"

"생각해볼게."

"자기는 오래 생각하는 사람이 아니잖아? 즉시 행동으로 옮기지."

"나도 휴가중이야."

"자기는 결코 휴가중일 수 없는 사람이야."

"내가?"

"쉬고 있으면 죄책감에 사로잡히는 일 중독자잖아. 휴가라는 게 뭔지 모르는 사람."

"내가 그런 시도도 한번 해볼 수 없다는 말이야?"

"맞아, 바로 그거야!"

에리카가 이렇게 말하며 웃음을 터뜨리자 미카엘은 자신도 같이 웃어야 할 것 같은 기분이 들었다. 적어도 그녀가 그를 보러 온다고 하지 않아 다행이었다.

카트린도 있으니 괜히 일을 복잡하게 만들고 싶지 않았다. 그는 에리카에게 행운을 빌며 전화를 끊은 뒤 거센 폭풍에 파도가 일렁이는 바다를 바라보며 생각에 잠겼다. 어떻게 할 것인가. 충분히 휴가를 즐길 수 있는 사람이라는 걸 보여줄까? 아니면 제대로 일을 할까?

요하네스를 만나보는 것도 나쁘지 않겠다는 결론에 이르렀지만 먼저 그에 관한 쓰레기 같은 글들을 보다 상세히 읽어봐야 할 듯싶었다. 한숨을 푹 내쉬고 구제불능인 자신을 원망하며 샤워를 한 다음 본격적으로 일에 착수했다. 처음에는 트롤 팩토리를 조사할 때처럼 수렁에 빠져든 양 우울하고 역겨운 기분이 들었다.

그러다 이내 조금씩 일에 몰입했다. 요하네스를 비방하고 중상하는 주장들의 근원지를 찾아내 그것들이 어떻게 인터넷에서 확산되고 변질되었는지 추적하는 데 심혈을 기울였다. 그러면서 자연스레 에베레스트 사건으로 돌아온 순간, 갑자기 울리는 핸드폰 소리에 그만 놀라 소스라쳤다. 이번에는 덴버의 로버트 카슨이었다.

로버트는 흥분해 있었다.

찰리 닐손은 자신이 '탈수기'라 부르는 프리마 마리아 중독치료센터 앞 벤치에 앉아 이마에 잔뜩 주름을 잡았다. 경찰과 얘기하는 건 질색이었고 친구들 앞에서는 더더욱 그랬다. 하지만 소니아라는 여자 경찰이 사람을 움츠러들게 만들었고 그는 골치 아픈 일에 엮이고 싶지 않았다.

"뭐, 농담해?" 칠리가 밀했다. "닌 이싱한 술은 절대 필지 않아!"

"아, 그러셔? 그럼 술을 팔기 전에 일일이 맛보나?"

"헤헤헤, 재미있군."

"재미있어? 지금 내가 아주 심각하다는 걸 잘 알 텐데?"

"에이, 이봐." 찰리가 손을 내저었다. "거기선 누구든 오염된 술을 팔 수 있다고, 안 그래? 여기를 뭐라고 부르는지 알아?"

"몰라, 찰리."

"버뮤다 삼각지대. 탈수기를 나온 인간들은 주류점이랑 맥줏집, 그러니까 여기 암시장을 거친 다음에 다시 탈수기로 돌아가지. 그러고는 영원히 사라져버리는 거야."

"그게 정확히 무슨 뜻이지?"

"온갖 수상쩍은 것들이 널려 있다는 소리야. 별 희한한 놈들이 다와서 이상한 술이나 지독한 약 같은 걸 팔거든. 하지만 나처럼 비가 오나 눈이 오나 밤낮으로 여기 서서 착실히 장사하는 사람은 그런 멍청한 짓을 절대 안 해. 다음날 손님들의 눈을 떳떳이 쳐다볼 수는 있을 만큼 품질 좋은 물건을 공급해야 한다고. 안 그러면 다음날 바로 이거거든." 찰리가 검지로 자기 목을 긋는 시늉을 했다.

"한마디도 못 믿겠군." 소니아가 대꾸했다. "네가 그 정도로 세심해 보이지는 않거든. 그리고 지금 네가 아주 미묘한 상황에 처했다는 사실을 알려주고 싶군. 저기 서 있는 제복 입은 신사들 보여? 경찰관이야."

물론 보였다. 찰리는 줄곧 곁눈으로 흘깃거리며 자기를 잡아먹을 듯 노려보는 그들의 눈빛을 감지하고 있었다.

"너 말이야, 아는 대로 전부 털어놓지 않으면 당장 잡아갈 거야. 자, 그 남자에게 무언가 팔았지? 맞지?" 소니아가 물었다.

"맞아, 내가 팔았어. 그런데 그 남자는 좀 무서웠다고. 그래서 최대한 거리를 뒀고."

"무서웠다니? 뭐가, 왜?"

"눈빛이 엄청 무서웠어. 손가락은 몇 개나 잘려나갔지, 얼굴은 반점투성이지. 달에 가자고 헛소리를 지껄였어. 루나, 루나, 그랬어……

달이라는 뜻이지?"

"그럴 거야."

"적어도 한 번은 그 말을 했어. 크루크마카르가탄 쪽에서 절뚝거리며 나타나더니 자기 가슴을 치면서, 지금 루나가 혼자서 자기를 부른다는 거야. 루나하고 맘 사법인가 뭔가. 솔직히 겁이 났지. 완전히 미친놈이었으니까. 받은 돈이 모자랐지만 그냥 달라는 대로 줬어. 나중에 그가 난폭하게 군 것도 전혀 놀랍지 않았지."

"난폭하게 굴었다고?"

빌어먹을! 찰리는 속으로 욕을 내뱉었다. 아무에게도 말하지 않겠다고 약속했기 때문이다. 주워 담기에는 이미 늦었다.

"나한테 말고."

"그럼 누구에게?"

"헤이키 예르비넨."

"그게 누군데?"

"내 손님 중 하나야. 멋을 좀 아는 친구지. 한밤중에 노라 광장에서 그와 마주쳤대. 분명 그 남자였을 거야. 손가락이 없고 엄청 큰 점퍼를 입은 중국 놈이라고 했으니까. 어쨌든 그가 구름 속으로 갔다는 둥 헛소리를 했다는 거야. 헤이키가 못 믿겠다고 하니 고개가 홱 돌아갈 정도로 주먹을 날리더래. 헤이키 말로는 그 중국 놈의 팔 힘이 황소처럼 셌다나."

"어디 가면 헤이키를 찾을 수 있지?"

"여기저기 돌아다니는 녀석이라 찾기 힘들 거야."

소니아는 메모를 하며 고개를 끄덕이고는 몇 가지 질문을 더 했다. 그녀가 제복 경찰들을 이끌고 떠나자 찰리는 안도의 한숨을 내쉬었다. '맞아, 그 중국 놈, 수상했어……' 그는 경찰이 헤이키를 붙잡기 전에 급히 그에게 전화를 걸었다.

미카엘이 듣기에 로버트 카슨의 목소리는 약간 쉬어 있었다. 감기에 걸렸거나 잠을 제대로 못 잔 사람처럼.

"통화하기 어려운 시간인 건 아닌가요?" 로버트가 물었다.

"천만에요, 괜찮습니다."

"여긴 한밤중이에요. 지금 머리가 터지기 직전입니다. 2008년에 친척 한 사람이 에베레스트에 있었다고 말한 것 기억하죠?"

"물론이죠."

"그리고 그가 죽었다고 했고요."

"맞아요."

"음…… 그는 죽었어요. 적어도 죽었다고 여겨졌었죠. 하지만 그 친척에 대해 처음부터 다시 알아보는 게 좋겠다는 생각이 들더군요."

"타당한 판단 같네요."

"쿰부에 있는 숙부에게 전화를 걸었어요. 거기서 일어나는 모든 일을 꿰고 있는 정보통 같은 분이죠. 당신이 보내준 명단을 숙부와 함께 훑어봤는데 그중 우리 친척은 딱 한 명, 내가 말했던 바로 그 사람이었어요. 어차피 죽은 사람이니 더 알아볼 게 없겠다고 생각했죠. 이미 죽었는데 스톡홀름에 나타나 거기서 다시 죽을 리 없으니까요. 그런데 숙부 말로는 그가 죽은 걸로 알려지기는 했지만 시신을 본 사람이 없다는 거예요. 그래서 좀더 알아봤더니 당신이 말한 걸인과 나이도 일치하고 신장도 똑같았어요."

"그의 이름이 뭐죠?"

"니마 리타."

"리더 중 한 사람 아니었나요?"

"맞아요, 시르다르, 즉 셰르파 무리의 리더였어요. 사고가 일어난 날 산에서 가장 고생한 사람이었죠."

"알아요, 알아요. 그에 관한 글을 읽었어요…… 마스 라르센과 샤를로테 리히터라는 사람을 구했죠."

"맞아요. 그가 없었다면 그날 열한 명이 더 희생됐을 거예요. 하지만 비싼 대가를 치러야 했죠. 혹한 속에 미친 사람처럼 산을 오르내리다 얼굴과 가슴에 심각한 동상을 입었어요. 손가락과 발가락도 여러 개 절단해야 했죠."

"정말 그가 맞다고 생각하나요?"

"분명 그일 거예요. 손목에 법륜 문신이 새겨져 있었어요."

"맙소사……" 미카엘은 신음했다.

"그래요. 이제 모든 게 맞아떨어집니다. 니마는 내 팔촌이에요. 당신 동료가 짚어낸 Y염색체의 돌연변이를 그와 내가 공유하는 게 전혀 놀라운 일이 아니죠."

"그가 왜 스웨덴에 온 건지 설명할 수 있나요?"

"아뇨, 전혀 모르죠. 하지만 후일담이 흥미로워요."

"오, 얘기해주세요. 그 사건에 대해 그렇게까지 상세히 알아볼 시간은 없었거든요."

"처음엔 보조 안내자 로빈 해밀과 마틴 노리스가 사고 당시 보여준 구조 노력 덕분에 굉장한 칭송을 받았어요. 클라라와 빅토르가 죽은 마당에 누구를 칭송하는 게 가당한지 모르겠지만 말이죠." 로버트가 말을 이었다. "하지만 보다 상세한 보고서들이 발표되자 니마와 그의 셰르파들이 결정적인 역할을 했다는 사실이 밝혀졌죠. 그로 인해 니마가 무슨 덕을 보았는지는 모르겠지만."

"어째서요?"

"그때 이미 지옥 같은 삶을 살고 있었으니까요. 4도 동상을 입고 형언할 수 없는 고통을 겪고 있었는데, 의사들은 마지막 순간까지 손가락 절단 수술을 미뤘어요. 그의 생계가 등반 능력에 달려 있다는 걸 알았으니까요. 니마는 쿰부 계곡 원주민 가운데 수입이 높은 편─유럽인을 기준으로 보면 적겠지만─이었지만 벌어놓은 돈은 줄줄 새어나갔죠. 술독에 빠져 살았고 저축해놓은 돈도 더는 없었고요. 게다가 자기 내면의 악마들에 시달리고 있었어요."

"무슨 뜻이죠?"

"나중에 밝혀진 바로는 니마가 클라라를 특별히 보살피는 대가로 스탠 엥겔만으로부터 비밀리에 돈을 받았다고 해요. 그 임무는 백 퍼센트 실패한 거죠. 클라라에게 맞서기까지 했다는데, 난 개인적으로 그 얘긴 믿지 못하겠어요. 니마는 더없이 충직한 사람이었거든요. 다른 셰르파들처럼 그 역시 미신을 믿었고 에베레스트를 죄지은 등반 가에게 벌주는 살아 있는 존재로 여겼어요. 클라라는…… 그 여자에 대해 좀 알아봤죠?"

"언론 기사들을 읽어봤어요."

"그녀는 여러 셰르파들의 신경을 긁어놓았어요. 베이스캠프에서 셰르파들은 그녀가 등반대에 불행을 몰고 올 거라고 수군댔죠. 분명 니마에게도 신경질적으로 굴었을 거예요. 어쨌든 훗날 니마는 죄책감에 시달리며 살았죠. 종종 환각에도 사로잡혔다는데 신경증이 한 이유였을 거예요. 8000미터 넘는 고지에서 보낸 시간이 많은 탓에 뇌 손상을 입은 거죠. 니마는 점점 괴팍하고 이상하게 변해갔어요. 친구들도 다 그를 떠났죠. 아무도 그를 감당할 수 없었으니까요. 그의 아내 루나만 빼고."

"루나 리타를 말하는 거죠? 지금 어디 있나요?"

"바로 그게 문제예요. 루나는 수술을 받은 니마를 보살폈어요. 빵을 만들어 팔고, 감자를 재배하고, 때로 티베트에 가 양모와 소금을 사 와서 네팔에서 팔기도 했어요. 하지만 그걸로는 생활하기가 힘들어 등반대를 따라다니며 일하게 됐어요. 루나는 니마보다 훨씬 젊었고 체력도 강했죠. 주방 보조로 시작해 이내 등반 가능한 셰르파니가 되었어요. 2013년, 세계에서 여섯번째로 높은 산인 초오유에 도전한 네덜란드 등반대에 참여했다가 거기서 크레바스에 추락한 거예요. 강풍에 눈사태까지 발생해 등반대는 서둘러 철수할 수밖에 없었고요. 루나를 크레바스 속에서 죽도록 놔둔 채 말이죠. 니마는 슬픔에 빠져 거의 미쳐버렸어요. 그녀를 버리고 온 사람들을 인종주의자라고 비난했죠. 백인이 조난당했다면 당장에 구하러 갔을 거라고 소리치면서."

"그녀는 원주민 여자였죠."

"글쎄요, 그게 과연 결정적인 이유였을까요? 난 그렇게 생각하지 않아요. 등반가들을 존경하는 마음이 있거든요. 다만 그후 니마는 영영 회복하지 못했죠. 아내의 시신을 수습해 합당한 장례를 치러주고자 등반대를 조직하려 했지만 아무도 응해주지 않아 혼자 떠날 수밖에 없었어요. 그러기엔 너무 늙고 정신도 온전치 않아 보였지만."

"맙소사."

"쿰부에 있는 친척들 말로는 그 일이 니마가 이룬 가장 큰 쾌거였다고 해요. 에베레스트를 여러 번 올랐지만 그것만한 일이 없었다는 거죠. 사고 현장에 다다른 그는 크레바스 밑바닥에 누워 있는 루나를 발견했어요. 얼음 속에 영구히 보존된 상태로 말이에요. 그는 아래로 내려가 그녀 옆에 나란히 누울 작정이었어요. 그러면 둘이 함께 환생할 수 있다고 믿었으니까요. 그런데 그때……"

"무슨 일이 벌어졌나요?"

"산의 여신이 그에게 속삭였죠. 세상으로 내려가 그녀의 이야기를 전하라고요."

"그건 좀……"

"그래요, 완전히 미친 소리죠." 로버트가 말을 이었다. "니마는 정말 세상으로 나갔어요. 적어도 카트만두에는 갔죠. 사람들은 그가 들려주는 얘기를 이해하지 못했어요. 그러면서 횡설수설하는 일이 갈수록 심해졌죠. 보드나트 불탑의 깃발들 아래서 울고 있는 모습이 종종 목격되었고, 상업 구역인 타말 거리에서는 형편없는 영어로 직접 쓴 글들을 벽에 붙여놓기도 했어요. 그때도 여전히 클라라에 관한 생각에 사로잡혀 있었는지 줄곧 그녀 얘기를 했대요."

"뭐라고 했죠?"

"이 시점에서 그에게 심각한 정신장애가 있었다는 사실을 잊으면 안 되겠죠. 혼란해진 그의 머릿속에서 루나와 클라라를 비롯해 다른 모든 것들이 뒤섞였을 거예요. 그렇게 이성을 잃은 상태에서 어느 영국인 관광객을 공격해 하루 동안 구금되었고, 그의 가족은 카트만두의 지중마르그 정신병원에 그를 입원시켰어요. 2017년 9월 말까지 수차례 그곳을 들락거렸고요."

"무슨 일이 있었던 거죠?"

"매번 똑같았죠. 정신병원에서 도망쳐나와 맥주와 보드카를 진탕 마셨어요. 의사들이 주는 약을 불신하고 자기 안에서 들리는 목소리들을 잠재울 유일한 방법은 술이라고 말하곤 했죠. 의료진도 어쩔 수 없이 그가 원하는 대로 놔뒀던 것 같아요. 병원을 이탈했다가도 늘 제 발로 돌아오리라는 걸 알았으니까요. 그러다 그가 정말로 사라져버리자 의료진은 갈수록 불안해졌죠. 누군가 찾아오기로 했다면서 한동안 그가 굉장히 흥분한 상태였다고 하더군요."

"누가 온다는 건가요?"

"전혀 모르겠어요. 기자일 수도 있었겠죠. 당시 클라라 엥겔만과 빅토르 그란킨의 사망 10주기를 기리며 많은 기사와 다큐멘터리가 준비되고 있었으니. 마침내 자기 얘기를 들어줄 사람이 나타나 몹시 좋았던 게 아닐까요."

"그가 무슨 말을 하고 싶어했는지, 전혀 모르나요?"

"모르죠. 유령과 귀신이 잔뜩 나와 도무지 이해할 수 없는 얘기라는 것만 알고 있어요."

"스웨덴 국방부 장관인 요하네스에 대한 언급은 전혀 없었나요?"

"잘 모르겠어요. 나 역시 다른 사람들로부터 전해들었을 뿐이니까요. 정신병원의 상담 기록은 쉽게 접근할 수 없을 테고요."

"그가 돌아오지 않자 사람들은 어떻게 했나요?"

"그를 찾아 나섰죠. 평소 자주 다니던 곳들을 샅샅이 뒤졌지만 허사였어요. 아무런 흔적도 없었죠. 바그마티강 화장터에서 그의 시신을 보았다는 불확실한 증언 말고는. 끝내 시신은 발견되지 않았고 일년 뒤 수사는 종결됐어요. 그의 가족이 남체바자르에서 조촐한 추모회를…… 아니 그보다는…… 그래요, 기도회를 열었는데 무척 아름다운 모임이었다고 하더군요. 말년에 평판이 좋지 못했던 그가 그 모임 덕분에 명예회복을 이룬 거죠. 니마는 에베레스트에서 열한 차례나 무산소 등반을 해낸 사람이에요. 무려 열한 번! 초오유에도 올랐고……"

로버트가 흥분해 계속 떠들었지만 미카엘은 더이상 집중해 듣지 않고 니마 리타를 검색했다. 위키피디아 영어판과 독일어판의 항목들을 비롯해 꽤 많은 정보들이 있었으나 사진은 두 장뿐이었다. 그중 하나는 2001년 에베레스트 북면을 등반한 후 호주의 스타 등반가 한스 모젤과 찍은 것이었다. 또다른 사진에서 그는 쿰부 팡보체 마을의 돌집 앞에서 옆으로 선 채 포즈를 취하고 있었다. 첫번째 사진과 마찬가지로 카메라로부터 멀리 떨어져 있어서 안면인식 프로그램으로 확인하기는 어려울 듯했다. 하지만 미카엘이 보기에 의심의 여지가 없었다. 눈매와 뺨의 반점들…… 바로 그였다.

"내 말 듣고 있나요?" 로버트가 물었다.

"……약간 충격을 받았을 뿐입니다."

"이해합니다. 이제 당신이 파헤쳐야 할 미스터리가 생겼네요."

"그런 셈이죠. 그런데 로버트 씨, 정말이지……"

"네?"

"당신에게는 슈퍼 유전자가 있나봅니다. 대단해요."

"제 슈퍼 유전자는 고산 등반을 위한 것이지 탐정 활동을 위한 게 아니에요."

"탐정 유전자도 있는지 확인해봐야 할 것 같네요."

로버트는 피로에 지친 웃음을 터뜨렸다.

"당분간 이 일을 비밀로 해줄 수 있겠습니까?" 미카엘이 말을 이었다. "아직 불완전한 정보가 퍼져나가면 좋지 않으니까요."

"벌써 아내에게 말했는데요."

"그럼 두 분만 알고 계세요."

"약속하죠."

통화를 마친 미카엘은 자신이 알게 된 내용을 프레드리카와 안에게 메일로 보냈다. 그런 다음 요하네스에 관한 자료들을 읽고, 오후에는 인터뷰를 요청하기 위해 요하네스 본인에게 전화를 걸었다.

요하네스는 이층에서 난로에 불을 피우고 있었다. 일층 주방에 있는 레베카도 그 냄새를 맡을 수 있었다. 방안을 왔다갔다하는 그의 발소리도 들렸다. 레베카는 싫었다. 그의 침묵과 문득 나타나는 그 이상한 눈빛을 더는 견딜 수 없었다. 그가 다시 미소 짓는 모습을 볼 수 있다면 무슨 짓이라도 할 수 있었다.

'문제가 있어.' 그녀는 생각했다. '그래, 분명 문제가 있어……' 이층으로 올라가 이유를 물어보려는데 요하네스가 계단을 내려오는 소리가 들렸다. 일단 레베카는 기뻤다. 그가 운동복을 입고 나이키 러닝화를 신은 차림이었기에 다시 생기를 되찾았다는 신호일 수도 있었다. 하지만 그의 모습에서 사람을 얼어붙게 하는 무언가가 느껴졌다. 그녀는 몇 계단을 올라가 그의 볼을 어루만졌다.

"사랑해." 그녀가 말했다.

레베카를 보는 그의 눈빛이 몹시 절망에 차 있어서 그녀는 자신도 모르게 흠칫 몸을 뒤로 뺐다. 그의 대답을 들어도 안심되지 않았다.

"나도 사랑해."

그 말이 영원한 작별인사처럼 느껴졌다. 레베카가 키스를 하려 하자 그는 몸을 빼며 경호원들이 어디에 있는지 물었다. 말문이 막혀버린 그녀는 잠시 침묵을 지켰다. 별장에는 테라스가 두 개 있었고 경호원들은 바다를 면한 서쪽 테라스에서 대기했다. 이제 그들은 옷을 갈아입고 조깅하는 요하네스와 동행하며 늘 그랬듯이 그를 따라가기 위해 비지땀을 흘릴 것이다. 이따금 요하네스는 그들이 탈진하지 않도록 되돌아 뛰어왔다 다시 앞으로 나아가곤 했다.

"서쪽 테라스에 있어." 마침내 그녀가 대답했다.

요하네스는 무언가를 말하고 싶어하는 듯 보였다. 어깨가 부자연스럽게 경직되고 가슴이 들썩이며 가쁜 호흡을 했다. 레베카는 그의 목에서 붉은 반점들을 발견했다. 지금까지 지내며 한 번도 보지 못한 것이었다.

"아니, 이게 뭐야?" 그녀가 놀라며 물었다.

"당신에게 편지를 쓰려고 했는데, 잘 안 됐어."

"무슨 말이야? 내게 편지를 쓰다니? 난 지금 여기 있잖아."

"하지만 난……"

"하지만?"

레베카는 그대로 무너져내리기 직전이었지만 대체 무슨 일이 있는 건지 듣기 전까지는 버텨야 했다. 그녀는 요하네스의 양손을 잡고 그의 눈을 들여다보았다. 이때 그녀가 상상할 수 있는 최악의 일이 벌어졌다.

요하네스가 손을 빼더니 "미안해"라고 말했다. 그러고선 경호원들이 대기하는 쪽이 아닌, 숲을 면한 동쪽 테라스를 향해 달려나갔다. 순식간에 그의 모습이 보이지 않았다. 혼자 남은 레베카는 큰 소리로 울부짖었다. 경호원들이 도착했을 때는 이성을 잃은 상태였다.

"그이가 날 떠났어! 그이가 날 떠났다고!"

16장
8월 26일

　요하네스는 계속해서 전속력으로 달렸다. 관자놀이가 미친듯이 뛰었다. 터질 것만 같은 머릿속에서 지난 삶 전체가 빠르게 스쳐지나 갔다. 가장 행복한 순간들에도 희망의 빛은 보이지 않았다. 레베카와 두 아들을 떠올렸지만 실망과 수치심이 어린 그들의 눈빛만 그려질 뿐이었다. 멀리서 새들이 지저귀는 소리가 들렸다. 그에게는 전혀 다른 세계에서 들려오는 소리처럼 이상하게만 느껴졌다. 어떻게 저토록 명랑한 소리를 낼 수 있을까? 어떻게 살고 싶어할 수 있을까?

　지금 그의 세상은 시커먼 절망 속에 빠져 있었지만 대체 어떻게 해야 좋을지 알 수 없었다. 도시에 있었다면 달려오는 대형트럭이나 지하철 열차 앞으로 몸이라도 던질 수 있으리라. 이곳은 바다뿐이었 다. 그 속으로 뛰어들고픈 유혹이 없었던 건 아니지만 수영을 빼어나 게 잘하는 그였기에, 가장 깊은 비탄 속에서도 어쩔 도리 없이 솟아 나는 삶의 의지를 억누를 수 있을지 의문이었다.

　요하네스는 삶 자체를 피해 도망가려는 듯 맹렬히 달리기만 했다. 어떻게 이 지경에까지 이르렀을까? 도저히 이해할 수 없었다. 그는 자신이 모든 것을 극복할 수 있다고 믿었다. 곰처럼 강하다고 믿었다. 하지만 실수를 저질렀고, 그 실수가 감당할 수 없는 어떤 것 속으로 그를 끌고 들어갔다. 처음에는 반격하려 했다. 맞서 싸우려 했으나 그들이 붙잡았다. 그들은 그가 걸려들었다는 걸 알았고, 그렇게 요하네스는 여기까지 이르렀다. 주위에서 새들이 날개를 퍼덕이며 날아올랐다. 조금 떨어진 곳에서 겁에 질린 다람쥐 한 마리가 펄쩍 뛰었다. 니마, 니마…… 다른 모든 이들 중에서도 분명 그일 것이다. 아무런 논리 없는 추측이었지만.

그는 니마를 사랑했다. 적절한 표현인지는 모르겠지만 그들 사이에는 특별한 유대감이, 일종의 동맹관계가 존재했다. 니마는 요하네스가 밤마다 레베카의 텐트로 슬그머니 들어간다는 걸 처음으로 알아차린 사람이었고 그 사실이 니마를 불안하게 했다. 성스러운 산등성이에서 성관계를 하는 건 에베레스트의 여신을 노엽게 하는 행위인 것이다. "산을 아주 화나게 해요"라고 그는 경고했다.

요하네스는 그러는 니마를 놀리지 않을 수 없었다. 모두가 그에게 경고한 것 ─ 조심해, 저 사람은 농담이라는 걸 몰라 ─ 과 달리 니마는 웃으면서 그의 놀림을 받아주었다. 레베카와 요하네스가 미혼이었기 때문에 그들의 일탈을 어느 정도 용인해주었을 것이다.

빅토르와 클라라의 경우는 달랐다. 둘 다 다른 사람과 결혼한 상태였으므로 그들의 탈선행위는 훨씬 문제가 심각했다. 요하네스는 루나가 떠올랐다. 놀랍도록 씩씩한 루나. 그녀는 이따금 아침에 신선한 빵과 염소젖과 야크 버터를 가지고 캠프까지 올라오곤 했다. 요하네스는 셰르파들을 도와주기로 마음먹었고, 거기서부터 모든 게 시작되었다. 그는 그들에게 돈을 주었다. 그가 아직 의식하지 못하고 있던 어떤 빚의 대가라도 치르는 것처럼.

별수없었다. 요하네스는 계속 달리며 바다 쪽으로 이끌려 갔다. 해변에 이르러 신발과 양말, 그리고 운동복을 벗어던지고 물속에 뛰어들었다. 처음에는 허우적거리다 조금 전 땅 위를 달리던 것처럼 맹렬히 헤엄치기 시작했다. 100미터 결승에 출전한 수영선수 같았다. 물결 위에 떠 있는 흰 물새들이 보였다. 좀더 멀리 가니 생각보다 물이 차갑고 물결도 거셌다. 그는 속도를 늦추지 않고 더욱 빠르게 팔을 저었다.

모든 걸 잊기 위해 헤엄쳤다.

경호원들이 지원을 요청했다. 레베카는 무엇을 해야 할지 몰라 요하네스의 서재에 올라가봤다. 대체 무슨 일이 벌어진 건지 이해하고 싶어서였는지도 모른다. 난로 속에 서류를 불태운 흔적 말고는 아무런 단서도 보이지 않았고, 그녀는 좌절감을 느끼며 주먹으로 책상을 내려쳤다. 바로 그때 무언가가 웅웅 소리를 냈다. 잠시 그녀 자신이 낸 소리라고 생각했다.

요하네스의 핸드폰이었다. 화면에 미카엘 블롬크비스트라는 이름이 보였다. 그녀는 응답하지 않았다. 기자와는 대화하고 싶은 마음이 없었다. 그녀와 요하네스의 삶을 망가뜨려온 게 바로 기자들이었으니까. 그 대신 그녀는 소리치고 싶었다. 제발 돌아오라고, 이 바보야! 우리는 당신을 사랑한단 말이야! 그러고는 머릿속이 하얘졌다. 다리가 풀리는 게 느껴졌다.

문득 그녀는 바닥에 주저앉아 기도했다. 아주 어렸을 때 이후로 기도를 한 적이 없었다. 핸드폰이 다시 울렸다. 비틀거리며 일어선 그녀는 이번에도 같은 이름을 보았다. 미카엘 블롬크비스트…… 그는 그들을 옹호해주지 않았던가? 그랬던 것 같다. 어쩌면 그가 무언가를 알고 있을지도 몰랐다. 불가능한 일은 아니었다. 레베카는 깊이 생각하지 않고 전화를 받았다.

"여보세요? 요하네스의 전화입니다." 그녀의 목소리가 불안하게 떨렸다.

　미카엘은 곧장 무언가 잘못되었음을 느꼈지만 얼마나 심각한 일인지는 알 수 없었다. 부부싸움을 한 걸까? 아니면 다른 일이 있는 걸까?

　"혹시 방해가 되었나요?" 미카엘이 조심스레 물었다.

　"아…… 아니에요."

　미카엘은 그녀가 잔뜩 긴장했다는 걸 알 수 있었다.

　"나중에 다시 전화할까요?"

　"그가 도망갔어요!" 레베카가 울부짖듯 외쳤다. "막 뛰어서 도망갔다고요! 경호원들을 따돌리면서요! 대체 무슨 일이 일어난 거죠?"

　"지금 산뇐섬에 있나요?"

　"뭐라고요…… 네, 네, 맞아요." 그녀가 말을 더듬었다.

　"요하네스가 뭘 하려는지 짐작되는 게 있나요?"

　"나쁜 생각을 하고 있을까봐 겁이 나요! 무서워 죽겠어요!"

　미카엘은 아무 일 없을 테니 걱정 말라는 말로 일단 그녀를 안심시킨 뒤, 부두에 정박해놓은 모터보트로 달려가 시동을 걸었다. 산뇐섬은 면적이 54헥타르에 달했고, 요하네스의 별장은 섬 반대편에 있었다. 속도가 느린 보트로 그곳까지 가는 데 시간이 걸릴 터였다. 거센 바람에 작은 보트가 심하게 흔들렸다. 미카엘의 얼굴은 강풍에 날아오르는 물보라로 흠뻑 젖었다. 그는 속으로 욕을 내뱉었다. 내가 대체 무슨 짓을 하는 거지? 그 자신도 정확히 알 수 없었지만 이것이 위기에 대처하는 그만의 방식이었다. 무작정 뛰어들고 보는 것. 미카엘이 속력을 올리는데 곧 그의 머리 위에서 헬리콥터가 날아가는 요란한 소리가 들렸다. 요하네스를 찾는 헬기일 터였다.

　미카엘은 다시 요하네스의 아내에 대해 생각했다. 아까 그녀는 혼자서 허공에 대고 외치는 것만 같았다. 대체 무슨 일이 일어난 거죠? 그

렇게 절규하는 목소리에서 처절한 불안감이 느껴졌다. 그는 앞쪽의
바다를 응시했다. 이제 등으로 바람을 받고 있어 조금 수월했다. 섬
의 남단에 이르렀을 때, 경주용 보트 한 대가 미카엘을 향해 겁없이
질주해 와 아슬아슬하게 옆을 스치고 지나가는 바람에 그의 작은 보
트가 거칠게 흔들렸다. 그는 고개를 돌려 소리치고 싶은 마음을 꾹
참았다. 분명 호르몬 넘치는 애송이들일 것이다.

　그는 계속 달리며 주변을 눈으로 훑었다. 해변에는 사람이 많지 않
았다. 수영하는 사람도 전혀 보이지 않았다. 정박할 생각으로 숲을
찾는 와중에 저쪽 해협에서 조그만 점 같은 것이 보였다. 언뜻 나타
났다 물결 아래로 사라지기를 반복하고 있었다. 그는 그쪽으로 보트
를 돌렸다.

　"이봐요! 갈 테니까 기다려요!"

　거친 바람이 모든 소리를 묻어버렸고, 어차피 요하네스는 세상에
혼자였다. 활시위처럼 팽팽해진 근육들과 양팔로 올라오는 경련이
해방감처럼 느껴졌다. 그는 모든 힘을 소진하고 삶과 멀리 떨어진 바
다 깊은 곳으로 가라앉을 때까지 쉬지 않고 수영하는 데만 집중했다.
다만 그리 간단하지는 않았다. 살고 싶지 않았지만 그렇다고 죽고 싶
은 것도 아니었다. 희망을 잃었을 뿐이다. 남은 건 수치심뿐이었고
들끓는 분노로 가슴이 터질 것만 같았다. 칼로 내장을 난도질당하듯
견딜 수 없는 고통이었다.

　요하네스는 두 아들, 사무엘과 요나탄을 생각했다. 그러자 지금 마
주한 두 가지 선택지 중 어느 것도 받아들일 수 없다는 게 분명해졌
다. 목숨을 끊어서 그들을 배반하는 것이나, 살아서 그들에게 끔찍
한 굴욕감을 안겨주는 것이나. 그는 바다가 해답이라도 내어줄 것처
럼 계속 헤엄만 쳤다. 그러다 머리 위에서 헬리콥터 소리가 들려오고
바닷물이 입안으로 밀려들어왔다. 큰 파도에 휩쓸렸다고 생각했으나

실은 힘이 빠진 것이었다.

이제 수면에 떠 있기가 힘들어졌다. 평영으로 영법을 바꾸었지만 큰 차이가 없었다. 무거워진 다리가 몸을 자꾸만 아래로 끌어당겼고 불식간에 물속에 있었다. 공황감에 사로잡힌 그는 양팔을 마구 휘두르기 시작했다. 이때 한 가지 사실이 분명해졌다. 죽고 싶더라도 이런 식은 아니었다. 그는 안간힘을 써서 수면 위로 올라와 헐떡이며 숨을 고른 다음, 해변 쪽으로 방향을 돌려 5~10미터 정도를 나아가다 다시 물에 잠겨들었다.

이번에는 정말로 공포에 사로잡혔다. 숨을 꾹 참았지만 몇 초 후 더 많은 물을 삼켰고 기도가 거세게 경련했다. 그리고 더는 숨을 쉴 수 없었다. 살아남기 위해 최대한 오랫동안 몸부림쳤지만 임박한 죽음에 대한 공포가 과호흡을 유발했다. 바닷물이 허파와 위에 스며들기 시작했다.

가슴과 머리가 고통과 두려움으로 터져버릴 것 같았다. 그는 잠시 의식을 잃었다가 되찾았다. 하지만 이미 물속으로 가라앉고 있었다. 그는—무언가를 생각할 수 있었다면—가족을, 모든 것들을 생각했다. 아니, 더는 아무것도 생각하지 않았다. 그의 입술이 '용서해줘' 혹은 '도와줘'라고 말하는 것처럼 움직였지만 확실하지는 않았다.

물결 속으로 사라졌던 머리가 다시 나타났다. "기다려요! 내가 갈게요!" 미카엘이 외쳤다. 보트가 느린 탓에 그가 다시 바라보았을 땐 바닷물과 급강하하는 갈매기 한 마리, 더 멀리에 파란 돛단배 한 척밖에 보이지 않았다. 헤엄치던 사람이 어디에 있었더라? 저기? 아니면 저기? 미카엘은 운에 맡긴 채 적당히 앞으로 나아가 모터를 끄고 물속을 들여다보았다. 바닷물이 혼탁했다. 빗물과 개화한 해초, 화학물질, 부식토 입자 등이 섞인 결과라는 걸 어딘가에서 읽은 기억이 있었다. 그는 뚜렷한 목적 없이 머리 위의 헬리콥터를 향해 팔을 흔들어 보였다. 그런 다음 신발을 벗고 거칠게 흔들리는 보트 안에서 잠시 꼼짝 않고 있었다. 그리고 물속에 뛰어들었다.

물은 생각보다 훨씬 차가웠다. 미카엘은 수면 아래로 헤엄쳐 내려가 주위를 살폈지만 아무것도 보이지 않았다. 별다른 가망이 없어 보였기에 일 분쯤 있다 다시 수면 위로 올라와 호흡했다. 그의 보트가 저만치 떠내려가는 게 보였다. '빌어먹을, 할 수 없지……' 다시 물속으로 들어가 이번에는 반대편을 살피니 조금 떨어진 곳에 이미 생명을 잃은 듯 보이는 누군가의 몸이 기둥처럼 뻣뻣한 자세로 가라앉고 있었다. 미카엘은 그쪽으로 헤엄쳐 들어가 남자의 양겨드랑이를 붙잡았다. 남자의 몸이 납처럼 무거웠다. 미카엘은 있는 힘을 다해 두 다리를 놀려 남자와 함께 천천히 조금씩 위쪽으로 올라갔다. 그런데 계산 착오였다.

미카엘은 남자를 데리고 수면 위로 올라오면 일이 훨씬 쉬워지리라 생각했지만 실제로는 커다란 나무둥치를 옮기는 것만큼이나 힘들었다. 남자의 상태가 몹시 안 좋은데다 아까보다 더 무겁게 느껴졌다. 살아 있는 기색이 전혀 없었다. 미카엘은 자신들이 해안에서 멀리 떨어진 난바다에 있음을 깨달았다. 남자를 뭍까지 데려가는 게 불가능해 보였지만 포기할 순 없었다. 오랜 옛날, 그러니까 소년 시절에 받았던 인명구조 교육을 떠올렸다. 그때 배운 대로 규칙적으로 자세를 바꿔가며 계속 남자를 끌고 헤엄쳤다.

남자의 몸은 갈수록 무거워졌다. 초인적인 노력에도 불구하고 미카엘의 폐 안에 물이 차고 근육에는 쥐가 나기 시작했다. 더는 할 수 없었다. 남자를 놓지 않으면 자신이 바다 밑으로 끌려들어갈 터였다. 전부 포기하려다가도 이내 생각을 바꾸기를 반복했다. 그렇게 발버둥치는 와중에 어느 순간 모든 것이 암흑으로 변했다.

17장
8월 26일

얀은 저녁 늦게까지 사무실에 남아 뉴스 사이트들을 둘러보았다. 국방부 장관 요하네스가 익사 직전에 구조되어 현재 혼수상태로 카롤린스카 병원의 중환자실에 입원해 있었다. 상태가 위중했고 설사 의식을 회복해도 심각한 뇌손상이 우려된다고 했다. 심정지, 삼투성 폐부종, 저체온증, 부정맥 등이 올 수 있다고도 했다. 전망이 밝아 보이지 않았다.

진중한 성향의 매체들까지 이 사건이 자살 시도로 벌어졌을 가능성이 있다고 보도했는데, 장관의 측근으로부터 나온 정보일 터였다. 요하네스가 만인이 아는 뛰어난 수영선수라는 점을 감안하면 자신의 능력을 과신한 나머지 너무 멀리까지 나갔다가 찬 해류에 휩쓸렸을 가능성도 배제할 수 없었다. 확실한 건 아무것도 없다. 보도에 따르면 요하네스는 모터보트를 몰고 온 남자에게 구조되어 헬리콥터로 병원까지 옮겨졌다.

"인간의 근본 가치를 위해 앞장섰던 단호하고 용기 있는 장관"을 칭송하는, 마치 부고처럼 느껴지는 기사들도 보였다. 그는 "불관용과 파괴적인 국수주의에 맞서 싸웠"으며 "언제나 절충안을 찾아내는 변치 않는 낙관주의자"였다고 했다. 러시아 트롤 팩토리의 소행으로 추정되는 "매우 부정한 혐오 공작"의 희생자였다는 언급도 있었다.

"이제 와서 떠드는 건 쉽지!" 얀은 투덜거렸다. 그러다 〈스벤스카 다그블라데트〉에 실린 카트린 린도스의 칼럼을 읽을 때는 고개를 주억거렸다. 그녀의 주장에 따르면 이 사건은 "마녀 사냥을 조장하고 몇몇 공적 인물을 악마화하는 병적인 사회 풍토"의 논리적 귀결이었다.

얀은 다 해진 안락의자에 앉아 무릎 위에 노트북을 펴놓은 소니아에게 고개를 돌렸다.

"그래, 소니아," 얀이 말했다. "그 사건은 좀 진척이 있어?"

소니아는 곤혹스러운 표정으로 그를 올려보았다.

"아뇨. 아직 헤이키 예르비넨을 찾지 못했어요. 그래도 미카엘이 언급한 카트만두의 정신병원에서 니마 리타를 담당했던 의사 중 한 명과는 통화했죠."

"그래, 그가 뭐라고 했지?"

"그녀 말로는 니마가 심각한 정신질환을 앓았고 환청을 들었대요. 도움을 요청하는 외침이나 울음소리 같은 것들이요. 아무리 애써도 그 소리들을 잠재울 수 없어서 그가 꽤 절망스러워했고요. 과거의 어떤 사건이 계속 되살아나는 듯 보였다고 해요."

"어떤 사건을 말하는 거지?"

"그가 산에서 겪었던 일들이며 무력감을 느꼈던 순간 같은 것들이요. 약을 투여해보고 전기충격 요법을 써보기도 했지만 치료가 쉽지 않았나봐요."

"니마가 요하네스에 대해 말한 적 있었는지 물어봤나?"

"이름을 들어본 것 같은데 더는 모르겠다고 해요. 주로 자기 아내와 스탠 엥겔만에 대해 얘기했대요. 스탠을 몹시 두려워하는 것 같았고요. 그 점을 좀더 조사해봐야 할 것 같아요. 보아하니 스탠은 꽤나 거친 사람 같던데. 그리고 흥미로운 얘기도 들었어요."

"뭔데?"

"2008년 에베레스트에서 그 비극적인 사고가 일어난 후 많은 기자들이 니마를 인터뷰하고 싶어했지만 그런 관심은 곧 사그라들었어요. 그가 정신병에 걸려 횡설수설한다는 사실이 알려졌거든요. 그렇게 거의 잊혀지다 사건 발생 10주기를 앞두고 〈디 애틀랜틱〉의 릴리언 헨더슨이라는 기자가 그에게 연락했어요. 그 사건에 대한 책을 쓰고 있던 그녀가 병원에 있는 니마에게 전화를 걸었던 모양이에요."

"그래서 무슨 얘기를 들었대?"

"파악한 바로는 별다른 게 없었던 듯해요. 다만 릴리언이 취재차 네팔에 갔을 때 둘이 만나기로 약속했죠. 막상 거기에 가보니 니마는 어디론가 사라진 뒤였고 책은 나오지 못했어요. 출판사가 고소를 당할까봐 겁을 냈다더라고요."

"누구로부터?"

"스탠 엥겔만이요."

"그는 뭘 두려워하는 거지?"

"바로 그걸 알아봐야 할 것 같아요."

"그 걸인이 니마라는 건 백 퍼센트 확실한가?" 얀이 물었다.

"제가 보기엔 그래요. 일치하는 점이 많거든요. 생김새도 아주 비슷하고요."

"미카엘은 그걸 어떻게 알아낸 거지?"

"미카엘이 반장님께 메일로 보내준 내용이 제가 아는 전부예요. 미카엘에게 연락해보려 했는데 그가 어디에 있는지 아무도 모르더라고요. 심지어 에리카 베리에르마저. 그녀가 무척 걱정하던걸요. 얼마 전 둘이서 요하네스의 인물기사에 대해 얘기를 나눈 모양인데, 이번 사고 뒤로 그녀가 미친듯이 전화를 걸었지만 응답하지 않는대요."

"산뒈섬에 그의 별장이 있지?"

"맞아요, 산드함에 있죠."

"군정보보안부나 세포가 그를 데려간 거 아냐? 이 사건에 비밀스러운 구석이 많아서……"

"맞아요. 군 사령부에 정보 제공을 요청했는데 아무런 답변이 없어요."

"치사한 놈들!"

"과연 미카엘이 우리에게 모든 걸 알렸는지도 확실치 않아요. 어쩌면 그가 니마와 요하네스의 연결고리를 찾아냈는지도 모르죠."

"이 사건에서 약간 불편한 구석이 느껴지지 않아?"

"그게 무슨 말이죠?"

"스웨덴 선거에 개입했다는 의혹을 제기하며 요하네스가 러시아를 비난하자 돌연 모두가 그를 미워하기 시작했고 터무니없는 험담을 퍼뜨리면서 그를 절망에 빠뜨렸어. 그리고 지금은 죽은 셰르파가 마술처럼 나타나 그를 손가락으로 똑바로 가리키는 형국이야. 누군가가 요하네스를 궁지에 몰아넣으려 한다는 느낌이 들어."

"듣고 보니 석연찮네요."

"맞아." 얀이 대꾸했다. "걸인이 어떻게 입국했는지 아직 알아내지 못했나?"

"방금 전 이민국에서 답변이 왔는데 그곳 기록에는 없대요."

"희한하군."

"적어도 우리 데이터베이스에는 나타나야 정상인데."

"군정보보안부나 세포가 무언가 은폐하는 건지도 모르지."

"충분히 그럴 수 있죠."

"우리가 요하네스의 아내와 얘기할 순 없는 거지?" 얀이 불만스레 투덜댔고 소니아가 대답 대신 고개를 저었다.

"서둘러 그녀를 신문할 필요가 있어. 그들도 분명 그걸 이해하고 있을 거야. 우리 일을 계속 막을 수만은 없다고." 얀이 말을 이었다.

"불행히도 그들이 정확히 그럴 수 있다고 생각한다는 느낌이 들어요."

"그들도 켕기는 구석이 있는 걸까?"

"그렇지 않을까요?"

"좋아, 이런 일이 한두 번도 아니고. 우리가 얻을 수 있는 것들로 수사해나가자고."

"네, 좋습니다."

"하지만 정말 엉망이군." 얀은 투덜대며 뉴스 사이트가 뜬 화면을 다시 들여다보았다.

요하네스는 여전히 위중한 상태였다.

토마스 뮐러는 사무실에서 긴 하루를 보내고 늦게 퇴근해 코펜하겐의 외스테르브로에 위치한 그의 펜트하우스에 도착했다. 그는 냉장고에서 맥주 한 캔을 꺼낸 뒤 싱크대가 너저분한 것을 보았다. 아침식사 때 사용한 접시와 컵이 식기세척기에 들어가지 않은 채 그대로였다. 그는 큰 소리로 욕을 내뱉고 집안을 다 돌아보았다. 돼지우리가 따로 없었다.

이 빌어먹을 청소부가 손가락 하나 까딱하지 않은 것이다. 그렇잖아도 골치 아픈 일이 한둘이 아닌데. 게다가 비서는 어찌나 미련해빠졌는지! 오늘 그녀에게 얼마나 소리를 질러댔는지 머리가 지끈거릴 정도였다. 그리고 무엇보다 파울리나…… 어찌 감히 그 따위로 굴 수 있단 말인가. 그가 어떻게 해주었는데…… 처음 만났을 때 그녀는 삼류 지역신문의 말단 기자에 불과했다. 아무것도 아닌 존재였다. 그런데도 그녀에게 모든 것—결혼계약서도 쓰지 않고—을 준 건 엄청난 실수였다. 더러운 레즈비언 같으니!

만일 파울리나가 주눅든 얼굴로 돌아왔다면 토마스는 다정하게 굴 생각이었다. 하지만 이제 그녀는 알게 될 것이다. 그가 결코 용서하지 않는다는 사실을. 그 빌어먹을 메시지를 받고 나서는 더욱. 당신을 떠나. 난 한 여자를 만났어. 사랑에 빠졌어. 이 말뿐이었다. 그는 핸드폰을 박살내고 벽에 크리스털 꽃병을 집어던졌다…… 아니, 그 일은 더이상 생각하고 싶지 않았다.

그는 재킷을 벗어던진 뒤 맥주캔을 든 채 소파에 앉아 내연녀인 프레드리케에게 전화할지 잠시 생각했다. 그녀도 지겹기는 마찬가지였다. TV를 켜자 스웨덴 국방부 장관이 사경을 헤맨다는 뉴스가 나왔다. 아무래도 상관없었다. 저자는 '정치적 올바름'을 표방하는 명칭이 중 하나였다. 음흉한 위선자이기도 했다. 토마스는 블룸버그로 채널을 돌려 경제뉴스를 멍하니 바라보며 상념에 잠겼다. 채널을 열 번은 바꿨을까, 누군가가 초인종을 눌렀다. 빌어먹을! 밤 10시에 대체 어떤 인간일까?

그냥 무시해버릴까 했지만 파울리나일지도 모른다는 생각이 들었다. 그는 찌뿌둥한 몸을 일으켜 현관으로 가 문을 홱 열었다. 그가 본 건 아내가 아니었다. 무뚝뚝한 인상에 머리칼은 검고 청바지와 후드 점퍼를 입은 작은 여자였다. 손에 가방을 하나 든 그녀는 바닥을 노려보며 복도에 서 있었다.

"아무것도 안 사요!" 토마스가 말했다.

"청소하러 왔어."

"당신 사장한테 가서 엿이나 먹으라고 해! 난 자기 일도 제대로 안 하는 인간들 따위 상대할 시간이 없다고 말이야!"

"청소회사 잘못이 아니야."

"뭐라고?"

"내가 오늘 청소 예약을 취소했어."

"당신이 뭘 했다고?"

"내가 청소 예약을 취소했다고. 직접 하려고."

"당신 귀먹었어? 더이상 청소부 필요 없다고. 어서 꺼져!" 그가 문을 거세게 닫으며 외쳤다.

하지만 여자가 발을 쑥 내밀어 문이 닫히는 것을 막고 문턱을 넘어왔다. 그제야 토마스는 그녀의 거동에 이상한 점이 있음을 깨달았다. 팔도 상체도 흔들지 않고 집안 창문의 보이지 않는 어떤 점을 응시하듯 고개를 삐딱하게 기울인 채 뚜벅뚜벅 걸어들어왔다. 불현듯 그 여자가 범죄자나 정신질환자일지도 모른다는 생각이 들었다. 눈빛은 얼음처럼 차가웠고 얼굴은 아무런 생각도 없는 사람처럼 무표정했다. 토마스는 최대한 낮고 건조한 목소리로 명령했다.

"당장 꺼지지 않으면 경찰을 부를 거야!"

여자는 대답이 없었다. 그의 말을 듣는 것 같지 않았다. 그 대신 앞으로 몸을 굽히더니 가방에서 긴 노끈과 접착테이프를 꺼냈다. 처음에는 아연했던 토마스가 그녀의 팔을 붙잡고 소리쳤다.

"나가!"

그런데 어떻게 했는지 이번에는 여자가 토마스의 손목을 낚아채더니 식탁이 있는 곳까지 그를 끌고 갔다. 불같은 분노로 부글대는 동시에 얼음 같은 공포에 오싹해진 그가 손을 빼내 그녀를 때리거나 벽에 밀어붙이려 했다. 하지만 그럴 새도 없이 여자가 번개처럼 달려들어 식탁 위로 그를 넘어뜨렸다. 그녀는 납작 깔린 그를 차갑고 무심한 눈으로 쏘아보며 결박하기 시작했다. 그리고 단조로운 어조로 이렇게 말했다.

"이제 네 셔츠를 다릴 거야."

여자는 그의 입을 접착테이프로 막은 뒤 먹잇감을 내려다보는 맹수의 눈빛으로 그를 응시했다. 토마스 뮐러는 평생에 이런 공포는 처음이었다.

미카엘은 구조되어 요하네스와 같은 헬리콥터로 이송되었다. 저체온증이 오고 상당량의 물이 폐에 스며든 상태였다. 한동안 의식을 잃었지만 그래도 빠른 속도로 회복되었다. 늦은 저녁 시간인 지금, 의사가 회진을 하러 오고 군정보보안부로부터 세 차례 신문을 받은 뒤, 난바다에 떠 있던 그의 보트에서 찾아낸 핸드폰을 비롯한 소지품을 돌려받았다. 이제는 귀가해도 되지만 의사는 병원에서 하룻밤 머무는 게 좋다고 권고했다. 맛손이라는 검사가 그에게 언론보도금지령을 내렸다는 것도 알게 되었다. 여동생이자 변호사인 안니카를 만나볼 필요가 있었다.

미카엘은 당국이 기자에게 재갈을 물리는 법적 근거가 매우 엉성하다는 사실을 알고 있었다. 게다가 이번에는 군정보보안부 요원들이 독단적으로 행동하는 게 마음에 들지 않았다. 하지만 넘어가기로 했다. 어차피 이 이야기를 밑바닥까지 파헤치기 전에는 한 글자도 쓰지 않을 작정이었다. 미카엘은 침대에 누워 흩어진 생각들을 정리해보기로 했다. 조용한 시간은 오래가지 못했다.

또다시 노크 소리가 들리더니 어두운 금발에 키가 굉장히 크고 눈이 붉게 충혈된 오십대 여자가 병실에 들어왔다. 이유를—아마 정신을 잃은 사이에 핸드폰에 남겨진 부재중 전화 목록을 들여다보고 있었기 때문에—알 순 없지만 미카엘은 그녀가 레베카 포르셸임을 알아보기까지 시간이 조금 걸렸다. 회색 재킷에 흰색 티셔츠 차림의 그녀는 가늘게 손을 떨고 있었다. 그가 퇴원하기 전에 감사의 말을 전하고자 들렀다고 그녀는 말했다.

"요하네스는 좀 나아졌나요?" 미카엘이 물었다.

"최악의 순간은 지나갔어요. 뇌손상을 입었는지는 아직 모른다고 해요. 단정하기엔 너무 이르다고요."

미카엘은 그녀에게 옆에 있는 의자에 앉도록 권했다.

"흠, 그렇군요."

"의사 말로는 당신도 하마터면 목숨을 잃을 뻔했다던데요."

"뭐, 좀 과장한 것 같네요."

"하지만…… 당신이 우리에게 무슨 일을 해주었는지 모르나요? 정말 몰라요? 엄청난 일을 해줬어요."

"그렇게 말해주니 고맙습니다."

"우리가 당신에게 해줄 수 있는 일이 있을까요?" 레베카가 물었다.

'니마 리타에 대해 아는 모든 것을 말해주세요.' 미카엘은 속으로 대답했다. '진신을 말해줘요.' 그리고 이렇게 말했다.

"요하네스를 잘 보살펴주시고, 앞으로는 스트레스를 덜 받는 일을 찾아보라고 전해주세요."

"우리는 끔찍한 시간을 보냈어요."

"이해합니다."

"그런데……"

레베카가 혼란스러워하는 표정으로 오른손을 들어 왼팔을 문질렀다.

"네?"

"SNS에서 요하네스에 대한 글들을 읽어봤는데, 갑자기 사람들이 호의적으로 변했더군요. 다는 아니지만 많은 사람이 그랬어요. 비현실적인 일처럼 느껴졌죠. 그리고 문득 깨달았어요. 그동안 우리가 얼마나 끔찍한 악몽을 통과해왔는지."

미카엘은 레베카 쪽으로 몸을 굽히고 그녀의 손을 잡아주었다.

"〈다겐스 뉘헤테르〉에 전화해 이 일이 자살 시도라고 알린 사람이 바로 나예요." 그녀가 말을 이었다. "확신은 없었지만 그렇게 말했어요. 내가 잘못한 걸까요?"

"그럴 만한 이유가 있었겠죠."

"모두가 깨닫기를 원했어요. 그동안 사람들이 지나쳤다는 걸."

"충분히 이해합니다."

"군정보보안부에서 나온 사람들이 내게 몹시 이상한 말을 했어요." 레베카가 심란한 표정으로 말했다.

"무슨 말이었죠?" 미카엘은 지나친 호기심을 드러내지 않으려 애쓰면서 물었다.

"니마 리타가 이곳 스톡홀름에서 변사체로 발견되었고, 그의 신원을 알아낸 사람이 바로 당신이라고요."

"정말 이상하군요. 당신도 그를 아나요?"

"얘기해도 될지 모르겠어요…… 그들이 내게 입을 다물도록 압력을 가했어요."

"나한테도 마찬가지였습니다." 미카엘은 씁쓸하게 웃고는 덧붙였다. "하지만 우리가 고분고분해야 할 필요가 있을까요?"

레베카가 서글픈 미소를 지었다.

"아마 아니겠죠."

"자, 그럼…… 당신은 그를 아나요?"

"얼마간 베이스캠프에서 니마와 함께 지냈어요. 우리는 그를 많이 좋아했고 그도 우리를 좋아했을 거예요. 늘 요하네스를 두고 '사힙, 사힙, 아주 좋은 사람'이라고 말하곤 했죠. 그에게는 사랑스러운 아내가 있었고요."

"루나죠."

"맞아요, 루나." 레베카가 그 이름을 반복했다. "그녀는 우리를 극진히 대해주었어요. 끊임없이 일을 했고요. 나중에 그들이 팡보체에 집을 지을 수 있도록 우리가 도움을 줬어요."

"잘한 일이네요."

"글쎄요…… 우리는 니마에게 일어난 일에 죄책감을 느끼고 있어요."

"그가 죽은 걸로 여겨진 카트만두에서 어떻게 사라졌다가 삼 년 뒤 스톡홀름에 나타나 다시 죽게 되었는지, 내막을 알고 있습니까?"

"그 생각만 하면 가슴이 찢어지는 것 같아요." 이렇게 말하며 미카엘을 바라보는 그녀의 눈빛이 몹시 처연했다.

"네, 이해합니다."

"당신이 쿰부의 남자아이들을 봤어야 해요."

"그 아이들이 어땠는데요?"

"니마를 얼마나 숭배했는지 몰라요. 여러 사람의 목숨을 구했으니까요. 그런데 그로 인해 큰 대가를 치러야 했죠."

"등반 일을 그만둬야 했죠."

"사람들이 그에게 오명을 씌웠어요."

"모두가 그랬던 건 아니잖아요?" 미카엘이 되물었다.

"많은 사람이 그랬어요."

"누가 그랬죠?"

"클라라 엥겔만의 주변 사람들."

"예를 들면 그녀의 남편?"

"네, 당연히 그도 그랬죠."

미카엘은 그녀의 어조가 약간 날카로워지는 걸 느꼈다.

"당신이 그렇게 대답하니 좀 궁금해지는군요."

"그러니까…… 이 이야기는 사람들이 생각하는 것보다 훨씬 복잡해요. 수많은 변호사들이 다뤄온 일이죠. 작년에는 한 미국 출판사가 이 문제의 에베레스트 등반에 대한 책을 출간하려다 취소한 일이 있었어요."

"스탠의 변호사들 때문이겠죠?"

"맞아요. 대외적으로 스탠은 부동산 재력가에 기업가이지만 실상은 갱스터나 마피아와 다름없어요. 적어도 내 생각엔 그래요. 그는 사고가 일어나기 얼마 전부터 아내를 의심했어요."

"왜죠?"

"클라라가 등반 안내자 빅토르와 사랑에 빠져 스탠을 떠나려 했거든요. 그녀가 우리에게 털어놓았어요. 이혼하고 언론에 폭로하고 싶다고요. 자기 남편이 병적인 자아도취자에다 집안에선 개자식처럼 군다는 사실을. 바로 그런 사태가 벌어지는 걸 스탠이 막아온 거예요. 가십 사이트들에는 여전히 그런 얘기가 조각조각 돌아다니지만."

"무슨 말인지 알겠네요." 미카엘이 고개를 끄덕였다.

"둘 사이의 분위기가 험악했죠."

"니마도 그 사실을 알았나요?"

"클라라와 빅토르가 극히 조심스레 행동했지만 분명 알았을 거예요. 클라라의 안전을 특별히 책임져야 하는 상황이었으니까요."

"그럼 그도 입을 다물었나요?"

"그랬을 거예요. 적어도 정신이 비교적 멀쩡했을 때는. 나중에 아내가 죽고 난 후 점차 이성을 잃었지만. 그가 여기저기 배회하며 산에서 일어난 일이나 다른 것에 대해 횡설수설 떠들어댔다 해도 난 그리 놀라지 않았을 거예요."

미카엘은 레베카의 눈을 들여다본 뒤, 긴 몸으로 의자에 웅크리듯 앉아 있는 그 모습을 바라보았다. 그리고 내키지 않는 심정으로 이렇게 말했다.

"끝에 가서는 니마가 요하네스에 대해서도 두서없는 말들을 했습니다."

레베카는 속에서 분노가 들끓어오르는 걸 느꼈지만 이를 드러내지 않으려 애썼다. 물론 부당한 반응이었다. 지금 미카엘은 해야 할 일을 하고 있을 뿐이다. 그가 요하네스의 생명까지 구하지 않았는가. 하지만 그의 말은 지금까지 그녀를 불안하게 한 의심, 즉 요하네스가 에베레스트 등반과 니마 리타와 관련해 무언가 숨기고 있다는 의심을 들쑤셨다. 그녀는 요하네스를 이 지경까지 무너뜨린 게 혐오 공작만이라고는 믿지 않았다.

요하네스는 전사이자 싸움닭이었다. 어떤 지저분한 역경 속에서도 굴복하지 않고 늘 전진하는 조금은 바보 같은 낙관주의자였다. 레베카는 그가 허물어지는 모습을 두 번 보았다. 한 번은 산된섬에서 지낸 요 며칠 동안이었고, 또 한번은 에베레스트를 등반하고 나서였다. 이미 그녀는 두 사건 사이에 연관성이 있을지 모른다는 의심을 품고 있었다. 바로 이 점이 그녀를 그토록 화나게 했을 뿐 미카엘이 그런 건 아니었다. 그렇더라도 나쁜 소식을 전하는 그에게 분풀이하고 싶은 마음을 억누를 수 없었다.

"무슨 말을 하는 건지 전혀 모르겠네요." 레베카는 차갑게 대꾸했다.

"정말로요?"

그녀는 침묵을 지키다 곧바로 후회할 말을 내뱉고 말았다.

"당신이 스반테와 얘기를 나눠보는 게 좋겠네요."

"스반테 린드베리 말인가요?"

"네."

그녀는 스반테를 경계했다. 요하네스가 스반테를 국방부 차관으로 임명했을 때 그들 부부는 집에서 격렬한 언쟁을 벌였다. 겉보기에 스반테는 요하네스의 완벽한 복사판이라 할 수 있었다. 활력이 넘치고 군인 같은 박력이 있었다. 하지만 그런 외관 뒤에는 다른 모습이 숨어 있었다. 요하네스는 분명한 반증이 나타나기 전까지 모든 사람의 좋은 면을 보지만 스반테는 늘 계산적이고 음흉했다.

"스반테가 내게 어떤 얘기를 해줄 수 있을까요?" 미카엘이 물었다.

'자기에게 이롭게만 얘기하겠지.' 레베카는 생각했다.

"에베레스트에서 무슨 일이 있었는지 말해주겠죠." 그녀는 이 말을 함으로써 자신이 요하네스를 배신하는 건 아닌지 사문하며 대답했다.

요하네스가 그 등반과 관련해 숨기는 게 있다면 배신하는 건 그녀

가 아니라 그일 터였다. 레베카는 의자에서 일어나 미카엘을 포옹해
준 다음 그가 한 일에 다시 한번 감사의 말을 전하고 중환자실로 돌
아갔다.

18장
8월 26일과 27일 사이 밤

울리케 옌센 수사반장은 코펜하겐의 왕립종합병원에서 고소인 토마스 밀러와 1차 면담을 진행중이었다. 토마스는 양팔과 가슴에 화상을 입은 상태로 밤 11시 10분 이곳에 입원했다. 올해 마흔네 살에 어린 자녀를 둔 울리케는 수년간 온갖 종류의 성범죄를 다뤄왔다. 최근 강력반으로 자리를 옮긴 그녀는 야근하는 일—낮에 아이를 돌봐야 하는 현재로선 최선의 근무표였다—이 잦았고, 따라서 술에 취해 횡설수설하는 인간들의 별별 희한한 증언에 익숙한 터였다. 그런데 이 경우는 그중에서도 가장 심각했다.

"이해합니다. 무척 아프겠죠. 진통제를 맞아서 정신도 흐릿할 거고요." 울리케가 말했다. "그래도 좀더 사실에 집중합시다. 무엇보다 그 여자의 인상착의 말이에요."

"지금껏 살면서 그런 눈은 본 적이 없어요." 토마스가 중얼거렸다.

"자, 그 얘긴 벌써 했고요. 좀더 구체적으로 설명해주세요. 외모에 특별한 점이라도 있었나요?"

"나이는 젊고 키가 작았어요. 머리는 검고. 유령처럼 말했다고요."

"유령이 어떻게 말하는데요?"

"아무런 감정 없이…… 그러니까 다른 생각을 하는 것처럼요. 정신이 딴 데 가 있는 것 같았어요."

"그녀가 뭐라고 했는데요? 실제로 어떤 일이 일어났는지 파악할 수 있게끔 그녀가 한 말을 그대로 옮겨볼 수 있나요?"

"자신은 자기 옷도 다려보지 않은 사람이니까 좀 서툴 거라고. 그러니 얌전히 누워 있어달라고 했어요."

"아주 잔인하군요."

"완전히 미친년이라니까요."

"그게 다인가요?"

"나를 또 찾아올 거라고. 만일 내가……"

"만일 당신이?"

토마스는 병원 침대 위에서 몸을 뒤틀며 원통한 눈빛으로 울리케를 올려다보았다.

"만일 당신이 무얼 하면요?" 그녀가 재차 물었다.

"내 아내를 가만히 놔두지 않으면 찾아오겠다고…… 그녀를 다시 볼 생각을 깨끗이 포기하고 이혼을 신청하라고 했어요."

"아까 아내분이 여행중이라고 하지 않았나요?"

"네, 아내는……" 그의 우물거리는 대답이 잘 들리지 않았다.

"혹시 당신이 아내에게 무언가를 했나요?" 울리케가 계속 물었다.

"아무것도 안 했어요. 오히려 그녀가……"

"어떻게 했는데요?"

"날 떠났어요."

"그럼 왜 그녀가 당신을 떠났다고 생각하나요?"

"왜냐하면 그 여잔 더러운……"

토마스는 하마터면 끔찍한 욕을 쏟아낼 뻔했지만 그 충동을 억누를 만큼의 정신은 있었다. 울리케는 이 사건 뒤에 석연찮은 사연이 있으리라 추정했다. 더는 캐묻지 않았다.

"또 기억나는 게 있을까요? 수사에 도움이 될 만한."

"그 여자가 내게 운이 없다고 했어요."

"왜죠?"

"올여름 동안 자신 안에 똥 한 무더기를 꾹꾹 담아왔는데, 그 때문에 이렇게 미쳐버리게 됐다고 하더군요."

"무슨 뜻으로 그런 말을 한 거죠?"

"빌어먹을, 내가 어떻게 알아요?"

"그래서 어떻게 끝났나요?"

"그 여자가 내 입에서 접착테이프를 떼고 같은 말을 되풀이했어요."

"당신 아내에게 접근하면 안 된다고?"

"그렇잖아도 그럴 생각 없어요. 다시는 보고 싶지 않다고요!"

"알겠습니다." 울리케가 말했다. "지금으로선 그게 현명한 길인 것 같네요. 오늘 저녁에도 아내분과 얘기하지 못했나요?"

"말했잖아요, 어디 있는지도 모른다고. 그리고 빌어먹을······"

"네?"

"당신들, 무슨 조치라도 취해야 할 것 아닙니까? 그 여자는 정신병자예요. 다음번엔 사람을 죽일 수도 있는 여자라고요."

"최선을 다할 것을 약속합니다." 울리케가 고개를 끄덕였다. "그런데 이상한 점이······"

"뭐가 이상한데요?"

"오늘밤 당신의 자택 부근 감시카메라들이 전부 작동 중지 상태인 것 같아요. 그래서 수사에 도움이 될 만한 단서가 거의 없네요." 울리케는 갑자기 이 모든 일이 몹시 피곤하게만 느껴졌다.

자정이 조금 넘은 시각, 리스베트가 아를란다 공항에서 택시를 잡아탄 뒤 안니카로부터 추천받은 이혼 전문 변호사에 대해 알아보는데 미카엘에게서 암호화 메시지가 도착했다. 모든 기력을 소진하고 지친 상태였기 때문에 메시지를 읽어보고 싶지 않았다. 그녀는 하던 일을 멈추고 멍하니 창밖을 바라보았다. 대체 뭐가 문제인 걸까?

그녀는 파울리나를 좋아했다. 나름의 뒤틀린 방식으로 그녀를 사랑했던 것도 같다. 하지만 그 감정을 어떻게 보여준단 말인가? 리스베트는 마음 아프지만 파울리나를 뮌헨에 있는 그녀 부모의 집으로 보냈다. 그런 다음에 그녀의 남편을 공격했다. 그런 복수가 마음을 열고 누군가를 온전히 사랑할 수 없는 자기 삶에 대한 보상이라도 되는 것처럼. 그녀를 그토록 괴롭힌 쌍둥이 자매는 도저히 죽일 수 없었지만 토마스 뮐러는 눈 하나 깜빡 않고 없애버릴 수 있었다.

토마스를 식탁 위에 깔아뭉개고 다리미를 들어올렸을 때 아버지 살라, 변호사 닐스 비우르만, 정신과 의사 페테르 텔레보리안, 그리고 그 모든 쓰레기 같은 인간들이 하나씩 머릿속을 스쳐지나갔다. 꼭꼭 닫아놓았던 수문들이 한꺼번에 열려버린 것만 같았고, 그 일이 자신의 인생 전체에 대한 복수처럼 느껴졌다. 그녀는 이성을 잃지 않기 위해 모든 의지력을 동원해야 했다. 빌어먹을…… 이제는 자신을 추슬러야 했다.

그러지 않으면 무한히 반복될 터였다. 과감히 행동해야 할 때 주저하고, 냉정을 유지해야 할 때 미친 사람처럼 날뛰게 될 것이다.

트베르스코이 대로에서 돌연 새롭게 깨닫게 된 무언가가 그녀의 평정심을 흔들어놓았다. 과거 살라가 밤중에 카밀라를 데리러 왔을 때 리스베트 자신이 꼼짝도 하지 못했다는 사실만이 아니었다. 거기에는 그녀의 어머니도 있었다. 어머니는 알고 있었을까? 끔찍한 진실 앞에서 어머니도 눈을 감아버린 건 아닐까? 이런 생각들이 끊임없이 그녀를 괴롭히며 스스로에 대해 의심을 품게 만들었다. 리스베트는 자신의 우유부단함이 두려웠다. 필연적으로 맞닥뜨려야 하는 일 앞에서, 그녀 삶의 최대 전투에서 한심한 전사의 모습을 보일까 두려웠다.

플레이그의 도움으로 스트란드베겐 주변 감시카메라들을 해킹한 덕분에 리스베트는 MC 스바벨셰 조직원들이 카밀라를 방문한 사실을 알았다. 카밀라가 가능한 모든 방법을 동원해 그녀를 추적하고 있다는 얘기였다. 기회가 오면 카밀라는 조금도 주저하지 않을 것이다. 그런데 빌어먹을 리스베트 자신은…… 이제 제발 정신을 다잡아야 할 때다. 예전처럼 강하고 악착스러운 모습으로 돌아가야 했다. 그리고 그 전에 먼저 몸을 숨길 곳을 찾아야 했다.

더이상 스톡홀름에는 머물 집이 없었기에 몇 가지 대안을 생각해보고 미카엘의 메시지도 대충 훑어보았다. 요하네스와 셰르파에 관한 내용이 여러모로 흥미로운 건 사실이었지만 지금 거기에 관심을 쏟을 여력은 없었다. 리스베트는 깊이 생각하지 않고 즉흥적으로 답장을 보냈다. 쓰고 보니 그녀 자신도 놀랄 내용이었다.

지금 시내에 있어요. 당장 볼까요? 호텔에서요.

이건 낯뜨거운 제안, 어쩌면 외롭고 절망적인 상황에서 자신도 모르게 튀어나온 반응일 수 있었다. 한편으론…… 안전을 위한 조치이기도 했다. 리스베트를 찾아내지 못한 카밀라와 조직원들이 그녀의 주변 인물들을 노릴 가능성도 배제할 수 없기 때문이다. 그렇다면 미카엘을 호텔방에 격리시키는 게 나을 수도 있었다.

미카엘은 어딘가에서 얼마든지 스스로를 격리할 수 있는 모양인지 십 분, 십오 분, 이십 분이 지나도 응답이 없었다. 리스베트는 불만스레 코웃음을 치고는 그대로 영원히 잠들어버리고 싶다고 생각하며 스르르 눈을 감았다. 그러다 선잠이 들었는지 마침내 미카엘로부터 답장이 온 소리에 기습이라도 당한 듯 소스라치며 깼다.

미카엘은 집안에 들어가면 곧장 침대 위로 무너지겠다 싶었지만 역시 노트북 앞에 앉아 스탠 엥겔만에 대해 조사하기 시작했다. 이제 일흔네 살인 스탠은 그사이 재혼했고, 지금은 라스베이거스의 특급 호텔 매각 과정에서 뇌물을 증여하고 관련자를 협박한 혐의로 수사를 받는 중이었다. 수사 결과가 어떻게 나올지 아무도 예측할 수 없었지만—스탠은 결백을 주장했다—그의 제국이 흔들리고 있는 건 분명해 보였다. 스탠이 러시아와 사우디아라비아에 있는 재계 인맥에 도움을 요청했다는 소문도 눈에 띄었다.

스탠이 니마 리타에 대해 공개적으로 언급한 적은 없었다. 그 대신 셰르파들의 리더로 니마를 고용한 등반 안내자 빅토르 그란킨을 비난하고 빅토르의 회사 '에베레스트 어드벤처 투어스'를 고소했다. 모스크바 법원에서 조정 판결을 받고 빅토르의 회사는 청산 절차를 밟았다. 니마가 참여했던 그 등반과 관련된 모든 것에 스탠이 깊은 증오심을 품고 있다는 건 분명했다. 하지만 그 사실이 어째서 니마가 다른 곳이 아닌 스톡홀름에 나타났는지를 설명해주지도 못할 뿐더러, 스탠의 수많은 부동산 거래나 복잡한 여자관계, 혹은 그가 벌인 온갖 소동들을 파헤쳐보기에는 체력이 소진된 상태였기에 미카엘은 조사를 접기로 했다. 그리고 에베레스트 등반중 요하네스에게 무슨 일이 있었는지 가장 잘 알고 있을 스반테 린드베리를 알아보기로 했다.

해안 특전대 중장 출신에 역시 첩보장교로 활약했을 스반테는 어린 시절부터 요하네스와 막역한 사이였다. 스반테는 노련한 등반가이기도 했다. 에베레스트에 도전하기 전 브로드피크, 가셔브룸, 안나푸르나 등 8000미터급 고봉을 세 개나 올랐다. 2008년 5월 13일, 등반대의 속도가 저하되자 빅토르가 그와 요하네스를 정상으로 먼저 보낸 것도 이런 이유 때문일 것이다. 미카엘은 산에서 실제로 어떤 일이 일어났는지 좀더 알아보는 건 나중으로, 다음날 정도로 미루기로 했다. 요하네스를 향한 혐오 공세에 스반테도 포함되었다는 사실만 체크해두었다.

소문에 의하면 스반테는 국방부의 진정한 실세였다. 언론 인터뷰를 한 적이 거의 없어서 미카엘이 찾아낸 가장 자세한 자료는 삼 년 전 〈러너스 월드〉라는 잡지에 실린 인물기사였다. 미카엘은 기사를 읽었지만 나중에 기억나는 건 "더이상 못하겠다고 느낄 때가 있지만, 사실 우리 힘의 70퍼센트는 아직 남아 있어요"라는 말뿐이었다. 기사를 읽으면서 깜빡 졸았던 모양이다.

미카엘은 요하네스가 바닷속 깊은 곳으로 가라앉는 꿈을 꾸다가 노트북 앞에서 몸을 덜덜 떨며 깨어났다. 자신이 탈진했을 뿐 아니라 쇼크 상태에 있음을 깨달았다. 곧장 곯아떨어질 요량으로 침대까지 비척비척 걸어갔지만 머릿속에는 여전히 온갖 생각이 들끓었다. 결국 핸드폰을 들어 확인해보니 리스베트의 답장이 와 있었다.

지금 시내에 있어요. 당장 볼까요? 호텔에서요.

미카엘은 너무 피곤한 나머지 메시지를 거듭 읽어봐야 했다. 뭐랄까…… 당황스러움? 어색함? 표현하기 힘든 감정을 느꼈다. 메시지를 열어보지 않은 것처럼 모른 척할까 생각해봤지만 리스베트에게 통할 리 없었다. 그가 메시지를 읽었다는 사실도 이미 알고 있을 터였다. 어떻게 해야 할까. 그녀의 제안을 거절할 수 없었지만 이런 상태에서 받아들일 엄두도 나지 않았다. 일단 눈을 감고 생각을 정리해보려 했다. 자, 리스베트는 스톡홀름에 있고 지금 나를 보고 싶어한다. 그것도 당장 어느 호텔에서……

"이런 젠장, 리스베트!"

미카엘은 투덜거리며 집안을 불안하게 서성였다. 리스베트가 그를 다시 혼란 속으로 빠져들게 했다. 그러다 창문 아래로 벨만스가탄 길을 무심히 내다보는데 저쪽 동네 술집 비숍스 암스 앞에 누구인지 금방 알아볼 수 있는 사람이 서 있었다. 산드함에서 봤던 말총머리 남자. 미카엘은 명치를 한 방 얻어맞은 듯 소스라쳤다. 더는 의심의 여지가 없었다.

그는 감시당하고 있었다. 빌어먹을 심장이 미친듯 뛰면서 입안이 바짝 타들어갔다. 당장 얀 부블란스키나 경찰의 누군가에게 연락하는 게 좋겠다고 생각했지만 그 대신 리스베트에게 메시지를 썼다.

난 미행당하고 있어.

리스베트가 답장을 보냈다.

내 탓이에요. 그들을 따돌릴 수 있게 도와줄게요.

미카엘은 소리치고 싶었다. 지금은 너무 지쳐서 개미 한 마리 따돌릴 힘도 없다고. 그저 잠이나 자고 싶다고. 다시 휴가를 떠나 단순하고 조용하지 않은 것들은 다 잊어버리고 싶다고…… 하지만 그는 이렇게 썼다.

알았어.

19장
8월 27일

　키라는 MC 스바벨셰와의 관계를 당장에 끊고 싶었다. 징 박힌 우스꽝스러운 가죽재킷 차림에 괴상한 두건을 쓰고 몸뚱이에는 문신이 가득한 이 한심한 양아치들을 다 쫓아버리고 싶었다. 하지만 한번 더 그들이 필요했으므로 돈을 듬뿍 먹였다. 그들이 알았던 살라첸코를 상기시키고 이 일이 그를 기리는 영웅적 행위임을 설명했다.

　키라는 그들의 모습을 참아주기가 힘들었다. 한바탕 욕을 퍼붓고 싶었다. 인간쓰레기, 루저라고 윽박지르고 모조리 이발소와 테일러숍에 처넣고 싶었다. 그래도 평소처럼 냉정함과 품위를 잃지 않았고, 이반 갈리노프가 곁에 있음에 감사했다. 이날 그는 하얀 리넨 정장과 갈색 구두 차림으로 그녀 맞은편의 붉은 안락의자에 앉아 스웨덴어와 남부독일어의 상관관계를 분석한 기사를 읽고 있었다. 공부하려고 여행하는 사람 같은 모습이었다. 그는 언제나 키라의 마음을 사라앉혀주고, 그녀를 과거와 연결해주었다. 무엇보다 가장 좋은 건 그가이 오토바이족에게 저승사자 같은 존재라는 사실이었다.

그자들이 뻣뻣하게 굴며 여자로부터 지시당하는 일을 꺼려하면 이반은 쓰고 있던 안경을 아래로 내리고 얼음처럼 새파란 눈으로 슬쩍 노려보기만 했다. 그럼 그자들은 군말 없이 시키는 대로 했다. 이반이 어떤 짓을 저지를 수 있는 사람인지 익히 아는 듯했다. 따라서 키라는 그가 아무 일 안 하는 것처럼 보여도 크게 신경쓰지 않았다.

이반은 나중에 움직이기 시작할 것이고 현재 리스베트를 추적하는 일은 유리 보그다노프와 이 무리가 맡고 있었다. 지금까지는 찾은 게 없었다. 작은 단서 하나도. 꼭 그림자를 쫓는 것처럼. 어디 그뿐인가? 지난밤에는 그나마 확보한 연결고리마저 놓쳐버렸다. 이런 이유로 키라는 MC 스바벨셰 회장 마르코 산드스트룀을 호출했고, 마르코는 또다른 악당 하나를 옆에 달고 거실로 걸어들어왔다. 크릴레라고 그자의 이름을 소개했으나 그녀에게는 관심 밖의 일이었다.

"쓸데없는 변명 따윈 듣고 싶지 않아." 키라가 차갑게 말했다. "무슨 일이 일어났는지 사실만 정확히 말해."

마르코가 불안스레 미소를 지으며 주눅든 모습에 그녀는 기분이 좋아졌다. MC 스바벨셰의 다른 남자들만큼이나 덩치가 크고 인상이 험악했지만 그는 적어도 턱수염과 장발을 하지 않을 정도의 양식은 있었고 배도 많이 나오지 않았다. 얼굴이 꽤 잘생긴 편이었고 그녀가 한때 자주 그랬던 것처럼 가슴팍에 손톱을 박고 싶을 정도로 몸이 탄탄했다.

"당신은 지금 불가능한 일을 요구하고 있어." 마르코가 말했다. 그는 애써 강한 모습을 보이려 했지만 곁눈으로는 이반이 있는 쪽을 조심스레 흘깃거렸다. 이반은 한 번도 시선을 들지 않았고 이런 광경 또한 키라의 마음에 들었다.

"뭐, 불가능하다고?" 그녀가 되물었다. "내가 요구한 건 단 하나, 그에게서 눈을 떼지 말라는 것뿐이었어."

"그렇지, 이십사 시간 내내." 마르코가 대꾸했다. "그러려면 우리한테도 자원이 필요하다고. 감시 대상이 평범한 사람도 아니고."

"무슨, 일이, 일어났는지만 얘기해!" 키라는 아까 한 말을 한 단어씩 끊어가며 반복했다.

"그 자식이……" 크릴레인지 하는 작자가 끼어들자 마르코가 그의 말을 막았다.

"넌 가만히 있어. 이봐, 카밀라……"

"키라야."

"미안해, 키라." 마르코가 말을 이었다. "미카엘이 어제 오후에 돌연 미친 사람처럼 모터보트를 타고 잽싸게 어디론가 떠나버렸어. 놈을 따라갈 방법이 없었는데 얼마 지나지 않아 상황이 꼬여버린 거야. 섬 전체에 경찰과 군인이 우글거렸지. 놈이 어디로 갔는지 알 수 없어 우린 거기서 흩어지기로 한 거야. 요르마는 산드함에 남고, 크릴레는 벨만스가탄으로 가서 기다렸어."

"거기서 미카엘이 나타났고."

"맞아, 저녁 늦게 택시를 타고. 완전히 녹초가 된 모습이었지. 그가 자러 들어왔다고 생각하지 않을 이유가 전혀 없었는데도 크릴레가 끝까지 자리를 뜨지 않고 지켜 섰던 건 칭찬받을 일이라고 생각해. 어쨌든 그러다 미카엘이 불을 끄더니 새벽 1시에 여행가방을 들고 건물을 나와 마리아 광장의 지하철역으로 걸어갔단 말이지. 주위에는 한 번도 시선을 주지 않고서. 승강장에 이르러서는 의자에 털썩 주저앉아 양손으로 머리를 감쌌어."

"아픈 것처럼 보였어요." 크릴레가 덧붙였다.

"맞아, 바로 그거야." 마르코가 말을 계속했다. "그래서 약간 경계심을 풀었지. 놈은 지하철에 오른 뒤 차창에 머리를 기대고 눈을 감았어. 완전히 딜진한 모습으로. 그런네……"

"그런데?"

"감라스탄역에서 문이 닫히기 직전에 놈이 벌떡 일어서더니 닫히는 문 사이로 쥐새끼처럼 빠져나가 승강장 어딘가로 사라져버렸어. 그렇게 놈을 놓쳤어."

키라는 한동안 침묵을 지켰다. 이반과 시선을 한 차례 교환했을 뿐 꼼짝 않고 자신의 손만 뚫어지게 내려다보았다. 침묵과 냉정이 화를 폭발시키는 것보다 사람을 더욱 두렵게 한다는 건 일찍이 그녀가 얻은 교훈 중 하나였다. 그녀는 소리를 지르고 싶은 마음을 꾹 참고 건조하고 차가운 목소리로 말했다.

"미카엘이 산드함에 데려간 여자는 누군지 확인했어?"

"물론이지. 뉘토리에트 6번지에 사는 카트린 린도스라는 여자야. 방송에 자주 나오는 유명한."

"미카엘하곤 무슨 사이인데?"

"그러니까······"크릴레가 입을 열었다.

말총머리에 수염을 기르고 작은 눈가가 촉촉한 크릴레는 연애 문제에 식견이 있어 보이지 않았다. 하지만 설명해보려고 애는 썼다.

"둘이 좋아하는 사이 같았어요. 온종일 정원에서 시시덕거리더라고요."

"그래 좋아."키라가 말했다. "그 여자도 지켜보도록 해."

"젠장, 카밀라······ 아니, 키라."마르코가 항의했다. "요구가 너무 과한 거 아냐? 그러면 감시해야 할 곳이 세 군데나 된다고!"

키라는 다시 아무 말 없이 있다가 잠시 후에 고맙다고 말하며 대화가 끝났음을 알렸다. 그리고 이반이 호리한 몸을 일으켜 그들을 밖으로 데려가자 안도의 한숨을 내쉬었다. 밖에서 이반이 그들에게 건넬 몇 마디는 언뜻 점잖은 말처럼 들리겠지만 저 멍청이들이 그 뜻을 이해하고 나면 제대로 잠을 이루지 못할 것이다.

이런 종류의 일에는 이반을 따를 자가 없었다. 지금은 그의 능력이 필요했다. 더이상 키라 자신이 상황을 장악하지 못했기 때문이다. 그녀는 성난 눈으로 주위를 둘러보았다. 이 년 전에 차명으로 구입한

170제곱미터짜리 집이었다. 아직 가구도 몇 개 들여놓지 않아 삭막하기 그지없었지만 별다른 수가 없어 그럭저럭 지내고 있었다. 키라는 의자에서 일어나 오른쪽 방으로 노크도 하지 않고 들어갔다. 유리가 시큰한 땀냄새를 풍기며 컴퓨터 화면들을 뚫어져라 노려보고 있었다.

"미카엘의 노트북은 어떻게 되어가? 진척이 있어?" 그녀가 물었다.

"어떻게 보느냐에 달렸지."

"무슨 말이야?"

"말했듯이 그의 서버에 들어갔었어."

"새로운 거라도 있어?"

유리가 의자 위에서 몸을 뒤틀었다. 조짐이 별로 좋지 않았다.

"어제 미카엘이 국방부 장관 요하네스 포르셀에 대해 조사했어. 흥미로운 인물이지. GRU의 타깃 중 하나이고 과거에 이반 갈리노프와 엮인 일이 있었으니까. 게다가 어제 이 장관이……"

"난 그 사람한텐 눈곱만큼도 관심 없어!" 키라가 쏘아붙였다. "오로지 미카엘이 주고받은 암호화 링크들만 궁금하다고."

"아직 그것들을 깰 수 없었어."

"뭐야, 깰 수 없었다니? 계속해보면 되잖아!"

유리는 아랫입술을 깨물며 책상만 노려보았다.

"이제는 그 서버에 들어갈 수가 없어."

"무슨 말을 하는 거야?"

"어젯밤에 누가 내 위장 프로그램을 지워버렸어."

"빌어먹을! 대체 어떻게?"

"나도 몰라."

"당신의 프로그램에 접근하는 건 불가능하잖아."

"그래, 하지만……"

유리가 손톱을 물어뜯었다.

"무슨 빌어먹을 천재의 소행이라는 거야?" 키라가 식식거렸다.

"그런 것 같아." 유리가 기어드는 소리로 중얼거렸다.

그 순간 막 광기를 일으키려던 키라의 머릿속에 어떤 생각이 스쳤다. 그녀는 고함을 치는 대신 미소를 머금었다. 자신이 바랐던 것보다 리스베트가 훨씬 가까이 왔음을 깨달은 것이다.

룬트마카르가탄의 헬스텐 호텔, 커튼 쳐진 창가의 붉은색 안락의자에 앉은 리스베트는 침대에 누워 있는 미카엘을 멀거니 바라보았다. 그가 잠든 지 채 두 시간도 되지 않았다. 미카엘로선 이곳에 온다는 게 좋은 발상이 아니었다. 그들은 로맨틱한 밤을 보내지도 않았고, 오랜만에 만난 친구 사이의 즐거운 시간도 갖지 못했다. 호텔방문 앞에서 만나는 순간부터 일이 이상하게 돌아갔다.

리스베트는 당장이라도 미카엘의 옷을 벗겨버릴 듯 이글거리는 눈빛으로 그를 노려보았다. 미카엘은 줄곧 카트린을 생각하며 이곳까지 오긴 했지만 리스베트가 달려들었다면 저항하지 못했을 것이다. 하지만 알고 보니 그녀가 덮치려던 건 그의 몸이 아니라 노트북과 핸드폰이었다. 다짜고짜 그것들을 빼앗더니 객실 바닥에 자리를 잡고 주위로 검은 차단막들을 세웠다. 그리고 그 안에서 이상한 자세로 쪼그려앉아 아무 말 없이 꼼짝 않고 열 손가락만 미친듯이 움직였다. 시간이 흘렀고 결국 미카엘은 참지 못했다. 한계에 이르러 자신은 오늘 익사할 뻔한 사람이라고 고함쳤다. 그 망할 국방부 장관을 구했다고. 그는 잠을 자거나 적어도 리스베트가 무얼 하는 건지 설명이라도 들어야 했다.

"조용히 해요." 리스베트가 말했다.

"뭐? 미치겠군!"

미카엘은 화가 머리끝까지 치밀었다. 곧장 여기서 나가 영영 그녀를 안 보고 싶은 심정이었다. 하지만 결국 투덜거리며 옷을 벗고 더블베드 한구석에 누워 토라진 아이처럼 잠들었다. 그러다 새벽 어느 땐가 리스베트가 자고 있는 미카엘에게 다가가 귀에 대고 속삭였다.

"똑똑한 척하는 기자님, 당신 노트북에 위장 프로그램이 있었어요."

그렇게 미카엘은 좀더 잘 수 있는 새벽 시간을 완전히 망쳐버렸다. 미카엘은 두려웠다. 그에게 정보를 제공해준 사람들이 걱정되기 시작했다. 대체 무슨 일이 벌어지고 있는 건지 설명해달라고 다그치자 리스베트가 마지못해 입을 열었다. 점차 미카엘은 현재 상황이 얼마나 심각한지 확실히 깨달아갔으나 늘 그렇듯 리스베트가 모든 걸 말해주지 않아 완벽히 파악할 순 없었다. 게다가 그녀는 어느새 눈꺼풀이 스르르 감기는가 싶더니 베개에 머리를 묻고는 그를 혼자 놔둔 채 곯아떨어져버렸다. 미카엘은 심란한 나머지 더는 잠을 못 이룰 것 같았지만 어느새 자신도 모르게 깜빡 선잠이 들었다. 다시 깨어나보니 헐렁한 반바지에 지나치게 긴 검은색 셔츠를 입은 리스베트가 아직 잠이 덜 깬 채 안락의자에 앉아 있었다. 미카엘은 근육으로 탄탄한 그녀의 두 다리와 눈가의 다크서클을 멍하니 쳐다보다 얼른 시선을 거두었다. 그녀가 입을 열었다.

"저쪽에 아침으로 먹을 게 있어요."

"좋아." 미카엘은 쟁반 두 개에 아침식사를 차려 침대 위에 나란히 올려놓았다.

창가에 비치된 네스프레소 머신으로 커피도 내려 온 다음 두 다리를 포개고 침대에 앉았다. 리스베트도 그와 마주앉았다. 그런 그녀를 보고 있자니 처음 보는 낯선 사람 같기도 하고 아주 가까운 친구 같기도 했다. 미카엘은 문득 깨달았다. 자신은 그녀를 이해하면서 동시에 전혀 이해하지 못한다는 사실을.

"왜 망설였어?" 미카엘이 물었다.

리스베트는 질문이 마음에 들지 않았다. 미카엘의 표정도 기분 나빴다. 그대로 방문을 박차고 나가버리거나, 그를 침대에 눕혀 입을 다물게 하고 싶었다. 파울리나와 그 남편과 자신의 손에 들린 다리미, 그리고 그 옛날 어린 시절에 겪었던 더 끔찍한 일들을 떠올렸다. 과연 이 모든 것을 말할 필요가 있을까 하는 생각도 들었지만 어쨌든 그녀는 대답하고 말았다.

"어떤 기억이 떠올랐어요."

미카엘이 그녀를 뚫어지게 쳐다보자 리스베트는 입을 다물지 않은 걸 후회했다.

"무슨 기억?"

"아무것도 아녜요."

"얘기해봐."

"우리 가족."

"가족에 대한 어떤 거?"

그만둬, 리스베트는 속으로 외쳤다. 그만둬.

"어떤 생각이냐면……" 그녀는 내면의 모든 것을 털어놓으려는 목소리라도 있는 것처럼 충동을 자제할 수 없었다.

"그래, 말해봐."

"카밀라가 우리로부터 멀어지고 살라를 보호하려고 경찰에 거짓말을 했다는 걸 엄마는 알았어요. 카밀라가 사회복지사들에게 우리에 대한 터무니없는 험담을 하고 집안 상황을 더욱 지옥으로 만들었다는 걸."

"그건 나도 알았어." 미카엘이 말했다.

"그래요?"

"홀게르에게 들었지."

"하지만 모르는 게 있어요……"

"뭔데?"

입을 다무는 게 나을까? 리스베트는 망설였지만 결국 이렇게 내뱉고 말았다.

"엄마가 못 참고 카밀라에게 집에서 쫓아내겠다고 위협했다는 것도 알았어요?"

"전혀 몰랐어."

"그게 진실이에요."

"카밀라는 아직 어린아이였잖아."

"열두 살이었죠."

"그래도……"

"어쩌면 너무 화가 나서 그런 말을 했을 수도 있죠. 엄마가 늘 내 편이었던 건 사실이에요. 엄마는 카밀라를 좋아하지 않았어요."

"어느 가정에서나 일어나는 일이야. 자녀들 가운데 더 귀여움을 받는 아이가 있기 마련이지."

"우리집에선 그게 어떤 결과로 이어졌어요. 우리 눈을 멀게 한 거죠."

"뭘 못 본 건데?"

"무슨 일이 일어나고 있는지."

"그게 무슨 일인데?"

그만, 리스베트는 속으로 외쳤다. 제발, 그만.

그녀는 소리를 지르고 도망치고 싶었지만 통제할 수 없는 힘에 이끌려 계속 말을 이었다.

"우리는 카밀라가 살라의 마음을 얻었다고 생각했어요. 집에서 벌어지는 전쟁에서 나와 엄마가 한편이고, 살라와 카밀라가 다른 한편이 되었다고 말이죠. 하지만 그건 진실이 아니었어요. 카밀라는 혼자였어요."

"너희 모두가 혼자였지."

"가장 비싼 대가를 치른 건 카밀라였어요."

"무슨 뜻이지?"

리스베트가 시선을 돌렸다.

"살라는 밤중에 이따금 우리 방에 들어왔어요." 그녀가 말을 이었다. "그땐 어려서 그 이유를 몰랐죠. 거기에 의문을 품지도 않았어요. 악마 같은 인간이니까 자기 멋대로 행동하는 것뿐이라고 여겼죠. 당시 내 머릿속엔 오직 한 가지 생각밖에 없었고요."

"어머니가 학대당하는 일을 끝내고 싶었지."

"난 살라를 죽이고 싶었고, 물론 카밀라가 그와 한패라고 생각했어요. 그녀를 걱정해야 할 이유가 없었죠."

"당연한 일 아닌가?"

"하지만 살라가 왜 변했는지 헤아려봤어야 해요."

"어떻게 변했는데?"

"우리집에서 자고 가는 일이 갈수록 잦아졌어요. 흔한 일이 아니었죠. 그는 사람들에게 둘러싸여 지내는 화려한 생활에 익숙했거든요. 그런데 돌연 누추한 우리집에 머무는 거예요. 분명 이유가 있는 행동이었죠. 모스크바의 트베르스코이 대로에서 그게 뭔지 깨달았고요. 다른 남자들처럼 살라도 카밀라에게 끌렸던 거예요."

"살라가 밤마다 그녀를 보러 왔다는 소리야?"

"매번 카밀라를 거실로 따라 나오게 했어요. 그러고 둘이서 속닥거리는 소리가 들렸는데, 나와 엄마를 괴롭힐 궁리를 하는 거라고 생각했죠. 다른 소리도 들렸을 텐데 그걸 다 알아듣기엔 내가 어렸어요. 종종 둘이 차를 타고 나가기도 했고요."

"그 인간이 자기 딸을 강간했군."

"완전히 망가뜨렸죠."

"그 일로 네가 자책할 필요는 없잖아." 미카엘이 말했다.

리스베트는 소리를 지르고 싶었다.

"쓸데없는 말 마요, 당신 질문에 대답하는 것뿐이니까. 카밀라를 구하기 위해 엄마와 내가 손가락 하나 까딱한 적 없다는 걸 난 깨달았어요. 그 사실이 날 주저하게 만들었고요."

미카엘은 막 들은 이야기를 소화해보려 애쓰며 침대 위에 말없이 앉아 있었다. 그러다 리스베트의 어깨에 손을 얹었다. 그녀는 그의 손을 밀치고 창밖을 바라보았다.

"내가 무슨 생각 하는지 알아?"

미카엘의 물음에 그녀는 대답하지 않았다.

"네가 눈 하나 깜빡이지 않고 누군가를 죽일 수 있는 사람은 아니라는 생각."

"헛소리 마요."

"아냐, 리스베트. 정말로 그래. 널 그렇게 생각한 적 없어."

리스베트가 쟁반에서 크루아상을 하나 집어들며 미카엘보다는 자신에게 말하듯 중얼거렸다.

"하지만 그녀를 죽여야 했어요. 이제 그녀가 우리 모두를 노릴 거예요."

20장
8월 27일

얀 부블란스키는 글렌 그랜트 12년산 위스키 한 병을 가지고 왔다. 수년간 개봉하지 않은 채 집에 놔둔 것이었다. 물론 그의 원칙에 어긋나는 일이었지만 증인이 위스키를 요구하는데 인색하게 굴 필요는 없었다. 얀은 어제부터 니마 리타의 사망 사건에 전적으로 집중하면서 생전의 니마를 마지막으로 본 목격자를 찾아내는 데 온 힘을 쏟았다. 그리고 결국 그 목격자를 이곳 하닝에서 클로카르레덴 거리의 어느 노란 건물 내 작은 주거지에서 찾았다.

얀은 이보다 더 형편없는 집을 본 적도 있지만 그렇다고 이곳이 아늑하게 느껴지는 것도 아니었다. 빈 술병들, 꽁초가 산처럼 쌓인 재떨이들, 그리고 먹다 남은 음식들로 집안은 발 디딜 틈이 없었다. 이와는 대조적으로 목격자에게선 일종의 보헤미안적 우아함이 느껴졌다. 그는 흰 셔츠 차림에 파리지앵처럼 베레모를 쓰고 있었다.

"헤이키 예르비넨 씨?" 얀이 그를 불렀다.

"안녕하십니까, 반장님."

"이거면 되겠습니까?"

얀이 술병을 보여주자 헤이키가 미소를 지었다. 둘은 주방의 파란색 목제 스툴에 자리를 잡았다.

"8월 14일 밤에 니마 리타라는 이름으로 신원이 확인된 남자를 당신이 만난 게 맞습니까?" 얀이 물었다.

"네…… 맞습니다…… 아주 미친 사람이었죠. 그날 몸 상태가 엉망이어서 노라 광장에 가끔씩 나와 음료를 파는 친구를 기다리고 있었는데 그 사람이 비척비척 나타났어요. 물론 입을 다물고 있었어야 했겠죠. 그 사람은 멀리서 봐도 미쳤다는 걸 알 수 있었으니까. 그런데 원체 내 천성이 사교적이라 먼저 다가가 정중하고 조심스레 어떻게 지내느냐고 말을 걸었어요. 그랬더니 이 인간이 버럭 소리를 지르는 거예요."

"어떤 언어로요?"

"영어와 스웨덴어로요."

"그가 스웨덴어도 하던가요?"

"잘하지는 못해요. 단어만 몇 개 아는 정도. 계속 소리를 질러대는데 무슨 뜻인지 잘 모르겠더라고요. 자기가 구름 속에 있었다느니, 신들과 싸웠다느니, 죽은 이들에게 말을 했다느니……"

"혹시 에베레스트에 대해 말한 게 아니었을까요?"

"그럴 수도 있어요. 실은 별로 주의해서 듣지 않았어요. 말했다시피 몸 상태가 엉망이었거든요. 그런 말도 안 되는 얘기들을 귀담아들을 기력이 없었어요."

"그가 한 얘기 가운데 구체적으로 생각나는 게 있습니까?"

"많은 사람의 생명을 구했다고 했어요. '난 많은 생명을 구했어' 하면서 자기 손가락이 잘린 부분들을 보여줬어요."

"국방부 장관 요하네스 포르셀에 대해서도 얘기한 게 있나요?"

헤이키가 놀란 눈으로 그를 쳐다보더니 잔에 위스키를 따라 단숨에 들이켰다.

"아, 듣고 보니 희한하네요."

"뭐가 희한하죠?"

"그가 얘기하던 중에 요하네스를 언급했거든요. 크게 놀랄 일은 아니죠. 요즘 다들 그에 대해 떠드니까."

"무슨 말을 했는데요?"

"요하네스를 안다고 했던 것 같아요. 그뿐 아니라 유명인사를 엄청 많이 안다고. 솔직히 믿기지 않았죠. 그 소리를 얼마나 지껄여댔는지 나중엔 머리가 다 지끈거리더라고요. 내가 더 못 참고 그에게 좀 바보 같은 말을 했죠."

"무슨 말을요?"

"그러니까…… 절대로 인종차별적인 의도로 한 말은 아니었지만 좋은 소리도 아니었어요. 그에게 맛이 간 중국 놈 같다고 말했죠. 그랬더니만 그가 벌컥 화를 내더니 내게 주먹을 날리는 거예요. 너무 갑작스러워서 미처 피할 틈도 없었죠. 솔직히 말하자면 난 그대로 쭉 뻗어버렸어요. 상상이 되나요?"

"유쾌한 상황은 아니었네요."

"돼지처럼 피를 철철 흘렸죠." 헤이키가 신나서 말을 이었다. "아직도 상처가 아물지 않았다니까요. 자, 여기 보세요."

그가 자신의 입술을 가리킨 자리에 정말로 흉터가 하나 보였다. 그것 말고도 그의 온몸이 상처와 멍 투성이였기에 얀은 크게 놀라지는 않았다.

"그러고선 무슨 일이 있었죠?"

"그가 자리를 떴어요. 운이 좋았죠, 뭐. 바로 다음날 죽었으니 운좋다고 말하면 안 되겠지만. 어쨌든 그 순간엔 그렇게 생각했어요. 곧바로 그가 바사가탄 길에서 술 파는 사람하고 딱 마주쳤거든요."

얀이 주방 식탁 위로 상체를 바짝 숙였다.

"술 파는 사람?"

"네, 한 남자가 호텔 앞 보도에서 그를 멈춰 세웠어요. 무슨 호텔을 말하는 건지 알죠? 남자가 그에게 병을 하나 줬어요. 내가 보기엔 병 같았어요. 거리가 조금 있어서 착각했을 수도 있지만."

"그 남자는 어떻게 생겼죠?"

"술 파는 사람이요?"

"네."

"특별한 점은 없었어요. 마른 체구에 머리는 짙은 갈색이고 키가 컸어요. 검정 재킷과 청바지 차림이었고 야구모자도 쓰고 있었는데 얼굴은 잘 안 보였고요."

"그 남자도 알코올중독자처럼 보였습니까?"

"아뇨, 걸음걸이가 그리 보이진 않았어요."

"무슨 뜻이죠?"

"알코올중독자라기엔 걸음이 엄청 가벼웠어요. 동작도 민첩하고."

"운동으로 잘 단련된 사람처럼?"

"네, 그럴 수도요."

얀은 잠시 헤이키 예르비넨을 관찰했다. 그는 끝없이 추락하는 와중에도 최소한의 외양을 유지하려 애쓰는 사람이었다. 무너지고 있었지만 맞서 싸울 의지를 완전히 포기한 건 아니었다.

"그래서 그가 어디로 가던가요?"

"센트랄렌역 쪽으로요. 그를 쫓아갈까 잠시 생각했지만 따라잡을 가능성이 없었어요."

"그럼 그 남자가 거기에 술을 팔려고 온 게 아닐지도 모르겠군요. 니마 리타에게 그 병 하나를 주려고 온 것일지도요."

"그러니까 그 말은……"

"아무것도 아닙니다. 다만 니마가 중독사했고, 평소 생활방식을 감안하면 독을 탄 술을 마셨을 가능성도 배제할 수 없어요. 그래서 그 남자에게 관심이 가는 겁니다."

헤이키가 위스키를 한 잔 더 따라 마셨다.

"그럼 내가 해줄 말이 하나 있네요. 그 미친 인간이 전에 독살당할 뻔했다는 말도 했어요."

"정확히 뭐라고 했나요?"

"그러니까…… 그 말도 알아듣기 힘들었어요. 소리를 빽빽 지르며 횡설수설했으니까. 자신이 놀라운 일들을 해냈고 굉장한 사람들을 알았다고 했어요. 그때 그런 생각이 들더라고요. 그가 과거에 정신병원에서 지냈고 거기서 주는 약을 거부했었구나. '그들이 날 독살하려 했어'라고 그가 소리쳤어요. '하지만 난 도망쳤지, 산을 내려가 호수 쪽으로'라고. 그 말을 난 이렇게 해석했죠. 그가 의사들을 피해 달아난 거구나."

"산을 내려가 호수 쪽으로 갔다고요?"

"그렇게 말했던 것 같아요."

"스웨덴에서 입원했던 것 같았습니까, 아니면 외국 같았습니까?"

"스웨덴일 거예요. 그가 손가락으로 자기 뒤를 가리켰어요. 병원이 거기 어딘가에 있다는 듯이. 그런데 여기저기 아무데나 가리키긴 했어요. 그가 맞서 싸우는 하늘과 신들이 스톡홀름 거리 어딘가에 있는 것처럼 말이에요."

"무슨 말인지 알겠습니다." 이렇게 대답한 얀은 그곳을 떠나고 싶어 마음이 급했다.

리스베트는 마르코 산드스트룀 회장을 비롯한 MC 스바벨셰의 조직원들이 스트란드베겐의 건물에서 떠나는 모습을 호텔방의 책상에 앉아 확인했다. 그리고 이제 어떻게 해야 할지 궁리했다.

뚜렷한 생각이 떠오르지 않아 그녀는 노트북을 닫았다. 미카엘은 이제 옷을 입고 침대에 앉아 핸드폰을 들여다보고 있었다. 그저 그의 일을 하게 놔두는 편이 나았다. 리스베트는 자신의 삶에 대한 질문들에 대답할 힘도, 그녀가 속마음은 선한 사람이라는 둥 미카엘이 기분 내키는 대로 지껄이는 얘기들을 들어줄 힘도 없었다.

"뭐하고 있어요?" 그녀가 물었다.

"응?"

"지금 뭐하고 있냐고요."

"니마 리타 사건을 보고 있어."

"진척이 있어요?"

"스탠 엥겔만에 대해 몇 가지 알아보고 있어."

"오, 괜찮은 남자죠, 안 그래요?"

"물론이지. 딱 네 스타일이지."

"맛스 사빈도 있었죠."

"맞아, 그도 있지."

"그 사람에 대해선 어떻게 생각해요?"

"아직 판단할 수 있을 정도로 조사하지 못했어."

"그 사람은 잊어버리는 게 좋을 거예요."

미카엘이 호기심어린 눈빛으로 위를 올려다보았다.

"왜 그렇게 말하지?"

"지금 당신은 우연히 맛스 사빈을 발견해 몇 가지 정황이 맞아떨어지는 것 같으니 잔뜩 흥분했지만 난 그한테선 나올 게 아무것도 없다고 봐요."

"어째서?"

리스베트는 몸을 일으켜 창가로 가 커튼 틈 사이로 바깥의 룬트마카르가탄 길을 내려다보았다. 카밀라와 MC 스바벨셰를 떠올렸다. 그들을 압박할 필요가 있지 않을까 하는 생각이 늘었다.

"어째서?" 미카엘이 재차 물었다.

"당신은 그 이름을 비교적 빨리 찾아냈어요, 안 그래요? 니마가 뭐라고 말했는지 정확히 확인해보지도 않고."

"그건 맞아."

"차라리 식민지시대로 거슬러올라가봐요."

"무슨 뜻이야?"

"어떤 의미에서 에베레스트는 식민지시대의 유물이에요, 안 그래요? 백인 등반가들과 그들의 짐을 나르는 유색인들."

"음, 그럴 수도 있겠군."

"여기에 초점을 맞추고 니마가 한 말을 다시 한번 짚어봐요."

"리스베트, 제발 한 번이라도 쉬운 말로 설명해주면 안 돼?"

미카엘은 침대에 앉아 리스베트의 대답을 기다렸지만 그녀는 아침에 안락의자에 앉아 그랬던 것처럼 다시 정신이 어느 알 수 없는 곳에 팔려 있는 것 같았다. 그는 차라리 직접 조사해보는 게 낫겠다고 생각하며 소지품을 챙기기 시작했다. '자, 난 떠날 거고, 리스베트와는 나중에 다시 만날 거야……' 그는 노트북을 가방 안에 집어넣었다. 그리고 일어서서 그녀를 한 번 포옹해주고 몸조심하라고 당부하려 했다. 그가 다가가는데 기이하게도 리스베트는 아무런 반응이 없었다.

"리스베트 여기는 지구야! 정신 좀 차려!" 미카엘이 조금은 우스꽝스럽게 외쳤다. 그제야 리스베트의 눈에 초점이 돌아왔고 그 시선이 미카엘의 가방에 와 박혔다. 가방이 그녀에게 무슨 말이라도 하는 것처럼.

"집으로 돌아가면 안 돼요." 그녀가 말했다.

"그럼 다른 데로 가지."

"지금 진지하게 말하는 거예요. 당신 집도, 아는 사람 집도, 안 돼요. 당신은 지금 감시당하고 있어요."

"내 몸 하나쯤은 챙길 수 있어."

"못 챙겨요. 자, 핸드폰 줘봐요."

"안 돼. 이번에는 안 된다고."

"이리 줘요."

미카엘은 그녀가 그의 핸드폰을 그만큼 살펴봤으면 충분하다고 여기며 주머니에 넣으려 했지만 리스베트가 낚아챘다. 그는 발끈했다. 아니 벌컥 화까지 냈으나 아무런 효과가 없었다. 이미 그녀가 프로그램 코딩 작업에 한창이라 그는 결국 포기하고 지켜보았다. 어차피 지금껏 그의 기기들을 마음대로 다뤄온 그녀였다. 하지만 그가 이내 짜증스레 항의했다.

"지금 무슨 짓을 하는 거야?"

그를 올려다보는 리스베트의 입가에 엷은 미소가 떠올랐다.

"그거 괜찮은데?"

"뭐가?"

"지금 한 말."

"무슨 말?"

"지금 무슨 짓을 하는 거야? 그 말 다시 한번 해볼래요? 아까와 같은 어조로."

"대체 무슨 소리야?"

"어서 말해봐요."

리스베트가 그에게 핸드폰을 내밀었다.

"뭘 말하라고?"

"지금 무슨 짓을 하는 거야?"

"지금 무슨 짓을 하는 거야?" 미카엘이 반복했다.

"아주 좋아요."

리스베트는 마지막으로 무언가를 조작하고 그에게 핸드폰을 돌려주었다.

"지금 뭘 한 거야?"

"이제 난 당신이 어디에 있는지, 그리고 그 주변에서 어떤 일이 벌어지는지 알 수 있어요."

"뭐? 단단히 미쳤군!"

"그래요."

"난 이제 사생활을 누릴 권리도 없는 거야?"

"사생활은 얼마든지 누려도 되고, 나도 필요 없을 때는 듣지 않을 거예요. 아까 그 말을 할 때만 들을 수 있어요."

"앞으로도 네 험담은 실컷 할 수 있겠네."

"뭐라고요?"

"농담이야, 리스베트."

"아, 그렇군요."

미카엘은 미소를 지었다.

어쩌면 그녀도 미소를 지었는지 모르겠다. 미카엘은 핸드폰을 받아들고 다시 한번 그녀를 바라보며 말했다. "고마워."

"그들 눈에 띄지 않게 조심해요." 리스베트가 당부했다.

"알겠어."

"좋아요."

"다행히 내가 그렇게 유명인사는 아니니까."

"뭐라고요?"

이번에도 리스베트는 그의 농담을 이해하지 못했다. 미카엘은 그녀를 가볍게 포옹한 다음 호텔을 나와 복작거리는 도시의 삶 속으로 녹아들고자 했다. 쉽지는 않았다. 겨우 테그네르가탄쯤 이르렀을 때 한 젊은 남자가 다가와 같이 사진을 찍자고 했다. 포즈를 취해준 뒤 계속 걸어 스베아베겐에 이른 그는 가급적 공공장소를 피해야 했음에도 스톡홀름 시립도서관 부근의 벤치에 자리를 잡았다. 니마 리타에 대해 다시 검색하기 시작해 이번에는 잡지 〈아웃사이드〉의 2008년 8월호에서 장문의 기사를 발견했다.

지금껏 미카엘은 니마 리타의 발언이 이토록 상세히 실린 기사를 본 적 없었지만, 그 가운데 흥분할 만한 내용은 없어 보였다. 클라라 엥겔만의 죽음에 대한 뻔하거나 다소 비통한 답변들은 이미 읽어온 터였다. 그런데 이내 그가 자리에서 벌떡 일어섰다. 처음에는 그 자신도 이유를 몰랐다. 그는 단순하고도 절망적인 그 문장을 다시 한번 읽어봤다.

난 정말로 그녀를 보살피려 했어요. 하지만 맘사힙이 그냥 쓰러져버렸고, 그러고는 폭풍이 몰아치고 산이 화가 나서 그녀를 구할 수 없었어요. 맘사힙 때문에 매우, 매우 유감이에요.

맘사힙……

그렇다! 맘사힙은 식민지시대 인도에서 백인을 일컫는 말이었던 사힙의 여성형 명사였다. 왜 이 생각을 하지 못했을까? 사건을 취재하는 동안 셰르파들이 백인 등반가를 사힙이라는 말로 지칭하는 걸 자주 보지 않았던가.

난 요하네스를 잡았어. 그리고 맘사힙을 떠났지.

니마 리타는 분명 이렇게 말했을 터였다. 그가 클라라 엥겔만에 대해 말했다는 것은 확실하다. 그런데 대체 무슨 뜻일까? 니마가 그녀 대신 요하네스를 구했다는 걸까? 그렇다면 미카엘이 알고 있는 사건의 추이와 일치하지 않는다.

당시 산에서 클라라 엥겔만과 요하네스 포르셀은 각각 다른 지점에 있었고, 요하네스가 폭풍과 맞닥뜨리기 시작했을 때 클라라는 이미 사망한 후였다. 그렇지만…… 그곳에서 무언가 다른 일이, 당사자들이 함구해야만 했던 심각한 일이 벌어진 건 아닐까? 가능한 추측이었다. 터무니없는 가설일 수도 있고. 미카엘은 무슨 일이 있어도 이 사건을 끝까지 파헤쳐봐야겠다는 결의와 함께 이제 휴가는 끝났다는 생각이 들었다. 그는 곧장 리스베트에게 메시지를 보냈다.

리스베트, 어째서 이렇게 늘 똑똑한 거야?

21장
8월 27일

파울리나 뮐러는 뮌헨 보겐하우젠의 부모님 집에 있었다. 자신이 십대 때 사용하던 방에서 잠옷 차림으로 침대 위에 앉아 뜨거운 코코아를 홀짝이며 통화중이었다. 어머니는 그녀가 열 살 아이로 돌아오기라도 한 것처럼 졸졸 따라다니며 모든 걸 보살펴주었는데, 가만히 생각해보면 그리 나쁜 상황만은 아니었다.

사실 그녀는 이러고 싶었다. 다시 어린아이로 돌아가 모든 책임을 벗어던지고 눈물이 더 나오지 않을 때까지 실컷 울고 싶었다. 게다가 그동안 착각하고 있었다. 그녀의 부모는 토마스가 어떤 인간인지 처음부터 알아본 것이다. 파울리나가 토마스로부터 어떤 일들을 당했는지 털어놓았을 때 그들의 눈에는 조금도 의심하는 빛이 없었다. 지금 그녀는 잠시 혼자 있고 싶다며 침실 문을 걸어 잠갔다.

"그래서 당신은 그 여자가 누군지 전혀 모른단 말인가요?" 수화기 너머에서 울리케 옌센 수사반장이 파울리나의 말을 한마디도 못 믿겠다는 듯 되물었다.

파울리나는 다리미를 들고 덤볐다는 여자가 누군지 바로 알아챘다. 심지어 이 일에 일종의 어두운 정당성이 깔려 있음을 이해했고, 자신이 그렇게 하도록 부추겼을 수도 있다는 생각에 오싹해지기까지 했다. 집으로 오는 길에 몇 번이나 되뇌었던가. 그를 다시 만날 순 없어. 절대로 못해. 차라리 죽는 게 나아.

"아뇨." 파울리나가 대답했다. "그 여자가 누군지 모르겠어요."

"토마스 씨 말로는 당신이 어떤 여자를 만나 사랑에 빠졌다고 하던데요." 울리케가 계속 물었다.

"그를 화나게 하려고 그렇게 말했을 뿐이에요."

"하지만 그 여자와 당신 사이에 애착관계가 있어 보이는데요. 그녀가 전하려는 메시지가 당신과 관련 있다는 느낌이 듭니다. 토마스 씨에게 다시는 당신을 괴롭히지 않겠다는 약속을 강요했다고 하고요."

"이상하군요."

"정말로 이상한가요? 이웃들 진술로는 당신이 집을 떠나기 전 팔에 붕대를 감고 있었다던데. 다림질하다 실수로 데었다고 이웃들에게 말했다면서요."

"맞아요."

"그런데 파울리나, 모두가 그 말을 믿은 건 아니에요. 이웃들은 당신 집에서 비명소리가 나는 걸 들어왔다고 했어요. 부부가 싸우는 소리를요."

파울리나는 잠시 머뭇거리다 대답했다.

"아, 그런가요?"

"혹시 토마스 씨가 당신에게 화상을 입혔나요?"

"어쩌면요."

"그럼 이해하시겠네요. 어째서 우리가 이 사건을 당신과 가까운 사람이 저지른 복수행위로 의심하는지."

"모르겠어요."

"모른다고요……"

탁구공이 오가듯 이런 대화가 한동안 이어지다 돌연 울리케의 어조가 변했다.

"그런데……"

"네?"

"내 생각엔 당신이 이제는 그를 두려워할 필요가 없을 것 같아요."

"무슨 뜻이죠?"

"토마스 씨가 그 여자를 정말로 무서워하는 듯 보였거든요. 앞으로 당신을 가만히 놔둘 것 같아요."

파울리나는 잠시 머뭇거리다가 말했다.

"그게 다인가요?"

"지금으로선 그래요."

"그럼 내가 감사해야겠네요."

"누구에게요?"

"모르겠어요."

이렇게 대답한 파울리나는 토마스가 빨리 회복하기를 바란다고 덧붙였다. 예의상 그래야 할 것 같았지만 진심은 아니었다. 전화를 끊고 침대에 앉아 지금껏 들은 내용을 곰곰이 생각해보는 와중에 핸드폰이 다시 울렸다. 스테파니 에르드만이라는 이혼 전문 변호사—파울리나도 그녀에 관한 기사를 읽은 적 있었다—였는데, 그녀가 파울리나를 대리해 소송을 진행하고 싶다는 말을 전했다. 수임료는 이미 다 지불되었으니 조금도 걱정할 필요가 없다면서.

경찰청 복도에서 얀 부블란스키와 마주친 소니아 모디그는 고개를 저었다. 스톡홀름시 등록부에서도 니마 리타의 흔적을 발견하시 못한 모양이라고 얀은 짐작했다. 시로부터 등록부 열람 허가를 얻어낸 건 그들 도처에 장애물이 적지 않다는 점에 비추어 그나마 작은 성과였다. 군정보보안부와도 접촉을 시도했지만 아무런 답변이 없어 얀은 갈수록 짜증이 치밀었다. 그는 소니아를 지그시 바라보며 말했다.

"어쩌면 용의자가 있을지도 몰라."

"있을지도 모른다고요?"

"이름은 모르고 막연한 인상착의 정도만 알거든."

"반장님은 그걸 용의자라 부르나요?"

"그럼 단서라고 해두지."

얀은 소니아에게 8월 15일 토요일 새벽 1시에서 2시 사이 노라 광장 부근에서 한 남자가 니마 리타에게 밀주 한 병을 건네는 걸 헤이키 예르비넨이 목격했다는 사실을 알렸다.

소니아는 복도를 걸으며 이 정보를 메모했고, 얀의 사무실에 이르러 마주앉은 둘은 한동안 말이 없었다. 그러다 얀이 몸을 비틀기 시작했다. 그의 잠재의식 가운데서 어떤 생각이 어른거리는데 그걸 콕 집어낼 수 없어 답답함을 느끼는 것이었다.

"그가 스웨덴 의료보험을 이용했다는 흔적이 전혀 없단 말이지?" 얀이 물었다.

"지금까지는요." 소니아가 대답했다. "하지만 포기하긴 일러요. 다른 이름으로 등록됐을 수도 있잖아요, 안 그래요? 그의 신체적 특징에 근거해 보다 광범위한 수사를 할 수 있도록 법원에 공조촉탁을 요청했어요."

"그가 시내에서 얼마나 오랫동안 지냈는지는 알아냈어?"

"일반적으로 사람들이 진술하는 시간 개념이 애매하긴 하지만, 그가 그 공원 일대에 이삼 주 이상 머물렀다는 증거는 없어요."

"다른 동네나 도시에서 왔을 가능성은?"

"그래 보이지는 않아요. 그냥 직감이지만."

얀이 앉은 채로 등을 뒤로 젖히고 창밖으로 베리스가탄 방면을 바라보는데, 바로 그때 그 어른거리던 무언가가 또렷해졌다.

"맞아, 쇠드라 플뤼겔른!" 그가 외쳤다.

"네?"

"쇠드라 플뤼겔른 정신병원의 폐쇄병동 말이야. 그가 거기에 있었을지도 몰라."

"어째서요?"

"그럼 얘기가 딱 맞아떨어지거든."

"어떻게요?"

"그곳은 이른바 사회가 감추고 싶어하는 사람들을 수용하는 장소야. 심지어 시에 보고도 하지 않지. 사립 재단에서 운영하는 곳인데 군 당국과 협력적 관계를 맺어온 걸로 알아. 안데르손 기억나? 유엔 평화유지군으로 콩고에 파병되었다 돌아와 거리의 시민들을 공격했던 미친 인간 말이야. 그 사람도 거기에 수용되었어."

"기억나요." 소니아가 대답했다. "하지만 설득력이 약한 듯한데요."

"내 얘기 아직 안 끝났어."

"그럼 계속해보시죠, 수사반장님."

"헤이키의 진술에 따르면 니마가 자유를 찾아 산에서 도망쳐 호수로 내려왔다고 말했대. 어때, 얘기가 맞아떨어지지 않아? 그 병원은 오르스타비켄만의 우뚝 솟은 절벽 위에 있잖아. 마리아 광장에서 그리 멀지도 않고."

"오, 그럴듯한데요?"

"어쩌면 황당한 소리일 수도 있고."

"곧바로 확인해보죠."

"좋아. 그런데……"

"뭐죠?"

"이것도 니마가 어떻게 스웨덴에 왔는지, 어느 곳에도 이름이 등록되지 않은 채 어떻게 국경을 통과할 수 있었는지 설명해주지 못해."

"그렇죠. 그래도 하나의 출발점은 될 수 있잖아요?"

"또다른 유용한 출발점은 레베카 포르셸을 만나 얘기해보는 거야. 군이 못 만나게 하고 있지만."

"맞아요." 소니아가 생각에 잠긴 듯한 표정으로 대답했다.

"왜 그래?"

"니마 리타와 클라라 엥겔만을 알았던 여자가 한 명 더 있어요. 지금 스톡홀름에 있죠."

"그게 누군데?"

소니아는 얀에게 자세히 설명했다.

카트린 린도스는 예트가탄을 따라 걸으며 재차 미카엘에게 전화를 걸었다. 여전히 응답이 없었고 심지어 통화중일 때도 있었다. 카트린은 욕을 내뱉었다. '대체 내가 뭐하는 짓이지.' 이것 말고도 다른 중요한 일들이 많았다. 그녀는 방금 전 팟캐스트 녹음―요하네스 포르셸을 비난하는 보도 경향을 주제로 문화부 장관 알리시아 프랑켈과 언론학 교수 예르겐 브릭스타드와의 대담―을 마쳤는데 그녀의 기분 전환에 도움이 되지는 않았다. 오히려 녹음을 마치고 나니 늘 그렇듯 울적했다.

대담을 하다보면 나중에 마음에 걸리는 발언이나 의문이 하나씩 남기 마련이다. 이번에는 그녀 자신이 지나치게 과격하진 않았는지, 그녀가 비판하는 매체들만큼이나 편파적인 모습을 보인 건 아닌지, 한마디로 자기 자신은 그렇지 못하면서 남들에게는 신중하게 굴라고 요구하진 않았는지 걱정스러웠다. 하지만 카트린은 결코 자기비판으로 주눅들지 않았으며, 요하네스에 대한 집단 히스테리가 누구보다 그녀를 괴롭게 한다는 걸 잘 인식하고 있었다. 어쩌면 그녀는 요하네스보다 자기 자신 때문에 그토록 흥분했을지도 모른다.

그녀는 증오와 거짓이 한 사람을 어디까지 파괴할 수 있는지 너무도 잘 알았다. 스스로 목숨 끊을 생각을 품은 적은 없지만 십대 때 그랬던 것처럼 이따금 어찌할 바를 모르고 자해를 하기도 했다. 이날 그녀는 새벽에 일어나 녹음을 준비할 때부터 기분이 좋지 않았고, 과거로부터 어두운 무언가가 다시 올라오고 있다는 느낌이 들었다. 하지만 무시해버렸다. 지금 예트가탄 길에는 사람들이 가득했다. 앞쪽 보도에선 유치원 꼬마들 한 무리가 저마다 손에 풍선을 들고 소란을 피웠다. 그녀는 방향을 바꿔 본데가탄을 따라 걷다가 뉘토리에트 광장에 이르니 조금 숨통이 트이는 것 같았다.

뉘토리에트는 쇠데르 지구에서 가장 세련된 동네 중 하나로 꼽히는 곳이었고, 누군가에게는 금기어일 수 있겠지만 이른바 언론 엘리트 특권 구역의 동의어라 할 수 있었다. 카트린은 이 동네에서 편안함을 느꼈다. 이곳에 집을 사기 위해 과도하게 빚을 진 게 사실이지만 그녀의 팟캐스트 방송—현재 스웨덴에서 청취율이 가장 높은—이 성공을 거둔 이후 비교적 안심하고 있었다. 무슨 일이 생기면 집을 팔고 교외로 이사하면 그만이었다. 그녀는 어느 날 갑자기 모든 것을 잃게 될 수도 있다는 사실을 한 번도 의심해본 적 없었다.

카트린은 걸음을 재촉했다. '뒤에서 들리는 저 발소리, 지금 날 따라오는 걸까?' 아니, 그건 상상일 뿐이었다. 해묵은 공포일 뿐이었다. 지금 그녀가 원하는 건 단 하나. 어서 집으로 가 로맨틱코미디 영화, 혹은 그녀의 삶과 아무런 관계가 없는 무언가에 빠져들어 바깥세상을 다 잊어버리는 것이었다.

미카엘은 외스테르말름 지구 어느 가정집의 발코니에 앉아 소니아가 그에게 제보해준 여자를 취재하고 있었다. 이곳에 오기 전 왕립도서관에서 하루를 보냈다. 이제 그는 이 사건이 어떻게 전개되었는지, 아니면 적어도 이미 아는 내용 가운데 어디에 공백이 있는지, 다시 말해 무엇을 찾아내야 할지를 보다 명확히 알았다.

그랬기에 융프루가탄에 있는 엘린의 집을 찾아갔다. 올해 서른아홉 살인 그녀는 상당한 미모에 몸매가 호리하고 우아하면서도 다소 딱딱하게 느껴지는 사람이었다. 펠케는 결혼 후에 얻은 성이고, 2008년에는 말름고르드라는 이름으로 피트니스 세계에서—〈아프톤블라데트〉에 상담 칼럼을 연재하며—꽤 유명했으며, 미국인 그레그 돌슨이 이끄는 에베레스트 등반대의 일원이기도 했다.

그해 그레그의 등반대는 빅토르 그란킨의 등반대와 같은 날, 즉 5월 13일에 에베레스트 정상에 도전했다. 고산 적응 기간에 두 팀은 베이스캠프에서 함께 생활했으며, 엘린은 같은 나라 사람인 요하네스 및 스반테와 점차 가까워졌다. 클라라와도 친구처럼 지냈다.

"이렇게 방문을 허락해주셔서 감사합니다." 미카엘이 먼저 인사를 전했다.

"문제될 건 없어요. 다만 당신도 이해하겠지만 난 이제 이 이야기라면 피곤해요. 이 일로 이백 차례는 인터뷰를 했을 거예요."

"그럼 돈을 좀 벌었겠군요."

"기억할지 모르겠지만 그때 금융 위기가 있었잖아요. 사례비를 많이 받지는 못했어요."

"이런, 유감입니다. 자, 어쨌든 클라라 엥겔만에 대해 좀 듣고 싶습니다. 그녀가 빅토르와 연애 감정이 있었다는 건 알아요. 그러니 그일에 대해 돌려 말할 필요는 없습니다."

"기사에 내 이름을 밝힐 건가요?"

"원치 않으면 안 밝히겠습니다. 단지 그때 무슨 일이 일어났는지 알고 싶을 뿐이에요."

"그래요. 그들 사이에 연애 감정이 있었어요. 밖으로 드러내지는 않았죠. 베이스캠프에서도 그걸 아는 사람이 얼마 안 됐어요."

"당신은 알았나요?"

"클라라가 말해줬으니까요."

"클라라가 빅토르의 등반대에 속했다는 게 이상하지 않나요? 돈도 인맥도 많은 사람이 어째서 그레그처럼 좀더 널리 알려진 미국인 안내자를 선택하지 않은 걸까요?"

"빅토르도 상당히 명성이 높았어요. 스탠 엥겔만과도 좀 아는 사이였고요."

"그런데 빅토르가 그의 아내와 사랑에 빠졌고요?"

"네, 스탠으로선 따귀를 한 대 얻어맞은 셈이죠."

"베이스캠프에서 클라라를 처음 보았을 때 그녀가 약간 불행해 보였다고 당신이 말한 기사를 읽었어요."

"난 그렇게 말하지 않았어요. 처음에는 극도로 거만한 여자라고 생각했죠. 하지만 점차 알게 되었어요. 그녀가 불행한 사람이고, 그녀에게 이 에베레스트 등반이 일종의 탈출구라는 것을. 이 모험을 통해 이혼할 용기를 얻고자 했던 거죠. 어느 저녁 클라라의 텐트에서 함께 와인을 마시는데 그녀가 변호사를 구했다고 털어놓았어요."

"찰스 메스터튼이죠?"

"아마도요, 이름은 잘 기억 안 나요. 그리고 그녀가 출판사 발행인과도 접촉했다고 했어요. 자신의 에베레스트 등반뿐 아니라 스탠이 어떻게 성매매 여성들이나 포르노 배우들과 놀아나는지, 암흑가와 어떤 관계가 있는지에 대해서도 쓰고 싶다고 말이에요."

"스탠이 위협을 느꼈을 수도 있겠네요?"

"그렇진 않았을 거예요."

"왜죠?"

"클라라에게 변호사가 한 명 있다면 그에게는 스무 명이 있었으니까요. 내가 알기로 그녀는 두려워했어요. '그가 날 박살내버릴 거야'라고 말하곤 했죠."

"그러고서 무언가가 벌어진 거군요."

"우리 모두의 영웅이 그녀를 유혹했죠."

"빅토르 그란킨."

"네, 바로 그 사람이에요."

"그가 어떻게 그녀의 마음을 얻었을까요?"

"전혀 몰라요. 다만 빅토르의 매력에 빠지는 게 그리 어려운 일은 아니었죠. 어떤 난관에 처해도 침착하기 이를 데 없었으니까요. 그를 바라보기만 해도 '빅토르가 다 해결해줄 거야'라는 생각이 들었죠. 커다란 곰처럼 태평한 모습에 그 호탕한 웃음으로 모든 근심을 날려줬어요. 당시 그 등반대에 속하지 못한 게 억울할 정도였죠."

"클라라도 그의 매력 앞에 무너졌고요."

"완전히 무너져버렸죠."

"클라라가 왜 그랬다고 생각하나요?"

"나중에 생각해보니 어쩌면 스탠과 관련 있는 일일지도 모르겠더라고요. 빅토르가 옆에 있으면 남편을 좀더 쉽게 이길 수 있겠다고 상상했을지도 모르죠. 그는 총알이 빗발치는 가운데서도 미소 지을 수 있는 남자였어요."

"하지만 무언가가 변했죠."

"맞아요."

"그 얘기를 좀 해주세요."

"빅토르가 불안한 기색을 보이기 시작했어요. 우리 모두를 당혹스럽게 만들었죠. 여객기 승무원이 한창 비행중에 돌연 불안한 모습을 보이기 시작한 것과 같았어요. 그러면 승객들은 비행기가 정말로 추락할지도 모른다고 생각하게 되잖아요."

"당신이 생각하기에 무슨 일이 있었던 것 같나요?"

"전혀 모르겠어요. 스탠이 결코 상대할 만한 인물이 아니고, 자신의 무모한 행위가 심각한 결과를 초래할 수도 있다는 사실을 깨달았던 건지도 모르죠. 그리고 솔직히……"

"뭐죠?"

"솔직히 그가 걱정할 만한 상황이었어요. 그때 전 어렸으니까 그들의 로맨스가 멋지다고만 생각했죠. 세상에서 가장 큰 비밀을 알게 된 기분도 들었고요. 지금 와서 생각해보면 그건 너무 무책임한 행동이었어요. 스탠이나 빅토르의 아내 때문이라기보다는 등반대 사람들 때문에요. 빅토르는 그들 모두의 안전을 책임지는 사람이었잖아요. 어느 한 명만을 위하면 안 됐죠. 그가 클라라에게만 온 정신을 집중한 건 다른 사람들에 대한 배신이라 할 수 있어요. 모든 게 어그러진 이유가 부분적으로는 그 때문이라고 생각해요. 그는 무슨 일이 있어도 클라라를 정상에 세우려고 했죠."

"오히려 그녀를 하산시키는 게 맞았는데 말이죠."

"정확해요. 하지만 빅토르는 그럴 용기가 없었어요. 단순히 그녀가 지닌 엄청난 홍보 가치 때문만은 아니었고, 그녀에 대해 쓰레기 같은 말들을 늘어놓는 언론에 대해서도 화가 났던 거예요. 그는 클라라가 얼마든지 해낼 수 있다는 걸 온 세상에 보여주고 싶어했어요."

"등반대가 제4캠프를 떠나 정상을 향해 오르기 시작했을 때 빅토르의 몸 상태가 별로 좋지 않았다는 증언도 있더군요."

"나도 그런 말을 들은 적 있어요. 대원들을 챙기느라 지쳐버렸는지도 모르죠."

"그와 니마 리타와의 관계는 어땠나요?"

"빅토르가 그를 매우 존중했어요."

"그럼 클라라와 니마의 관계는요?"

"그건…… 특별하다고 할 수 있었죠."

"무슨 뜻이죠?"

"그들은 사는 세계가 달랐으니까요."

"클라라가 그를 천대했나요?"

"그는 미신을 숭배하는 사람이었죠."

"그래서 그녀가 그를 놀렸나요?"

"그랬을 수도 있지만 니마는 크게 신경쓰지 않았을 거예요. 자기 일만 하면 됐으니까요. 그들의 관계가 틀어진 건 다른 일 때문이었어요."

"그게 뭐죠?"

"니마에게는 아내가 있었어요."

"루나."

"맞아요, 그녀의 이름이 루나였죠. 니마의 전부였어요. 사실 그한테는 어떤 행동을 해도 상관없었을 거예요. 무시하고 개처럼 취급한들 개의치 않았을걸요. 하지만 아내에게 조금이라도 나쁜 소리를 하면 그의 표정이 싹 바뀌었죠. 어느 아침, 루나가 갓 구운 빵이며 치즈, 망고, 리치가 담긴 예쁜 바구니를 들고 베이스캠프에 올라왔어요. 텐트를 돌아다니며 먹을 것을 나눠주었죠. 사람들은 밝은 얼굴로 고마움을 표했고요. 그런데 그녀가 클라라의 텐트 앞을 지나다 등반용 아이젠 한 쌍이었던가, 아니면 그런 곳에 놔둘 필요 없는 핸드백이었던가에 발이 걸려 넘어졌어요. 바구니에 담긴 모든 게 자갈밭 위로 쏟아졌고 루나는 손이 조금 벗겨졌죠. 그렇게 별일은 아니었는데 바로 옆에 앉아 있던 클라라가 그녀를 돕기는커녕 '뭐야! 똑바로 보고 다니지 않고!'라고 소리를 쳤어요. 오페라의 프리마돈나처럼 구는 모습에 니마는 폭발하기 직전이 된 거예요. 얼굴색이 싹 변하더라고요. 그가 이성을 잃을까 걱정스러웠어요. 상황이 악화되기 전에 요하네스가 나타나 루나가 일어나도록 도와주고 흩어진 빵과 과일을 주워 담았죠."

"요하네스는 니마, 루나와 친구처럼 지냈나요?"

"그는 모두의 친구였죠. 그를 만나본 적 있나요? 사람들이 그를 헐뜯기 시작하기 전에요."

"국방부 장관에 취임했을 때 인터뷰를 한 적이 있어요."

"그럼 요즘 왜 이런 일들이 일어나는지 이해하지 못하겠네요. 당시에는 모두가 그를 좋아했답니다. 회오리바람 같은 사람이었어요. 늘 미소를 지으며 엄지를 치켜세우곤 폭풍처럼 나아갔죠. 당신 말처럼 그가 니마와 각별한 관계였을 수도 있어요. 요하네스는 '산의 전설에 경의를 표합니다' 같은 말을 거듭했죠. '당신은 좋은 아내를 두었어요! 정말 아름다운 분이군요!'라고 외치기도 했고요. 물론 그럴 때마다 니마의 얼굴이 해처럼 빛났죠."

"니마도 거기에 모종의 방식으로 화답했나요?"

"무슨 뜻이죠?"

미카엘은 어떻게 설명해야 할지 몰라 잠시 머뭇거렸다. 근거 없는 비난으로 들릴 수 있는 말은 피하고 싶었다.

"혹시 니마가 산에서 클라라를 희생시켜가며 요하네스를 도운 건 아닌지 해서요."

엘린이 당혹스러운 눈빛으로 그를 쳐다보았다.

"어떻게 그런 일이 있을 수 있었겠어요? 니마는 빅토르, 클라라와 함께 있었고…… 그렇지 않았나요? 스반테와 요하네스는 정상 등반을 하러 따로 떠났는데요."

"압니다. 하지만 그러고 나서는요? 그다음에 무슨 일이 일어났죠? 사람들은 클라라가 도저히 구조 불가능한 상태였다고들 하는데 정말로 그랬나요?"

그 순간 전혀 예상치 못하게도 엘린이 버럭 화를 냈다.

"당연히 그런 상태였어요!" 그녀는 식식거렸다. "아, 정말이지 이젠 신물이 나요. 고산에 발도 디뎌보지 않은 바보들이 모든 걸 안다고 생각한다니까요! 거기가 어떤 곳인지……"

엘린은 잠시 멈추고 할말을 찾았다.

"거기가 어떤 곳인지 당신이 조금이라도 아는 것 같아요? 착각 그만해요. 거기선 무얼 생각할 힘조차 없어요. 끔찍하게 추운데나 한 발을 내디디는 게 죽기보다 힘들어요. 자기 몸 하나 간수할 수 있으면 정말 다행이라고요. 그 누구도, 심지어 니마 리타도 8300미터 고

산의 눈밭에서 돌처럼 얼굴이 꽝꽝 얼어붙은 채 죽어서 뻗어 있는 사람을 일으켜세울 순 없어요. 자, 이게 바로 그때 있었던 일이에요. 우리는 내려오면서 그 둘을 똑똑히 보았어요. 당신도 알잖아요? 빅토르와 클라라는 서로를 부둥켜안고 눈밭에 쓰러져 있었다고요."

"그래요, 압니다."

"끝장난 거였어요. 그들을 구할 가능성은 전혀 없었어요. 클라라는 죽어 있었다고요."

"난 사실관계를 정확히 확인하려는 것뿐이에요."

"그 헛소리를 믿으라고요? 지금 당신은 은근히 암시하고 있잖아요, 아닌가요? 다들 그러는 것처럼 당신도 요하네스를 궁지에 몰아넣고 싶은 거예요."

그런 게 아니라고 미카엘은 소리치고 싶었다. 나는 그렇지 않다고! 그 대신 숨을 한차례 크게 들이마셨다.

"미안합니다." 그가 말했다. "다만……"

"뭐죠?"

"이 이야기에 무언가 삐걱대는 부분이 있는 것 같아요."

"예를 들면요?"

"나중에 클라라의 시신이 발견되었을 때 그 옆에 빅토르가 없었다는 사실 같은. 물론 그녀는 이듬해에 발견되었고, 그사이에 눈사태나 폭풍 같은 많은 일들이 일어날 수 있었겠죠. 그렇지만……"

"그렇지만?"

"스반테 린드베리의 증언에 신뢰가 가지 않아요. 왠지 그가 모든 진실을 말하지 않았다는 느낌이 들어요."

엘린이 흥분을 가라앉히고 창밖의 정원을 내다보았다.

"그건 나도 동감이에요."

"어째서요?"

"스반테는 베이스캠프에서 가장 큰 수수께끼였으니까요."

22장
8월 27일

카트린 린도스는 뉘토리에트에 있는 자신의 집에서 고양이와 함께 소파에 웅크려앉아 핸드폰을 들여다보고 있었다. 미카엘과의 통화를 수없이 시도하고 있는 지금 이 상황이 당황스럽기도 하고 스스로에게 분통이 터지기도 했다. 거의 벌거벗듯 그녀 자신을 드러냈건만 돌아온 건 아리송한 메시지 한 통뿐이었다.

그 걸인이 당신에게 '맘사힙'이라고 말했던 것 같아. '맘사힙 클라라 엥겔만'이라는 뜻으로. 또 기억나는 것 없어? 아주 사소한 말이라도 도움이 될 수 있어.

맘사힙…… 카트린은 사전에서 단어를 찾아보며 중얼거렸다. 식민지시대 인도에서 사용한 백인 여성에 대한 폰칭이며 일반적으로 멤사힙 Memsahib으로 표기한다. 분명 이것이 걸인이 그녀에게 했던 말일 수 있었다. 하지만 그래서 어쨌다는 건가? 그녀는 클라라 엥겔만이라는 사람도 알지 못했다.

카트린은 이 일에 조금도 관심이 없었고 이런 걸 보낸 미카엘에게 엿이나 먹으라고 하고 싶었다. 메시지에 안녕, 어떻게 지내?라는 말 한마디 정도는 덧붙일 수 있었을 테지만 그런 말은 없었다. 당신이 보고 싶어 같은 건 당연히 없었고, 그간 오히려 저절로 마음이 약해지던 순간에 그런 말을 써 보낸 건 그녀였다. 카트린은 그를 저주했다.

그녀는 먹을 것을 찾으러 주방으로 갔다. 별로 배고프지 않다는 것을 깨닫고 냉장고 문을 세차게 닫은 뒤에는 식탁 위 그릇에서 사과를 한 개 집어들었다. 그런데 그 순간 머릿속에서 웬 경보음이 울려대는 것만 같아 그마저도 먹지 못했다. '클라라 엥겔만, 어디선가 들어본 이름인데? 화려한 무언가가 떠오르기도 하고……' 그녀는 구글에 그 이름을 검색해보고 나서야 비로소 기억을 되살려냈다.

아주 오래전 〈베니티 페어〉에서 클라라에 대한 기사를 읽은 적이 있었다. 지금은 그녀의 사진을 몇 장 정도만 찾아볼 수 있었는데 그중 에베레스트의 베이스캠프에서 포즈를 취한 것들과 그녀와 함께 사망한 빅토르 그란킨의 사진들이 눈에 띄었다. 클라라는 약간은 저속한 분위기를 풍기는 미인이었다. 동시에 어떤 슬픔 혹은 끊임없이 미소를 짓는 것이 우울증에 대항하는 유일한 무기인 양 가식적인 쾌활함이 느껴졌다. 한편 빅토르는…… 카트린은 그에 대해 어떻게 말해야 좋을지 알 수 없었다.

다른 기사에서는 그가 엔지니어이자 전문 등반가라고 밝히고 있었다. 전에는 몇몇 어드벤처 전문 여행사에서 컨설턴트로 일했다. 하지만 카트린은 그가 특수부대의 군인처럼 느껴졌다. 특히 에베레스트에서 찍은 사진 하나가 그랬다. 거기서 어떤 남자와 포즈를 취하고 있었는데…… "요하네스 포르셀!" 카트린은 그만 놀라서 소리치며 미카엘에 대한 분노마저 잊어버렸다. 그녀는 당장 메시지를 보냈다.

대체 이걸 어떻게 찾아냈어?

조금 전까지 엘린 펠케는 분개해 씩씩대다가 지금은 무언가 석연찮은 게 있는 듯 미간을 찌푸리고 생각에 잠겨 있었다. 그야말로 순식간에 열대와 한대를 오갔다.

"글쎄요, 스반테에 대해 어떻게 말해야 할까요? 그는 아무것도 의심하지 않는 사람이었어요. 정말 오만한 사람이었죠. 누구든, 그리고 무엇에 관해서든 설득할 수 있는 능력이 있었어요. 그가 추천하는 그 끔찍한 블루베리 수프를 캠프 사람들 모두가 마시기 시작했을 정도로요. 솔직히 세일즈맨이 되었어야 할 사람이에요. 다만 그곳 산 위에서는 그가 바라던 대로 일이 풀리지 않았던 것 같아요."

"그게 무슨 뜻이죠?"

"빅토르와 클라라 사이에 무언가 있다는 걸 눈치채고 스반테가 동요했던 것 같아요."

"그가 왜 그랬다고 생각하죠?"

"정확히 설명할 순 없지만 그냥 그렇게 느껴졌어요. 어쩌면 질투일 수도 있겠죠. 그리고 빅토르가 스반테의 변화를 알아챘던 것 같아요. 빅토르가 점점 불안한 모습을 보인 것도 그 이유 때문일지 모른다는 생각까지 들어요."

"어째서 그 일이 빅토르를 불안하게 만들었을까요?"

"아까 말했듯 그의 마음에 걸리는 게 있었겠죠. 어쨌든 우리가 전적으로 신뢰할 수 있었던 견고한 바위 같은 사람이 갈수록 불안한 모습을 보였어요. 그가 스반테를 조금 두려워하는 게 아닌가 하는 생각도 가끔 들었죠."

"왜 두려워했을 거라고 생각하나요?"

"순전한 추측이지만, 스반테가 그들의 일을 스탠에게 알릴지 몰라 겁이 났을 수도 있죠."

"스반테와 스탠이 서로 접촉했을 거라는 정황이라도 있었나요?"

"그건 아닐 거예요. 하지만……"

"하지만?"

"스반테에게 음흉한 구석이 있다는 예감이 갈수록 선명해졌어요. 이따금 그가 스탠을 개인적으로 안다는 듯이 말했거든요. 스탠의 이름을 부르는 방식에서…… 친밀감 같은 게 느껴졌죠. 이 모든 건 그저 나만의 생각일 수 있어요. 오래전 일을 세세히 기억하는 게 쉬운 일은 아니니까요. 다만 한 가지는 확실해요. 베이스캠프 생활 끝 무렵에 가서는 스반테도 점점 자세를 낮췄어요. 계란 위를 걷는 사람처럼 조심스러워졌죠."

"그도 무언가에 불안해졌다는 얘긴가요?"

"그때는 우리 모두가 불안했어요."

"그랬겠군요. 아까 스반테가 베이스캠프에서 가장 큰 수수께끼라고 말했는데……"

"맞아요. 대개는 제왕처럼 자신감이 넘쳐흐르다가 이따금 불안하고 의심 많은 모습을 보였어요. 사람들 얼굴이 붉어질 정도로 칭찬을 늘어놓다가도 갑자기 아주 불쾌한 말을 하기도 했죠."

"요하네스와의 관계는 어땠나요?"

"지금과 똑같았다고 생각해요. 그가 요하네스를 아주 좋아하는 편이었죠."

"하지만 다른 한편으론……"

"요하네스를 지켜보고 있었어요. 약점이며 압력을 가할 수 있는 거리를 찾아내려는 듯이."

"어떤 이유로요?"

"잘 모르겠어요. 언론에서 요하네스에 대해 쏟아내는 그 헛소리들에 나도 분명 영향을 받았겠죠."

"정확히 무슨 뜻이죠?"

"내게는 그 모든 말들이 몹시 부당하게 느껴지거든요. 때로는 요하네스 자신이 아닌 스반테가 저지른 어떤 일 때문에 그가 고통받고 있는 건 아닌가 하는 생각까지 들어요. 이런, 내가 말을 너무 많이 했네요."

미카엘은 부드럽게 웃었다.

"그랬을 수도 있겠네요. 난 당신이 생각할 거리를 줘서 기쁠 뿐이에요. 다시 한번 말하지만 기사에 대해선 조금도 걱정할 필요 없어요. 나 역시 이런저런 추측을 해보는 걸 좋아하지만 기사를 쓸 때는 오직 사실관계만을 고수해야 하니까요."

"슬프군요."

"네, 어쩌면요. 암벽 등반과도 조금은 닮은 면이 있어요. 다음번에 발 디딜 만한 곳이 어딘지 미리 추측하는 게 불가능하죠. 이 점을 반드시 인지하지 않으면 문제가 생겨요."

"맞아요."

미카엘은 핸드폰을 들여다보고 카트린으로부터 답장이 온 걸 알았다. 그녀가 또다른 질문을 보내왔다. 이 취재를 마칠 이유가 생긴 것이다. 그는 엘린과 다정한 작별인사를 나눈 뒤 가방을 들고 밖으로 나왔지만 이제 어디로 가야 할지 알 수 없었다.

늦은 오후 트롱순드의 집에 온 프레드리카 뉘만은 쇠드라 플뤼겔른 정신병원의 폐쇄병동 책임자인 정신과전문의 파르자드 만수르로부터 장문의 메일이 와 있는 걸 보았다. 그녀와 경찰 수사팀 측에서 니마 리타 사건에 대한 상세한 설명과 함께 니마가 그 병원에 입원한 적 있는지 문의하는 메일을 보냈기 때문이었다.

사실 프레드리카는 큰 기대가 없었다. 니마의 혈중에 항정신성 약물을 복용한 흔적이 남아 있기는 했지만 몸이 형편없이 망가져 있었기에 의료기관에 입원했었다고 여기기는 힘들었기 때문이다. 그래도

흥분된 마음으로 메일을 읽어봤는데, 반드시 사건 조사만을 위한 건
아니었다.

그녀는 이전에 파르자드 박사와 통화한 적이 있었다. 그때 그의 목
소리는 부드럽고 상냥했으며, 인터넷에서 본 사진에서 그 반짝이는
눈과 온화한 미소가 호감으로 다가왔다. 그가 자신의 페이스북에 적
어둔 패러글라이딩에 대한 열정까지 마음에 들었다. 하지만 프레드
리카와 얀에게 보낸 답장은 들끓는 분노와 자기방어의 열기로만 가
득한 정신없는 글이었다.

먼저 큰 충격과 슬픔을 느낍니다. 다만 곧장 밝히고 싶은 것은 사건이
일 년 중 가장 좋지 못한 시기, 즉 나와 병원장 크리스테르 알름이 부재
중일 때 발생했다는 사실입니다. 유감스럽게도 이 사안은 우리 손가락
사이로 새어나간 것이죠.

무슨 사건? 무슨 사안? 손가락은 또 뭔데? 프레드리카는 그 다정
했던 패러글라이더가 왜 이렇게 와장창 평정을 잃은 것인지 의아하
면서도 짜증이 났다. 하지만 길고도 두서없는 메일을 참을성 있게
훑어본 끝에 니마가 실제로 그 병원에 다른 이름으로 입원했었으며,
7월 27일 오후에 병원을 빠져나갔다는 사실을 알 수 있었다. 처음에
그의 탈주는 보고되지 않았다. 여러 이유가 있었으나 대체로 책임자
들이 자리를 비운 상황과 관련이 있었다. 프레드리카는 이 환자가 기
밀로 처리된 특별취급 대상이었으나 의료진의 우려나 죄책감 때문
에 이를 외면했다는 사실도 알게 되었다.

파르자드는 이렇게 썼다.

당신도 알지 모르겠으나 올해 3월에 나와 크리스테르 알름이 병원의
경영권을 인계받았습니다. 그리고 일련의 문제를 발견했습니다. 여러

명의 환자가 감금된 채 그들의 상태에 부정적 영향만을 끼칠 강압적 조치들을 당하고 있는 것을 포함해서요. 그런 환자 가운데 2017년 10월에 니하르 라왈이라는 이름으로 수용된 남성이 있었습니다. 신원을 확인할 자료는 없었지만 의료 기록에 따르면 나이는 54세, 망상형 조현병과 진단명을 확정하기 어려운 신경 손상이 있었습니다. 그리고 네팔의 산지 출신이었죠.

프레드리카는 평소처럼 소파에서 뒹굴거리며 핸드폰에 빠져 있는 두 딸을 쳐다보았다. 파르자드의 글은 계속됐다.

환자에게는 시급한 처치를 요하는 치과적, 심장외과적 병증들이 있었지만 제대로 치료받지 못한 상태였습니다. 약제가 과도하게 투약되었고 때로는 결박 조치까지 당했습니다. 결코 정당화할 수 없는 일이었죠. 한편 그 환자가 위협적인 행동을 할 수 있다는 통지—안타깝지만 자세한 내용을 밝힐 권한이 없습니다—가 있었습니다. 어쩌면 우리가 상황의 심각성을 충분히 인식하지 못했을 수 있고, 우리의 책임을 부인하지도 않겠습니다. 다만 크리스테르와 나 자신에게 환자의 이익이 무엇보다 중요했다는 사실을 이해해주면 좋겠습니다. 환자에게 약간이나마 인간적 존엄성을 되찾아주고 신뢰를 구축하고 싶었습니다. 환자는 방향감각을 상실한 상태였죠. 자신이 어디에 있는지 모르는 것 같았어요. 동시에 내면에는 분노가, 아무도 자신의 이야기를 들으려 하지 않는다는 격렬한 분노가 들끓고 있었습니다. 그래서 약물을 대폭 줄이고 심리치료를 시작했으나 이 또한 기대했던 효과를 가져오지 못한 것 같군요. 망상증이 상당히 진행되었고, 환자가 무언가 말하고 싶어하는 것은 많았지만 의료진 전체에 강한 불신감이 형성된 상태이기도 했습니다. 다만 적어도 몇 가지 오해는 바로잡을 수 있었죠. 가령 우리는 그 환자를 니마 혹은 시르다르 니마라고 부르기 시작했는데, 이는 그에게 중요한 일이었습니다.

또한 우리는 환자가 죽은 아내인 루나에게 병적으로 집착하고 있음을 알게 되었습니다. 저녁마다 병원 복도를 걸으며 그녀의 이름을 불렀죠. 도와달라고 외치는 소리가 들린다면서요. 원인을 알 수 없는 발작 상태에 접어들면 '마담' 혹은 '맘사힙'이라는 것에 대해 말했습니다. 그 이야기들이 매우 비슷했기 때문에 크리스테르와 나는 그의 아내를 지칭하는 말로 이해했죠. 하지만 내게 보내준 자료를 읽어보니 환자에게는 하나가 아닌 두 개의 트라우마가 있었던 것 같습니다.

이 사안의 성격을 명확히 밝혀내지 못한 것을 무능의 결과로 여길 수도 있겠으나 우리가 극히 부족한 정보만을 가지고 시작했다는 점을 감안해야 할 것입니다. 그리고 몇몇 부분에서만큼은 진전을 이뤘다는 점을 지적하고 싶습니다. 6월 말, 우리는 환자에게 점퍼를 돌려주었습니다. 그의 계속된 요청으로 인한 것이었고, 그 옷을 입으면 안도감을 느끼는 것 같았습니다. 환자가 늘 알코올을 요구한 것—아마 진통제 투여량을 줄인 결과—은 사실이지만, 아내의 목소리가 들리지 않는 밤도 맞이하곤 했습니다. 밤마다 공포에 사로잡히던 증상이 상당히 개선된 것이죠. 따라서 크리스테르와 나는 안심하고 휴가를 떠날 수 있었던 것입니다. 환자도 병원도 전부 잘해내고 있다고 생각하면서 말입니다.

'물론 그러셨겠지.' 프레드리카는 생각했다. '암, 그렇고말고.' 하지만 니마 리타는 죽어버렸다. 의료진이 그의 필사적인 탈출 의지를 과소평가한 건 명백한 사실이었다. 그가 테라스에 접근하는 걸 허용한 일까지는 이해할 수 있었지만 아무런 감시 없이 혼자 둔 건 규칙에 전혀 부합하지 않는 일이었다.

7월 27일 오후에 그는 사라졌다. 바지에서 찢겨져 나온 천조각을 보면 그가 지붕과 테라스 사이에 높다랗게 둘러진 철책의 좁다란 틈으로 몸을 비틀어 빠져나갔음을 짐작할 수 있었다. 그러고서 가파른

절벽을 타고 내려가 오르스타비켄에서 사라졌다가 얼마 후 마리아 광장 어딘가에 지낼 곳을 마련했을 것이다.

가장 충격적인 점은 8월 4일 크리스테르 알름이 휴가에서 복귀할 때까지 아무도 환자가 없어진 사실을 보고하지 않았다는 것이다. 그가 돌아오고 나서도 아무도 경찰에 신고하지 않았다. 파르자드 박사의 설명에 따르면 환자와 관련해 새로운 사실이나 뜻밖의 사건이 발생하면 지정된 연락처로 보고하도록 명확히 규정되어 있기 때문이었다. '이건 또 무슨 이상한 소리야? 확실히 비밀스러운 기운이 느껴지는군.' 프레드리카는 생각했다. 의심의 여지가 없었다. 중요한 무언가를 숨기고 있는 게 분명했다. 그녀는 병원에 대해 검색해보고 얀 반장과 긴 대화를 나눈 뒤 이번에도 어김없이 미카엘에게 전화를 걸었다.

미카엘은 아직 카트린의 메시지에 답장을 보내지 않았다. 그레브 가탄에 있는 술집 투도르 암스에서 기네스 맥주를 한 잔 마시며 앞으로의 행동 계획을 세워보는 중이었다. 물론 가장 먼저 만나봐야 할 사람은 스반테 린드베리였다. 그가 이 드라마의 열쇠가 되는 인물이라는 확신이 갈수록 굳어졌다. 그전에 그를 좀더 자세히 알아봐야겠다는 생각이 자꾸 들었다. 가장 좋은 정보원은 요하네스겠지만 미카엘로선 지금 그가 어떤 상태인지 알 수 없었다.

레베카 포르셀도, 장관의 언론담당비서관인 니클라스 켈러도 연락이 닿지 않았다. 그는 이 문제를 잠시 내려놓고 임시 거처를 찾는 데 집중하기로 했다. 잠을 자고 일할 수 있는 곳이 필요했다. 그러고 나면 취재를 재개할 수 있으리라 생각하는 와중에 핸드폰이 울렸다.

프레드리카가 전화를 걸어와 흥미로운 것을 발견했다고 말했다. 그는 일단 전화를 끊게 한 뒤 그녀에게 메시지를 보내 보안 회선으로 대화할 수 있도록 '시그널'이라는 메신저 어플리케이션을 설치하라고 전했다.

─안 돼요. 전혀 다룰 줄 몰라요. 딱 질색이에요. 사람을 미치게 한다니
  까요.

─혹시 집에 핸드폰을 늘 쥐고 사는 십대 아이들 없나요?

─멀리서 찾을 필요 없죠.

─아이들에게 부탁해봐요. 엄마가 비밀 탐정이 될 수 있게 도와달라
  고요.

─하하, 한번 해보죠.

시간이 흘렀다. 미카엘은 맥주를 홀짝이면서 두 여자가 유모차를
밀며 지나가는 모습을 멍하니 바라보았다. 그러면서 이런저런 생각
에 잠겨 있는데 아까와는 사뭇 다른 어조의 메시지가 도착했다.

─그쪽이 진심 미카엘 블롬크비스트임?

그는 첨단기술에 그렇게 깡통은 아님을 보여주기 위해 손가락으
로 V자를 하고 자신의 사진을 찍어 전송했다.

─와, 미친다.

─사실 그렇게 미치진 않았어.

─엄마가 비밀 탐정이 되는 게 맞아요?

─물론이지.

이렇게 대답한 그에게 스마일 이모티콘이 돌아왔다. '흠, 나도 그
렇게 구닥다리는 아니란 말이지.' 그는 이렇게 생각하며 빨간 하트를
누르지 않으려고 조심했다. 그러지 않으면 〈엑스프레센〉 1면에 그의
얼굴이 큼지막이 실릴 것이다! 그가 아만다에게 상황을 설명해준 뒤

십오 분쯤 지났을 때 문제의 메신저를 통해 프레드리카로부터 전화가 걸려왔다. 그는 전화를 받으러 거리로 나갔다.

"이번에 아이들을 다시 보게 되었네요." 그녀가 말했다.

"오늘 내가 쓸모 있는 일을 한 가지는 한 셈이네요. 자, 새로운 소식이 있나요?"

프레드리카는 잔에 화이트 와인을 따르고 자신이 알아낸 내용을 미카엘에게 전했다.

"그가 어떻게 그리고 왜 거기에 가게 되었는지는 모른다는 거죠?" 미카엘이 물었다.

"그의 모든 기록이 기밀로 다뤄지는 듯해요. 군사기밀 같아요."

"국가안보와 관련된 일처럼 말인가요?"

"잘 모르겠어요."

"그런데 일반적으로 기밀이라는 건 국가보다는 특정 개인들을 보호하기 위한 것 아닌가요?"

"맞아요."

"이거 좀 이상하지 않아요?"

"그래요……" 그녀가 느린 말투로 대답했다. "게다가 엄청난 스캔들이 될 수도 있어요. 니마는 이를 치료해줄 의사는 물론이고 아무도 만나지 못한 채 쥐구멍 같은 방에 갇혀 여러 해를 보내야 했던 것 같아요. 당신은 그 병원이 어떤 곳인지 아나요?"

"오래전에 병원 설립자 구스타브 스타브셰의 환자권리장전을 읽은 적이 있어요."

"멋진 선언문이지 않아요? 우리 중 가장 병든 사람이 최고의 치료를 받아야 한다, 한 사회의 존엄은 가장 약한 구성원을 보살필 수 있는 능력에 따라 규정된다……"

"자기신념이 매우 확고한 사람 같았어요. 아닌가요?"

"하지만 다른 시절의 얘기예요. 대화와 치료에 대한 그의 신념은 순진한 것이었죠. 적어도 니마처럼 심각한 증상을 보이는 환자들에 한해서는. 그리고 정신의학은 다른 방향을 취하기 시작했어요. 약물과 강제적 수단을 주로 사용하는 쪽으로. 그 병원은 바닷가 부근의 멋진 장소에 자리잡고 있어요. 화려한 대저택처럼 보이기도 하죠. 점차 전쟁 트라우마가 있는 난민처럼 가망 없는 환자들을 몰아넣는 폐기물 창고 같은 곳이 되어버렸지만. 병원의 평판이 나빠짐에 따라 자격을 갖춘 인력을 구하기도 갈수록 어려워졌고요."

"나도 그렇게 알고 있어요."

"병원을 폐원하고 환자들을 시의 보건시스템에 편입시킨다는 야심찬 계획이 있었죠. 재단을 운영하는 구스타브의 아들들이 이를 반대하며 저명한 의사인 크리스테르 알름 박사를 설득해 병원을 맡게 했고요. 박사는 병원을 현대화하고 조직을 재정비했죠. 그 과정에서 그의 동료와 함께 니하르 라왈이라는 이름으로 등록된 니마의 기록을 발견한 거예요."

"적어도 니마에게 원래 이름의 철자는 남겨주었군요."

"그렇다고 할 수 있죠. 그런데 수상쩍은 점이 있어요. 한 특정 인물이 니마와 관련된 모든 정보에 우선적이고 독점적으로 접근할 수 있는 듯한데, 병원측은 밝히기를 거부하고 있어요. 누군지는 모르겠지만 거물급 인사라는 느낌이 들어요. 병원 사람들을 겁먹게 할 만한 인물."

"예를 들면 국방부 차관 스반테?"

"아니면 국방부 장관 요하네스."

"이거 희망이 보이지 않는군요."

"무슨 뜻이죠?"

"의문점이 너무 많아요."

"너무 많죠."

"니마가 치료를 받는 중에 요하네스의 이름을 언급했다는 얘기는 없었나요?"

"없었어요."

"그렇군요."

"어쩌면 얀 반장님 생각이 옳을지도 몰라요. 니마가 호른스가탄의 전자제품점 TV에서 장관의 모습을 본 뒤 그에 대한 집착이 생겼을 수 있다고 했거든요. 그러고서 당신의 전화번호도 구했을 거라고요."

"계속 조사해봐야겠어요."

"행운을 빌어요."

"고마워요. 그렇잖아도 운이 좀 필요할 것 같네요."

"그런데 다른 질문 하나 해도 될까요?"

"그럼요."

"내게 소개해준 그 연구자, 누구죠?"

"친구예요."

"말투가 아주 거만하던데요?"

"그럴 만한 이유가 있죠."

그들은 작별인사와 함께 좋은 저녁 보내라는 말을 나누었다. 다시 혼자가 된 프레드리카는 호수와 저멀리에 어렴풋한 백조들을 바라보았다.

23장

8월 27일

리스베트는 미카엘로부터 암호화 메시지를 한 통 받았지만 신경 쓰지 않았다. 다른 일로 바빴다. 이날 하루 그녀는 새 무기—모스크바에서 사용했던 것과 같은 베레타 87 치타—와 IMSI 캐처를 입수했다. 그리고 피스카르가탄의 차고에서 그녀의 오토바이 가와사키 닌자도 가져왔다.

그녀는 정장을 벗어버리고 후드티와 청바지로 갈아입고 운동화를 신었다. 지금은 스트란드베겐에서 멀지 않은 노르말름 광장 근처의 노비스 호텔 객실에서 감시카메라 화면들을 지켜보며 여름이 시작될 때 느꼈던 복수의 갈망을 다시 일깨우려 했다. 과거가 끊임없이 되살아나며 마음을 어지럽혔다.

다만 더는 옛일들로 시간을 허비할 틈이 없었다.

이제는 바짝 집중해야 했다. 무자비한 이반 갈리노프가 등장한 지금은 더욱. 리스베트는 다크웹에 떠도는 불분명한 소문들 말고는 그에 대해 아는 바가 없었지만 몇 가지 정보를 확인할 수 있는 것만으로도 충분했다. 이반은 그녀의 아버지 살라와 관련된 인물이며 GRU에서는 그의 후배이자 동료였다.

이반은 수차례 반군이나 무기 밀매 조직에 침투해 활동했다. 사람들은 그가 뭐라고 규정할 수 없는 장점을 지녔다고 말했다. 어떤 환경에도 쉽게 녹아드는 능력이 있었는데, 굉장한 적응력을 지녔거나 연기력이 뛰어나서가 아니라 오히려 늘 자기 자신을 유지했기 때문이었다. 매사 흔들림 없이 차분한 모습으로 그는 조직의 일원으로서 신뢰를 얻었다.

열한 가지 언어를 유창하게 구사하는 그는 교양이 풍부했고 무엇이든 쉽게 습득했다. 큰 키와 수려한 외모, 그리고 세련된 움직임 덕분에 그가 방에 들어서면 사람들의 시선이 쏠리곤 했으며 그렇게 늘 분위기를 지배했다. 러시아인들이 이토록 눈에 띄는 인물을 스파이로 침투시키리라고는 아무도 믿지 않았다. 게다가 그는 늘 조직에 확고한 충성심을 보였다. 부드럽고 자상한 모습을 보이는 것만큼이나 잔혹한 모습도 쉽게 보여줄 수 있는 사람이었다.

그는 누군가와 깊은 우정을 맺었다가도 나중에는 눈도 깜빡이지 않고 고문을 자행했다. 이런 첩보활동과 침투공작을 벌인 건 이미 오래전 일이었고, 지금은 자신을 사업가 혹은 통역사로 소개했는데 이는 '갱스터'를 완곡하게 표현한 것이었다. 그는 주로 즈베즈다 브라트바라는 범죄조직과 연관되어 활동했지만 종종 카밀라를 위해서도 일했다. 정말이지 그녀에게는 값으로 따질 수 없는 귀중한 자원이었다. 그는 이름만으로도 막강한 카드가 되었다.

이반의 조직, 특히 GRU에 속한 그의 인맥이 리스베트는 심각하게 우려되었다. 그들이 조만간 그녀를 에워쌀 테니 더는 머뭇거릴 여유가 없었다. 노르말름 광장이 내려다보이는 객실 창가에 신 그녀는 이제 온종일 준비한 것을 실행할 준비가 되었다. 즉 그들이 실수를 범하도록 압박을 가하는 것. 그전에 먼저 미카엘로부터 온 메시지를 보왔다.

네가 걱정돼. 내가 이런 말 하면 싫어하는 걸 알지만, 경찰에 보호를 요
청하는 게 좋을 것 같아. 내가 말해두었으니까 얀 반장이 알아서 해줄
거야.
니마 리타는 쇠드라 플뤼겔른 정신병원에 가명으로 입원했던 것 같아.
그 결정에 군이 개입한 것 같고.

리스베트는 답장하지 않았다. 곧장 메시지를 머리에서 지워버리
고 회색 숄더백에 무기를 집어넣었다. 그런 다음 머리 위로 후드를
쓰고 선글라스를 낀 뒤 객실을 나와 엘리베이터를 타고 아래로 내려
가 광장으로 뚜벅뚜벅 걸어나갔다.
하늘은 구름으로 덮여 있었다. 거리는 인파로 북적였고 카페와 상
점마다 사람들로 가득했다. 그녀는 우측의 스몰란스가탄 길로 들어
서 비리에르얄스가탄에 이르러 외스테르말름스토리역 안으로 들어
갔고 거기서 쇠데르말름행 지하철에 올라탔다.

미카엘이 다시 전화를 걸었을 때 레베카 포르셀은 카롤린스카 병
원에서 남편 요하네스의 침대 옆에 앉아 있었다. 전화를 받으려는데
그가 악몽이라도 꾸는 것처럼 몸서리치는 게 보였다. 그녀는 전화를
받는 대신 그의 머리칼을 부드럽게 쓰다듬었다. 군인 세 명이 병실
문의 유리창 너머에서 그들을 지켜보고 있었다.
레베카는 자신들이 감시당하고 있다는 걸 알았다. 남편을 돌보고
픈 욕구마저 도둑맞는 듯해 불쾌했다. 어떻게 자신들을 이렇게 취급
할 수 있단 말인가? 심지어 그들은 요하네스의 어머니까지 몸수색을
했다. 그야말로 가증스러운 일이었다. 이 모든 건 군정보보안부 책임
자 클라스 베리, 그리고 물론 스반테 린드베리의 지시로 이뤄지는 것

이리라. 그렇게 동정하고 충격받은 모습을 보였던 그 말이다.

스반테는 눈에 눈물이 가득 맺힌 채 초콜릿과 꽃다발을 들고 찾아왔다. "어떻게 이런 끔찍한 일이!" "맙소사"를 연발하며 레베카를 포옹했다. 그녀는 수작에 넘어가지 않았다. 그는 땀을 너무 많이 흘렸고 시선도 흔들렸다. 그러면서 요하네스가 산된섬에 있을 때 무언가 이상한 얘기를 하지 않았느냐고 최소 두 번은 물었다. 그녀는 고함을 지르고 싶었다. 빌어먹을, 대체 내게 뭘 숨기고 있는 거예요? 하지만 아무 말 하지 않았다. 이렇게 격려해줘 고맙지만 그녀 자신도 문병객을 맞이할 상태가 아니니 그만 가달라고 부탁했을 뿐.

스반테가 마지못해 떠난 일이 다행스러웠던 건 곧이어 요하네스가 깨어났기 때문이다. 레베카에게 "미안해"라고 하는 그의 사과는 진실되어 보였다. 그들은 아들들과 요하네스의 상태에 대해 몇 마디를 나눴지만, "왜 그랬어, 요하네스? 왜 그랬냐고"라는 질문에 그는 대답이 없었다.

대답할 힘이 없었는지도 모른다. 아니면 그저 모든 것을 외면하고 싶었는지도. 이제 그는 잠들었는지, 아니면 약기운에 빠졌는지 조용했다. 편안해 보이지 않았다. 레베카가 그의 손을 붙잡는 순간 메시지 알림이 왔다. 또 미카엘이었다. 그는 먼저 사과의 말을 전한 뒤, 지금 직접 만나 얘기하거나 보안 회선으로 긴히 통화하기를 원했다. 그녀는 엄두가 나지 않았다. 적어도 지금은 그랬다. 그녀는 꿈을 꾸는 모양인지 잠꼬대를 하는 남편을 절망스러운 눈으로 내려다보았다.

요하네스 포르셸은 에베레스트에 돌아가 있었다. 꿈속에서 거세게 몰아치는 눈보라를 맞으며 비틀비틀 나아가고 있었다. 견디기 힘든 혹한 속이라 제대로 사고할 수 없었다. 그저 걷기만 했다. 자신의 아이젠이 철컹거리는 소리, 천둥이 무한한 공간 가운데서 으르렁대는 소리만 들렸다. 얼마나 더 버틸 수 있을까, 그는 생각했다.

산소마스크 안에서 헐떡이는 자신의 호흡소리와 옆에 있는 스반테의 흐릿한 실루엣만 의식할 수 있었고 때로는 그마저도 느껴지지 않았다.

사위가 온통 캄캄해지는 때도 있었다. 앞으로 나아가며 눈을 감기 때문일 것이다. 도중에 크레바스라도 있었다면 그대로 발을 헛디뎌 비명도 내지르지 못하고 속절없이 추락해버렸을 터였다. 고산에 부는 제트기류마저 별안간 잠잠해졌고 그럴 때면 그는 모든 소리가 멈춘 어둠 속, 거대한 망각 속으로 들어갔다. 어렸을 때 스키장에서 큰 소리로 그를 격려하던 아버지를 얼마 전 떠올린 적 있었다. 자, 힘을 내! 네겐 힘이 더 남아 있어! 힘을 내! 오랜 세월 그는 두려움에 사로잡힐 때면 아버지의 이 말에 매달렸다. 그러면 자신 안의 어딘가에서 늘 여분의 기운을 찾아낼 수 있었다. 하지만 이 순간에는 아니었다.

그에게는 아무것도 남아 있지 않았다. 등산화 주위로 소용돌이치는 눈발을 내려다보며 자신이 드디어 무너져버리는 건 아닌가 생각했다. 바로 이때 어떤 외침이, 바람에 실려 들려오는 고함소리가 들렸다. 처음에는 산이 비탄에 잠겨 울부짖는 것처럼 비인간적으로 느껴지는 소리였다.

지금 막 요하네스가 제법 또렷하게 말했지만 레베카는 그가 그녀에게 말을 거는 건지, 아니면 잠꼬대를 하는 건지 알 수 없었다.

"당신도 들려?"

그녀의 귀에 들리는 거라곤 바깥 고속도로에서 차들이 지나가는 소리, 의료기기가 웅웅 울리는 소리, 복도에서 나는 말소리와 발소리뿐이었다. 그녀는 대답하지 않았다. 다만 그의 이마에서 땀을 훔쳐주고 머리칼을 매만져주었다. 요하네스가 눈을 뜨자 돌연 희망이 되살아나는 느낌이었다. '내게 말해.' 그녀는 생각했다. 무슨 일이 있었는지 내게 말해달라고.

요하네스가 올려다보자 그 공포에 찬 눈빛에 그녀는 몸이 오싹해졌다.

"꿈을 꾼 거야?" 그녀가 물었다.

"또 그 비명소리를 들었어."

"비명?"

"에베레스트에서."

전에 그들은 산에서 일어난 일들에 대해 여러 번 얘기를 나누었다. 하지만 비명소리에 대한 기억은 레베카에게 없었다. 더이상 캐묻지 않는 게 좋을 듯했다. 그의 눈빛을 보니 아직 정신이 온전치 못한 것 같았다.

"무슨 말을 하는 건지 잘 모르겠어."

"난 그게 폭풍인 줄 알았어. 기억나? 사람이 내는 소리처럼 들리던 그 바람소리."

"아니, 기억 못해. 난 거기에 함께 올라가지 않았잖아. 알다시피 난 베이스캠프에 있었어."

"그치만 내가 분명 얘기했을 텐데."

그녀는 고개를 흔들어 보였고, 얼른 화제를 바꾸고 싶었다. 그 말이 헛소리처럼 느껴졌기 때문만은 아니었다. 그가 말하는 비명소리라는 것에 불길한 무언가가 숨겨진 듯 가슴이 덜컥 내려앉았기 때문이다.

"좀더 쉬어야 하지 않을까?" 그녀가 물었다.

"그러고선 들개 울음이라고 생각했어."

"뭐라고?"

"들개. 해발 8000미터에. 말이 돼?"

"에베레스트 얘기는 나중에 해도 돼. 요하네스, 그전에 먼저 내가 이해할 수 있도록 당신이 도와줘야 해. 왜 갑자기 미친 사람처럼 달려나간 거야?"

"언제?"

"산뙨섬에서. 난바다 쪽으로 헤엄쳐 갔잖아."

레베카는 그의 눈빛을 보고 정신이 돌아오고 있음을 알 수 있었지만 그 사실이 그를 안심시켜주는 것 같진 않았다. 오히려 그는 에베레스트의 들개들과 함께 있고 싶은 건지도 몰랐다.

"누가 나를 구해줬지? 에리크?"

"아니, 경호원이 아니야."

"그럼 누구야?"

레베카는 그가 이 사실을 어떻게 받아들일지 궁금했다.

"미카엘 블롬크비스트."

"기자 말이야?"

"응."

"이상한 일이네……"

이상한 일인 건 사실이었지만 그의 반응이 기이하게도 담담했다. 그토록 기력 없고 슬픈 목소리로 말하며 그가 자신의 손을 내려다보는데, 그 표정이 너무도 무심해 그녀는 오싹함을 느꼈다. 그녀는 남편의 다음 질문을 참을성 있게 기다렸다. 마침내 질문을 내뱉는 그의 목소리에선 아무런 호기심도 느껴지지 않았다.

"어떻게 된 일이야?"

"당신이 밖으로 나가고 내가 제정신이 아닌 와중에 그가 전화를 걸어왔어. 어떤 기사를 쓰고 있다면서."

"어떤 기사?"

"내 얘기를 들으면 당신은 놀랄 거야."

하지만 레베카는 이것이 이제 그에게는 조금도 놀라운 얘기가 아닐 수도 있겠다는 생각이 들었다.

싱켄스담역에서 하차한 리스베트가 링베겐 거리를 건너 브렌쉬르카가탄에 들어서자 깊은 곳에 가라앉아 있던 추억들이 떠올랐다. 어린 시절에 살았던 동네에 돌아왔기 때문일 수도, 새로운 작업을 앞두고 정신이 다시 깨어났기 때문일 수도 있었다.

고개를 들어보니 하늘이 어두워졌다. 곧 비가 내릴 것만 같은 게 모스크바에서도 꼭 이랬다. 무거운 공기가 폭우를 예고했다. 저쪽 보도에서 젊은 남자가 구토하듯 몸을 앞으로 구부리고 있는 모습이 보였다. 이날따라 사방에 취객이 많았다. 어디서 파티라도 열린 건가? 아니면 월급날일 수도, 그저 국경일일 수도 있었다.

계단을 올라간 그녀는 타바스트가탄을 경유해 미카엘의 집 쪽으로 접근하면서 극도의 집중력을 발휘하며 주위의 모든 세부와 실루엣을 빠짐없이 확인했다. 그런데…… 그녀가 예상하던 게 보이지 않았다. 잘못 생각한 걸까? 수상쩍은 사람은 보이지 않고 오직 취객들뿐이었다. 아니다, 저쪽 교차로에……

코듀로이 재킷을 걸친 남자의 널찍한 등짝이 보였다. 한 손에는 책이 들려 있었다. 대개 범죄자들은 코듀로이 재킷 같은 건 입지 않고 책도 들고 다니지 않는다. 하지만 그 남자는 리스베트의 신경을 자극하는 무언가가 있었다. 특이한 자세? 위로 시선을 들어올리는 모습? 그녀는 슬쩍 남자의 곁을 지나가며 흘깃 쳐다보았다. 키가 크고 약간 과체중이었다. 그제야 자신이 옳았음을 깨달았다. 재킷과 책은 한심한 가면, 쇠데르 지구의 멋쟁이로 분장하기 위한 우스꽝스러운 소품일 뿐이었다. 게다가 그녀는 그가 어떤 종류의 인간인지, 구체적으로 누군지도 알았다.

얼마 전까지만 해도 코니 안데르손은 일개 심부름꾼에 불과했다. 그 자리에 있는 게 조직의 거물이 아니어도 놀랄 일은 아니었다. 이 건은 엿같은 자잘한 임부였으니까. 나타나지 않을 가능성이 큰 남자를 무작정 기다리는 일. 그러나 코니는 결코 애송이가 아니었다. 키가 2미터에 달하고 고릴라 같은 팔뚝의 소유자인 그는 채권 해결

사로 동원되는 자였다. 리스베트는 고개를 숙이고 그를 못 본 척하며 나아갔다.

그러고는 고개를 돌려 맞은편의 보도를 재빨리 훑어보았다. 이십 대로 보이는 두 남자가 술에 취해 비틀거리고 있었다. 뒤로는 육십대 여자가 느릿느릿 걷고 있었는데 별로 좋은 징조는 아니었다. 리스베트는 더 기다릴 시간이 없었다. 코니가 그녀의 존재를 눈치채면 곤란해질 터였다. 그냥 차분히 앞으로 나아가는 편이 나았다.

그러다 잽싸게 오른쪽으로 방향을 바꿔 그대로 코니를 향해 돌진했다. 그가 시선을 들어올리며 품속의 무기를 더듬어 찾았지만 미처 그것을 뽑을 시간은 없었다. 리스베트는 무릎으로 그의 국부를 강타했고 그의 몸이 반으로 접히자 박치기를 두 번 했다. 그가 균형을 잃고 휘청거리는 순간, 저쪽 보도에서 부인이 외치는 소리가 들렸다.

"이봐요, 거기 뭐하는 거예요?"

리스베트는 부인을 달랠 시간이 없었다. 부인이 감히 다가오진 못할 터였다. 기껏해야 전화로 경찰에 신고나 할 텐데 경찰이 제시간에 도착하긴 힘들 것이다. 리스베트는 코니에게 달려가 그대로 넘어뜨렸다. 그런 다음 번개처럼 그 위에 올라탄 뒤 선글라스를 벗어 옆에 두고 가방에서 권총을 꺼내 총구로 그의 목젖을 눌렀다. 그는 공포에 질린 눈으로 그녀를 올려다보았다.

"난 널 죽여버릴 거야." 리스베트가 말했다.

코니가 뭐라고 중얼거렸으나 의도한 만큼 강인한 인상을 보여주진 못했다. 리스베트가 소름 끼칠 정도로 차가운 목소리로 말을 이었다.

"미카엘 블롬크비스트의 털끝 하나라도 건드리면 난 널 죽여버릴 거고, 너희 그 거지같은 조직의 놈들도 모조리 죽일 거야. 날 원한다면 그냥 날 찾아오면 돼. 다른 사람은 건드리지 말라고, 알았어?"

"알았어."

"그리고…… 마르코에게 가서 말해. 너희가 미카엘을 건드리든 말든 그건 중요한 게 아니라고. 어쨌든 난 너희를 사냥할 거니까. 너희 모두를. 겁에 질린 너희 애인들과 마누라들만 남을 때까지."

코니는 아무런 대답도 하지 못했다. 리스베트가 그의 목젖에 대고 있는 총구를 더욱 세게 눌렀다.

"자, 알았어?"

"그렇게 전할게." 코니가 더듬거리며 대답했다.

"좋아. 그리고 또……"

"뭔데?"

"저 부인이 우릴 보고 있으니 내가 네 권총이라든가 사람들의 시선을 끌 만한 걸 던져버리는 일은 없을 거야. 그냥 네 면상을 발로 한 대 까주고 끝낼 건데, 만일 네가 뒤에서 총을 뽑으려 하면 내가 널 쏠 거야. 왜냐……"

리스베트는 왼손으로 코니의 청바지 주머니를 뒤져 핸드폰을 꺼냈다. 얼굴 인식이 되는 신형 아이폰이었다.

"……어차피 네 형님들에게 내가 직접 메시지를 보낼 거거든. 어쩌다 네가 뒈지더라도 말이야."

그녀가 그의 턱밑에 다시 총구를 밀어넣었다.

"자, 코니, 예쁘게 웃어."

"뭐?"

리스베트는 그의 얼굴 앞에 핸드폰을 갖다대어 잠금 해제를 한 뒤 순식간에 한번 더 박치기를 하고 그 얼굴을 촬영했다. 그러고선 다시 선글라스를 끼고 슬루센과 감라스탄 쪽으로 멀어져가며 코니의 연락처들을 훑어보았다. 놀랄 만한 이름이 몇 개 있었다. 유명 배우 한 명, 정치인 두 명, 그리고 분명 썩어빠진 인간일 마약수사반 소속 경찰관 한 명…… 어쨌든 그녀에게는 상관없는 일이었다.

그녀는 연락처에서 MC 스바벨셰 조직원들을 선택한 뒤 겁에 질리

고 당혹스러운 얼굴을 한 코니의 사진을 전송했다. 그리고 핸드폰의
데이터를 복사하고 이렇게 썼다.

이 친구가 너희에게 할말이 있대.

리스베트는 리다르피에르덴만의 물속으로 핸드폰을 던져버렸다.

24장

8월 27일

요하네스 포르셸은 다시 자기 안으로 도망치고 싶었다. 자신의 꿈들과 추억들 속에서 한없이 웅크려 있고 싶었다. 그러나 느닷없이 들려온 니마 리타의 이름과 아내의 목소리에 어린 절제된 분노가 그를 다시 현실로 끌어들였다.

"어떻게 그 사람이 갑자기 스웨덴에 나타난 거야? 난 그가 죽은 줄 알았는데." 레베카가 물었다.

"여기에 날 보러 누가 왔었지?"

그가 돌연 다른 말을 하자 레베카는 화가 치미는 기색이었다.

"아까 말했잖아." 그녀가 대답했다.

"잊어버렸어."

"우리 아이들하고 당신 어머니. 당분간 어머니가 아이들을 돌봐주고 계셔."

"가족들은 이 일을 어떻게 받아들이고 있어?"

"요하네스, 대체 내가 무슨 말을 해주길 바라는 거야?"

"미안해."

"그래, 알겠어."

레베카는 차분함을 되찾으려, 착하고 든든한 레베카로 돌아가려 애쓰며 말했지만 쉽지 않았다. 요하네스는 바깥 복도에 있는 군인들을 쳐다보았다. 탈출, 위협, 기회, 위험요인 등에 대한 생각이 머릿속에서 무수한 나비들처럼 파닥거렸다.

"니마에 대해서 지금은 얘기할 수 없어." 그가 말했다.

"당신이 원하는 대로 해."

레베카는 다정한 미소를 지어 보이려 애쓰며 그의 머리칼을 매만졌다. 그는 그 손길을 슬쩍 피했다.

"그럼 내게 뭘 얘기해줄 수 있는데?" 그녀가 물었다.

"모르겠어."

"어쨌든 당신이 한 가지 일은 해냈어."

"그게 뭔데?"

"여기 있는 이 꽃들 좀 봐. 이것도 일부만 받은 거야. 사람들의 증오가 갑자기 사랑으로 바뀌었어."

"정말 그런 걸까?"

레베카가 그의 핸드폰을 내밀었다.

"인터넷에 들어가보면 알 수 있을 거야."

요하네스는 손등으로 핸드폰을 밀어냈다.

"부고기사를 쓰느라 바빴겠지."

"아니야, 좋은 얘기들이야. 정말이야."

"군정보보안부에서 사람이 왔었어?"

"응. 스반테 린드베리, 클라스 베리, 스텐 시글러, 그리고 몇 사람이 더 왔어. 다시 말하자면 수도 없이 찾아왔고. 그건 왜 묻는 거야?"

대답이 뻔한데 왜 묻느냐는 뜻이었다.

요하네스는 더할 나위 없이 답을 잘 알았다. 물론 그들이 찾아왔겠지. 레베카의 눈빛에 의심의 기운이 스치는 게 보였다. 그리고 문득 그 깊은 물속에서 누군가의 손이 그의 머리칼을 쥐어잡던 순간이 떠올랐다. 요하네스는 돌연 예상치 못한 힘, 즉 모든 것을 털어놓고 싶은 욕구를 느꼈다. 하지만 불가능한 일임을 잘 알았다.

분명 그들의 대화는 도청되고 있을 것이다. 요하네스는 잠시 생각했다. 해야 할 이유와 해서는 안 될 이유를 따져봤다. 해류에 휩쓸려 심연으로 침몰할 때 느꼈던 그 필사적인 삶의 의지를 떠올렸다.

"지금 펜이랑 종이 가진 것 있어?" 그가 물었다.

"어…… 있을 거야."

레베카는 가방 안을 뒤적여 펜 한 자루와 노란색 포스트잇 메모지를 꺼내 그에게 내밀었다.

거기에 요하네스는 이렇게 썼다.

우린 여기서 나가야 해.

레베카는 그가 쓴 것을 읽은 뒤 겁먹은 눈빛으로 복도의 군인들을 돌아보았다. 다행히 그들은 무료한지 핸드폰 화면에 정신이 팔려 있었다. 그녀는 떨리는 손으로 글씨를 휘갈겨 쓰며 물었다.

지금?

요하네스가 다시 메모지를 잡았다.

지금. 내 몸에 붙은 의료기기들을 떼고, 당신 핸드폰과 가방은 여기에 놔둬. 카페테리아에 가는 척하는 거야.

가는 척?

여기서 도망칠 거야.

미쳤어?

당신에게 설명해주고 싶지만 여기서는 할 수 없어.

뭘 설명하는데?

모든 것을

그들은 펜과 메모지를 은밀히 주고받으며 재빨리 글씨를 써내렸다. 그러다 요하네스가 머뭇거리며 아까와 같은 슬프고도 곤혹스러운 눈빛으로 그녀를 올려다보았다. 그 눈빛에는 그녀가 그토록 오랫동안 보고 싶어했던 것, 즉 그의 투지도 어른거리고 있었다. 레베카의 마음에 불안과 안도가 교차했다.

그녀는 그와 함께 도망칠 생각이 전혀 없었다. 경비원과 군인이 지키고 있는, 그리고 요하네스를 둘러싼 편집증적 분위기가 만연한 이런 상황에서는 더더욱. 그가 마음을 열어준 건 기뻤다. 그도 약간은 몸을 움직일 필요가 있으리라. 심장박동수가 약간 높긴 했지만 안정적이었고, 워낙 튼튼한 사람이므로 조금 떨어진 곳으로 가 둘이서 조용히 대화를 나누는 것도 괜찮을 듯했다.

그런데 그의 몸에서 링거며 다른 기기들을 뽑아내고 자리를 비우면 병원 사람들이 어떻게 생각하겠는가? 레베카는 메모지에 이렇게 썼다.

간호사를 불러서 설명할게.

그녀가 비상벨을 울리자 요하네스가 적었다.

우릴 찾아낼 수 없는 데로 가야 해.

'그만해!' 그녀는 속으로 외쳤다. '제발 그만 좀 해!' 대신 그녀는 이렇게 썼다.

무얼 피해 달아나고 싶은 거야?

군정보안부.

스반테?

요하네스가 고개를 끄덕였다. 적어도 그녀는 그렇게 느꼈다. 그리고 외치고 싶었다. 그럴 줄 알았어! 가슴이 미친듯이 쿵쾅대고 입속이 바짝 타들어갔다.

그가 무슨 짓을 했어?

요하네스는 대답을 하지도, 고개를 끄덕이지도 않았다. 그저 멍하니 창밖의 고속도로 쪽을 바라볼 뿐이었다. 그녀는 이를 긍정의 표시라 생각하고 다시 썼다.

그를 고발해!

그녀를 힘없이 바라보는 그의 시선이 '당신은 이해 못해'라고 말하는 듯했다.

아니면 언론에 폭로해. 아까 미카엘이 전화했어. 당신 편이야.

"내 편이라……" 그가 얼굴을 찡그리며 중얼거렸다. 그런 다음 펜을 잡고 알아보기 힘들게 글씨를 휘갈겼다. 그녀는 그 문장을 뚫어지게 쳐다보았다.

못 알아보겠어.

그녀는 이렇게 썼지만 실은 대충 알 수 있었다. 그가 좀더 분명하게 다시 썼다.

내 편에 서서 좋을지는 모르겠어.

이 말에 레베카는 지금껏 경험해보지 못한 새로운 자기보호 본능을 느꼈다. 그렇게 말하면서 요하네스가 그녀로부터 떨어지려는 것만 같았다. 그들이 더이상 '우리', 즉 굳게 결합된 한 쌍이 아니라 어쩌면 별 상관이 없을지도 모르는 두 사람인 것처럼. 그녀는 차라리 함께 도망치는 편이 나을지 자문했다.

레베카는 바깥의 군인들 쪽으로 눈길을 던지며 계획을 세웠다. 바로 그때, 복도에서 발소리가 들렸다. 붉은 턱수염을 기른 의사가 들어와 무슨 일인지 물었다. 결국 그녀는 당장 떠올릴 수 있는 최선의 말을 했다. 요하네스의 기분이 훨씬 나아진 것 같고 밖에 나가 산책할 수 있을 정도로 기력도 회복된 것 같다고 말이다.

"신문이랑 책을 좀 사러 힘께 매점에 다녀올게요." 그녀가 평소 자기답지 않게 놀라우리만치 위엄 있는 목소리로 말했다.

저녁 7시 30분, 이미 퇴근했어야 할 시간이었다. 하지만 얀 부블란스키는 사무실에 남아 성난 이상주의자 같은 분위기를 강렬히 풍기는 젊은 여성의 얼굴을 바라보고 있었다. 그녀를 짜증스럽게 여기는 사람이 한둘은 아니겠지 싶으면서도 한편으로는 그런 삶의 태도가 좋았다. 삶을 진지하게 여기지 않는 기성세대를 그녀처럼 비판하던 때가 그에게도 있었으리라. 얀은 그녀에게 부드러운 미소를 지어 보였다.

그녀는 딱딱한 미소로 응답했다. 유머가 그녀의 장기는 아닌 듯했고, 얀은 그런 열정과 심각함이 세상에 쓸모 있게 쓰이는 날이 분명히 있으리라 생각했다. 그녀는 올해 스물다섯 살인 엘세 산드베리였다. 머리를 짤막하게 자르고 둥근 안경을 낀 그녀는 상트예란 병원의 수련의였다.

"귀중한 시간을 내줘 감사합니다."

"천만에요." 그녀가 대답했다.

그녀를 찾아낸 사람은 소니아였다. 니마 리타가 쇠드라 버스정류장에서 벽보를 붙였다는 제보를 입수한 뒤 수사팀 형사들을 보내 평소 그곳에서 자주 버스를 타는 사람들을 탐문한 결과였다.

"그때 본 내용이 잘 기억나진 않는다고 들었습니다만, 사소한 것 하나라도 큰 도움이 될 수 있습니다." 얀이 말했다.

"읽기가 쉽지 않았어요. 행간이 굉장히 빽빽한데다 전체적으로 피해망상적인 헛소리처럼 느껴졌거든요."

"그럴 가능성도 없진 않습니다. 좀더 기억을 더듬어 구체적으로 어떤 내용들이었는지 말해준다면 좋겠군요."

"깊은 죄의식이 배어 있는 글이었죠."

'선생님, 개인적 해석은 그만둬주시죠.' 얀은 속으로 중얼거렸다. 그러고는 이렇게 물었다. "뭐라고 쓰여 있었나요?"

"어떤 산에 올랐다고요. '한번 더'라고 썼어요. 자신이 한번 더 산을 올랐다는 거겠죠. 잘 보이지 않았다고 했어요. 눈보라가 몰아쳤고, 매우 춥고, 고통스러웠다고요. 그렇게 길을 잃은 줄 알았는데 비명들이 들려와 그 소리가 자기를 인도했다고 썼더라고요."

"어떤 비명들이요?"

"죽은 이들이 내지르는 소리를 말하는 게 아닐까요."

"왜 그렇게 생각하죠?"

"정확한 의미는 알 수 없지만, 귀신들이 그를 계속 쫓아다녔다고 쓴 것 같아요. 귀신이 둘이었던 것 같고요. 좋은 귀신과 나쁜 귀신…… 말하자면……"

그녀가 킥킥 웃었다. 갑자기 그녀가 드러낸 인간적인 면모에 얀은 조금 긴장이 풀렸다.

"만화 『땡땡의 모험』에 나오는 아도크 선장 알아요? 그가 술 한잔 마시고 싶어질 때면 늘 양쪽 어깨에 악마와 천사가 나타나잖아요."

"오, 맞아요." 그가 고개를 끄덕였다. "아주 좋은 비유네요."

"나한테는 단순한 비유처럼 느껴지진 않았어요. 그에게는 실제 현실 같았어요."

"당신이 그렇게 표현하니 이해하기 쉬웠다는 뜻으로 한 말입니다. 사람들이 유혹에 사로잡힐 때면 선한 목소리와 악한 목소리가 속삭인다고들 하잖아요." 그가 당황하며 해명했다. "어쨌든 그 악한 목소리가 뭐라고 했다고 썼나요?"

"그녀를 거기에 내버려두라고요."

"그녀?"

"네, 그렇게 썼던 것 같아요. 여자를 말하고 있었어요. '마담' 아니면 '맘'이 산 위에 남아 있었다고요. 죽은 자들이 손을 내밀며 먹을 것을 구걸한다는 계곡, 그러니까 레인보우 밸리에 대해서도 말했고요. 아까 말했듯이 아주 이상한 글이었어요. 그리고 요하네스 포르셀이 등장했죠. 정말 희한했어요. 그 뒤로는 더이상 읽을 수 없었어요.

버스가 도착했는데 한 남자가 운전기사와 소리를 지르며 싸워대는 통에 집중력이 흐트러져버렸죠. 어쨌든 그때 난 이미 그 남자가 망상형 조현병을 앓고 있다는 결론에 이른 뒤였어요. 계속 머릿속에 비명들이 맴돈다고 썼더라고요."

"그런 소리를 듣는다고 반드시 조현병이라 할 순 없을 것 같군요."

"무슨 뜻이죠?"

"그러니까……" 그는 뭐라고 설명해야 할지 난감했다. "나도 그런 경험이 있으니까요. 사람에게는 결코 떨쳐버릴 수 없는 기억들이 있어요. 세월이 지나도 우리의 속을 갉아먹고 그 안에서 비명을 지르죠."

"네……" 그녀가 머뭇거리며 대답했다. "그건 맞아요."

"잠깐 기다려줄래요? 뭘 좀 찾아볼게요."

엘세가 고개를 끄덕였다. 얀은 컴퓨터를 켜고 구글을 연 다음 검색어를 입력했다. 그러고선 모니터를 그녀 쪽으로 돌렸다.

"자, 보여요?"

"끔찍하군요."

"그렇죠. 에베레스트의 레인보우 밸리예요. 내가 이 세계에 대해 아는 건 거의 없지만 최근에 조사를 좀 해본 덕에 당신이 이걸 언급했을 때 금방 알아차렸어요. 물론 레인보우 밸리는 별칭이죠. 그곳의 모습을 보면 아주 적절한 별칭이라는 걸 쉽게 알 수 있을 거예요. 자, 여길 한번 봐요."

그는 화면을 가리키면서 이렇게까지 가혹할 필요가 있을지 자문했다. 하지만 그녀가 읽은 것의 실체를 알려주고 싶었다. 화면 속 사진들에는 8000미터 넘는 고지의 눈밭 속에 죽어 있는 등반가들이 있었다. 그중 많은 이가 수년 전, 아니 수십 년 전부터 거기에 누워 있었지만 금방이라도 벌떡 일어날 듯 생기가 느껴졌다. 시간 속에서 그대로 굳어버린 그들은 빨강, 초록, 노랑, 파랑 등 색색의 옷을 입고 있었다. 그들 주위에는 산소통, 텐트 잔해, 역시 화려한 색상의 불교 깃발 같은 것들이 너저분히 널려 있었다. 이 무지개색 풍경은 인간의 광기에 대한 섬뜩한 증언처럼 느껴졌다.

"이제 이해하겠죠?" 그가 물었다. "벽보를 붙인 남자는 에베레스트에서 짐꾼 겸 안내자로 일했던 사람이에요."

"그럼 그게 사실이었군요."

"그는 셰르파였으니 그 별칭을 사용하지 않았어야 했죠. 레인보우 밸리는 서구인들이 빈정댈 의도로 만들어낸 시시한 말이니까. 하지만 그 별칭이 기억 속에 고착된 상태에서 그가 아는 산의 귀신과 신령의 종교적 재현물들과 뒤섞여버렸겠죠. 지금까지 4000명 넘는 사람이 에베레스트에 올랐고 그중 330명가량이 목숨을 잃었어요. 대부분이 아직 거기에 남아 있죠. 시신들을 산 아래로 옮기는 게 불가능했으니까요. 그래서 난 에베레스트를 열한 차례나 올랐던 그가 어째서 그곳 망자들로부터 자꾸 부름을 받는다고 느꼈는지 충분히 이해돼요."

"하지만……" 그녀가 입을 열었다.

"잠깐, 좀더 얘기할게요." 그가 말을 계속했다. "정상에 가까워질수록 생존 환경은 끔찍해지고 위험도는 높아지죠. 가령 고소뇌부종이 올 수 있어요."

"뇌가 부푸는 것 말이죠?"

"맞아요. 이 증상에 대해선 나보다 당신이 잘 알겠죠. 뇌가 부풀어오른 결과, 정상적으로 사고하고 말하는 게 어려워지죠. 어처구니없는 판단 착오를 일으킬 수 있고요. 환각에 사로잡히고 현실감각을 잃는 경우도 많아요. 당신과 나처럼 합리적인 등반가들—모두들 훨씬 강인하고 무모한—도 그곳에서 귀신이나 신비스러운 존재를 보았다고 해요. 게다가 이 남자는 정신적, 육체적 피로도가 훨씬 심한 무산소 등반을 하고 있었죠. 그가 묘사하려 한 그 비극 가운데서 산을 오르내리며 많은 생명을 구하고자 열심히 움직였어요. 그러다 지쳐서 상상을 초월할 만큼 극심한 탈진에 이르렀겠죠. 그가 아도크 선장처럼 천사와 악마를 보았다고 해도 전혀 놀랄 일은 아니에요."

"미안해요. 그를 폄하할 뜻은 없었어요." 그녀가 사과했다.

"아니, 난 그런 뜻으로 말한 게 아니에요. 그리고 당신 말이 옳을 거예요. 그는 깊게 병들었어요. 당신 말대로 조현병일지도 모르죠. 하지만 그가 우리에게 무언가 중요한 사실을 전하고 싶었는지도 몰라요. 마지막으로 다시 한번 물을게요. 또 기억나는 게 없나요?"

"없어요. 미안해요."

"요하네스에 대한 내용은 없었나요?"

"아, 있었던 것 같아요."

"그게 뭐죠?"

"아까 당신이 말했죠? 그가 여러 생명을 구했다고."

"네."

"이렇게 썼던 것 같아요. 요하네스는 구조받기를 원치 않았다……"

"무슨 뜻일지 짐작되는 바가 있나요?"

"모르겠어요, 그렇게 썼다는 것만 기억나요. 이조차 전적으로 확실한 건 아니고요. 어쨌든 그때 버스가 도착했고, 다음날에는 벽보가 보이지 않았어요."

"알겠습니다."

엘세 산드베리가 떠난 뒤 혼자 사무실에 남은 얀은 자신이 어떤 꿈을 해석하고 있는 듯한 기이한 느낌에 사로잡혔다. 산 위의 제트기류가 빅토르 그란킨으로부터 떼어놓은, 그리고 일 년 후 어느 미국 등반대가 촬영한 클라라 엥겔만의 시신 사진을 한참 동안 들여다보았다. 지면에 등을 대고 누운 그녀는 여전히 빅토르에게 매달리려는 듯, 혹은 아이가 엄마에게 양팔을 뻗듯 애원하는 자세로 그대로 얼어붙어 있었다.

그 위에서 무슨 일이 있었던 걸까? 언론에서 수없이 보도한 사실들이 전부일 수도 있었지만 그는 영 확신이 들지 않았다. 이 이야기 속에 감춰져 있던 새로운 지층들이 끊임없이 드러나고 있었으니까. 가령 쇠드라 플뤼겔른 병원의 의사들이 기밀로 지켜야 했던 니마 리타와 스웨덴 군의 관계…… 얀은 이에 대한 해명을 듣고자 오후부터 저녁 내내 군정보보안부의 클라스 베리와 접촉하려 시도했다.

클라스는 다음날 상세한 보고서를 보내주겠노라 약속하면서 그 자신도 답을 얻지 못한 의문점 몇 가지가 있을 거라는 단서를 붙였다. 얀은 이게 마음에 들지 않았다. 정보부에 의존할 수밖에 없는 이 상황이 마뜩지 않았다. 그들의 위력이나 지위에 대한 열등감 때문이 아니라 그로 인해 경찰 수사가 교착상태에 빠지리라는 걸 알았기 때문이다. 그는 무슨 일이 있어도 주도권을 쥐리라 마음먹었다.

얀은 클라라의 사진들이 있는 검색창을 닫고 다시 한번 스반테 린드베리 차관에게 전화를 걸었다. 이번에도 응답하지 않았다. 그는 자리에서 일어나 충분히 산책을 해야겠다고 생각했다. 그러면 머릿속이 좀 정리될 것 같았다.

스반테 린드베리는 병원 출입구를 지나 로비 안으로 들어갔다. 이날 하루만 해도 여러 차례 방문했는데 레베카가 그다지 반가워하는 기색이 아니었다. 그에게는 병원을 다시 방문할 구실이 없었으나 요하네스의 의식이 돌아왔다는 소식을 들은 지금, 스반테는 그를 만나 얘기해야 했다…… 그런데 무엇을…… 자신도 정확히 알 수 없었지만 무슨 일이 있더라도 입을 다물어야 한다는 걸 그에게 반드시 이해시켜야 했다. 스반테는 만전을 기하기 위해 핸드폰까지 꺼버렸다. 상황을 더 복잡하게 만들고 싶지 않았다.

미카엘이 그와 통화하려 애썼지만 스반테는 아무 얘기도 나누고 싶지 않았고, 방금 전 세번째로 전화를 걸어온 얀 반장과도 마찬가지였다. 정신을 똑바로 차려야 했다.

그의 서류가방에는 러시아의 허위정보 공작과 관련된 기밀문서가 들어 있었다. 그를 이곳까지 오게 한 일에 비하면 중요한 사안이 아니었지만 요하네스와 은밀히 대화할 수 있는 구실이 되어줄 터였다. 누구도 그들의 대화를 들어서는 안 된다. 그 누구도! 늘 그래왔듯 이번에도 강해져야 한다. 모든 게 정상으로 돌아오리라. 적어도 그는 그렇게 확신하려 했다.

그런데 어떤 냄새가 주의를 끌었다. 소독제로 사용하는 암모니아 냄새일 것이다, 한마디로 병원 냄새. 스반테는 파파라치들이 진을 치고 있지 않을까, 그의 가장 어두운 비밀을 감지한 미카엘이 불쑥 튀어나오지 않을까 걱정하며 로비를 둘러보았다. 보이는 건 환자와 그 가족들, 흰 가운을 입은 의료진뿐이었다. 사경을 헤매는 듯한 잿빛 얼굴의 남자가 침대에 실려 옆을 지나갔다. 스반테는 그에게 눈길도 주지 않았다.

다만 바닥만 뚫어지게 응시하며 주변 세계를 의식에서 차단했다. 그러다 곁눈으로 무언가 느껴져 고개를 돌려보니 회색 재킷 차림의 호리한 여자가 약국 옆 현금지급기 앞에서 등을 돌리고 있는 모습이 얼핏 보였다.

레베카? 바로 그녀였다. 특유의 자세와 몸을 앞으로 기울이는 동작으로 알아볼 수 있었다. 그녀에게 다가가 몇 마디 나누는 게 좋을까? 아니다. 바로 지금이 기밀을 논의한다는 둥 지저분한 핑계를 늘어놓지 않고 요하네스와 단둘이 얘기할 수 있는 절호의 기회였다. 곧장 엘리베이터로 향하던 그는 돌연 그녀가 혼자가 아니라는 막연한 느낌에 잽싸게 고개를 돌렸다. 레베카는 어디론가 사라지고 없었다.

착각한 걸까? 아마 그럴 것이다. 어찌됐든 자신과는 상관없는 일이었다. 그렇게 막 자리를 뜨려는데 현금지급기 옆 커다란 기둥 하나가 눈에 띄었다. 설마 저기에 숨은 건가? 이게 무슨 엿같은 상황이지? 갑자기 불안해진 스반테는 우선 머뭇거리다 점차 걸음을 재촉해 기둥 쪽으로 다가갔다. 기둥 옆으로 삐져나온 무언가가 레베카의 재킷과 흡사해 보였다.

그는 속도를 높여 걸으며 그녀에게 무슨 말을 해야 할지 생각했다. 은근히 화까지 치밀었다. 뭐야, 나를 보고 숨어? 대체 무슨 꿍꿍이야? 그러다 무언가에 발이 걸려 넘어졌다. 무슨 일인지 깨닫기도 전에 주위에서 후다닥 움직이며 재빨리 멀어져가는 발소리가 들렸다. 그는 욕을 내뱉고 벌떡 일어서서 그들을 쫓아가기 시작했다.

1 Jan

2 Feb

3 Mar

4 Apr

5 May

6 Jun

7 Jul

8 Aug

9 Sep

10 Oct

11 Nov

12 Dec

III 두 주인을 섬기기
8월 27일~9월 9일

이중 첩자는 충성을 가장한다.
실제로는 다른 주인을 섬긴다.

이중 첩자가 되는 길은 둘 중 하나다.
하나는 적진에 침투해 연막작전을 펴는 임무를 애초에 부여받는 것이고,
다른 하나는 도중에 정치적으로 전향하거나
유혹 혹은 협박에 넘어가는 것이다.

그들이 궁극적으로 누구를 위해 일하는지
영영 밝혀지지 않는 경우가 종종 있다.
심지어 그들 자신이 누구의 편에 서 있는지 모르는 수도 있다.

25장

8월 27일

카트린 린도스는 아직 아무것도 먹지 않았다. 차만 조금 마시며 요하네스와 에베레스트 등반에 관한 기사들을 읽었다. 기사를 읽으며 마리아 광장에서 걸인과 마주쳤던 일을 수수께끼 풀듯 거듭 생각할 때마다 그 걸인의 절규가 더욱 절망적으로 느껴졌다.

다른 기억들도 떠올랐다. 인도와 네팔을 떠돌며 갈수록 비참한 삶을 살았던 어린 시절 끝자락의 오래된 상처들이 되살아났다. 결국 카트만두를 떠나 쿰부로 향했지만 멀리 가지는 못했다. 아버지의 금단 증상이 심각해졌기 때문이다. 그래도 현지 주민들 가운데 친구를 몇 사람 사귈 수 있었다. 미카엘의 메시지를 여러 번 읽어본 그녀는 걸인이 프리크 스트리트보다 쿰부 계곡 쪽 사람에 가깝지 않을까 싶었다. 미카엘이 아직 그녀의 첫번째 메시지에도 답장을 보내오지 않았지만 다시 새 메시지를 보냈다.

—그 걸인이 셰르파였어?

이번에는 곧바로 답장이 왔다.

―그걸 말해주면 되겠어?☺ 당신 지금 나와 경쟁중인데.

―지난번 메시지에서 당신이 밝힌 거나 마찬가지잖아?

―내가 바보지.

―난 적이고.

―맞아. 그러니 당신은 계속 칼럼으로 날 박살낼 궁리나 하라고.

―그렇잖아도 칼을 갈고 있지.

―보고 싶어.

'그만.' 그녀가 속으로 외쳤다. '그만하란 말이야!' 하지만 어쩔 수 없이 웃음이 흘러나왔다. 드디어 미카엘한테서 저 말이 나왔다! 그녀는 답장하지 않을 생각이었다. 절대로! 카트린은 고양이가 침실로 피신할 정도로 볼륨을 높이고 에밀루 해리스의 노래를 들으며 주방을 정리했다. 다시 거실로 돌아와보니 미카엘의 메시지가 또 와 있었다.

―우리 한번 볼 수 있을까?

'절대 안 되지!' 그녀는 단호하게 생각했다. '절대로!' 그러고는 이렇게 썼다.

―어디서?

―시그널 메신저로 얘기하자.

그들은 시그널에 접속했고, 미카엘이 제안했다.

―뤼드마르 호텔, 어때?

―그래.

카트린은 '오, 아주 좋아! 괜찮은 곳이지!'라고 하지 않고 '그래'라고만 했다. 그런 다음 옷을 갈아입고 이웃에게 고양이를 돌봐달라고 부탁한 뒤 가방을 꾸리기 시작했다.

발코니에 선 카밀라의 어깨와 손 위로 빗방울이 조금씩 떨어지기 시작했다. 금방이라도 폭우가 쏟아질 기세였다. 스트란드베겐 거리에서, 그리고 바다에 떠 있는 배들 위에서 사람들이 분주히 움직였다. 온전히 그녀 자신의 것이어야 했을 삶이 이제는 얼마나 많은 것을 잃으며 살아왔는지를 잔인하게 상기시켰다. '더이상 이런 식으로 계속할 순 없어.' 그녀는 생각했다. '이제는 끝내야 해.'

눈을 감고 이마와 입술에 떨어지는 차가운 빗방울을 느끼며 자신만의 꿈속으로 도피해보려 했지만 룬다가탄의 기억들이 다시 그녀를 괴롭혔다. 당장 집에서 나가라고 소리치는 앙네타, 침묵으로 모두를 죽여버리겠다는 듯 굳게 입을 다문 리스베트의 섬뜩한 얼굴.

누군가의 손이 어깨에 닿았다. 그녀를 따라 발코니에 나온 이반 갈리노프였다. 그녀는 몸을 돌려, 부드럽게 미소 짓는 그의 잘생긴 얼굴을 보았다. 이반이 그녀를 자신의 품으로 끌어당겼다.

"카밀라…… 기분이 어때?"

"좋아요."

"그런 것 같지 않은데?"

카밀라는 멀리 있는 부두를 바라보았다.

"걱정할 것 없어. 모든 게 잘될 거야."

그녀는 그의 눈빛을 살폈다.

"무슨 일 있어요?"

"손님이 왔어."

"누구?"

"네 귀여운 양아치 녀석들."

그녀는 고개를 끄덕였다. 거실로 들어가보니 마르코 산드스트룀과 청바지에 싸구려 갈색 재킷 차림의 겉보기에도 한심한 남자 하나가 기다리고 있었다. 누군가에게 흠씬 두들겨맞은 듯 멍투성이였다. 키가 2미터에 달하고 역겹게 얼굴이 부푼 그 생명체의 이름은 코니라고 했다.

"코니가 할말이 있대." 마르코가 말했다.

"그럼 어서 말해!"

"미카엘의 집을 감시하고 있었어요." 코니가 말했다.

"보아하니 아주 잘 감시한 모양이네?"

"이 친구가 공격을 당했어." 마르코가 설명했다.

카밀라가 그의 터진 입술을 쳐다보았다.

"정말이야?"

"리스베트한테서요."

카밀라가 이번에는 러시아어로 이반에게 물었다.

"이반, 이 코니라는 인간이 당신보다 키가 크지 않나요?"

"체중도 많이 나가지." 이반이 대답했다. "옷도 못 입네."

그녀는 스웨덴어로 말을 이었다.

"내 쌍둥이 자매는 키가 154센티미터에 성냥개비처럼 바짝 말랐는데, 널 아주…… 뭉개버렸네."

"그년이 날 급습했어요."

"그리고 이 친구 핸드폰을 가져갔어." 마르코가 끼어들었다. "우리 조직원 전원에게 메시지를 보냈고."

"뭐라고 보냈는데?"

"코니한테 들어봐."

"그래, 얘기해봐."

"미카엘을 감시하는 걸 그만두지 않으면 우리 모두를 사냥해 죽일 거라고 했어요."

"그리고 한마디 더 덧붙였대." 마르코가 다시 끼어들었다.

"뭐라고 했는데?"

"우리가 뭘 하든 우리를 사냥하고 클럽도 박살내버릴 거라고요."

"오, 아주 좋아." 카밀라는 애써 냉정함을 유지하며 빈정거렸다.

"그리고……" 마르코가 말했다.

"또 뭐야?"

"그년이 가져간 핸드폰에 민감한 정보들이 꽤 있어. 솔직히 좀 걱정돼."

"당연히 걱정해야지. 하지만 리스베트 때문에 걱정해야 하는 건 아니지, 안 그래요, 이반?"

이반이 묵묵히 고개를 끄덕였다. 카밀라는 여전히 냉소적이고 위협적으로 보였지만 속으로는 허물어지고 있었다. 그녀는 이반에게 마저 대화를 마쳐달라고 부탁하고 방으로 들어가 악취나는 구정물 같은 과거 속으로 잠겨들었다.

레베카 포르셀은 자신이 한 일이 믿기지 않았다. "그가 나를 보면 안 돼"라고 요하네스가 속삭였고, 그녀는 불가해한 힘에 이끌려 스반테의 발을 걸었다. 그런 다음 회전문을 통해 병원을 빠져나가 쏟아지는 비를 맞으며 택시가 있는 곳으로 달려갔다.

요하네스는 어느 운수회사의 소속도 아닌 개인사업자로 보이는 기사를 골랐다. 보통 개인사업자의 미터기는 맹렬하게 올라간다.

"자, 어서 출발해요!"

기사가 고개를 돌렸다. 곱슬머리에 피부색이 어둡고 졸린 듯한 눈매의 젊은 남자였다.

"어디로 갈까요?" 기사가 물었다.

레베카가 요하네스를 쳐다보았고 그는 아무 말 하지 않았다.

"솔나 다리를 건너 시내 쪽으로 가죠." 그녀가 중얼거리듯 대답했다.

일단 그곳까지 가서 생각해보면 된다. 기사가 그들이 누군지 알아보지 못하는 듯해 레베카는 안도의 한숨을 내쉬었다. 아마 그런 이유로 요하네스가 이 기사, 즉 스웨덴 국정에 별 관심이 없어서 지금 이 나라 최고의 미움받이가 누구인지 잘 모를 사람을 신뢰했을 것이다. 그렇다고 상황이 장밋빛인 건 아니었다. 택시가 솔나 공동묘지를 따라 달리는 동안 그녀는 자신들이 저지른 일이 어떤 결과를 초래할지 떠올려봤다.

어쨌든 엄청나게 잘못된 일은 아니라고 스스로를 다독였다. 지금 남편은 정신적 위기를 겪고 있고, 그녀는 의사로서 그에게 휴식이 필요하기 때문에 번잡한 병원에서 벗어난 곳으로 갈 필요가 있다고 판단할 수 있었다. 공황사태가 발생하기 전 의료진에게 보고만 하면 될 일이었다.

"요하네스, 무슨 일인지 설명해봐. 안 그럼 난 이 미친 짓을 계속할 수 없어." 레베카가 그에게 속삭였다.

"프랑스 대사관에서 만났던 국제관계학 교수, 기억해?" 그가 물었다.

"야네크 코발스키?"

요하네스가 고개를 끄덕이는 모습을 그녀는 어리둥절하게 쳐다보았다. 야네크는 그들의 삶과 가까운 사람이 아니었다. 표현의 자유의 한계에 대해 그가 쓴 기고문을 그녀가 최근에 읽지 않았더라면 그 이름도 기억하지 못했을 것이다.

"맞아." 요하네스가 대답했다. "달라가탄에 살아. 오늘밤 그 사람 집에서 보낼 수 있어."

"대체 왜? 우린 그를 잘 알지도 못하잖아."

"난 잘 알아."

이 대답 역시 마음에 들지 않았다. 그녀는 요하네스와 야네크가 대사관에서 서로 잘 모르는 사이처럼 인사하고 의례적인 대화를 몇 마디 나눴던 게 기억났다. 그럼 둘은 연극을 했단 말인가? 그녀가 다시 속삭였다.

"난 당신이 원하는 곳 어디서든 잘 수 있어. 단, 내게 모든 것을 말해준다는 조건하에."

요하네스가 그녀를 쳐다보았다.

"그럴 생각이야. 그후에 어떻게 할지는 당신 자유고."

"무슨 뜻이야?"

"나에 대해 어떻게 할지 당신 마음대로 결정해도 된다는 얘기야."

레베카는 대답하지 않았다. 그리고 차창 밖으로 솔나 다리가 보이자 기사에게 말했다.

"달라가탄, 달라가탄으로 가주세요."

그녀는 한계라는 것에 대해 다시 생각했다. 표현의 자유의 한계에 대해서도, 무엇보다 사랑의 한계에 대해서 생각했다.

대체 무엇이 그를 떠나는 걸 정당화해줄 수 있을까?

그의 어떤 행위가 그녀의 사랑을 한순간에 끝내버릴 수 있을까? 아니, 그들 사이에 과연 사랑이란 게 존재하긴 한 걸까?

뉘토리에트를 뒤로 하고 예트가탄에 들어선 카트린은 인생이 그래도 살 만한 것이라고 느끼고 있었다. 그런데 이런, 비가 쏟아지기 시작했다. 억수같이 퍼부었다. 가방을 손에 든 그녀는 걸음을 재촉했다. 늘 그렇듯 이번에도 몇 주짜리 휴가를 떠나는 사람처럼 가방을 꽉 채웠다. 자신이 얼마 동안 호텔에 머물게 될지는 전혀 몰랐다. 아는 거라곤 현재 미카엘이 그의 집에 돌아갈 수 없는 상황인데다 불행히도 할일이 너무 많다는 사실뿐이었다. 그녀 역시 할일이 산더미였다.

벌써 저녁 9시 30분이었다. 카트린은 문득 허기를 느꼈다. 아침부터 먹은 게 거의 없었다. 그녀는 빅토리아 영화관과 예타 레욘 극장 앞을 지나면서 한결 기분이 나아졌지만 한편으론 어떤 불편한 느낌이 가시지 않았다.

그녀는 메드보리아르플랏센 광장을 눈으로 훑었다. 공연 티켓을 구매하려는 걸로 보이는 젊은이들이 빗속에 길게 줄을 이루고 있었다. 지하철역 안으로 들어가려던 그녀는 문득 깜짝 놀라 뒤로 돌아서서 좌우를 살폈다. 이상한 건 전혀 보이지 않았다. 과거의 어두운 그림자도, 그녀에게 달려와 욕을 퍼부을 사람도 보이지 않았다. 카트린은 서둘러 계단을 내려간 뒤 아무 문제 없다고 스스로를 안심시키며 개찰구를 통과해 승강장을 따라 바삐 걸었다.

지하철에서 내려 역을 빠져나와 빗속에 함스가탄으로 들어서서 왕립공원을 따라 블라시에홀멘 지구까지 걸어가며 그녀는 다시 불안감을 느끼기 시작했다. 걸음을 재촉했다. 뛰다시피 해 숨을 헐떡이며 호텔 로비로 들어선 뒤 곡선으로 휘어진 계단을 올라 안내데스크에 이르렀다. 채 스무 살도 안 되어 보이는 여자 직원이 상냥한 미소로 그녀를 맞았다. 카트린은 "안녕하세요"라고 인사를 하다 뒤쪽 계단에서 들리는 발소리에 말을 멈췄다. 미카엘이 어떤 이름으로 예약을 했는지 도통 기억이 나지 않았다. B로 시작하는 이름이었는데…… 보만? 브로딘? 브로덴? 브롬베리?

"저기, 예약을 했는데요. 이름이……" 카트린은 여기까지 말하고 머뭇거렸다. 핸드폰에 메모해둔 걸 확인해봐야 하나 싶었지만 이상하게 보일 것 같았다. 떳떳지 못한 짓을 벌이는 사람으로 보일지도 모르고. 결국 '보만'이었음을 확인한 그녀가 이름을 말했으나 너무 작게 말한 탓에 직원이 잘 알아듣지 못했다. 다시 한번 크게 말할 수밖에 없게 된 그녀는 뒤에서 누가 들을까 불안한 마음에 고개를 돌렸다.

아무도 없었다. 청재킷을 입은 장발 남자가 로비로 나가는 모습만 보일 뿐이었다. 그녀는 체크인을 하면서 속으로 궁금했다. 저 남자는 호텔에 잠시 들렀다 나가는 걸까? 좀 이상하지 않은가? 투숙하러 왔다가 숙박료가 비싸게 느껴졌나? 아니면 객실이 마음에 들지 않아서? 어쨌든 그녀와는 상관없는 일이었다.

적어도 그렇게 믿으려 애썼다. 카드키를 받아 객실로 올라간 그녀는 하늘색 침대보가 덮인 더블베드를 내려다보며 이제 어떻게 할지 잠시 고민했다. 미니바에 보이는 소형 레드 와인을 한 병 마시며 목욕한 뒤 룸서비스로 햄버거와 감자튀김을 주문하기로 했다. 하지만 아무것도 도움되지 않았다. 음식도, 술도, 목욕도. 벌떡이는 심장이 좀처럼 진정되지 않았다. 대체 미카엘은 어디서 뭐하고 있는 건가.

사실 야네크 코발스키는 달라가탄에 살지 않았다. 요하네스와 레베카는 어느 건물로 들어가 안뜰을 통과해 베스테로스가탄으로 빠져나왔고, 거기서 또다른 건물로 슬그머니 들어가 엘리베이터를 타고 육층까지 올라갔다. 야네크의 집은 넓고 괜찮은 편이었으나 집안이 어수선하기 이를 데 없었다. 돈이나 미적 취향은 있지만 깔끔함 같은 건 신경쓰지 않는 늙은 독신남의 거처, 구식 지식인의 보금자리였다.

거기에는 그릇, 장식품, 그림, 책, 서류철 등 온갖 물건이 널려 있었다. 그야말로 발 디딜 틈 없이. 며칠 면도를 안 했는지 수염이 덥수룩한 자유인 같은 야네크에게 대사관에서 보았던 정장 차림의 말끔함은 온데간데없었다. 올해 일흔다섯 살인 그는 여기저기 구멍 난 얇은 캐시미어 스웨터 차림이었다.

"어서 와요, 친구들! 당신들 걱정을 많이 했소." 그는 요하네스와 포옹하고 레베카의 양볼에 입을 맞추며 말했다.

요하네스와 야네크가 서로 잘 아는 사이라는 데는 의심의 여지가 없었다. 야네크가 코듀로이 바지와 셔츠, 그리고 브이넥 스웨터를 내오자 요하네스는 옷을 갈아입고 그와 함께 주방으로 들어갔다. 이십 분 정도 낮은 소리로 대화를 나눈 그들은 차와 샌드위치와 화이트와인 한 병을 쟁반에 받쳐들고 나와 엄숙한 얼굴로 레베카를 쳐다보았다.

"친애하는 레베카," 야네크가 입을 열었다. "당신의 남편으로부터 임무를 부여받았어요. 당신에게 모든 일을 솔직하게 설명해달라는 것이죠. 내키지 않았지만 수락했습니다. 고백하자면 이런 일은 내게 맞지 않거든요. 하지만 솔직히 말할 수 있도록 최선을 다하겠습니다. 가끔 직접적으로 언급하지 못하는 일이 있더라도 이해해주세요."

레베카는 슬퍼하는 듯하면서도 점잔 빼는 그의 말투가 마음에 들지 않았다. 약간 긴장한 건지도 몰랐다. 그가 떨리는 손으로 차를 따라주었다.

"먼저 내 인생 최대의 업적이라 할 것부터 소개해야겠군요." 야네크가 말을 이었다. "사실 두 사람이 만나게 된 건 내 덕분이에요."

레베카가 깜짝 놀라서 그를 쳐다보았다.

"무슨 말이죠?"

"요하네스를 에베레스트로 보낸 사람이 나거든요. 물론 끔찍한 일이었지만 요하네스 자신이 가고 싶어했어요. 꼭 가겠다고 고집을 부리기까지 했죠. 천성이 야생마 같은 사람이니까요, 안 그렇습니까?"

"무슨 말인지 전혀 모르겠어요."

"요하네스와 나는 직업상 러시아에서 만났고 친구가 되었죠. 그때부터 난 그가 예외적인 능력을 지닌 사람임을 알아보았고요."

"어떤 점에서요?"

"모든 면에서요, 레베카. 때로 성급하고 열성이 지나친 것만 빼면 그야말로 탁월한 장교였죠."

"그럼 당신도 군에 있었나요?"

"나는……" 그는 조금 주저하듯 말을 이었다. "어린 시절에 영국 국적을 취득한 폴란드 사람입니다. 고맙게도 정치 난민인 부모님을 영국이 받아주었죠. 그래서 외무부에 들어가는 게 내 의무라고 생각했어요."

"MI6* 말인가요?"

"음, 반드시 필요한 것 외에는 말하지 않기로 하죠. 난 은퇴하고 여

---

* 해외 첩보 업무를 담당하는 영국 정보기관.

기에 정착했어요. 이 나라를 사랑한 것도 있지만, 오늘 우리를 이 자리에 모이게 한 일과 관련된 몇 가지 사건의 결과이기도 했습니다. 친애하는 레베카, 당시 나와 요하네스는 에베레스트 사건 말고도 상당한 위험이 따르는 공통의 관심사로 묶여 있었어요."

"그게 뭔데요?"

"GRU에서 이탈한 자들과 첩자들. 실제로 밝혀진 인물과 추정되는 인물뿐 아니라 그럴 가능성이 있는 인물들까지 포함되었고, 그들에 대처한다는 공통의 목표를 위해 팀을 이루었죠. 그 와중에 우리 팀은 스웨덴 안보기관 세포가 GRU 출신 거물 한 명을 확보했다는 정보를 입수했고요. 최근 당신 부부가 관계를 맺게 된 누군가 때문에 사후에 유명세를 치른 인물이기도 하죠."

"수수께끼처럼 말하는군요."

"미리 말했잖습니까, 솔직하게 말하는 게 내게는 쉽지 않은 일이라고요. 이른바 살라첸코 사건을 폭로했던 미카엘 블롬크비스트를 말하는 겁니다. 그 사건에 대해선 모든 게 밝혀졌지만 가장 중요한 사실이 한 가지 빠져 있었어요. 우리는 비밀 경로로 그 사실을 입수했고요."

"그게 뭐죠?"

"그러니까…… 어떻게 말해야 좋을까요. 그 얘기를 하려면 시간을 거슬러올라갈 필요가 있어요. 과거 세포 내 특별팀이 모든 수단과 방법을 동원해 전 GRU 요원 알렉산데르 살라첸코를 보호하고 있었죠. 그를 통해 러시아 군첩보부에 관한 희귀 정보를 얻을 수 있으리라 생각했으니까요."

"나도 알아요!" 레베카가 큰 소리로 외쳤다. "그에게 리스베트 살란데르라는 딸이 있었죠, 안 그런가요? 아주 힘든 일들을 겪었던."

"맞아요. 살라는 백지수표를 받은 셈이나 마찬가지였어요. 그는 원하는 건 뭐든 할 수 있었죠. 자신의 가족을 학대하고 거대한 범죄조직을 꾸리는 등 뭐든. 자신이 아는 기밀을 넘기는 이상 뭐든 용인되었어요. 세포는 대의를 위한다는 미명하에 수치스러운 짓을 저질렀어요."

"국가안보라는 대의 말이죠."

"여기서 그렇게 고상한 단어는 쓰고 싶지 않군요. 차라리 아무도 확보하지 못한 정보를 독점하겠다는 욕심이 세포의 몇몇 관리들을 흥분시켰다는 말이 맞겠죠. 우리 팀이 의심했던 바대로 세포는 그마저도 얻지 못했을 가능성이 있어요."

"무슨 뜻이죠?"

"우리는 살라가 계속 러시아에 충성하고 있다는 정보를 입수했어요. 즉 그는 죽는 순간까지 이중첩자였고, 세포에 가져다주는 것보다 더 많은 정보를 GRU에 바쳤다는 얘기였죠."

"맙소사……"

"우리도 바로 그런 정황을 떠올렸지만 우선은 의심에 불과했기 때문에 사실을 확인할 방법을 찾고 있었죠. 그로부터 얼마 후 한 남자에 관한 정보를 입수했어요. 대외적으로는 여행업계에서 컨설턴트로 일하는 민간인이었지만 실제 정체는 GRU 소속 중령이었고, 그가 GRU 내부를 사찰하다 거대한 부패 네트워크를 발견했다고요."

"그게 뭐였는데요?"

"GRU 요원들과 즈베즈다 브라트바라는 범죄조직을 잇는 네트워크였어요. 그 네트워크가 아무런 제재도 받지 않고 존속할 수 있다는 사실에 분노한 그는 항의의 표시로 GRU에 사표를 냈고, 그 대신 가장 큰 열정을 품었던 고산 등반에 뛰어들었죠."

"그 사람이 빅토르 그란킨인가요?" 레베카가 흥분하며 물었다.

"네, 그 훌륭한 빅토르가 맞아요. 무척 흥미로운 인물이죠, 안 그렇습니까?"

"맞아요, 정말 그래요. 하지만……" 그녀는 머뭇거렸다.

"당신이 그 등반대의 주치의로 채용되었죠. 그때 우리는 좀 놀랐어요."

"음, 나 역시 놀랐어요." 그녀는 생각에 잠기는 얼굴로 말했다. "그때는 나도 모험을 하고 싶다는 미친 듯한 갈망에 사로잡혀 있었어요. 그러다 오슬로의 학회에서 빅토르에 대해 들었죠."

"우리도 그렇게 알고 있습니다."

"자, 그럼 계속해보세요."

"빅토르는 매우 현실적인 사람처럼 보이죠, 안 그렇습니까? 단순하고 직설적이었죠. 그러나 실제로는 지극히 총명하고 복잡한 인물이었어요. 열정에 쉽게 불타오르기도 했고요. 그는 조국에 대한 사랑과 명예와 품위에 대한 감각 사이에서 깊이 갈등했어요. 그리고 2008년 2월, 우리는 거의 확신했습니다. 그가 살라의 이중첩자 행위와 마피아와의 협력관계를 알고 있으며 그로 인해 위험에 처했다는 걸. 그는 GRU를 두려워했고 새로운 동료의 보호가 필요한 상황이었어요. 그래서 내가 그의 에베레스트 등반에 요하네스를 보내야겠다고 생각한 거예요. 그 정도로 험난한 모험을 함께하고 나면 동지애와 친근함이 싹틀 거라고 예상했죠."

"세상에……" 레베카는 거듭 탄식한 뒤 요하네스에게 고개를 돌리고 물었다. "빅토르를 서구사회로 끌어들이려고 당신이 파견된 거야?"

"물론 그게 최상의 시나리오였죠." 야네크가 대신 대답했다.

"그럼 스반테는요?"

"스반테가 이 이야기에서 가장 불행한 부분이죠." 야네크가 계속했다. "그때는 몰랐어요. 당시 그를 데려가는 건 요하네스 입장에서 극히 합리적인 선택이었죠. 물론 나는 우리 영국 쪽 요원을 네려갔으면 했지만, 스반테는 러시아어에 능통했고 요하네스와 스웨덴 군정보안부에서 일했으며 무엇보다 노련한 등반가였으니까요. 믿을 만한 조력자가 필요한 요하네스에게 완벽한 조건이었죠. 어쨌든 다행스럽게도 우리는 스반테에게 모든 것을 밝히지 않았어요. 그는 지금까지 내 이름도 모르고, 그 작전을 스웨덴보다는 영국이 주도했다는 사실도 모르죠."

"도저히 믿기지 않네요······" 레베카는 주위의 모든 것이 무너져내리는 것만 같았다. "그 등반 전체가 첩보작전이었다는 건가요?"

"부수적으로 여러 일들이 있긴 했죠. 요하네스가 당신을 만나기도 했고. 하지만 네······ 요하네스는 임무를 부여받고 떠났고, 우리는 그를 면밀히 주시했어요."

"말도 안 돼요. 정말 아무것도 몰랐는데."

"이런 좋지 않은 상황에서 모든 걸 밝히게 되어 정말 유감이에요."

"작전은 성공했나요? 그러니까······ 거기서 모든 게 악몽으로 변하기 전에요."

요하네스가 어깨를 으쓱해 보이자 다시 한번 야네크가 대답했다.

"그 점에 대해 요하네스와 나는 약간 관점이 달라요. 내가 보기에 요하네스는 임무를 훌륭하게 해냈어요. 신뢰를 쌓아가는 데 성공했기에 작전 초기에는 매우 가능성이 있어 보였죠. 다만 상황이 갈수록 긴박해지는 와중에 우리가 빅토르를 몹시 압박했던 건 사실이에요. 가장 중대한 등반 단계에서 그의 심리를 조작했죠. 그래요, 요하네스의 생각이 옳을지도 몰라요. 거기에는 위험요인이 너무 많았어요. 무엇보다······"

"몇 가지 결정적인 사실을 놓치고 있었어." 요하네스가 대신 말을 맺었다.

"맞아요, 불행히도." 야네크가 고개를 끄덕였다. "하지만 그걸 무슨 수로 알았겠습니까. 당시 서구에선 그 누구도 몰랐던 사실인데. 심지어 FBI도."

"지금 무슨 얘기를 하는 거죠?" 레베카가 물었다.

"스탠 엥겔만."

"그가 왜요?"

"1990년대 그가 모스크바에 호텔들을 짓기 시작할 때부터 즈베즈다 브라트바와 연결되어 있었어요. 빅토르는 알고 있었지만 우리는 몰랐죠."

"빅토르는 어떻게 알았죠?"

"GRU에 소속되어 있을 때 수집한 정보였어요. 이중첩자 활동도 임무 중 하나였기 때문에 빅토르는 스탠과의 관계를 유지하는 척하면서 속으로는 그를 인간쓰레기로 여겼죠."

"그래서 그의 아내도 훔쳤고요."

"빅토르에게 그 로맨스는 보너스 이상의 것이었다고 생각해요."

"아니면 그게 촉발요인이었을 수도 있고." 요하네스가 덧붙였다.

"좀 알아듣게 말해줄래?" 레베카가 물었다.

"클라라와의 애정관계가 빅토르를 행동하게 만들었다는 얘기인 것 같아요." 야네크가 대신 설명했다.

"그게 무슨 뜻이죠?"

"자신이 GRU의 전 동료들을 엿 먹일 순 없지만 적어도 뼛속까지 썩어문드러진 한 미국인을 침몰시킬 순 있다는 거죠."

26장
8월 27일

이따금 이반 갈리노프는 그녀에게 묻곤 했다. "지금 그는 네게 어떤 의미지? 그에 대해 어떻게 생각해?" 대부분은 대답하지 않았지만 한번은 이렇게 말했다. "내가 선택받았다는 느낌이 들던 게 기억나요. 실제로 그랬고요."

아버지의 거짓말들이 그녀의 삶을 멋지게 만들어주던 시절이 있었다. 그녀가 어떤 힘을 행사하고 있다는, 그녀 자신이 그를 홀리는 것이며 그 반대는 아니라는 확신을 오랫동안 품었다. 그건 결국 빼앗길 수밖에 없었던, 그리고 검은 심연으로 대체될 수밖에 없었던 환상이었다. 하지만 여전히…… 그 특별한 느낌의 기억은 남아 있었다. 때로는 그저 짐승을 용서하듯 살라를 용서하곤 했다. 결코 버릴 수 없었던 한 가지는 리스베트와 앙네타에 대한 증오였다. 지금 스트란드베겐의 집에서 침대에 누워 있는 그녀는 힘을 끌어올리기 위해 그 증오 안으로 깊이 들어갔다. 십대 시절에 자신을 새로 만들어야 할 때마다, 모든 속박에서 벗어난 새로운 카밀라를 창조해야 할 때마다 그랬던 것처럼.

　창밖에 비가 내리고 있었다. 사이렌이 요란하게 울리는 와중에 발소리가 가까워오는 게 들렸다. 리드미컬하고 자신감 넘치는 발소리, 이반이었다. 카밀라가 일어나 문을 열어주자 그는 미소를 지었다. 그들은 인간에 대한 증오와 자신들이 특별하다는 느낌을 공유하고 있었다.

　"좋은 소식일 수도 있는 걸 가져왔어."

　이반의 말에 그녀는 대답하지 않았다.

　"별건 아니지만," 그가 말을 이었다. "하나의 실마리가 될 순 있을 거야. 산드함에서 미카엘과 같이 있었던 여자가 방금 전 뤼드마르 호텔에 체크인했어."

　"그래서?"

　"그 여자는 스톡홀름 시내에 살잖아, 안 그래? 그런데 왜 호텔에 투숙했을까? 그녀 혹은 상대방의 집에서 같이 있는 모습을 보이면 안 되는 누군가와 만나는 게 아니라면."

　"미카엘?"

　"빙고."

　"어떻게 하는 게 좋을까요?"

　이반이 손가락 사이로 머리칼을 쓸어올렸다.

　"우리가 움직이기에 좋은 장소는 아냐. 저녁까지 인파로 북적이고 카페며 술집 야외 테라스들이 거리를 둘러싸고 있어. 마르코가……"

　"그자가 또 말썽인가요?"

　"아니, 그 반대야. 내가 시키는 대로 하라고 얘기해뒀어. 마르코 말로는 거리 모퉁이에 차를 대기시켜놓을 수 있대. 그의 수하들이 똘똘하게 훔쳐놓은 구급차도 한 대 있고. 그리고 나노……"

　"뭔데요, 이반?"

　"나도 이 작전에서 할 역할이 있을 것 같아. 유리 말로는 나와 미카엘 사이에 공통의 관심사가 있다는군."

"무슨 뜻이죠?"

"둘 다 이 나라 국방부 장관에게 관심이 많거든. 특히 과거에 있었
던 몇 가지 사건에 대해."

"좋아요!" 카밀라는 다시 힘이 솟는 것을 느꼈다. "그럼 시작하죠."

레베카는 드러난 진실을 어떻게 소화시켜야 할지 알 수 없었다. 엄
두조차 나지 않았다. 게다가 최악인 부분은 아직 시작되지 않았음을
알고 있었다.

"우리도 지금에 와 알게 된 사실이지만, 스탠이 아내를 안내할 등
반대장으로 빅토르를 선택한 건 그가 자신의 편이라고 확신했기 때
문이에요." 야네크가 말을 이었다. "하지만 빅토르는 스탠의 범죄조
직을 조사해서 알고 있었기 때문에 분노를 품은 상태였죠. 난 신뢰감
을 불어넣는 데 탁월한 요하네스가 빅토르의 마음을 열어 무언가를
말하고 싶어하는 상태까지 끌고 갔다고 생각해요. 그가 씨를 뿌려놓
은 기반 위에 클라라가 마무리를 했다고 할 수 있죠."

"무슨 뜻이죠?"

"클라라가 빅토르에게 마음속 생각들을 털어놓게 했어요. 실은 서
로를 격려했다고 할 수 있죠. 클라라는 그에게 자기 남편이 집안에서
얼마나 추악한 인간인지 얘기했고, 빅토르는 그녀에게 스탠이 즈베
즈다 브라트바 내에서 어떤 짓들을 했는지 밝혔죠."

"사랑이 비밀을 공유하고 싶게 만들었군요." 레베카가 말했다.

"네, 그랬겠죠. 적어도 요하네스는 그렇게 생각하고 있어요. 다만
어떤 비밀을 털어놓았든 그건 중요한 게 아니에요. 중요한 건 두 사
람이 극도로 조심했음에도 그들의 관계가 맨해튼까지 흘러들어갔다
는 사실이죠."

"누가 누설했죠?"

"당신들의 그 불쌍한 셰르파."

"아니, 정말인가요?"

"불행히도 사실이에요."

"니마는 결코 누구를 밀고할 사람이 아닌데요?"

"그는 그걸 밀고라고 생각하지 않았을 거예요. 클라라를 특별히 보살피고 베이스캠프에서 어떻게 지내는지 보고하는 대가로 스탠에게 추가금을 받았으니까요. 자신의 임무를 다한 거겠죠."

"스탠이 어디까지 알아냈죠?"

"우리는 정확히 모르지만 니마를 위협할 정도로 많은 것을 알게 되었을 거예요. 여기에 대해선 나중에 얘기하도록 해요. 확실한 건 스탠이 둘의 관계를 알고 분노와 의심에 휩싸였다는 사실이에요. 니마 말고도 스탠에게 알린 사람들이 있었고요. 결국 위기가 왔음을 깨달았죠. 결혼생활뿐만 아니라 사업가로서의 미래에도. 잘못하면 구속까지 될 수 있는 상황이었으니까."

"니마 말고 또 누가 그에게 알렸죠?"

"생각해보면 알 수 있는 일 아닐까요?" 야네크가 되물었다. "아까 어떻게 니마가 밀고를 할 수 있었겠느냐고 물었죠? 잊지 마세요, 그해의 다른 셰르파들과 마찬가지로 그 역시 분노와 걱정에 사로잡혀 있었다는 사실을."

"그의 종교적 신념을 말하는 건가요?" 그녀가 물었다.

"맞아요. 그의 아내 루나 문제도 있었고요. 클라라는 그녀를 함부로 대했어요, 안 그렇습니까? 니마가 클라라에게 불만을 느낄 나름의 이유가 있었죠."

"야네크, 그건 니마에게 부당한 말 같아요." 요하네스가 끼어들었다. "니마는 누군가에게 해를 입힐 사람이 아니었어요. 다만 빅토르처럼 충직함의 방향을 두고 갈등하고 있었죠. 누구는 이렇게 해라, 누구는 저렇게 해라, 주위에서 끊임없이 요구했어요. 결국 모든 의무

를 자신의 어깨에 진 채 모순되는 지시들을 받아들이다 허물어져버
렸죠. 극심한 압박감에 시달리다 나중에는 죄책감에 짓눌려 고통받
은 사람은 그였어요. 다른 사람들이 아니라."

"미안하네, 요하네스. 내가 설명하기엔 그 일을 너무 멀리서 겪은
것 같군. 이제부터 자네가 이어가는 게 낫겠어." 야네크가 말했다.

"그게 나을지는 잘 모르겠네요." 요하네스가 날카롭게 대꾸했다.

"당신이 약속했잖아. 다 얘기해주겠다고." 레베카가 말했다.

"그랬지. 니마가 모든 잘못을 뒤집어쓰는 대목에 이르면 참을 수
없을 정도로 화가 날 것 같아. 그는 그때 일로 필요 이상의 고통을 겪
었다고."

"보세요, 레베카. 요하네스는 정말 좋은 사람이에요. 이 사람에 대
해 누가 나쁜 말을 해도 믿지 마요. 늘 약자의 편을 드니까." 야네크
가 말했다.

"당신과 니마의 관계는 우리가 느낀 것처럼 좋았던 거야?"

레베카는 자신의 목소리에서 묻어나는 불안감에 스스로도 놀
랐다.

"좋았어." 요하네스가 대답했다. "지나치게 좋았는지도 모르지."

"무슨 뜻이야?"

"들어봐." 요하네스는 이렇게 대답하고는 말이 없어졌다.

"어서 얘기해봐."

"그래, 알겠어…… 당신도 거의 아는 이야기지만, 정상에 가까워
지면서 나와 빅토르의 관계가 나빠졌다는 것부터 말해야 할 것 같아.
스탠 때문이었다고 생각해. 빅토르는 우리 사이에 싹트기 시작한 우
정이 GRU와 즈베즈다 브라트바에 알려질까 두려웠겠지. 그럼 자기
목숨은 끝이니까. 그래서 난 거리를 두려 했어. 누구에게도 걱정을
끼치고 싶지 않았어. 우리는 서로를 지켜주는 존재일 뿐 다른 무엇도
아니었으니까. 그리고 당신도 알다시피 우리는 5월 13일 자정이 약

간 넘은 시간에 제4캠프를 출발했어. 모든 조건은 완벽해 보였고."

"그러다 등반대의 속도가 느려졌지."

"맞아, 클라라의 몸 상태가 나빠지기 시작했어. 마스 라르센도 마찬가지였고, 빅토르도 완벽한 컨디션이 아니었어. 난 그런 것들을 알아채지 못했어. 스반테가 짜증을 내면서 나를 끌다시피 하며 위로 올라가고 있다고만 느꼈지. 그는 우리 둘만의 힘으로 정상을 정복하고 싶어했어. 잘못하면 이 기회를 놓칠 수 있다고도 말했지. 결국 빅토르가 우리 둘만 먼저 가도록 허락했는데 어쩌면 나를 떨쳐버릴 수 있어서 안도했는지도 몰라. 그래서 스반테와 나만 출발했지."

"그 얘긴 나도 알아." 레베카가 조급해하며 말했다.

"미안, 좀더 속도를 낼게. 어쨌든 우리는 어떤 재앙이 등반대를 기다리고 있는지도 모르고 그들을 떠났어. 줄곧 걷기만 한 끝에 정상에 다다랐지. 하지만 힐러리스텝에서 내려올 때부터 내 상태가 안 좋아지기 시작했어. 하늘이 맑고 바람도 강하지 않았지. 산소도 음료도 충분했고. 그런데 얼마 안 있어……"

"펑음이 들렸지. 무언가 터지는 것 같은 소리가."

"하늘에 구름 한 점 없는데 천둥소리가 들리더니 북쪽에서 폭풍이 해일처럼 순식간에 몰려왔어. 한순간에 시야가 깜깜해진 거야. 눈보라가 채찍처럼 후려치고 기온이 급강하해 견딜 수 없을 정도로 추웠고. 우리는 계속 걸었어. 눈보라가 얼마나 심한지 발치도 제대로 보이지 않았어. 계속해서 내 무릎이 꺾이는 바람에 스반테가 손을 잡아 일으켜세워줘야 했던 게 한두 번이 아니었어. 발걸음은 점점 느려지는데 시곗바늘은 핑핑 돌아갔지. 그렇게 오후가 되고 저녁이 되자 캠프에 닿기 전에 밤이 올까 두려웠어. 나는 또다시 털썩 쓰러지고 말았고. 이제 모든 게 끝났다고 생각했는데 바로 그 순간……"

"뭘 본 거야?"

"붉은색과 푸른색 얼룩 같은 게 눈앞에서 어른댔어. 제발 그게 제4캠프이거나 아니면 최소한 우리를 도와줄 수 있는 다른 등반가들이기를 기도했지. 그렇게 희망을 품고 몸을 일으켰지만 이내 전혀 좋은 게 아니라는 걸 알아챘어. 그건 크고 작은 시신 두 구가 꼭 밀착된 채 눈밭에 누워 있는 거였어."

"그 얘기는 내게 해준 적 없었잖아."

"그래, 레베카, 안 했지. 어쨌든 거기서부터 악몽이 시작됐어."

"계속해줘."

"아직도 그 일을 설명하기란 쉽지 않아. 완전히 진이 빠져 더 버틸 수 없는 상태였으니까. 그대로 눈 속에 벌렁 드러누워 죽음이 오기만을 기다리고 싶었어. 시신들을 볼 때 내 운명을 보는 것만 같았지. 그 순간에는 나 자신의 공포가 내 앞에 보이는 시신들보다 훨씬 생생했고, 그들이 내가 아는 사람이라고는 한순간도 생각하지 않았어. 거기 널린 수백 구의 시신들 중 하나겠거니 했지. 나는 몸을 일으켜 산소마스크를 벗고 어서 이곳을 벗어나자고 스반테에게 말한 뒤 다시 걷기 시작했어. 실은 겨우 한두 걸음 내디뎠을 뿐이었지만. 그런데 갑자기 이상한 느낌이 들었어."

"무슨 말이야?"

"수백 가지 생각이 동시에 스쳤다고 할까. 우리 등반대가 조난당했다는 소식을 라디오로 들었는데 그 기억이 떠올랐던 것 같아. 그제야 그 시신들의 옷이며 다른 특징들이 눈에 들어온 거야. 무엇보다 좀더 작은 시신에서 섬뜩함이 느껴졌어. 난 몸을 굽히고 그 얼굴, 그러니까 두건과 털모자 아래로 조금 보이는 부분을 들여다보았지. 선글라스를 낀 채 양볼과 코와 입은 얼음막으로 덮여 있고 얼굴 전체는 눈 속에 파묻혀 있었어. 하지만 알 수 있었지."

"그게 클라라라는 걸?"

"클라라와 빅토르였어. 모로 누운 그녀가 빅토르의 몸통을 부둥켜안고 있었지. 그들을 그 상태로 두고 떠나는 게 당연했지만 한편으론 불편한 느낌을 떨칠 수 없었어. 완전히 얼어붙은 것처럼 보였지만 돌연 이상하게도 클라라한테서 희미한 생기 같은 게 감지됐어. 그래서 그녀의 몸을 밀어 빅토르에게서 떼어낸 다음 얼굴에 낀 얼음막을 벗겨내보려 했어. 불가능했지. 얼음막은 아주 딱딱하게 얼어붙어 있었고 내 손에는 힘이 전혀 없었으니까. 결국 아이스피켈*을 꺼냈어. 옆에서 봤다면 희한한 광경이었을 거야. 난 그녀의 선글라스를 벗긴 다음 피켈로 얼굴을 쪼기 시작했어. 얼음 조각들이 튀는 와중에 스반테는 그만두고 빨리 내려가기나 하자고 고함쳤지. 난 미친놈처럼 계속했어. 나름대로 조심하려고 애쓰며 얼음막을 쪼아댔지. 손가락이 다 얼어붙어서 제대로 제어할 순 없었어. 그러다 입술과 턱에 흠집을 내고 말았는데 순간 그녀의 얼굴이 씰룩거렸어. 충격으로 인한 기계적인 경련으로 받아들였지, 생명이 남아 있다는 신호라고는 생각하지 못했어. 그래도 그녀에게 내 산소마스크를 씌웠어. 내 호흡이 가빠졌고 그녀에게 가망이 있다고 여기지도 않으면서 한동안 그걸 클라라의 얼굴에 대고 있었다고. 그런데 갑자기 그녀가 숨을 들이마셨어. 내가 벌떡 일어나 스반테 쪽으로 소리를 질렀지만 그는 고개를 저었어. 물론 그가 옳았지. 숨을 좀 쉰다고 달라질 건 없었어. 8000미터 고지에서 거의 죽어 있었으니까. 살아날 희망은 전혀 없었어. 도저히 구조받을 상황이 아니었어. 우리마저 죽을 위기에 처해 있었고."

"그때 두 사람은 도와달라고 계속 외쳤지."

"오랫동안 소리를 질렀지만 아무런 응답도 들려오지 않아 절망에 빠졌어. 내가 다시 산소마스크를 쓰고 스반테와 내려가기 시작했다는 것만 기억나. 비틀비틀 걷는 동안 조금씩 현실감각이 사라져갔지. 헛것을 보기 시작했어. 고향 오레에서 따뜻한 욕조에 몸을 담그고 있는 아버지와 사우나를 하는 어머니, 그리고 나든 많은 것들이 보였

---

* 산악 등반시 빙설로 뒤덮인 경사로를 오를 때 사용하는 얼음도끼.

지. 당신에게 이미 한 얘기지만."

"맞아."

"이 얘긴 하지 않았어. 그때 난 텡보체에나 있을 법한 승려들도 보았어. 그들과 비슷해 보이면서 전혀 다른 인물도 한 명 봤고. 그는 산을 내려가는 대신 올라오고 있었고, 승려들과 달리 실제로 존재하는 사람이었지. 눈보라 속에서 우리를 향해 걸어오는 니마 리타."

약속 시간에 늦은 미카엘은 카트린을 호텔로 불러낸 일을 후회하고 있었다. 다른 날을 기약해야 옳았다. 하지만 그녀 같은 여자 앞에서 이성적으로 판단하기가 늘 쉽지는 않다. 그는 쏟아지는 빗속에서 드로트닝가탄 길을 따라 호텔이 있는 블라시에홀멘 방향으로 종종걸음을 걸었다. 그러면서 "십 분 후에 도착해"라는 메시지를 막 보내려는 순간, 두 가지 사건이 동시에 벌어졌다.

먼저 메시지가 하나 도착했는데 곧장 전화벨이 울리는 바람에 미처 읽을 시간이 없었다. 그는 별생각 없이 전화를 받았다. 오늘 하루동안 많은 사람들—심지어 스반테에게까지—에게 메시지를 보냈던터라 전화를 걸어온 것도 당연히 그 메시지를 받은 이들 중 하나이리라 예상했다. 그런데 수화기 너머에서 들려온 목소리의 주인은 자신이 누군지도 밝히지 않는 나이 지긋한 남자였다. 미카엘은 전화를 끊어버릴까 하다 영국 억양이 섞인 남자의 상냥한 목소리에 잠시 멈췄다.

"다시 한번 말해주시겠어요?" 미카엘이 되물었다.

"지금 나는 집에서 친구 부부와 차를 마시며 매우 충격적인 이야기를 듣고 있습니다. 이들이 당신과 이 이야기를 공유하고 싶어해요. 가능하다면 내일 아침에 만나고 싶습니다."

"내가 아는 부부인가요?"

"당신이 이들에게 굉장한 도움을 주었죠."

"최근에요?"

"아주 최근에요, 바다에서."

미카엘은 검은 하늘에서 쏟아져내리는 빗줄기를 쳐다보았다.

"네, 만나보고 싶군요. 어디입니까?"

"괜찮다면 자세한 내용은 다른 핸드폰을 통해 전달하고 싶습니다. 당신과 연결지을 수 없고 적절한 기능들을 갖춘 핸드폰 말입니다."

미카엘은 생각했다. 카트린의 핸드폰과 거기에 설치된 시그널 메신저가 좋을 듯했다.

"그럼 암호화 링크로 다른 번호를 보내겠습니다." 미카엘이 대답했다. "그전에 문제의 부부가 정말 지금 당신의 집에 있는지, 그리고 별탈이 없는지 증명해주면 좋겠군요."

"별탈이 없다고 말할 순 없겠지만," 남자가 말했다. "두 사람은 그들의 뜻으로 여기에 있는 겁니다. 남편을 바꿀게요."

미카엘은 눈을 감고 기다렸다. 그는 왕궁 바로 옆 레욘바켄 언덕에 서서 만#* 쪽을 바라보고 있었다. 왕궁 반대편에는 그랜드 호텔과 국립미술관이 있었다. 그렇게 기다리는 이삼십 초가 영원처럼 느껴졌다.

"미카엘," 마침내 목소리가 들렸다. "당신에게 큰 빚을 졌어요."

"몸은 어떻습니까?" 미카엘이 물었다.

"지난번보다는 나은 것 같아요."

"지난번이라 함은……"

"물에 빠져 죽을 뻔했을 때요."

요하네스가 확실했다.

"내게 무언가 얘기하고 싶다고요?"

"실은 이니에요."

"아니라고요?"

"난 그러고 싶지 않지만, 잠시 후 이 모든 이야기를 알게 될 아내

레베카가 당신에게 공유해야 한다고 강하게 주장하고 있어요. 나로
선 어쩔 수 없군요."

"알겠습니다."

"실은 정말 그래야 하는 건지 잘 모르겠어요. 어쨌든 기사가 발표
되기 전에 내가 한번 읽어볼 수 있나요?"

미카엘은 왕립공원으로 통하는 다리 쪽으로 걸음을 옮기며 할말
을 골랐다.

"당신은 불편하게 느껴지는 인용 내용을 변경할 수 있고, 내가 작
성한 사실관계를 확인할 수 있습니다. 기사를 다른 식으로 써달라고
날 설득할 수도 있습니다. 다만 내가 거기에 응하리라는 약속은 못하
겠습니다."

"합당하게 들리는군요."

"알겠습니다."

"그럼 기다릴게요."

"좋습니다."

요하네스는 재차 감사의 말을 전한 뒤 정체불명의 남자에게 전화
기를 넘겼다. 미카엘은 그와 함께 앞으로 취할 행동을 의논하고 카트
린의 핸드폰 번호를 알려주었다. 그리고 다시 걸음을 재촉했다. 심장
이 거세게 요동치고 머릿속은 온갖 생각으로 어지러웠다. 대체 무슨
일이 벌어지고 있는 걸까? 지금 이 일에 대해 좀더 질문했어야 한다.
왜 요하네스는 카롤린스카 병원에 있지 않는가? 그런 상태로 병원을
벗어나는 건 위험한 일 아닌가? 그 영국인은 대체 누군가?

미카엘은 이 상황이 니마 리타 및 에베레스트와 관련 있으리라는
것 말고는 아무것도 알 수 없었지만 이 게임에 다른 카드들이 숨어
있다는 사실만큼은 확신했다. 어쩌면 러시아—요하네스의 삶 전체
가 그 방향을 가리키고 있지 않은가?—일 수도, 맨해튼의 스탠일 수
도 있었다.

시간이 지나면 알게 되리라. 어쩌면 당장 내일일 수도 있다고 미카엘은 짜릿한 전율을 느끼며 생각했다. 이건 특종이다, 엄청난 특종! 하지만 현재 그가 아는 건 없었다. 냉정을 유지할 필요가 있다. 그는 핸드폰을 꺼내 시그널로 카트린에게 메시지를 보냈다.

미안해, 오늘 끔찍하게 힘든 하루를 보냈지만 금방 도착할 거야. 그리고 또 미안한데, 작은 부탁 하나 해야겠어. 당신에게 곧 정보가 갈 거야. 이따가 얘기할게. 빨리 보고 싶어.
키스를 보내.

M.

이때 전화가 걸려오기 직전에 도착했던 메시지가 생각났다. '참, 희한한 일이군.' 미카엘은 메시지를 읽으며 속으로 중얼거렸다. 그 메시지 내용이 그를 사로잡은 모든 의문들에 대한 답변처럼 느껴졌기 때문이다. 방금 전에 끝낸 통화와 관계가 있는 걸까, 아니면 그 반대편에서 보내온 걸까? 이 이야기에 반대편이 존재한다면 말이다.

당신이 2008년 5월 에베레스트에서 일어난 일에 관심이 많다는 걸 우연히 들었습니다. 당시 산에서 사망한 등반대장 빅토르 그란킨에 대해 알아보라고 충고하는 바입니다. 그의 배경은 사람들이 아는 것보다 훨씬 흥미롭죠. 거기에 이 이야기의 열쇠가 숨겨져 있습니다. 2008년 가을, 요하네스 포르셀이 러시아에서 추방된 건 빅토르 때문이었습니다. 공식 자료는 존재하지 않지만 당신의 감각과 경험이면 그의 프로필이 꾸며낸 가면에 불과하다는 사실을 어렵지 않게 알아낼 수 있을 겁니다. 마침 나는 스톡홀름에 있으며 그랜드 호텔에 묵고 있습니다. 만나보는 게 어떨까요? 내가 아는 것을 들려주겠습니다. 뒷받침할 증거들도 있습니다.

나는 늦도록 잠자리에 들지 않는 고약한 버릇이 있어요. 시차 때문에 더욱 잠이 안 오는군요.

찰스.

찰스? 대체 누구지? 말투로 보면 미국 정보기관 요원일 수 있었다. 아니면 전혀 다른 어떤 것, 이를테면 누군가의 함정. 남자가 미카엘이 지금 있는 곳 바로 맞은편의 그랜드 호텔에 묵고 있다는 사실도 꺼림칙했다. 외국에서 온 재산가나 유력가—NSA의 에드 더 네드 같은—가 다들 그랜드 호텔을 좋아하니, 어쩌면 별 의미 없는 우연일 수 있었다.

미카엘은 불길한 예감이 들었다. 찰스는 좀 기다려야 할 것이다. 지금까지 일어난 일만으로도 충분히 파란만장한 하루였다. 카트린을 무한정 기다리게 할 수도 없다. 그는 그랜드 호텔을 지나쳐 종종걸음으로 뤼드마르 호텔에 도착해 계단을 뛰어올라갔다.

27장
8월 27일과 28일 사이 밤

레베카 포르셸은 자신이 결정한 일이 자신이나 아이들에게 어떤 영향을 끼칠지 예측할 수 없었지만 이 길 말고는 다른 해결책이 보이지 않았다. 이런 이야기는 결코 감추어둘 수 없는 법이다. 이제 그녀는 와인잔을 들고 갈색 안락의자에 앉아 깊은 상념에 빠져 있었고, 옆쪽 주방에서는 요하네스와 야네크가 속삭이며 대화를 나눴다. 아직도 감출 게 남은 걸까? 그녀는 지금까지 들은 것들이 전부 진실인지 확신할 수 없었다.

불분명한 부분들이 있었지만 이제는 에베레스트에서 무슨 일이 있었는지 알 것 같았다. 그녀가 들은 이야기에는 반박하기 힘든 논리가 있었다. 지금 보니 그때 베이스캠프에서나 나중에 증언들이 취합되었을 때나 사람들은 정말 아무것도 몰랐구나 싶었다.

니마 리타는 마스 라르센을 찾으러 한 번, 샤를로테 리히터를 찾으러 한 번, 이렇게 두 번 산 위로 돌아갔다. 사람들은 그가 세번째로 올랐다는 사실은 몰랐다. 니마는 인터뷰나 조사 과정에서 이에 대해 한마디도 하지 않았다. 그가 다시 산을 올랐기 때문에 그날 저녁 베이스캠프 팀장 수전 웨들록이 니마를 찾을 수 없었던 것이다.

요하네스의 설명에 따르면 그때는 저녁 8시가 넘은 시각이었다. 곧 어둠이 깔리고 이미 견딜 수 없을 정도의 추위는 더욱 혹독해질 터였다. 그래도 니마는 클라라를 데려오려는 필사적인 시도를 위해 길을 나섰다. 그 자신의 상태도 그리 좋지 못했다. 요하네스가 짙은 눈안개 속에서 본 형체는 강풍을 견디기 위해 고개를 앞으로 숙이고 산소마스크도 쓰지 않은 채 휘몰아치는 눈보라 속에서 깜빡이는 헤드램프 하나만을 이마에 달고 있었다. 양볼은 동상으로 심하게 망가져 있었다.

니마는 요하네스와 스반테의 코앞에 도달하기 전까지 그들을 보지 못했다. 그 형체가 진짜 사람임을 깨달았을 때 그들에게는 니마가 하늘이 보내준 존재처럼 느껴졌다. 요하네스는 몸을 제대로 가눌 수 없는 지경에 이르러 그날 저녁의 세번째 희생자가 될 수도 있었다. 하지만 니마는 개의치 않으며 "맘사힙에게 가야 해요"라는 말만 되풀이했다. 소용없는 짓이다, 그녀는 이미 죽었다, 라고 스반테가 소리쳤지만 니마는 들으려 하지 않았다.

"그럼 넌 우리를 죽이는 거야! 죽은 여자 때문에 산 사람들을 죽이는 거라고!"

스반테의 외침에도 니마는 계속 올라가 거센 바람에 점퍼를 펄럭이며 눈보라 속으로 사라졌다. 그 모습을 본 요하네스는 그대로 허물어져버렸다. 스반테가 도우려 했지만 다시 몸을 일으키기란 불가능했다. 자신에게 무슨 일이 일어났는지, 그런 순간이 얼마나 계속되었는지 요하네스는 알지 못했다. 밤이 되고 추위가 더욱 혹독해지자 스반테가 울부짖었다.

"아, 빌어먹을! 요하네스, 자넬 버리고 싶지 않아! 하지만 미안해! 난 가야 해! 안 그럼 둘 다 죽을 거야!"

스반테는 요하네스의 머리에 손을 한 번 얹은 다음 몸을 일으켰다. 요하네스는 자신이 버려진다는 것을, 그리고 얼어죽으리라는 것을 깨달았다. 그런데 그때 어떤 외침이, 인간의 것 같지 않은 울음소리가 들렸다. 레베카가 생각하기에 요하네스의 행동이 그렇게 나쁘지는 않았다. 아름다웠다고 할 순 없지만 인간적이었다. 그토록 높은 곳에서 인간의 행동을 일반적인 기준으로 판단할 순 없는 법이다. 그곳은 또다른 윤리가 지배하고 있었고, 요하네스는 적어도 그 순간만큼은 나쁜 짓을 저지르지 않았다.

당시 그는 너무 지쳐 있어서 자신에게 무슨 일이 일어나고 있는지 모르는 상태였다. 따라서 레베카는 그다음에 어떤 일들이 벌어졌든, 이 이야기 속으로 파고들어가 그 미묘한 심리적 굴곡과 깊이를 이해할 수 있는 미카엘 같은 노련한 기자에게 요하네스가 털어놓기를 바랐다. 어쩌면 실수였을지도 모른다. 그녀가 아직 모르는, 지금껏 들은 것보다 훨씬 심각한 무언가가 숨어 있을 수 있으니.

그녀는 그 가능성을 배제할 수 없었다. 더구나 지금 요하네스가 주방에서 불안한 목소리로 속닥거리고 야네크는 고개를 설레설레 저으며 양팔을 으쓱 들어올리는 모습을 보니 자신이 정말 어리석었다는 생각이 들었다. 아이들을 위해서라도 이 이야기를 전부 묻어버리는 게, 그저 입다물고 있는 게 나을지도 몰랐다. 그리고 그녀 자신을 위해서도. 레베카는 빌어먹을 요하네스가 원망스러웠다.

어떻게 우리를 이런 상황에 몰아넣을 수 있지?

당신이 어떻게 그럴 수 있냐고!

미카엘은 카트린이 옆에서 잠꼬대하는 소리를 들었다. 밤이 이슥해지고 몸은 죽을 듯이 피곤한데 도무지 잠이 오지 않았다. 머릿속이 온갖 생각으로 어지럽고 아직도 가슴이 두근거렸다. 그는 그런 자신을 질책했다. 이런 일을 무수히 겪어왔으면서 첫 특종을 눈앞에 둔 인턴기자처럼 굴고 있다니! 그는 몸을 뒤척이며 카트린이 한 말을 다시 떠올렸다.

"빅토르도 군인이었을 것 같지 않아?"

"왜 그렇게 생각하는데?"

"그렇게 보여."

이제 와 생각하니 충분히 가능성이 있어 보였다. 카리스마 있는 모습이며 몸을 곧게 세운 자세 등이 고위 장교를 연상시켰다. 평소 미카엘은 이런 예감을 중요하게 여기지 않았다. 사람의 인상이 실체와 무관한 경우가 많으니까. 하지만 그 미스터리한 찰스에게서 온 메시지도 같은 방향을 가리키고 있었다. 요하네스가 러시아에서 추방된 이유 중 하나가 빅토르라면 이는 매우 흥미로운 사실이었다.

미카엘도 내내 품었던 의문이었기에 아침에 일어나 요하네스 부부를 만나기 전에 자세히 조사해볼 생각이었다. 하지만 아무리 애써도 잠이 오지 않았다. 아예 일어나는 게 나을 수도 있었다. 곤히 자는 카트린을 깨우지만 않으면. 이미 그녀에게 잘못한 일이 있었기에 미카엘은 살그머니 침대에서 빠져나와 까치발로 욕실에 들어간 뒤 핸드폰을 쥐고 욕조에 걸터앉아 작게 중얼거렸다. "빅토르 그란킨…… 빅토르 그란킨……"

애초에 이 사람을 조사해보지 않은 것이야말로 어리석었다. 빅토르가 이 사건에 우연히 연루된 등반 안내자, 어느 기혼 여성과 사랑에 빠져 산에서 잘못된 결정을 내리고 그 대가로 목숨을 잃은 불쌍한 남자가 아닌 다른 존재일 수 있다는 생각은 해본 적 없었다. 그런데 이제 와 살펴보니 빅토르의 경력은 사실이라기엔 너무도 밋밋하고 특징이 없었다.

그가 세계에서 가장 험준한 고봉들—K2, 아이거, 안나푸르나, 디날리, 세로토레, 그리고 에베레스트—을 정복한 저명한 등반가라는 사실에는 의심의 여지가 없었다. 그것 말고는 그가 어드벤처 여행 컨설턴트로 일했다는 그 수없이 반복된 정보 외에 구체적인 건 전혀 없었다. 이는 무슨 의미일까? 미카엘은 한동안 별다른 걸 발견하지 못하다가 빅토르가 러시아인 사업가 안드레이 코스코프와 함께 포즈를 취한 사진을 포착했다. 안드레이 코스코프…… 왠지 낯익은 이름이었다.

그렇다! 안드레이는 사업가이자 2011년 러시아 첩보기관과 범죄조직 사이의 유착관계를 폭로하고 해외로 망명한 내부 고발자였다. 그리고 얼마 지나지 않은 2012년 3월, 런던의 캠든 지구에서 산책중에 돌연 쓰러져 급사했다. 경찰은 최초에 수상한 점을 발견하지 못했으나 세 달 후 그의 혈액 샘플에서 겔세뮴 엘리건스 성분이 검출되었다. 미카엘은 아시아가 원산지인 이 쌍떡잎식물의 농축 성분이 심장마비를 일으키기 때문에 영어로 하트브레이크 그래스Heartbreak grass라 불리기도 한다는 걸 알게 되었다.

이 독은 어느 정도 세상에 알려져 있었다. 1879년 추리소설가 코넌 도일이 〈영국의학저널〉에서 언급한 적 있다. 그러고서 오랫동안 잊혔다가 2012년 미국 볼티모어에서 발견된 전 GRU 요원 이고르 포포프의 시신에서 검출되면서 다시 수면 위로 떠올랐다. 미카엘은 몸이 움찔했다. 군정보부, 독살로 의심되는 죽음들, 요하네스가 GRU의 활동을 조사하다 러시아에서 추방되었다는 정보……

군역사학자 맛스 사빈처럼 이것도 의미 없는 우연의 일치에 불과할까? 그럴 수도 있었다. 의심을 뒷받침할 만한 근거라곤 수수께끼 같은 정황에서 사망한 사람과 과거에 빅토르가 함께 찍은 사진 한장뿐이니까. 그렇지만…… 미카엘은 찰스에게 아는 게 있는지 물어보는 것 말고는 다른 계책이 보이지 않았다. 결국 그에게 메시지를 보냈다.

─그래서 빅토르는 대체 어떤 사람입니까?

십 분쯤 지나 답장이 왔다.

—전 GRU 요원. 중령. 내부 사찰 담당.

이런 세상에…… 물론 미카엘은 이를 액면 그대로 받아들이지 않았다. 자신이 상대하는 이가 누군지 모르는 상황에서는 더욱 그랬다. 그는 이렇게 썼다.

—당신은 누구죠?

이번에는 즉각 답장이 왔다.

—전직 공무원.

—MI6? CIA?

—'노코멘트' 할게요.

—그럼 국적은?

—기구하게도 미국입니다.

—내가 이 사건을 조사한다는 걸 어떻게 알았죠?

—난 이런 종류의 일들을 알아야 하는 사람이니까요.

—왜 이걸 언론에 흘리려는 건가요?

—어쩌면 내가 구닥다리여서.

—무슨 뜻이죠?

—범죄행위는 알려지고 처벌되어야 한다고 생각합니다.

—그렇게 단순한 이유인가요?

—내 개인적인 이유들도 있겠죠. 하지만 중요하진 않아요. 당신과 내 관심 사가 같다는 게 중요하죠, 미카엘.

—그럼 뭔가를 보여줘요. 더이상 시간 낭비하지 않게.

오 분쯤 지나자 신분증 사진이 도착했다. 당시 GRU의 표식이었던 검은색 바탕 위 붉은색 다섯잎 클로버를 단 빅토르 알렉시예비치 그란킨 중령의 것이었다. 미카엘이 판단하기에 이 정도면 확실한 증거 같았다.

—빅토르와 요하네스 사이에 에베레스트 말고 다른 공통의 관심사가 있었 나요?

─요하네스가 빅토르를 포섭하기 위해 파견되었는데, 모든 게 꼬여버렸죠.

"맙소사······" 미카엘은 신음했다. 다시 메시지를 썼다.

─이 이야기를 내게 밝히겠다고요?

─아주 은밀히, 그리고 정보원을 보호해준다는 조건하에.

─동의합니다.

─즉시 택시를 타고 내 호텔로 오시죠. 로비에서 기다릴게요. 그후엔 나 같
  은 올빼미도 조금은 자야겠죠.

─알겠습니다.

경솔한 짓인 걸까? 미카엘은 남자에 대해 아는 게 전혀 없었다. 그
러나 이 미지의 인물은 이 사건을 잘 알았고, 미카엘은 내일 아침 요
하네스를 만나기 전까지 최대한 많은 정보를 모아야 했다. 걸어서 일
분이면 닿을 그랜드 호텔까지 잠시 다녀오는 일에 무슨 위험이 따를
까 싶었다. 오전 1시 58분, 거리에서 아직 사람들의 목소리가 들렸
다. 도시는 깨어 있었다. 그가 기억하는 한 그랜드 호텔 앞에는 늦은
밤에도 택시들이 서 있고 도어맨도 한두 명 있을 터였다. 전혀 위험
하지 않으리라. 그는 조용히 옷을 입고 객실을 나와 엘리베이터로 이
층 안내데스크까지 내려온 다음 곡선으로 휘어진 계단을 통해 일층
으로 내려갔다. 거리는 아까 내린 비로 번들거렸지만 밤하늘은 맑게
개어 있었다.

밖에 나오니 기분이 상쾌했다. 바다 저편에서 왕궁이 밝게 빛났고
더 멀리 왕립공원 쪽은 아직도 인파로 북적이는 듯했다. 미카엘은 부
둣가에서도 걷고 있는 사람들을 보니 마음이 놓였다. 젊은 커플 한
쌍이 지나갔다. 검은 머리를 짧게 자른 웨이트리스가 야외 테이블에
놓인 잔들을 회수하고 있었고, 저쪽 바에서는 흰색 리넨 정장 차림의
남자가 여태 의자에 앉아 바다 쪽을 바라보고 있었다. 미카엘은 아무
문제 없다고 생각하며 걷기 시작했다. 그렇게 몇 걸음을 옮겼는데 누
군가의 목소리가 들렸다.

"미카엘 블롬크비스트?"

고개를 돌려보니 미카엘을 부른 사람은 아까 그 흰색 정장 차림의 남자였다. 머리는 희끗하고 세련된 외모에 육십대로 보이는 남자가 미카엘에게 조심스럽고도 약간은 장난기어린 미소를 지어 보였다. 미카엘의 인기나 그의 기사에 대해 농담이라도 건네려는 걸까? 그렇다면 미카엘은 거기에 전혀 응하고 싶지 않았다.

이때 뒤에서 발소리가 들렸다. 미카엘은 머리칼이 쭈뼛 서면서 온몸에 고압전류가 흐르는 듯한 충격을 느꼈다. 그러고는 이마를 보도에 부딪히며 그대로 쓰러졌다. 별나게도 이 순간 그가 느낀 첫 감정은 공포나 고통이 아닌 분노였다. 그를 공격한 사람이 아니라 자기 자신에 대한 분노. '어떻게 이렇게 멍청할 수 있지? 어떻게 이럴 수 있냐고!' 미카엘은 움직이려 해봤지만 두번째로 찾아온 전류가 그의 몸을 거세게 경련시켰다.

"맙소사! 저분이 왜 저러죠?"

아까 그 웨이트리스일 거라고 미카엘은 생각했다.

"발작이 온 모양이에요. 구급차를 불러야 할 것 같아요."

흰색 정장의 남자가 차분한 목소리로 말했고 이내 그의 발소리가 멀어져갔다. 행인들이 다가왔다. 미카엘은 차 엔진 소리를 들었다. 그리고 일이 재빨리 진행되었다. 그는 구급차용 바퀴 달린 들것 위에 눕혀진 뒤 위로 들려 차 안으로 옮겨졌다. 문이 닫히고 차가 움직이기 시작했을때 그가 들것에서 바닥으로 떨어졌다. 소리를 지르려 했지만 온몸이 마비되어 간신히 신음만 낼 뿐이었다. 차가 함가탄을 지날 때에야 겨우 목이 트인 그는 이렇게 되풀이했다.

"지금 무슨 짓을 하는 거야! 지금 무슨 짓을 하는 거야!"

리스베트는 정체를 알 수 없는 소리에 놀라 잠에서 깼다. 누군가가 객실에 침입했을지 모른다는 생각에 잠이 덜 깬 상태로 머리맡 협탁에 놓인 권총을 더듬어 찾았다. 권총을 집어들고 총신을 앞으로 겨눈 채 객실 전체를 훑어보던 그녀는 그 소리가 자신의 핸드폰에서 흘러나온 것임을 깨달았다. 누가 전화를 건 걸까?

리스베트는 몇 초쯤 지난 후에야 그게 다름 아닌 미카엘의 소리임을 깨달았다. 눈을 질끈 감고 숨을 크게 들이마시며 생각을 정리해보려 애썼다. '제발…… 어쩌다 실수로 그 말을 내뱉은 거라고 말해줘요, 어서……'

핸드폰의 볼륨을 높여보니 무언가 부딪히고 덜컥거리는 소리가 들렸다. 그가 탄 자동차나 열차에서 들리는 소음일 뿐 별것 아닐 수 있었다. 그런데 이내 미카엘이 신음하는 소리가 들렸다. 무겁고도 고통스러운 숨소리가 뒤를 이었다. 의식을 잃어가는 중인 듯했다. 리스베트는 욕을 내뱉으며 침대에서 벌떡 일어나 책상 앞에 앉았다. 그녀는 스톡홀름에 도착한 이후로 노르말름 광장의 노비스 호텔에 머물고 있었다. MC 스바벨셰의 코니 안데르손을 손봐주고 나서는 스트란드베겐에 있는 카밀라의 거주지를 줄곧 감시해왔다. 거기서 어떤 움직임이 감지되었고 이반 갈리노프가 건물을 나서는 것도 보였다. 하지만 그녀는 특별히 우려하지 않고 이날도 별탈 없이 지나가려나 하며 오전 1시경―그러니까 조금 전―에 잠자리에 들었다. 그녀가 틀렸다.

리스베트는 노트북 화면을 보며 북쪽으로 향하는 미카엘의 움직임을 좇았다. 스톡홀름 외곽으로 납치당하는 것 같았다. 얼마 후면 납치범들이 그의 주머니를 뒤져 핸드폰을 빼앗겠지. 이반이나 유리가 이 일에 관여하고 있다면 당연히 자신들의 자취를 전부 지워버릴 것이다. 이렇게 바보같이 노트북 앞에 앉아 지도 위에 움직이는 점만 무작정 쳐다볼 여유가 없었다. 어서 행동해야 했다. 리스베트는 녹음된 내용을 되돌려 미카엘이 한 말을 다시 들었다.

"지금 무슨 짓을 하는 거야!"

이렇게 두 번을 말했다. 무언가로 타격을 입어 쇼크 상태에 빠진 듯했다. 그러다 잠시 후 의식을 잃은 모양이지만 아직 호흡은 하고 있었다. '약을 먹인 걸까?' 주먹으로 책상을 쾅 하고 내려친 리스베트 는 미카엘의 그 말이 녹음되었을 때 문제의 차량이 지금 그녀가 있 는 호텔에서 멀지 않은 노를란스가탄에 있었다는 사실을 확인했다. 하지만 그가 납치된 곳은 거기가 아니었다. 그녀는 미카엘의 발소리 와 숨소리, "미카엘 블롬크비스트?"라고 부르는 누군가—나이든 남 자 같았다—의 목소리, "악!" 하는 외마디 소리와 "헉!" 하고 숨이 넘 어가는 소리, 그리고 한 여자가 "맙소사! 저분이 왜 저러죠?"라고 외 치는 소리를 다시 들었다.

대체 무슨 일이 일어난 걸까……

블라시에홀멘. 리스베트는 그곳이 어딘지 정확히 몰랐지만 그랜 드 호텔이나 국립미술관 근방일 거라고 추측했다. 그리고 긴급신고 센터*에 전화를 걸어 미카엘 블롬크비스트 기자가 그 부근에서 폭행 을 당했다고 신고했다. 전화를 받은 젊은 남자 대원이 미카엘이라는 이름을 듣고 흥분하더니 상세히 말해달라고 했다. 하지만 대원의 뒤 에서 들려온 다른 목소리 때문에 리스베트는 미처 설명할 시간이 없 었다. 그 일과 관련해 이미 신고 전화가 접수됐다는 것이다. 뤼드마 르 호텔 앞에서 한 남자가 발작을 일으켜 쓰러졌다가 곧장 이송되었 다고 말이다.

"어떻게 이송되었죠?" 리스베트가 물었다.

수화기 너머가 잠시 어수선해졌다. 자기들끼리 말을 주고받는 소 리가 들렸다.

"구급차가 와서 싣고 갔다고 합니다."

"구급차요?"

---

* 스웨덴은 응급상황시 경찰·구급차·소방대원을 통합 번호 112로 요청한다.

잠시간의 안도가 이내 의혹으로 바뀌었다.

"그쪽 센터에서 구급차를 보냈나요?"

"아마 그럴 거예요."

"아마, 라고요?"

"확인해볼게요."

다시 말이 오가는 소리가 들렸으나 무슨 내용인지는 알 수 없었다. 젊은 대원이 돌아와 불안한 목소리로 물었다.

"지금 전화한 분은 누구시죠?"

"살란데르," 그녀가 대답했다. "리스베트 살란데르예요."

"아뇨, 우리가 보낸 것 같지 않습니다."

"그럼 당장 그 차를 멈추게 해요!" 그녀가 소리쳤다. "당장!"

리스베트는 욕을 퍼붓고 전화를 끊었다. 이번에는 미카엘의 핸드폰을 통해 실시간으로 녹음되는 상황을 들었다. '너무 조용한데……' 차량의 엔진이 돌아가는 소리와 미카엘의 힘겨운 숨소리만 들렸다. 이것 말고는 아무것도, 그 누구의 음성도 들리지 않았다. 그런데…… 이게 실제 구급차라면 추적의 끈이 될 수 있었다. 리스베트는 직접 경찰에 전화해 긴급출동을 요청할까 생각했지만 그럴 필요까지는 없을 듯했다. 그 센터가 구제불능의 바보들로 채워져 있지 않은 이상 이미 구급차를 뒤쫓고 있을 테니까.

그녀 자신은 미카엘의 추적 신호가 사라지기 전에 행동해야 했다. 바로 그때, 그녀가 센터로부터 얻은 정보가 사실임을 확인시켜주듯 구급차의 사이렌과 함께 또다른 소리들이 들려왔다. 부스럭거리는 소리—미카엘의 주머니들을 뒤지는 듯했다—와 무언가 움직이는 소리, 무거운 숨소리…… 그러다 무언가 와지끈 부서지는 소리가 크게 났다. 핸드폰을 멀리 던져버리는 게 아니라 망치처럼 무거운 것으로 내려쳐 박살내버리는 것 같았다. 그렇게 모든 연결이 끊기면서 총격이나 정전 직후에 찾아오는 듯한 정적이 뒤를 이었다. 그녀는 테이블 위의 위스키잔을 들어 그대로 벽에 집어던져 산산조각을 냈다.

"빌어먹을! 아, 빌어먹을!"

머리를 부르르 흔들며 정신을 추스른 리스베트는 카밀라가 어디에 있는지 확인했다. 물론 여전히 스트란드베겐에 있었다. 이런 일로 자기 손을 더럽히고 싶지 않을 것이다. 망할 년! 리스베트는 플레이그에게 전화해 악을 쓰듯 명령을 내리며 옷을 걸치고 배낭에 노트북, 권총, IMSI 캐처를 쑤셔넣었다. 그러고선 다시 욕을 퍼부으며 객실의 갓등을 발로 차버린 뒤 헬멧과 구글 글래스를 쓰고 광장에 세워둔 오토바이를 향해 달려갔다.

레베카는 혼자 잘 수 있도록 방을 하나 내달라고 부탁했다. 요하네스와 야네크는 아무데서나 그럭저럭 잘 수 있을 테지만 그녀는 쉽사리 잠을 청할 수 없었다. 그녀는 책으로 홍수를 이룬 조그만 서재의 좁다란 침대에 누운 채 핸드폰으로 최근 뉴스를 검색했다. 요하네스가 병원에서 사라진 사실에 대해서는 기사 한 줄 나지 않았다. 그녀는 보안 회선으로 클라스 베리에게 전화해 이제부터 자신이 직접 남편을 보살피겠다고 선언한 터였다. 그가 경고와 위협의 말을 늘어놓았지만 개의치 않았다. 클라스는 이 일 가운데서 자신이 얼마나 미미한 존재인지 알기나 할까?

그녀는 클라스를 비롯해 국방부의 다른 관료들에 대해서는 조금도 신경쓰지 않았다. 원하는 건 단 하나, 자신이 알게 된 사실의 함의들을 생각해보는 것이었다. 어째서 지금까지 아무것도 눈치채지 못하고 살아왔는지도 되짚어보고 싶었다. 이제 와 돌이켜보니 징후가 없었던 건 아니다. 베이스캠프에 돌아온 요하네스가 격심한 정신적 위기를 겪었고, 그후로 등반에 대해서는 아무 말도 하고 싶어하지 않은 게 사실이지만. 어쨌든 당시에는 해석할 수 없었던 수많은 세부들이 이제야 이해 가능한 새로운 전체를 이루었다. 가령 삼 년 전 10월의 그날 밤…… 요하네스는 국방부 장관에 임명되었다. 스톡홀름의 자택에서 아이들이 자러 올라간 뒤 부부가 거실 소파에 앉았을 때 요하네스는 전에 본 적 없는 불안한 기색으로 클라라 엥겔만을 언급했다.

"난 그녀가 어떻게 생각했을지 궁금해."

"언제 말이야?"

"그녀가 버림받았을 때."

그때 클라라는 이미 사망한 후였으니 아무 생각도 하지 않았을 거라고, 레베카는 대답했다. 하지만 지금 이 밤, 그때 요하네스가 무슨 말을 하고 싶었던 건지 이해한 그녀는 이 상황을 견딜 수 없었다.

28장

2008년 5월 13일

클라라 엥겔만은 버림받았을 때 아무것도 생각하지 않았다. 체온은 28도로 떨어졌고 심장박동은 느리고 불규칙했다. 그녀의 귀에는 멀어져가는 발소리도, 울부짖는 폭풍소리도 들리지 않았다.

혼수상태에 빠져 있던 그녀는 자신이 양팔로 부둥켜안은 게 빅토르의 몸이라는 사실도 알지 못했다. 그녀의 신체는 의식상실이라는 마지막 방어기제를 발동했다. 그녀는 곧 죽을 거였다. 적어도 그 순간에는 의심의 여지 없는 사실이었다. 그녀는 그걸 원했는지도 모른다.

남편 스탠은 그녀에 대한 경멸감을 숨기지 않으며 대놓고 바람을 피웠고, 열두 살인 딸 줄리엣도 정서적 위기를 겪고 있었다. 클라라는 이 모든 것을 피해 에베레스트까지 갔고, 언제나처럼 발랄한 얼굴을 했다. 하지만 그녀는 심각한 우울증을 앓고 있었다. 지난주부터 다시 삶의 의욕을 되찾았는데, 이는 빅토르에 대한 사랑 때문만은 아니었다. 스탠을 한번에 무너뜨릴 수 있으리라는 희망을 품기 시작한 것이다.

그녀는 예전의 활력을 되찾았고 정상을 향해 오를 때도 생생했다. 기력을 북돋워준다는 블루베리 수프도 많이 먹었다. 그런데 이상하게 몸이 무거워지기 시작했다. 눈이 계속 감겼고 몸도 갈수록 차가워졌다. 결국 그녀는 쓰러졌다. 의식을 잃은 그녀는 갑자기 폭풍이 몰려와 등반대 전체가 위험에 빠졌다는 사실조차 알지 못했다. 어둠과 정적이 그녀의 시간을 삼켜버렸고, 누군가의 아이스피켈이 얼굴을 쪼기 시작할 때까지 아무것도 듣지 못했다.

그녀는 무슨 일이 일어나고 있는지 몰랐다. 그저 탁탁대는 소리만 들렸다. 바로 옆인 듯하면서도 마치 다른 세상에서 들려오는 양 아득하게 느껴지는…… 잠시 후 기도가 열리고 멀어지는 발소리가 들리면서 눈이 뜨였다. 어떤 의미에서는 기적이었다. 그녀는 이미 오래전에 죽었어야 했다. 죽었다고 여겨져 버려진 그녀는 멍한 눈으로 주위를 둘러보았다. 자신이 지옥과도 같은 곳에 있다는 사실 외에는 아무것도 알 수 없었다. 그러다 조금씩 기억이 되살아났다. 자신의 두 다리와 등산화가 눈에 들어왔고 누구의 것인지 알 수 없는 팔 하나가 보였다. 몸은 심하게 뒤틀려 있었다. 그녀는 뻣뻣하게 굳은 채 골반 위 허공에 떠 있는 그 팔이 자신의 것임을 깨닫고 움직여보려 했지만 꼼짝도 하지 않았다. 죽어버린 것이다. 몸 전체가 얼어붙었다. 그런데 무언가가 그녀를 일어서게 했다.

딸이 보였다. 몹시 생생해 손을 뻗으면 만져질 것만 같았다. 네다섯 번의 시도 끝에 그녀는 몸을 일으키는 데 성공했고, 얼어붙은 양팔을 앞으로 뻗은 채 몽유병자처럼 비틀비틀 산 아래를 향해 걸었다. 좌우도 제대로 분간할 수 없었지만 어떤 소름 끼치는 울부짖음이, 길을 안내해주는 것만 같은 어떤 비인간적인 괴성이 그녀를 이끌었다. 삼십 분쯤 흘렀을까, 그녀는 그 괴성이 바로 자신의 것임을 깨달았다.

니마 리타는 그가 늘 영혼들과 귀신들이 산다고 믿었던 풍경 가운데에 있었기에 그 괴성을 전혀 신경쓰지 않았다. '그래, 소리질러라, 마음껏 질러'라고 생각했을 뿐이다. 자신이 여기서 뭘 하고 있는 건지 알 수 없었다. 다시 산 위로 돌아왔다는 게 스스로도 믿기지 않았다. 그는 클라라의 상태를 확인하고 작별을 고했었다. 더는 아무런 희망도 없었다. 하지만 다른 사람들의 말만 듣고 자신이 보살펴야 할 사람을 버리고 온 건 아닌지 자책감이 들었다. 이제 자신의 안위는 중요하지 않았다. 그에게 중요한 건 포기하지 않았음을 보여주는 것이었다. 이러다 죽는다면 그건 떳떳한 죽음이었다.

상상 이상으로 지친데다 심각한 동상까지 입었기에 아무것도 제대로 분간할 수 없었다. 폭풍소리와 함께 희뿌연 안개 속에서 괴성이 들려왔지만 한순간도 그 소리를 맘사힙과 연관짓지 못했다. 잠시 한숨을 돌리기 위해 걸음을 멈추려는데 누군가가 눈을 밟으며 다가오는 소리가 들렸다.

저쪽에서 유령이 나타났다. 빵 한 조각만 달라고, 자기를 좀 편안하게 해달라고, 혹은 자기를 위해 기도해달라고 애원하듯 양팔을 내밀고 있었다. 그가 다가가자 이내 유령의 실루엣이 그의 품안으로 쓰러졌는데 이상하게도 무게가 느껴졌다. 함께 쓰러진 둘은 눈 속을 뒹굴었고 그는 어딘가에 머리를 부딪혔다.

"살려줘요! 살려줘요! 딸한테 가야 해요!"

유령이 말을 했다. 이내 그는 혼란 속에서 점차 깨달았다. 한줄기의 환희가 탈진한 그의 몸을 깨웠다. 그녀였다! 정말 그녀였다! 산의 여신이 미소 지으며 그를 보고 있었다! 여신은 그가 고통 속에서 얼마나 분투했는지 지켜본 게 틀림없다. 이제는 모든 게 잘되리라 생각하면서 그는 마지막 남은 힘을 모아 여자의 허리를 잡고 일으켜세웠다. 그리고 둘은 비틀거리며 걷기 시작했다. 여자는 여전히 괴성을 지르고, 남자는 점점 현실감각을 잃어가면서.

얼굴이 기이하게도 뻣뻣하게 굳어 있어 다른 세상에 있는 사람 같
은 그가 온 힘을 다해 그녀를 부축했다. 그녀는 그 호흡소리를 들으
며 그가 얼마나 애쓰고 있는지 알 수 있었다. 그녀는 딸을 다시 볼 수
있게 해달라고 신에게 기도했고, 결코 포기하지 않겠다고 스스로 다
짐했다. 절대로, 절대로, 다시는 쓰러지지 않겠다고. 지금도 그리고
앞으로도. 그녀는 생각했다. '난 해낼 수 있어.'

그녀는 한 걸음씩 내디딜 때마다 스스로에게 말했다. "살아서 여기
를 빠져나가면 난 모든 것을 이겨낼 수 있어." 얼마나 내려갔을까, 저
쪽에 두 개의 실루엣이 보이자 그녀는 더욱 힘이 났다.

이제 난 안전해!

마침내 안전해졌어!

29장

8월 28일

오전 8시 30분, 뤼드마르 호텔의 더블베드에서 잠이 깬 카트린 린
도스는 미카엘을 안으려고 팔을 뻗었다. 하지만 그가 없었다. 그녀는
그를 찾아 불렀다.

"맛이 간 아저씨!"

이 우스운 별명은 지난밤 그녀가 하는 말을 한마디도 제대로 듣지
않는 미카엘에게 그녀가 붙여준 것이었다. "맛이 간 아저씨, 대체 정
신이 어디에 있는 거야?" 그래도 이 말에 웃어 보이긴 했다. 그가 무
슨 생각을 하는지는 도저히 알 수 없었지만. 한편으론 이해 못할 일
도 아니었다. 국방부 장관과의 단독 인터뷰를 앞두고 있었으니 말이
다. 그녀의 핸드폰으로 암호화 메시지를 주고받으며 약속을 정하는
등 극도로 은밀하게 이뤄지는 만남이었다. 미카엘과 무슨 말이라도
나누려면 인터뷰에 대해 묻는 것밖에 방법이 없었다. 그러면 그는 조
금 속을 내비쳤고 심지어 그녀에게 〈밀레니엄〉에 들어올 생각이 없
느냐고 묻기도 했다. 얼마 지나지 않아 그녀는 그의 셔츠 단추를 풀

고 나머지 옷까지 벗기는 데 성공했고 둘은 사랑을 나누었다. 그러고
서 그녀는 잠든 모양이었다.

"맛이 간 아저씨!" 그녀가 다시 불렀다. "미카엘!"

미카엘이 없었다. 카트린은 시계를 보았다. 생각보다 늦은 시간이
었다. 그는 오래전에 떠나 어쩌면 지금 한창 인터뷰중이리라. 어째서
자신이 깨지 않았는지 이상했지만 이따금 아주 깊이 잠들 때도 있고,
객실 안이 고요하니 그럴 수도 있었다. 바깥에서 차 다니는 소리도
거의 들리지 않았다. 그녀가 여전히 꼼짝 않고 누워 있는데 핸드폰이
울렸다.

"네, 카트린 린도스입니다."

"레베카 포르셀이라고 해요."

"아, 안녕하세요?"

"조금 걱정되기 시작해서 전화를 걸었어요."

"미카엘이 거기 있지 않나요?"

"약속 시간에서 삼십 분이 지났는데 핸드폰이 꺼져 있어요."

"이상하군요."

무척 이상했다. 아직 그녀가 미카엘을 잘 안다고 할 순 없지만 그
런 중요한 인터뷰에 삼십 분이나 늦을 사람 같진 않았다.

"그럼 당신도 그가 어디 있는지 모른단 말인가요?" 레베카가 물
었다.

"아침에 일어나보니 벌써 떠나고 없었어요."

"이미 떠났다고요?"

레베카의 목소리에 얼핏 두려운 기색이 스쳤다.

"나도 걱정되기 시작하네요." 카트린이 말했다.

아니 오싹했다. 피가 얼어붙는 것처럼.

"우려되는 특별한 이유가 또 있나요? 그가 늦는다는 사실 말고."
레베카가 물었다.

"그러니까……"

카트린은 생각을 정리해보려 했다.

"뭔데요?"

"며칠 전부터 그가 집에 들어가지 않았어요. 감시당하고 있다고 했어요."

"요하네스 때문인가요?"

"아뇨, 그런 것 같진 않아요."

카트린은 어디까지 말해도 좋을지 알 수 없었지만 결국 솔직하기로 했다.

"그의 친구 리스베트 살란데르와 관련된 일이에요. 그 이상은 몰라요."

"오, 맙소사!"

"왜 그러죠?"

"말하자면 길어요. 그런데 말이죠……"

레베카가 머뭇거렸다. 감정이 약간 북받치는 듯했다.

"네?"

"당신이 요하네스에 대해 쓴 기사, 좋았어요."

"아, 고맙습니다."

"그리고 왜 미카엘이 당신을 신뢰하는지 알겠네요."

이때 카트린은 차마 밝힐 수 없었다. 지난밤 자신이 들은 내용을 한마디도 누설하지 않겠다고 수차례 굳게 맹세했지만 그때마다 미카엘은 결코 믿는 기색이 아니었다는 것을.

"아, 네……" 카트린은 그저 말을 얼버무렸다.

"잠깐만 기다리겠어요?"

카트린은 그러겠다고 했지만 곧바로 후회했다. 이렇게 앉아 있지 말고 어서 경찰에 신고하거나 에리카 베리에르에게 알려야 할 것 같았다. 그렇게 막 전화를 끊으려는데 레베카가 돌아와 물었다.

"당신도 여기로 와주면 좋겠는데, 어떤가요?"

"그보다는 경찰에 신고를 해야 할 것 같은데요?"

"물론 그렇죠. 하지만 우리도…… 그러니까 여기 있는 야네크라는 분도 이 일을 조사할 능력이 됩니다."

"어떻게 해야 할지 모르겠네요."

"우리는 당신이 지금 여기로 오는 편이 안전하다고 생각해요. 주소를 알려주면 차를 보낼게요."

카트린은 호텔 로비에서 본 남자를 떠올리며 입술을 깨물었다. 그리고 호텔까지 오는데 누군가 뒤를 밟는다는 느낌을 받았던 것도 생각났다.

"알겠어요." 그녀는 레베카에게 호텔 주소를 알려주었다. 그리고 달리 무엇을 할 겨를도 없이 누군가 객실 문을 두드렸다.

얀 부블란스키는 조금 전 스웨덴 뉴스통신사 TT에 전화해 미카엘의 납치 사실을 알렸다. 시민의 제보가 들어올지도 모른다는 희망에 서였다. 모두들 아침부터 부지런히 뛰었으나 미카엘의 소재는 전혀 파악되지 않았다. 그가 뤼드마르 호텔에서 밤을 보냈다는 걸 알았지만 안내데스크 직원을 포함해 아무도 그를 보지 못했다고 했다.

그는 새벽 2시가 조금 넘은 시각에 호텔에서 나왔다. 감시카메라에 짧게 포착된 모습이 흐릿하기는 했지만 미카엘이 분명했다. 술에 취하지는 않았고 손바닥으로 자기 허벅지를 탁탁 두드리는 게 약간 흥분된 기색이었다. 그러고는 불길하게도 감시카메라들이 꺼져버렸다. 그냥 먹통이 되었다. 다행히 다른 목격자가 있었다. 특히 당시 야외 테이블을 정리하고 있던 앙네스 솔베리라는 젊은 여성의 증언이 흥미로웠다. 그녀는 한 중년 남자가 호텔에서 나오는 것을 보았다.

그녀는 그 중년 남자가 기자 미카엘인지 몰랐다. 그런데 그보다 나이가 많아 보이는 흰색 정장 차림의 호리하고 세련된 남자가 그를 불렸다. 그는 바의 저쪽 끝에서 그녀를 등지고 앉아 있었다. 이내 다음 순간, 신속하게 움직이는 발소리와 누군가가 헉 하고 신음을 토하는 듯한 소리가 들렸다. 돌아서서 보니 가죽재킷과 청바지 차림의 젊고 다부진 또다른 남자가 눈에 들어왔다.

처음에 그녀는 젊은 남자가 그를, 그러니까 그녀가 이제 미카엘임을 알게 된 그를 도와주러 달려가는 줄 알았다. 그녀는 미카엘이 아스팔트 도로 위로 쓰러지는 걸 본 뒤 누군가가 영어로 "발작"이라고 하는 걸 들었다. 핸드폰을 들고 있지 않았던 터라 긴급신고센터에 전화하기 위해 황급히 가게 안으로 뛰어들어갔다.

경찰은 다른 목격자의 증언도 참고해야 했고, 그중 호브슬라가르가탄에서 구급차 한 대가 달려오는 걸 본 크리스토페르손 부부가 있었다. 미카엘은 들것에 눕혀져 구급차 안으로 올려졌다. 그러는 과정에서 그의 몸이 마구 다뤄지는 걸 보지 않았다면 부부는 그 장면에 별 관심을 기울이지 않았을 것이다. 남자들이 점프하듯 차량 안으로 올라타는 동작 역시 그리 "자연스러워" 보이지 않았다.

엿새 전 노르스보리에서 절도당한 차량으로 밝혀진 구급차가 요란하게 사이렌을 울리며 E4 고속도로를 타고 북쪽 방면으로 질주하는 모습이 클라라베리슬레덴의 도로용 감시카메라에 포착되었다. 하지만 그러고는 종적을 감춰버렸다. 얀과 그의 수사팀은 납치범들이 차량을 바꿨다고 확신했다. 물론 현재 수사 단계에서는 리스베트가 긴급신고센터에 전화했다는 사실 말고는 확실한 게 아무것도 없었지만, 얀은 기분이 좋지 않았다.

어떻게 리스베트는 사건이 일어난 사실을 그토록 빨리 알아냈을까? 이 때문에 납치 사건이 어떤 식으로든 그녀와 관련된 일이라는 의구심이 일었고, 리스베트 본인과 직접 통화한 뒤에도 미심쩍기는 마찬가지였다. 물론 그녀가 직접 전화를 걸어준 건 고마웠다. 지금은 사소한 정보 하나도 아쉬운 때니까. 그녀의 목소리는 분노로 들끓고 있었다. "리스베트, 이 일에서 물러나 있어, 우리가 해결하도록 해줘."
그가 수차례 설득했음에도 도저히 말이 통하지 않았다.

게다가 얀은 그녀가 모든 것을 다 말하지 않는다는 느낌이 들었다. 혼자서 일을 꾸미고 있는 게 분명했다. 전화를 끊은 그는 욕을 내뱉었고 수사팀의 소니아 모디그, 예르케르 홀름베리, 쿠르트 스벤손, 아만다 플로드와 함께 회의실에 앉았을 때도 다시 욕을 내뱉었다.

"뭐라고?" 얀이 물었다.

"그러니까 어떻게 리스베트가 미카엘의 납치 사실을 그토록 빨리 알아냈는지 모르겠다고." 예르케르가 대답했다.

"내가 설명하지 않았어?"

"그녀가 미카엘의 핸드폰에 무언가를 조작해놨다고 말했지."

"맞아, 미카엘의 동의하에. 그래서 상황을 도청하고 그의 위치를 파악할 수 있었던 거야. 납치범이 핸드폰을 박살내기 전까지는."

"내 말은 어떻게 그녀가 그토록 빨리 반응할 수 있었냐는 거야." 예르케르가 말을 이었다. "글쎄 어떻게 표현해야 좋을까…… 바로 이런 일이 일어나기만을 기다리고 있었던 것 같잖아."

"그녀 말로는 우려하고 있었대." 얀이 설명했다. "최악의 시나리오로 말이야. MC 스바벨셰가 벨만스가탄과 산드함에 있는 미카엘의 두 주소지를 계속 감시하고 있었어."

"그 조직에 대해선 아직도 알아낸 게 없어?"

"오늘 아침에 찾아가 회장인 마르코 산드스트룀을 깨웠지. 놈은 우리를 비웃기만 하더군. 미카엘을 건드리는 건 자살행위인데 왜 그 짓을 하겠냐는 거지. 다른 조직원들도 추적해서 감시할 생각인데 현재로선 누구도 이 사건에 연관시킬 수 없는 실정이야. 그들 중 행방을 알 수 없는 자가 몇몇 있다는 점만 빼면."

"미카엘이 뤼드마르 호텔에서 무얼 했는지는 여전히 모르나요?" 아만다가 물었다.

"전혀 몰라." 얀이 대답했다. "이유를 알아보려고 수사팀을 보냈는데, 요즘 들어 미카엘이 자기가 하는 일에 대해 말을 아꼈던 모양이야. 〈밀레니엄〉 직원들도 그가 무슨 일을 하고 있었는지 모르는데. 에리카 베리에르 말로는 그가 휴식기 같은 걸 갖는 중이었다고 하고. 듣자하니 셰르파에 관한 탐사기사를 준비하고 있었던 것 같아."

"그 기사는 요하네스와 관련이 있을지도 모르겠네요."

"어쩌면. 그래서 알다시피 군정보보안부가 좀 예민하게 굴지. 세포는 말할 것도 없고."

"일종의 대외 작전에 관한 걸까요?" 쿠르트가 물었다.

"감시카메라들이 해킹당한 걸 보면 그렇게 생각해볼 수도 있어. 그리고 놈들이 절도한 구급차를 사용했다는 게 무척 마음에 걸려. 이건 완전한 도발이잖아. 하지만 무엇보다……"

"이 사건이 리스베트와 관련되어 있다고요?" 소니아가 물었다.

"우리 모두 그렇게 생각하는 거 아냐?" 예르케르가 되물었다.

"그럴 수도 있겠지."

얀은 깊은 상념에 빠져들었다. 리스베트는 대체 무얼 숨기고 있는 걸까?

리스베트는 얀에게 스트란드베겐의 집에 대해 얘기하지 않았다. 카밀라를 통해 미카엘의 행방을 알아내고 싶었기에 경찰이 끼어들어 일을 망칠까 우려스러웠다. 카밀라는 아직까지 집에 머물고 있었다. 어쩌면 그녀도 리스베트와 마찬가지로 소식을 기다리고 있는지 모른다. 리스베트는 떠오르는 불길한 예측들에 몸을 부르르 떨었다. 그녀와의 교환을 요구하는 메시지와 함께 전송된 고문당하는 미카엘의 사진들…… 혹은 그녀가 제 발로 찾아오지 않으면 가까운 다른 지인들을 살해하겠다는 위협의 메시지……

그녀는 밤사이에 안니카 잔니니, 드라간 아르만스키, 미리암 우,

그리고 다른 몇 사람에게 연락을 취했다. 아무도 그 존재를 알지 못할 파울리나까지 포함해서. 그들에게 어딘가 안전한 곳에 가 있으라고 알렸다. 썩 달갑진 않지만 반드시 해야 하는 일이었다.

창밖을 내다보았다. 바깥 날씨를 가늠하기 어려웠다. 해가 떴을 수도, 아니면 폭풍이 불었을 수도 있지만 날씨 같은 건 상관없었다. 미카엘이 어디로 끌려갔는지 알 수 없었고, 스톡홀름의 북쪽 외곽이라는 게 유일한 단서였다. 그래서 아를란다 공항 부근의 클라리온 호텔에 체크인했다. 적어도 같은 방면이었다. 다른 모든 것들과 마찬가지로 지금 자신이 묵고 있는 객실이나 호텔도 전혀 신경쓰이지 않았다. 리스베트는 밤새 한순간도 눈을 붙이지 못했다.

책상 앞에 앉아 작은 흔적 하나, 사소한 단서 하나라도 찾고자 애쓰며 밤을 꼬박 새웠다. 그러다 아침에 노트북에 신호 하나가 잡히자 그녀는 의자에서 벌떡 일어섰다. 카밀라가 스트란드베겐을 떠나고 있었다. '그래 잘한다, 동생…… 좀 멍청하게 굴어봐. 날 미카엘에게 데려가줘.' 다만 지나친 기대는 품지 않았다. 카밀라에게는 유리 보그다노프가 있었고, 그는 플레이그만큼이나 유능한 자였으니까.

카밀라가 그녀를 어디론가 인도한다고 그게 반드시 해답이라는 법은 없었다. 함정일 수 있었다. 아니면 교란작전일 수도. 모든 가능성에 대비해야 했다. 그런데 지도를 들여다보니…… 그녀의 쌍둥이 자매가 탄 차가 문제의 구급차가 밤사이 달렸던 E4 고속도로를 따라 북쪽으로 향했다. 조짐이 좋았다. 좋아야만 했다. 리스베트는 짐을 꾸린 뒤 안내데스크에 열쇠를 반납하고 그녀의 가와사키가 있는 곳으로 향했다.

카트린은 목욕가운으로 몸을 감싸고 문을 열어주러 나갔다. 문 앞에는 가지런히 가르마를 탄 금발에 제복을 입은 젊은 경찰관 한 명이 서 있었다. 그는 뻣뻣한 목소리로 "안녕하십니까?"라고 인사했다.

"최근 미카엘 블롬크비스트 기자를 보았거나 접촉한 사람들을 찾고 있습니다."

카트린은 이렇게 설명하는 그에게서 의구심과 적대감마저 느꼈다. 그는 자신감 있는 눈빛으로 사람을 쏘아보았고, 자신이 얼마나 크고 강한지 보여주려는 듯 허리를 꼿꼿이 편 채 버티고 서 있었다.

"무슨 일인가요?"

이렇게 묻는 그녀의 목소리에서 두려움이 배어나왔다. 경찰관은 앞으로 한 걸음 내디디며 그녀를 머리끝에서 발끝까지 훑어보았다. 그녀에게는 매우 익숙한 눈빛이었다. 시내를 걸어다닐 때면 그녀의 옷을 벗기고 나쁜 짓을 하고 싶다는 듯 그런 시선으로 쳐다보는 인간들이 수없이 많았다.

"이름이 뭐죠?"

경찰관의 이 질문 역시 도발의 일부였다. 그녀가 누군지 이미 그가 알고 있다는 걸 카트린은 간파하고 있었다.

"카트린 린도스예요."

그가 수첩에 그녀의 이름을 적었다.

"미카엘을 보았죠, 그렇죠?"

"네."

"밤을 같이 보냈죠?"

그게 무슨 상관인데? 하고 소리치고 싶었지만 그녀는 겁에 질린 채 이 무례한 질문에도 순순히 "네"라고 대답하곤 객실 쪽으로 한 걸음 물러서며 설명했다. 아침에 잠에서 깨어나보니 미카엘은 벌써 떠나고 없었다고.

"가명으로 체크인했나요?"

그녀는 차분하게 호흡하려고 애썼다. 남의 객실에 위압적으로 쳐들어온 젊은 경찰과 이성적인 대화를 하는 것 따윈 불가능하리라 생각하면서.

"그러는 당신 이름은 뭔가요?" 그녀가 되물었다.

"뭐요?"

"당신 소개를 받은 기억이 없어서요."

"노르말름 경찰서의 칼 베르네르손입니다."

"좋아요, 칼. 대체 왜 이러는지 설명 먼저 해주겠어요?"

"어젯밤에 미카엘 씨가 이 구역에서 공격을 받고 납치당했습니다. 이해하시겠지만 경찰은 이 사건을 아주 심각하게 여기고 있어요."

사방에서 벽이 그녀를 죄어오는 것만 같았다.

"맙소사……"

"그래서 어젯밤에 무슨 일이 있었는지 경찰에게 상세하고 성실히 밝혀주는 게 아주 중요합니다."

그녀는 침대에 털썩 주저앉았다.

"그가 다쳤나요?"

"아직 아무것도 모릅니다."

칼을 뚫어지게 쳐다보기만 할 뿐 아무 말이 없는 그녀를 그가 재촉했다.

"아직 내 질문에 답변하지 않았습니다."

카트린은 심장이 미친듯이 뛰었고, 무슨 말을 해야 할지 몰랐다.

"미카엘은 오늘 아침에 중요한 약속이 있다고 했어요. 그런데 보아하니 거기에 가지 못한 것 같네요."

"어떤 약속이죠?"

그녀는 눈을 질끈 감았다. '어쩜 이렇게 멍청할 수 있지? 한마디도 안 하겠다고 맹세했으면서!' 충격과 두려움으로 뇌가 제대로 작동하지 않는 것만 같았다.

"그건 말할 수 없어요. 정보원 보호 때문에요."

"협조를 거부하겠다는 겁니까?"

카트린은 숨이 막힐 듯한 느낌에 도망칠 구멍이라도 찾고 싶은 심

정으로 창밖을 내다보았다. 칼이 무심코 그녀의 가슴을 물끄러미 쳐
다봄으로써 본의 아니게 그녀를 도와주었다. 카트린은 화를 내며 얼
굴이 새파래졌다.

"기꺼이 협조하고 싶죠! 하지만 정보원 보호에 관한 기초적인 개
념이라도 있고, 가까운 지인의 충격적인 소식을 접한 사람에게 최소
한의 예의를 갖출 수 있는 담당자와 얘기하겠어요!"

"무슨 말이죠?"

"당신 상관들한테 이 말을 보고하고 당신은 여기서 사라지라는 말
입니다!"

칼은 당장이라도 그녀를 체포할 듯 험악한 얼굴이 되었다.

"당장 꺼져요!" 카트린이 더욱 광분해 소리쳤다.

"좋아요……" 결국 그는 웅얼거리며 대답했지만 한마디 덧붙여야
한다고 생각한 모양이었다. "단, 여기서 한 발짝도 움직이지 마요."

카트린은 아무런 대꾸 없이 그에게 문을 열어주었다. 그런 다음 다
시 침대에 앉아 생각에 잠겼다. 그러던 와중에 핸드폰 진동이 그녀
를 현실로 돌아오게 했다. 〈스벤스카 다그블라데트〉의 속보 알림이
었다.

유명 기자, 스톡홀름 뤼드마르 호텔 앞에서 괴한들에게 납치당해. 몇 분
간 그녀는 기사들을 읽는 데 집중했다. 곳곳에 요란하게 헤드라인들
이 걸렸지만 내용은 별것 없었다. 확실한 정보는 하나뿐이었다. 누구
도 호출한 적이 없는 구급차에 그가 실려간 것. 정말이지…… 믿기
지 않는 얘기였다. 이제 어떻게 해야 할까? 카트린은 비명이라도 지
르고 싶었다. 그러다 간밤의 기억이 어렴풋이 떠올랐다. 욕실 쪽에서
나던 소리, 누군가와 속닥대는 듯한 음성, 미카엘의 탄성…… 어쩌면
그녀도 잠결에 웅얼댔을지 모른다. "당신, 뭐하는 거야?"

아니면 꿈을 꾼 것일 수도 있지만 그건 전혀 중요하지 않았다. 그
속삭이던 일이 미카엘이 사라진 것과 분명 관련이 있지 않을까? 그

는 새벽 2시에 호텔 앞에서 납치당했다. 그녀는 생각을 정리해보려 했다. 그럼 그는 무언가로 인해 흥분했거나 걱정에 빠져 그녀를 남겨두고 혼자 밖으로 나갔다가 결국 공격을 받았을 수 있다는 얘기다. 어떤 함정에라도 빠진 걸까? 누군가 그를 미끼로 꾀어낸 걸까? 젠장, 빌어먹을! 어떻게 된 일일까? 대체 무슨 일이 벌어진 걸까?

카트린은 그 걸인을, 레베카의 목소리에서 느껴지던 절망감을, 그리고 어젯밤 미카엘이 인터뷰를 앞두고 극도로 흥분했던 일을 떠올렸다. '그 빌어먹을 경찰관은 엿이나 먹으라지!' 그녀는 단호한 표정으로 옷을 입고 물건들을 챙겼다. 그런 다음 안내데스크에 내려가 요금을 지불한 뒤 호텔 앞에서 그녀를 기다리고 있는 영국 대사관의 검은색 차량에 올라탔다.

30장

8월 28일

거대한 가스용광로에 검붉은 화염이 이글거렸다. 천장이 높직하고 어둑한 공간은 기온이 매우 높았다. 빛이 들지 않는 내부는 몇 개의 스포트라이트 조명만 밝혔고 대형 창들은 그을음으로 시커멨다. 미카엘은 멍한 눈으로 건물 안을 훑어보았다. 콘크리트 기둥, 철제 구조물, 바닥에 흩어진 유릿조각, 그리고 자신의 모습이 비치는 용광로의 금속 테두리……

지금 그는 어느 폐쇄된 산업용 건물, 스톡홀름에서 꽤 떨어진 게 분명한 오래된 유리 제조 공장 같은 곳에 있었다. 이곳이 어딘지 전혀 알 수 없었지만 오는 길이 상당히 먼 것 같았다. 그들은 차를 한두 차례 바꿨다. 미카엘은 독한 약을 맞고 몽롱한 상태였기에 지난밤과 아침의 일들을 단편적으로만 기억했다. 이제는 용광로에서 멀지 않은 곳에 야전침대 혹은 들것 같은 것에 누워 가죽끈으로 묶여 있었다. 그는 소리쳤다.

"살려줘! 거기 아무도 없어?"

물론 이게 도움이 되리라곤 생각하지 않았지만 발바닥 아래의 뜨거운 열기에 땀을 흘리며 가죽끈 아래서 몸을 비틀고만 있을 순 없었다. 이렇게라도 하지 않으면 미쳐버릴 것 같았다. 용광로는 뱀처럼 쉭쉭거렸고 그는 겁에 질려 있었다. 온몸이 땀에 젖고 입안이 바짝 말라가는데…… 유릿조각들이 밟히며 으스러지는 소리가 들렸다. 누군가 저벅저벅 다가오고 있었다. 호의라고는 눈곱만큼도 없는 자들임을 미카엘은 즉각 알 수 있었다. 그들이 고통을 덜어주리라는 희망은 품을 필요가 없었다. 그들은 지나치리만큼 천천히 걸어오면서 가볍게 휘파람까지 불며 건들거렸다.

대체 어떤 인간이 이런 상황에서 휘파람을 부는 걸까?

"좋은 아침이야, 미카엘!"

지난밤 그를 불렀던 영어 억양의 목소리였다. 미카엘의 눈에는 여전히 아무도 보이지 않았다. 얼굴을 보여주지 않으려고 의도한 듯했다.

"좋은 아침이네요."

발소리가 멈추었다. 휘파람도 중단되었다. 남자의 숨소리가 들렸고 애프터셰이브 로션 냄새가 희미하게 느껴졌다. 이다음에 무슨 일이 벌어질지 모르는 미카엘의 몸이 막대기처럼 뻣뻣해졌다. 주먹질? 칼? 아니면 들것을 용광로 안으로 밀어넣어 발을 지져버릴까? 아직은 아무 일도 일어나지 않았다.

"오호, 이런 명랑한 인사는 전혀 기대 못했는데."

미카엘은 아무 말도 하지 않았다.

"나도 그렇게 자라났지."

"그, 그게 무슨 말입니까?" 미카엘이 더듬거리며 간신히 물었다.

"어떤 일이 벌어져도 겉으로는 차분한 척하면서 말이야. 여기선 그럴 필요 없어. 난 서로 솔직한 게 더 좋으니까. 그리고 당신의 그런 모습은 왠지…… 역겨워. 저항감이 느껴진달까?"

"그건 또 무슨 말입니까?"

"미카엘, 난 당신이 좋아. 진실에 대한 당신의 태도를 존중해. 그리고 이 일은……"

남자는 극적인 효과를 의도하며 잠시 말을 멈췄다.

"……단순한 가정사로 끝날 수도 있었어. 하지만 많은 복수극이 그렇듯 어쩌다 다른 사람들이 끌려들게 됐지."

미카엘의 몸이 떨리기 시작했다. 그가 신음하며 물었다.

"지금 살라 얘기를 하는 겁니까?"

"맞아, 살라첸코를 말하는 거야. 당신은 그를 한 번도 만난 적 없지, 안 그래?"

"만난 적 없죠."

"그걸 다행으로 여겨야 할 거야. 그와의 만남은 아주 인상적인 경험이지만 후유증을 남기거든."

"그를 잘 압니까?"

"난 그를 사랑했어. 슬프게도 신을 사랑하는 것과 비슷했지. 사랑을 줘봤자 아무것도 받지 못하잖아. 사람을 바보로, 눈먼 자로 만드는 눈부신 광휘만 있을 뿐이야."

"눈먼 자?" 미카엘은 그가 무슨 말을 하는 건지 영문을 모르는 채 되물었다.

"그래, 맹목적인 인간으로 만들지. 지금도 난 그의 영향하에 있는 것 같아. 살라로부터의 끈을 잘라버리는 게 불가능했고, 난 그를 위해 불필요한 위험을 무릅쓰는 경향이 있거든. 미카엘, 당신이나 나나 여기 있으면 안 되는 사람들이야."

"그런데 왜 여기 있는 거죠?"

"이유는 간단해. 복수 때문이야. 복수의 파괴적인 위력에 대한 설명을 들으려면 당신 친구에게 가야 할 것 같은데?"

"리스베트?"

"맞아."

"그녀는 지금 어디 있습니까?"

"정말 어디 있는 걸까? 나도 그게 참 궁금하군."

또다시 의도된 침묵이 이어졌다. 아까만큼 길지 않았지만 미카엘로 하여금 그 남자가 얼마나 맹목적인 인간인지 깨닫게 하기에는 충분한 시간이었다. 남자는 앞으로 한 걸음 내디디며 마침내 얼굴을 드러냈다. 처음 미카엘의 눈에 들어온 건 남자가 어젯밤에 입었던 것과 같은 흰색 리넨 정장이었다. 문득 미카엘은 거기에 자신의 피가 얼룩진 섬뜩한 장면을 상상했다.

이어 남자의 얼굴이 보였다. 이목구비가 반듯하면서도 두 눈은 약간 비대칭이었고 오른쪽 뺨에는 희미한 흉터가 가로지르고 있었다. 풍성한 회색 머리칼 가운데 여기저기 은색 가닥들이 길게 뻗어 있었다. 키가 크고 몸은 날씬하고 날렵했다. 다른 곳에 있었다면 괴팍한 지식인 혹은 소설가 토머스 울프 같은 인물로 여겨졌으리라. 하지만 지금 부자연스럽게 느릿느릿 움직이는 그에게서는 상대를 얼어붙게 만드는 무언가가 느껴졌다.

"당신 혼자가 아닌 것 같은데?" 미카엘이 물었다.

"맞아, 양아치 녀석들도 몇 명 있지. 이유는 모르겠지만 얼굴 드러내는 걸 싫어하는 젊은 애들. 천장에 카메라도 한 대 있고 말이야."

남자가 손가락으로 위를 가리켰다.

"날 촬영할 겁니까?"

"미카엘, 그런 걱정은 할 필요 없어." 남자는 영어로 말하다 다시 스웨덴어로 바꿔 말했다. "그저 이 순간을 우리 둘만의 내밀한 시간이라고 생각하면 돼."

갈수록 미가엘의 몸이 심하게 떨렸다. 그는 겁에 질린 채 말했나.

"스웨덴어를 잘하는군요."

미카엘은 한 언어에서 다른 언어를 넘나드는 그 능력이 남자의 악마적 속성을 드러내는 것처럼 느껴졌다.

"미카엘, 난 언어학자야."

"정말입니까?"

"그래. 하지만 당신과 난 언어를 초월한 여행을 할 거야."

남자는 오른손에 들고 있던 검은색 천을 풀고 거기서 빛나는 물체들을 꺼내 옆의 철제 테이블에 늘어놓았다.

"그게 무슨 말입니까?"

미카엘은 필사적으로 몸을 뒤틀며 그 앞에서 쉭쉭거리는 화염과 용광로의 금속 테두리에 비친 자신의 일그러진 얼굴을 쳐다보았다.

"인생의 대부분의 것들에는 그것을 묘사하는 아름다운 말들이 존재하지." 남자가 말을 이었다. "특히 사랑에 대해서는. 안 그런가? 당신도 젊은 시절에 키츠나 바이런의 시를 꽤 읽었을 거야. 그들은 사랑이라는 현상을 언어로 아주 훌륭히 포착한 것 같아. 하지만 미카엘, 한없는 고통은 말이 없지. 아무도 그걸 묘사해내지 못했어. 가장 위대한 예술가들조차. 자, 미카엘, 지금 우리가 갈 곳이 바로 거기야. 더이상 말이 존재하지 않는 곳."

더이상 말이 존재하지 않는 곳.

메르스타 방면으로 향하는 검은색 벤츠의 뒷좌석에 앉은 유리 보그다노프는 키라에게 영상 한 장면을 보여주었다. 그녀는 눈을 가늘게 뜨며 화면을 들여다보았고 유리는 기다렸다. 적이 고통스러워할 때면 늘 그녀의 눈에 스치는 그 흥분의 빛이 나타나기를.

하지만 그런 기미는 없었다. 조급증을 내며 답답해하는 표정만 나타났고 이는 결코 좋은 징조가 아니었다. 유리는 이반 갈리노프를 신뢰하지 않았다. 이번 일은 지나친 감이 있었다. 미카엘을 너무 몰아붙이면 결과가 좋지 않을 테니까. 유리는 지나치게 과열된 감정이 개입된 이 상황에서 이번에는 기어코 끝장을 보겠다는 완강한 키라의 표정도 마음에 들지 않았다.

"그래, 기분이 어때?" 유리가 물었다.

"이 사진을 그녀에게 보낼 수 있어?"

"응, 링크 보안 먼저 확보하고. 그런데 솔직히 키라……"

유리는 머뭇거렸다. 이런 얘기를 하면 분명 키라가 싫어할 테니까. 그는 시선을 피하며 말을 이었다.

"당신은 현장에서 떨어져 있어야 해. 지금 비행기를 타고 모스크바로 돌아가는 게 나을 것 같아."

"그년이 죽기 전까지 아무데도 안 가."

"내 생각에는……"

……그녀는 호락호락하게 잡히지 않을 거야. 당신은 그녀를 과소평가하고 있어. 유리는 이렇게 말하고 싶었지만 입을 다무는 편을 택했다. 리스베트를, 혹은 그가 전에 알던 '와스프'를 높게 평가하고 있다는 걸 암시하는 말이나 눈빛은 절대로 보이지 말아야 했다. 세상에는 유능한 해커들과 천재들이 많지만 와스프는 다른 차원의 존재였다. 유리는 그렇게 생각했다. 그는 말을 끝맺는 대신 앞으로 몸을 숙여 파란색 금속상자를 집어들었다.

"그게 뭐야?"

"패러데이 상자, 외부의 전기자장을 차단해주는 보안장치. 핸드폰을 여기에 넣어둬. 추적당하면 안 되니까."

키라는 창밖을 한 번 내다보고 상자 안에 핸드폰을 넣었다. 그들은 앞자리의 운전기사를 바라보다 창밖으로 지나가는 풍경을 응시할 뿐, 아무 말이 없었다. 잠시 후 키라가 모르곤살라의 폐쇄된 산업용 건물 안에서 무슨 일이 벌어지는지 좀더 보고 싶다고 하자 유리가 화면을 보여주었다.

그가 생각하기에는 불필요한 영상이었다.

리스베트의 오토바이가 노르비켄을 지날 때 구글 글래스의 접속이 끊겨버렸다. 그녀는 욕을 내뱉으며 주먹으로 핸들을 내려쳤지만 실은 예상하던 일이기도 했다. 속도를 늦추자 작은 숲 옆에 나무로 된 벤치와 테이블이 놓인 쉼터가 보였다. 올여름 카밀라의 주변 인물들을 추적하며 보낸 인고의 시간들을 보상받을 수 있을지도 모른다는 희망을 안고 리스베트는 그곳에 앉아 노트북을 펼쳤다.

카밀라의 작전은 MC 스바벨셰 조직원의 도움 없이는 불가능했을 것이다. 그들 모두 작전중에 선불폰만 사용할 게 뻔했지만 그래도 누군가 사소한 실수라도 범할 수 있었다. 리스베트는 스트란드베겐에 머물던 키라를 찾아간 자들—마르코, 요르마, 코니, 크릴레—의 기기 위치를 다시 추적했다. 통신사를 해킹해 기지국까지 접근해봤지만 소용없었다. 주먹으로 나무테이블을 맹렬히 내려친 그녀가 포기하고 다른 해결책을 찾아보려는 와중에 돌연 페테르 코비치가 떠올랐다.

MC 스바벨셰 조직원 가운데 전과 기록이 가장 화려하며 술과 여자 문제가 잦고 절제가 부족하다고 알려진 자였다. 리스베트가 스트란드베겐 부근에서 본 적은 없으나 올여름 피스카르가탄에 모습을 보인 자들 중 하나였다. 페테르의 위치를 추적해본 그녀는 이내 승리의 탄성을 터뜨렸다. 이날 새벽에 그는 지금 카밀라가 가고 있는 길을 지났다. 계속 북쪽으로 달려 스토르브레타와 비에르클링에를 지나 움살라 쪽으로 향했다. 좀더 자세히 확인해보려는데 그녀의 핸드폰이 울렸다.

전화를 받을 생각이 없었지만 화면을 보니 〈밀레니엄〉의 에리카 베리에르였다. 리스베트는 내키지 않는 기분으로 통화 버튼을 눌렀다. 처음에는 그녀가 하는 말을 도통 알아들을 수 없었다. 에리카가 미친 사람처럼 소리를 질러대 분간되는 말이 몇 마디 안 됐다.

"그가 타고 있어요! 타고 있다고요!"

리스베트는 조금씩 상황이 파악되었다.

"그들이 커다란 용광로 안에 넣었다고요! 비명을 지르고 고통으로 몸부림치고 있어요! 너무 끔찍해요! 그리고 그들이 뭐라고 말했냐면, 아니 써놨냐면……"

"뭐라고 썼죠?"

"리스베트 당신이 순네르스타 외곽의 숲에 있는 그들 앞에 나타나지 않으면 그를 산 채로 불태워 죽이겠대요! 그 일대에서 경찰이 한 명이라도 보이거나 당신이 조금이라도 수상한 짓을 하면 그는 끔찍한 죽음을 맞을 테고 당신과 그의 주변 사람들도 가만두지 않을 거래요! 당신이 제 발로 찾아오지 않는 이상 끝까지 그럴 거래요! 맙소사, 리스베트, 끔찍해요! 그의 두 발이……"

"내가 그를 찾아낼게요. 내 말 들려요? 내가 찾아내겠다고요!"

"그들과 접촉할 수 있는 이메일 계정과 동영상을 당신에게 전하라고 했어요."

"네, 보내주세요."

"리스베트, 이게 대체 무슨 일인지 설명 좀 해줘요!"

리스베트는 전화를 끊었다. 설명할 시간이 없었다. 페테르 코비치를 추적하는 일로 돌아와야 했다. 그는 새벽에 지금 카밀라가 가고 있는 것과 같은 길을 지나 E4 고속도로를 타고 더 북쪽으로, 그러니까 티에르프와 예블레 방면으로 향하고 있었다. 예감이 좋았다. 곧 좋은 결과를 얻을 것 같았다. 그녀는 손가락으로 테이블을 톡톡 두드리며 중얼거렸다.

"자, 어서 가! 이 빌어먹을 주정뱅이야! 날 놈들에게 데려다줘!"

이런 엿같은! 그의 자취가 멘코르보에서 끊겼다. 리스베트는 멍한 눈으로 도로 쪽을 쳐다보았다. 그 눈빛이 얼마나 살벌한지 르노를 놓고 쉼터로 들어온 젊은 남자가 겁에 질려 곧장 떠나버렸다. 리스베트는 그 남자를 보지도 못했다. 그녀는 이를 꽉 깨물고서 에리카가 보낸 영상을 열었다. 클로즈업된 미카엘의 얼굴이 나타났다.

부릅뜬 두 눈은 동공이 안구 속으로 들어가버린 것처럼 하얬고, 얼굴은 얼마나 뒤틀리고 일그러졌는지 알아볼 수 없을 정도였다. 온몸은 그야말로 땀범벅이 되어 턱과 입술에서 땀이 뚝뚝 흘러내렸고 셔츠도 흠뻑 젖어 있었다. 카메라는 그의 몸을 훑어내리며 청바지를 입은 다리와 발까지 보여주었다. 화염이 식식대며 춤추고 있는 거대한 갈색 벽돌의 용광로 속으로 빨간색 양말을 신은 그의 발이 천천히 들어갔다. 양말과 바지에 불이 붙었고 그가 최대한 오랫동안 참고 있는 것처럼 기이한 시간차를 두고서 찢어지는 듯한 비명소리가 울려 퍼졌다.

리스베트는 아무 소리도 내지 않았고 표정에는 거의 변화가 없었다. 하지만 그녀의 손가락들은 야수의 발톱처럼 테이블의 나무상판 위에 세 줄의 깊은 골을 냈다. 그녀는 그들이 보낸 메시지를 읽고 암호화된 이메일 계정을 확인했다. 그리고 이 모든 것을 몇 가지 지시 사항과 페테르 코비치의 사진을 비롯해 E4 고속도로가 표시된 북北 우플란드의 지도와 함께 플레이그에게 보냈다.

리스베트는 노트북과 권총을 가방에 챙겨 넣고 구글 글래스를 착용한 뒤 티에르프를 향해 출발했다.

"리스베트, 이게 대체 무슨 일인지 설명 좀 해줘요!" 에리카는 핸드폰에 대고 소리를 질렀다.

하지만 그 소리를 들을 수 있는 건 예트가탄의 〈밀레니엄〉 사무실에 모인 직원들뿐이었다. 그들 또한 그녀가 지금 제정신이 아니라는 사실 외에는 아무것도 이해할 수 없었다. 에리카가 쓰러질 듯 휘청거리자 가장 가까운 곳에 있던 소피 멜케르가 급히 다가가 부축했지만 에리카는 그 사실조차 인지하지 못했다.

그녀는 앞으로 어떻게 할지 계획을 세우려 필사적으로 정신을 집중했다. 그들은 어떤 경우에도 경찰에 신고해서는 안 된다고 했다. 정말 그래야 할까? 이건 그녀가 살아오면서 겪은 최악의 사건일 뿐만 아니라 그 피해자는 다름 아닌 그녀의 오랜 친구이자 소중한 연인인 미카엘이었다. 더구나 아무런 준비 없이 당한 일이었다. 그저 여느 날과 마찬가지로 기계적으로 메일을 확인하던 와중에 갑작스럽게 벌어진 것이었으니까……

리스베트에게 전화를 걸면서도 아직 그 사실을 받아들이지 못했고, 그게 누군가의 섬뜩한 장난, 고약한 가짜 영상일지도 모른다는 생각을 배제하지 않았다. 하지만 리스베트의 목소리를 듣는 순간 그런 생각들은 사라져버렸다. 리스베트는 이런 상황을, 이런 절대적인 악을 이미 예상하고 있었던 것 같았다.

에리카는 형언할 수 없는 기분을 느꼈다. 욕설을 횡설수설 쏟아낸 그녀는 다른 차원의 세계에 있다가 돌아온 것처럼 불현듯 소피가 자신을 부축하고 있다는 사실을 깨달았다. 지금 무슨 일이 일어나고 있는지 털어놓을 뻔했다가 생각을 바꾼 에리카는 소피의 팔에서 몸을 빼내며 작게 중얼거렸다.

"미안해, 지금 좀 혼자 있고 싶어. 나중에 설명할게."

에리카는 자신의 사무실로 들어가 문을 세차게 닫아버렸다. 그녀가 취한 어떤 행동 때문에 미카엘이 목숨을 잃는다면 자신은 삶을 더 이어갈 수 없으리라는 사실은 말할 필요조차 없었다. 그렇다고 마비된 사람처럼 악당들의 지시대로 손놓고 우두커니 앉아 있을 수만은 없었다. 그럼 이제…… 무얼 해야 하지…… 그래, 생각! 정신을 집중해야 했다. 이런 종류의 범죄는 늘 동일한 패턴으로 전개되지 않았던가?

납치범들은 경찰이 끼어드는 걸 원치 않지만 그늘이 삼히는 선 언제나 은밀히 개입하는 경찰 덕분 아닌가. 보안 회선으로 얀에게 전화를 해야 할까? 그녀는 잠시 주저하다 전화를 걸었지만 얀은 계속 통화중이었다. 이 시점에서 드디어 이성을 잃은 그녀는 온몸을 부들부들 떨기 시작했다.

"리스베트, 이 빌어먹을 년!" 그녀는 욕을 퍼부었다. "어떻게 이런 일에 미카엘을 끌어들일 수 있어? 어떻게 네가!"

수사반장 얀은 카트린 린도스와 긴 통화를 마쳤다. 이제는 자신을 영국 대사관 관계자 야네크 코발스키라고 소개한 남자에게 전화기가 건네졌다. 얀은 그 말을 믿는 척할 수밖에 없었다.

"조금 우려스럽습니다."

얀은 남자의 말에 이게 그 유명한 영국식 절제인 건가 생각하며 건조한 투로 물었다.

"무슨 뜻이죠?"

"서로 다른 두 사건이 지금 미묘하게 얽힌 게 우연일 수도 있지만 아닐 수도 있어요. 미카엘은 리스베트 살란데르와 관련되어 있어요, 안 그렇습니까? 그리고 요하네스는……"

"뭔데요?" 얀이 조급하게 물었다.

"요하네스는 2008년, 그러니까 그의 모스크바 생활이 끝나갈 무렵에 리스베트의 생부인 알렉산데르 살라첸코에 대해, 그가 스웨덴으로 넘어온 일에 대해 조사하고 있었어요."

"당시에는 세포 내 담당팀만 그 사실을 알지 않았나요?"

"반장님, 사람들 생각처럼 이 세상에 그렇게 비밀스러운 일은 없습니다. 흥미로운 건 나중에 살라의 둘째 딸 카밀라가 한 남자와 유대 관계를 이뤘다는 사실입니다. GRU에서 살라의 가장 가까운 심복이었으며 GRU를 배신한 살라를 그뒤로도 계속 접촉해온 인물과 말입니다."

"그게 누굽니까?"

"이름은 이반 갈리노프. 우리로선 이해할 수 없는 이유로 살라에게…… 이걸 어떻게 표현해야 할까…… 그래요, 무덤까지 따라가 충성을 바쳤죠. 살라가 죽은 후에도 그의 적들을 공격했고 그에게 불리한 정보를 지닌 자들의 입을 막았어요. 극히 냉혹하고 위험한 인물이며, 우리는 지금 스웨덴에 있는 그가 미카엘의 납치에 관여했으리라 추측하고 있어요. 그가 체포되는 건 우리에게도 큰 의미가 있는 일이니 반장님께 도움을 드리고 싶습니다. 특히 요하네스 장관이 나름의 계획을 세웠고, 나는 거기에 약간 성급하게 동의했죠."

"무슨 말인지 잘 모르겠네요."

"차차 이해하게 될 겁니다. 먼저 이반에 관한 자료들과 좀 오래전 것이지만 그의 사진을 몇 장 보낼게요. 그럼 반장님, 이만 끊겠습니다."

얀은 혼자서 고개를 끄덕이고 전화를 끊었다. 그는 이런 정부 관계자—이제는 야네크가 어떤 일을 하는 사람인지 이해했다—의 도움을 받는 일에 익숙지 않았기 때문에 방금 나눈 대화와 다른 관련된 일들에 대해 곰곰이 되짚어봤다. 그러다 소니아를 보러 가려고 일어서는데 핸드폰이 울렸다. 에리카 베리에르였다.

레베카 옆의 갈색 안락의자에 앉아 요하네스와 마주한 카트린은 머릿속에 자꾸만 미카엘이 떠올라 좀처럼 집중할 수 없었다. 그녀는 핸드폰을 끄고 야네크에게 빌린 녹음기를 사용했다. 그녀는 모든 게 잘 해결되리라 믿기로 마음먹고는 조금씩 그의 이야기에 빠져들었다.

"그래서 더이상 걸음을 내디딜 수 없었나요?" 그녀가 물었다.

"네, 맞아요." 요하네스가 말을 이었다. "밤이 되었고 끔찍한 추위가 찾아왔어요. 온몸이 얼어붙어 이 모든 게 빨리 끝났으면 하는 심성이었어요. 몸의 열기가 나 빠져나가고 보종의 행복감마저 느껴신다는 최후의 마비 상태로 돌입하는 게 낫겠다 싶었죠. 바로 그때 비명소리가 들렸어요. 고개를 들었지만 처음에는 아무것도 보이지 않

있어요. 그러다 눈보라 속에서 점차 니마의 모습이 나타났는데 머리가 두 개에 팔이 네 개였어요. 힌두의 신들처럼요."

"무슨 말이죠?"

"내게 그렇게 보였다는 뜻이에요. 실은 그가 누군가를 부축해서 오는 것이었지만 한참 뒤에야 깨달았어요. 탈진한 상태라 정신이 흐릿했으니까요. 구조받을 희망조차 품을 수 없었어요. 아니, 구조받고 싶다는 생각조차 들지 않을 정도로 지쳐 있었죠. 그리고 의식을 잃었던 것 같아요. 다시 정신을 차려보니 여자가 양팔을 앞으로 뻗은 채 내 옆에 누워 있더군요. 자기 딸에 대해 중얼거리고 있었어요."

"뭐라고 하던가요?"

"전혀 알아들을 수 없었어요. 서로의 얼굴을 쳐다보았다는 것만 기억나요. 둘 다 이루 말할 수 없이 참담한 심정이었죠. 그러면서 서로를 알아보고 놀랐던 것도 같아요. 클라라였죠. 난 그녀의 머리와 어깨를 어루만지며 결코 그녀가 예전의 얼굴을 되찾지 못할 거라고 생각했어요. 동상으로 처참하게 망가져 있었고 입술에는 내가 아이스피켈로 낸 상처가 깊이 패여 있었으니까요. 내가 그녀에게 몇 마디를 건네고 그녀도 뭐라고 대답했을 수 있고요. 글쎄 잘 모르겠어요. 그리고 폭풍이 사납게 울부짖는 와중에 저 위쪽에서 스반테와 니마가 언쟁을 벌이는 게 보였어요. 서로를 밀치며 소리를 지르고 있었죠. 정말 이상한 광경이었어요. 내 귀에는 몇 마디만 들렸는데 터무니없고 불쾌한 말들이라 혹시 내가 잘못 들었나 싶었죠. 영어로 창녀니, 걸레니 하는 말을 들었으니까요. 이런 위급한 때 왜 저런 소리들을 하는 건지 이해할 수 없었어요."

31장
8월 28일

미카엘은 지금껏 살면서 죽고 싶었던 적이 한 번도 없었다. 극한의 위기에 빠져본 적도 없었다. 하지만 두 발과 다리에 심각한 화상을 입고 들것 위에 누워 있는 이 순간 그의 소원은 오직 하나, 의식을 잃고 사라져버리는 것이었다. 끔찍한 고통에 사로잡혀 비명조차 지를 수 없었다. 이를 악물고 몸부림칠 뿐이었다. 상황이 이보다 더 나빠질 수 있을까? 아니, 아직도 최악이 아니었다.

자신을 이반이라고 소개한 흰색 정장의 남자가 테이블 위에서 수술칼을 집어들더니 그의 화상 부위를 갈랐다. 미카엘은 허리를 활처럼 휘면서 울부짖었다. 거세게 울부짖으며 잃었던 의식을 되찾았다. 무슨 일이 벌어지고 있는 건지 이해하기까지 시간이 걸렸다. 또다른 발소리가 나가오고 있음을 어렴풋이 알 수 있었다. 또각또각 울리는 하이힐 소리였다. 고개를 돌려보니 붉은 기가 도는 금발의 초자연적 미모를 지닌 여자가 옆에 서 있었다. 그녀가 미카엘에게 미소를 지었다. 그 미소는 이제 상황이 조금 나아지리라는 희망을 주어야 마땅했으나 그는 오히려 공포에 휩싸였다.

"너, 너는……" 미카엘이 간신히 말을 내뱉었다.

"그래, 나야."

카밀라가 그의 이마와 머리칼을 부드럽게 어루만졌다. 그 손길에서 절제된 가학성이 느껴졌다.

"안녕?" 그녀가 말했다.

미카엘은 대꾸하지 못했다. 거기서 그의 존재란 하나의 울부짖는 상처일 뿐이었다. 하지만…… 그의 머릿속은 맹렬히 돌아가기 시작했다. 마치 그녀에게 해야 하는 중요한 말이 있고 그게 좀처럼 떠오르지 않는 것처럼.

"난 리스베트 때문에 불안해." 그녀가 말했다. "미카엘, 당신도 그녀 때문에 불안하지? 자, 시곗바늘이 돌아가고 있어. 째깍, 째깍. 당신은 이미 시간 개념을 잃었겠지, 안 그래? 내가 말해주지. 지금은 오전 11시가 넘었고, 리스베트가 당신을 구할 마음이 있었다면 우리한테 즉각 연락했을 거야. 그런데 보다시피 아무 소식도 없네. 미카엘, 그녀가 당신을 그렇게 사랑하진 않나봐."

카밀라가 다시 미소를 지으며 말했다.

"미카엘, 어쩌면 리스베트는 당신을 그렇게 좋아하는 게 아닐지도 몰라. 당신의 다른 여자들을 질투할지도 모르고. 가령 그 귀여운 카트린을 말이야."

미카엘의 몸이 부르르 떨렸다.

"카트린에게 무슨 짓을 했지?"

"아무것도 안 했어, 미카엘, 아무것도. 아직은. 그런데 리스베트는 우리와 협력하기보다 당신을 죽게 놔두는 편을 택한 것 같네. 그녀는 당신을 희생시키는 거야. 지금껏 수많은 사람을 희생시켰듯이."

미카엘은 눈을 감고 카밀라에게 해야 할 말이 무엇인지 찾아내려 애썼지만 머릿속에 떠오르는 건 시뻘건 고통뿐이었다.

"날 희생시키는 건 너희야." 그가 말했다. "리스베트가 아니라."

"우리? 천만에! 우리의 제안을 받아들이지 않은 건 그녀야. 난 별로 나쁘지 않다고 봐. 소중한 사람을 잃는 기분이 어떤 건지 알게 될테니까. 당신도 한때는 그녀에게 소중한 존재였지?"

그녀가 다시 미카엘의 머리칼을 쓰다듬었다. 바로 그 순간 미카엘은 그녀의 얼굴에서 예기치 못한 무언가를 느꼈다. 그녀에게는 리스베트와 비슷한 점이 있었다. 외모가 아니라 눈 깊숙한 곳에 숨어 있는 은은한 분노가 그랬다.

"리스베트에게……" 그는 고통을 참아보려 안간힘을 쓰며 더듬더듬 말했다.

"뭐?"

"……소중했던 사람은 어머니와 홀게르였어. 그녀는 이미 그들을 잃었지." 그는 이렇게 말하는 동안 지금껏 자신이 머릿속으로 찾던 게 무엇인지 깨달았다.

"무슨 말을 하고 싶은 거야?"

"리스베트는 소중한 사람을 잃는 게 뭔지 이미 잘 안다는 얘기야. 그런데 카밀라 넌……"

"그런데 나는?"

"……넌 더 큰 것을 잃었어."

"그게 뭔데?"

미카엘은 악다문 이 사이로 겨우 말을 내뱉었다.

"네 일부."

"무슨 뜻이야?"

카밀라의 눈에 화염 같은 분노가 번득였다.

"넌 어머니와 아버지를 잃었지."

"그래."

"네가 당하고 있는 일을 외면해버린 어머니, 넌 사랑했지만……"

성적으로 널 학대한 아버지…… 나는……"

"그래 더 말해봐, 이 개자식아."

미카엘은 눈을 감고 자꾸만 흐려지는 정신을 다잡으려 애썼다.

"네 가족 중에 가장 많은 고통을 받은 사람은 너라고 생각해. 모두
가 널 배신했잖아."

카밀라가 그의 목을 거칠게 움켜잡았다.

"대체 리스베트가 네 머리통에 뭘 집어넣은 거야?"

미카엘은 숨이 막혔다. 그의 목을 움켜쥔 카밀라의 손 때문만은 아
니었다. 그녀의 눈동자 속 분노의 화염이 그를 향해 섬뜩하게 번져나
오는 듯했고, 미카엘은 자신이 실수를 범했음을 깨달았다. 그녀 안의
무언가를 일깨우려던 그의 의도는 오히려 카밀라를 맹렬히 분노하
게 만들었다.

"대답해!" 카밀라가 소리쳤다.

"리스베트가 말했어……"

미카엘은 숨을 쉬기 위해 거칠게 헐떡거렸다.

"뭘?"

"살라가 밤마다 찾아와 널 데려간 이유를 깨달았어야 했는데 자신
이 어머니를 보호하는 데만 몰두해서 그러지 못했다고."

카밀라가 그의 목에서 손을 떼고 들것을 걷어찼다. 미카엘의 두 발
이 용광로의 모서리에 부딪혔다.

"그래? 그년이 그렇게 말했어?"

미카엘의 심장이 미친듯이 뛰었다.

"그때 리스베트는 이해하지 못했어."

"엿같은 소리! 그년은 다 알았어. 처음부터 다 알고 있었다고!" 카
밀라가 소리쳤다.

"카밀라, 진정해." 이반이 끼어들었다.

"아냐!" 그녀는 악을 썼다. "리스베트 그년이 너한테 뻔뻔하게 거짓

말을 한 거야!"

"리스베트는 몰랐어." 미카엘이 더듬더듬 대꾸했다.

"그년이 그렇게 말해? 살라하고 무슨 일이 있었는지 알고 싶어? 그래? 살라는 날 여자로 만들어줬어! 그 인간의 표현대로 말이야!"

카밀라는 잠시 머뭇거리며 할말을 찾았다.

"그는 날 여자로 만들어줬어. 오늘 내가 널 남자로 만들어주고 있듯이 말이야."

그녀는 몸을 앞으로 굽히고 미카엘의 눈을 들여다보며 말했다. 처음 그녀의 눈에는 분노와 복수를 향한 갈망만이 가득했지만 이제 변한 게 있었다.

그 눈빛에 무언가 연약한 기색이 언뜻 스쳤다. 미카엘은 자신이 그녀의 감정을 건드렸다고 생각했다. 저항할 수 없는 상태인 그에게서 그녀 자신의 모습을 발견한 건지도 모른다. 다만 착각일 수도 있었다. 이내 카밀라는 몸을 홱 돌리고 러시아어로 지시하듯 외치면서 밖으로 나가버렸다.

미카엘은 다시 이반이라는 사내와 둘만 남았다. 이제 그가 할 수 있는 일은 이글거리는 화염을 외면하고—가능할지 모르겠으나—고통을 견뎌내는 것뿐이었다.

2008년 5월 13일

눈안개 속에 등반가들의 모습이 나타났을 때 클라라는 쓰러져 비탈 아래로 데굴데굴 굴렀다. 그렇게 니마 리타로부터 멀리 떨어진 곳까지 내려가 거기에 누워 있는 한 남자의 몸과 부딪혔다. 죽었나? 아니, 살아 있었다. 그는 몸을 움직였다. 산소마스크를 끼고 있어 얼굴을 알아볼 수 없는 그 남자가 그녀를 쳐다보더니 고개를 저으며 그녀의 어깨를 어루만졌다.

남자는 산소마스크와 선글라스를 벗고 미소를 지었고 그녀도 미소를 지어주었다. 적어도 그렇게 하려 했다. 그 미소가 오래가진 못했다. 얼마 되지 않아 저 위쪽에서 다투는 소리가 들렸다. 그녀에게는 단편적인 말만 들렸다. 요하네스―그들이 정말 '요하네스'라고 했던가?―가 니마를 위해 해준 모든 것들, 그리고 앞으로 해줄 수 있는 것들에 관한 것이었다. 집을 지어주겠다…… 루나를 돌봐주겠다…… 클라라는 자신과 상관없는 일이라고 생각했다.

너무도 고통스러웠다. 눈밭에 무력하게 누워 일어날 수 없는 그녀는 다만 니마가 다시 자신을 돕게 해달라고 기도할 뿐이었다. 그리고 정말로 니마가 그녀 위로 몸을 굽혔다! 온 세상이 그녀에게 손을 내미는 것만 같았다. 이제는 살았다. 집으로 돌아가 딸을 다시 보게 될 것이다. 그런데 니마가 일으킨 건 그녀가 아니었다.

다른 사람, 그 남자였다. 처음에는 걱정하지 않았다. 니마가 그 사람부터 챙기는 거라고 생각했다. 상관없었다. 위를 올려다보니 남자는 조금 전 그녀가 그랬던 것처럼 니마의 등에 매달려 있었다. 그렇다면 또다른 남자, 니마에게 소리를 질렀던 그가 그녀를 도와줄 것이다. 그런데 시간은 그냥 흘렀고 극도로 두려운 상황이 벌어졌다. 그들이 비틀거리며 그녀에게서 멀어져갔다. 아니, 이럴 순 없었다. 죽어가는 그녀를 두고 이렇게 가버릴 순 없는 일이었다.

"안 돼!" 그녀는 소리쳤다. "제발! 제발! 날 버리지 마!"

그들은 돌아보지 않았다. 그녀는 속이 찢어지는 심정으로 그들이 눈보라 속으로 사라질 때까지 그 뒷모습을 눈으로 좇았다. 눈을 밟는 소리가 더이상 들리지 않자 그녀는 공포에 사로잡혔다. 낼 수 있는 모든 힘을 끌어내 소리를 질렀다. 그러고는 상상할 수 없는 절망감에 빠진 채 조용히 흐느꼈다.

유리 보그다노프는 공장에 딸린 신축 별관에 있었다. 맞은편에는 안락의자에 깊숙이 몸을 묻고 특별히 수입한 부르고뉴 화이트 와인을 불안스레 홀짝이는 키라가 있었다.

유리는 노트북 화면에 시선을 고정한 채 영상들을 지켜보고 있었다. 그중에는 고통에 몸부림치는 미카엘의 모습과 건물 주변의 황량한 전원 풍경이 있었다. 과거 고급 화병과 식기 따위를 제조하는 공장이었으나 지금은 문을 닫은 이곳을 키라가 몇 해 전에 구입했다. 주거지역에서 멀리 떨어진 어느 숲 언저리에 위치한 건물은 넓고 높직하면서 안을 들여다볼 수 없는 대형 창들까지 갖추고 있었다. 유리는 이 일에 얽힌 모든 이들이 극도로 조심하고 있는지 철저히 확인했다. 이곳이라면 안전할 테지만 그럼에도 마음이 편치 않았다. 와스프에 대해 들었던 일화들이 불쑥 떠오르곤 했다. 그녀는 NSA의 내부 네트워크에 접근해 미국 대통령조차 열람할 수 없는 기밀들을 읽었다고 했다. 도저히 불가능하다고 여겨지는 일들을 해냈다고도 했다. 유리의 세계에서 와스프는 전설이었는데, 이 빌어먹을 키라는……

유리는 키라가 앉아 있는 쪽을 흘깃 쳐다보았다. 그를 시궁창에서 건져내 부자로 만들어준 아름다운 키라. 그는 무한한 감사의 마음만을 품어야 옳았으나 이제는 그녀가 피곤하게 느껴졌다. 끊임없는 위협과 주먹질, 그 끝없는 복수의 갈망이 지겨웠다. 그는 최근에 만들어둔 이메일 계정을 열고 어떤 기이한 흥분에 사로잡힌 채 몇 초간 꼼짝 않고 있었다. 그러는 이유를 자신도 알 수 없었다.

유리는 자신들의 GPS 좌표를 썼다. 이쪽에서 와스프를 찾아낼 수 없다면 대신 그녀 쪽에서 찾아오면 될 일이었다.

리스베트가 에셰스타를 지나는 E4 고속도로 쉼터에서 노트북을 펴고 앉아 있는데 볼보 V90 한 대가 도로변에 멈춰 섰다. 그녀는 경계하며 재킷 아래의 권총을 잡았으나 공연한 걱정이었다. 볼보에서 내린 건 오줌이 마려운 남자아이와 중년 부부였다.

리스베트는 그들에게서 시선을 거두었다. 플레이그로부터 막 메시지가 도착했는데…… 대단한 건 아니었지만 그래도 그는 새로운 방향을 알려주었다. 좀더 동쪽이었다.

그녀의 기대대로 MC 스바벨셰의 그 한심한 페테르 코비치가 멍청한 짓을 했다. 이날 새벽 3시 37분, 티에르프 북쪽 로크뇌의 인두스트리가탄에 위치한 주유소에서 감시카메라에 포착되었다. 실제로도 지저분하게 생겨먹은 놈이었다. 크고 뚱뚱한 살덩이가 출렁였다. 영상에서 놈은 헬멧을 벗고 금속제 은색 물통을 입에 대고 물을 꿀꺽꿀꺽 마신 다음 남은 건 머리와 얼굴에 부었다. 끔찍한 숙취를 해소하려는 모양이었다.

리스베트는 답장을 보냈다.

ㅡ그래서 놈을 더 쫓았어?

플레이그가 대답했다.

ㅡ그러고는 아무것도 없어.

ㅡ놈의 핸드폰에서 신호도 안 잡히고?

ㅡ아무것도 없다니까.

즉 그 주정뱅이는 지금 어디에나 있을 수 있었다. 노를란드의 숲에 있을 수도, 해안가에 있을 수도 있었다. 미카엘이 어디로 끌려갔는지 전혀 알 수 없는 노릇이었다. 리스베트는 악을 쓰고 닥치는 대로 주먹질을 하고 싶었지만 마음을 가라앉힌 뒤 이 악마 같은 인간들을 계속 추적할 필요가 있을지 헤아려봤다. 아무것도 얻어내지 못할 것만 같았다. 놈들이 보낸 이메일 계정에 다시 들어가보니 새로운 메시지가 들어와 있었다. 두 줄로 된 숫자와 글자들이었다. 처음엔 그게 무엇인지 알 수 없었지만 이내 GPS 좌표임을 깨달았다. 우플란드 모르곤살라의 한 지점이었다.

모르곤살라.

이게 무슨 의미일까? 지난번 그들은 리스베트에게 순네르스타 외곽의 한 지점으로 오라고 알리면서 그곳으로 가는 상세한 지침까지 전달했다. 그런데 이번에는 아무것도 없었다. 말 한마디 없이 어느 지점의 좌표가 다라니…… 그곳은…… 좀더 자세히 들여다보니 교외의 벌판 한가운데였다. 티에르프 북동쪽에 위치한 그 작은 마을의 주민은 68명이고, 그곳은 주로 숲과 벌판으로 이루어졌다. 물론 교회가 하나 있고, 고대 유적지 몇 군데, 그리고 이 지역에 기업가 정신이 들끓던 1970~80년대에 지어졌다가 지금은 폐쇄된 산업용 건물이 몇 채 있었다. 리스베트는 이 건물들이 상당히 흥미롭게 느껴졌다. 받은 좌표를 구글 어스에 입력하니 숲에서 멀지 않은 벌판 한가운데에 대형 창들이 있는 길고 네모난 벽돌 건물이 나타났다.

스웨덴이라는 드넓은 나라에서 고립된 건물들이 으레 그렇듯 범죄자들의 은신처로 딱 어울리는 곳이었다. 이제 리스베트는 고민에 빠졌다. 어째서 이곳을 콕 집어 가리켜주는 걸까? 영문을 알 수 없었다. 연막작전일까? 아니면 함정?

다시 지도를 살펴보니 페테르가 차를 세우고 얼굴에 물을 뿌렸던 주유소가 위치한 로크뇌가 바로 모르곤살라로 가는 길에 있었다. 흥분한 그녀는 탄성을 내뱉었다.

카밀라 주변의 누군가가 정보를 흘린 걸까? 그게 가능할까? MC 스바벨셰 조직원들은 미카엘 같은 인물에게 위해를 가해야 하는 상황이 썩 마음에 들지 않았을 것이다. 너무 위험한 일이라고 여겨질 테니까. 하지만 왜 그녀에게 정보를 넘기는 걸까? 무얼 기대하고 그런 짓을 벌인단 말인가?

도무지 앞뒤가 맞지 않는 일이었으나 한번 캐볼 필요는 있었다. 그녀는 플레이그에게 메시지를 보냈다.

—어쩌면 모르곤살라에 무언가 있을지도 모르겠어.

—뭔데?

리스베트는 그에게 GPS 좌표를 보내고 이렇게 썼다.

−지금 거기로 갈 거야. 그 근방을 한번 휘저어줄 수 있어?

−휘젓는 일이라면 언제든 환영이지. 어떻게 할까?

−정전. 모든 핸드폰에 문자 폭탄 투하.

−오케이.

−또 연락할게.

리스베트는 오토바이에 올라타 모르곤살라를 향해 출발했다. 몇 분쯤 지나자 바람이 거세지기 시작하고 하늘이 구름으로 뒤덮였다. 핸들을 어찌나 꽉 쥐었는지 장갑을 낀 그녀의 손가락이 하얘질 지경이었다.

32장

8월 28일

이반은 들것 위에 축 늘어져 있는 미카엘을 내려다보았다. 참으로 지독한 자였다. 이렇게 꿋꿋이 고통을 견뎌내는 자를 보는 것도 실로 오랜만이었다. 그렇다고 달라질 건 없었다. 시간은 흐르고 있었고 더는 기다릴 수 없었다. 기자는 죽어야 했다. 소용없는 죽음이라 해도 상관없었다. 미카엘을 여기까지 끌고 온 건 과거의 망령들이었다. 어쩌면 볼 그 자체였는지도 모른다.

열두 살 소녀가 자기 아버지인 살라에게 휘발유가 든 우유팩을 던지고 차 안에서 그가 불타오르는 모습을 지켜보았을 때 GRU의 많은 이들이 박수를 쳤지만 이반은 달랐다. 환호하는 동료들로부터 떨어져 앉아 언젠가 복수하리라 맹세했다. 물론 그의 선배이자 가장 가까운 친구인 살라가 어느 날 나라를 버리고 그가 상상할 수 있는 최악의 것, 즉 조국의 배신자가 되었다는 소식에 당혹스러웠던 건 사실이다.

나중에야 그 사건이 그리 단순하지 않았음을 알게 됐고, 그후 그들은 다시 접촉했다. 그리고 모든 게 거의 예전처럼 돌아갔다. 그들은 비밀리에 만나 정보를 교환했고, 함께 즈베즈다 브라트바를 만들었다. 이반에게는 그 누구도, 심지어 그의 아버지조차 살라만큼 중요하지 않았다. 살라는 직업적 필요 때문만이 아니라 자신의 가족에게도 수많은 악행을 저질렀지만 이반은 늘 그를 추모했다. 이게 그를 여기까지 오게 한 이유 중 하나였다.

그는 키라를 위해서라면 무슨 짓이든 할 수 있었다. 그녀를 보면 자신과 살라를 섞어놓은 듯한 느낌이 들었다. 배신한 자와 배신당한 자, 고통을 받는 자와 고통을 주는 자를. 그는 그녀가 들것 위의 미카엘과 대화를 나눈 뒤 그토록 낙담하는 모습을 전에는 본 적 없었다. 이반은 자세를 바로 했다. 오후가 되면서 몸은 지치고 눈은 따가웠다. 이제 작업을 매듭지어야 했다. 키라나 살라와 달리 그는 이런 일을 즐기는 부류는 아니었다. 완수해야 할 한 가지 임무일 뿐 그 이상도 이하도 아니었다.

"자, 미카엘, 이제 끝냅시다. 당신은 잘 견뎌낼 거야."

미카엘은 대답하지 않았다. 끝까지 버틸 각오로 이를 악물었다. 들것이 땀으로 흠뻑 젖었고 그의 두 발은 심각한 화상을 입은 채 수술칼에 상처를 입기까지 했다. 앞에서는 용광로가 무엇이든 삼켜버리려는 듯 흉측한 아가리를 시뻘겋게 벌리고 있었다. 이반은 지금 그가 무슨 생각을 하는지 쉽게 짐작할 수 있었다.

이반 역시 고문을 당한 적이 있었다. 곧 처형당하리라 확신한 적도 있었고. 그는 이제는 자기 자신도, 미카엘도 좀 편해지기를 바라는 마음이 들기 시작했고, 분명 고통에도 한계가, 그 이상 넘어가면 육체가 해체되는 임계점이 있을 거라고 믿었다. 진화론적 논리로 본다면 더이상 희망이 없는 상황에서 무한히 고통을 느껴야 할 이유가 없었다.

"준비됐나?" 이반이 물었다.

"나…… 난……" 미카엘은 확연히 한계에 다다랐다. 더는 아무 말도 내뱉을 힘이 없었다.

이반은 들것에 달린 바퀴가 자유로이 굴러가도록 조절한 뒤 뺨에 흐르는 땀을 훔쳤다. 용광로의 금속 테두리에 비치는 자신의 모습을 언뜻 보면서 마지막 작업에 돌입하려 했다.

미카엘은 이 고통을 조금이라도 유예받을 수 있다면 무슨 말이라도 하고 싶었다. 하지만 그럴 기력이 전혀 없었고 과거의 추억들만 해일처럼 밀려들었다. 딸과 부모님, 리스베트, 에리카를 비롯해 많은 것들이 그의 앞에 나타나 정신을 차릴 수 없었다. 몸은 활처럼 휘고 두 다리와 허벅지는 파들파들 떨렸다. 그는 깨달았다. 지금 자신이 산 채로 타 죽고 있음을. 그는 이반을 올려다보았으나 모든 게 흐릿하기만 했다.

온 공간이 뿌옇게 보였다. 천장에 달린 전등들이 깜빡거리다 꺼지는 것 같았는데 확실하진 않았다. 한동안은 이 어둠이 극도의 공포감이 빚어낸 환각일 수 있다고 생각했다. 그런데 아니었다. 이상한 일이 벌어졌다. 발소리들과 목소리들이 들리는 와중에 이반이 몸을 돌리고 스웨덴어로 외치는 모습이 보였다.

"빌어먹을! 대체 무슨 일이야?"

누군가가 격분한 투로 그에게 대답했다. 미카엘은 무슨 말인지 알아듣지 못했다. 돌연 사방이 소란스러워지더니 실제로 전기가 끊겼다는 것만 알 수 있었다. 여전히 이글이글 타오르는 용광로 말고는 아무것도 작동하지 않았다. 미카엘은 그 지옥 같은 죽음으로부터 불과 몇 센티미터 떨어진 곳에 있었다. 이 소동이 의미하는 바는…… 아직 희망이 있다는 뜻이었다. 주위를 둘러보니 어둠 속에서 실루엣들이 분주히 움직였다.

경찰이 출동한 걸까. 미카엘은 고통을 참으며 생각을 해보려고 애썼다. 지금 혼란에 빠진 놈들을 더 두렵게 해줄 방법이 있을까? 이미 경찰한테 포위당했다고 말해? 너희들은 끝났다고? 아니, 그럼 즉시 들것을 용광로 속에 밀어넣을 것이다. 미카엘은 목이 꽉 메어오고 제대로 숨을 쉴 수 없었다. 두 다리를 조여 맨 가느다란 가죽끈들을 내려다보니 용광로의 열기에 그의 살 속으로 녹아들고 있었다. 종아리가 칼로 베듯 욱신거리고 피부는 너덜너덜했다. 하지만…… 이 끈들을 끊어버릴 수 있을까? 분명 형언할 수 없는 고통이 따를 것이다. 고통을 예상할 겨를도 없이 그는 눈을 질끈 감고 겨우 말을 내뱉었다.

"젠장…… 천장이 무너지네."

이반이 눈을 들어올렸다. 미카엘은 숨을 깊이 들이마신 다음 공기를 찢어버릴 듯 어마어마한 괴성을 지르며 가죽끈에서 두 다리를 뽑아냈다. 그리고 더는 생각하지 않고 이반의 복부를 걷어찼다. 모든 광경이 흐릿해지며 일그러졌다. 의식을 잃기 전 미카엘이 마지막으로 들은 건 누군가가 외치는 소리였다.

"저놈을 죽여버려!"

2008년 5월 14일

눈보라 속에서 희미하게 들리던 소리, 클라라로부터 마지막으로 들은 그 소리, 그 절망적인 외침이 다음날 베이스캠프로 내려가는 내내 그의 머릿속을 맴돌았다.

"제발, 날 버리지 마!"

그건 그가 견딜 수 있는 한계를 넘어서는 일이었고, 그 외침은 생의 마지막날까지 그의 머릿속에 메아리칠 터였다. 다만 그리 간단히 단정지을 수도 없는 것이, 아직 살아 있다는 사실이 술처럼 그를 도취시켰다. 살아서 아래까지 내려가게 해달라고, 거기서 레베카의 품에 안길 수 있게 해달라고 기도했다. 그렇다, 죄책감에 짓눌리면서도 한편으론 살고 싶었다. 물론 니마에게, 그리고 스반테에게 감사했다. 스반테가 아니었으면 그는 죽었을 것이다. 그러나 그는 스반테의 눈을 똑바로 쳐다보지 못했고 그 대신 니마에게 집중했다. 그러는 게 그 혼자는 아니었다. 모두가 니마를 걱정스레 지켜보았다.

니마의 몸은 그야말로 만신창이였다. 헬리콥터를 불러 병원으로 이송하자는 의견이 나왔지만 그는 모든 도움을, 특히 요하네스와 스반테의 도움을 거절했다. 니마가 앞으로 문제를 일으킬 가능성이 있다는 건 부인할 수 없는 사실이었다. 그가 기력을 되찾는다면 뭐라고 얘기해야 좋을까? 이런 생각이 요하네스를 괴롭혔다. 스반테는 더욱 괴로워 보였고 분위기가 갈수록 팽팽해졌다. 요하네스는 더이상 생각하지 않기로 했다. 될 대로 되라는 심정이었다. 베이스캠프가 가까워짐에 따라 체력이 고갈되고 살겠다는 굳은 의지는 무감각해졌다. 마침내 레베카를 품에 안게 되었을 때 그토록 간절히 바랐던 것을 조금도 느낄 수 없었다. 안도감도, 정상을 정복했다는 성취감도 없었다. 다만 납덩이에 눌린 듯 무거운 마음뿐이었다.

요하네스는 제대로 먹지도 마시지도 못하고 잠만 잤다. 열네 시간을 자고 깨어나서는 아무 말도 하지 않았다. 전에는 아찔하게만 보였던 산의 풍경이 온통 재로 뒤덮인 것만 같았다. 그 어디서도, 심지어 레베카의 미소 가운데서도 위안을 찾을 수 없었다. 모든 것이 죽어버린 것 같았다. 산 위에서 있었던 일을 모두에게 털어놓아야 한다는 생각만 머릿속에 맴돌았다. 하지만 계속 미뤘던 건 단지 스반테의 불안한 시선 때문만은 아니었다. 등반가로서 니마의 경력이 이제 끝났다는 말이 캠프에 떠돌았다. 거기서 자신이 최후의 일격을 가하는 자가 될 순 없었다. 지금껏 모든 면에서 영웅으로 인정받아온 사람이 요하네스를 구하려고 죽어가는 여자를 눈보라 속에 남겨두고 왔다는 사실을 밝힐 수 없었다.

턱도 없는 일이었지만 한편으론 일어날 수 있는 일이기도 했다. 그들이 베이스캠프를 떠나 하산하는 와중에 스반테가 그에게 다가오지 않았다면. 그들은 남체바자르 마을 근처 시내가 흐르는 골짜기에서 멀지 않은 곳에 있었다. 요하네스는 혼자 떨어져 걷고 있었다. 레베카는 조금 앞쪽에서 발에 동상을 입은 샤를로테 리히터를 보살피고 있었다. 스반테가 요하네스의 어깨에 팔을 두르며 말했다.

"우리는 아무것도 말하면 안 돼. 자네도 알지?"

"미안해, 스반테. 하지만 해야겠어. 그러지 않으면 나 자신을 견딜 수 없을 것 같아."

"이해해, 친구. 내가 잘 알지. 그런데 우리 상황이 너무 안 좋아." 그러고서 스반테는 부드러운 목소리로 러시아가 자신들을 지켜보고 있다고 설명했다. 그 말에 요하네스 역시 좀더 지켜보는 게 좋겠다고 대답했다.

그에게 스반테의 이 말은 탈출구, 진실을 밝힐 의무를 회피하기 위한 핑계였는지도 모른다.

그곳까지 찾아가는 건 쉽지 않았다. 결국 제대로 찾아냈다고 생각한 리스베트는 지도에 표시된 도로를 피하고 숲속의 미끄러운 오솔길을 택했다. 이제는 블루베리 덤불 사이에 오토바이를 세워두고 소나무 뒤에 서서 벌판 저편의 공장을 살폈다.

처음에는 건물이 텅 비어 있는 듯해 연막이나 교란에 걸려든 건아닌가 했다. 석재와 벽돌로 지은 기다란 건물은 그 옛날 마구간을 연상시켰다. 황폐하기도 이를 데 없었다. 거대한 창들은 십 년은 닦지 않은 것 같았고 지붕도 수리가 필요해 보였으며 측벽의 칠은 비늘처럼 들떠 있었다. 그녀가 있는 곳에서는 자동차도 오토바이도 보이지 않았다. 그러다 한 굴뚝에서 연기가 피어오르는 걸 발견한 그녀는 플레이그에게 작전 개시를 지시했다.

잠시 후 실루엣 하나가 건물 밖으로 고개를 내밀었다. 머리가 길고 어두운 옷을 입은 남자였다. 잘 보이지는 않았지만 그가 불안한 기색으로 주위를 살피는 것만은 분명했다. 리스베트에게는 그걸로 충분했다.

그녀는 자신의 이동기지국인 IMSI 캐처를 설치했다. 또다른 남자역시 불안한 기색으로 바깥을 내다보았다. 이제 그들이 여기에 있으며 숫자가 꽤 된다는 것을 알 수 있었다. 만일 미카엘이 붙잡혀 있다면 분명 이곳이었다. 그녀는 건물을 촬영한 뒤 신속히 경찰이 출동할 것을 기대하며 얀 부블란스키 반장에게 사진과 GPS 좌표를 보냈다. 그러고는 건물로 다가갔다.

바람이 불고 하늘은 구름에 뒤덮여 어두웠지만 몸을 숨길 곳 없는 벌판이라 위험한 일이었다. 하지만 리스베트는 건물 전면의 바닥부터 시작되는 높직한 창들 너머로 안을 한번 들여다보고 싶었다. 권총을 빼 들고 몸을 웅크린 채 다가갔으나 창문이 더러워 안이 보이지 않았다. 위험을 감지한 그녀는 일단 돌아가기로 했다. 지나치게 가까이 접근한 것이다. 재빨리 몸을 돌리며 핸드폰을 확인해보니 놈들이 보낸 메시지가 포착되었다.

놈을 죽이고 **빠져나가라**는 지시.

되새겨보자면 그다음에 일어난 일들은 묘사하기가 쉽지 않다. 리스베트는 모스크바 트베르스코이 대로에서 그랬던 것처럼 그때도 잠시 머뭇거렸다고 느꼈다. 반대로 그 순간 감시카메라 영상에서 그녀를 포착한 코니 안데르손은 그 실루엣이 일말의 망설임도 없이 숲을 향해 냉렬히 뛰어간다는 인상을 받았다.

유리 역시 노트북 화면으로 리스베트를 보았지만 코니와 달리 경보를 울리지 않았다. 나무들 사이로 사라지는 모습을 홀린 듯 쳐다보기만 했다. 그렇게 몇 초간 보이지 않다가 불현듯 급발진하는 엔진소리가 요란하게 울렸다. 화면을 들여다보니 리스베트가 오토바이를 타고 그들 쪽으로 돌진해 오고 있었다. 오토바이는 통통 튀면서 개활지를 비행하듯 벌판을 가로질렀다. 유리는 이 광경이 그가 마지막으로 보게 될 그녀의 모습일 거라고 생각했다.

총소리에 이어 유리창이 박살나는 소리가 들렸고, 오토바이는 풀밭에서 넘어질 듯 옆으로 기울며 곡선을 그렸다. 유리는 그 장면이 어떻게 마무리되는지 보지 못했다. 마침내 해방되고 싶은, 그들 혹은 와스프에게 결코 좋게 끝날 것 같지 않은 이 일로부터 벗어나고 싶은 갑작스러운 욕구에 이끌려 밖으로 달려나갔다.

미카엘은 눈을 뜨고 어스름한 속에 남자 한 명이 서 있는 걸 보았다. 긴 머리에 턱은 각지고 눈이 붉게 충혈된 뚱뚱한 사십대 남자였다. 그의 양손이 떨리고 있었다. 역시 불안하게 흔들리는 권총을 쥔 채 그는 아직 숨을 고르고 있는 이반을 초조한 눈으로 흘깃 쳐다보았다.

"이놈을 쏠까요?" 남자가 소리쳤다.

"그래!" 이반이 대답했다. "여길 떠나야 해!"

미카엘은 총알을 피할 수 있기라도 하다는 듯 상처 입은 두 다리로 마구 발버둥쳤다. 남자의 눈이 가늘어지고 팔뚝의 근육이 팽팽해지는 게 언뜻 보였다. "안 돼! 아, 빌어먹을! 안 돼!" 미카엘이 고함치는데 자동차인지 오토바이인지 알 수 없는 무언가가 맹렬한 속도로 다가오는 소리가 들렸다. 남자가 홱 뒤를 돌아보았다.

사방에 총알이 빗발쳤다. 기관단총 같았지만 그럴 리 없었다. 한 가지 확실한 건 탈것이 그들이 있는 곳으로 곧장 달려오고 있다는 사실이었다. 와장창 하는 소리와 함께 박살난 유릿조각들이 바닥에 비처럼 우수수 떨어져내렸다. 유리창을 부수고 오토바이 한 대가 핑음을 내며 공장 안으로 들어왔고 그 위에는 검은 옷을 입은 바짝 마른 여자가 앉아 있었다. 그녀는 거기 서 있던 남자를 향해 돌진해 오다가 오토바이에서 떨어져 벽에 부딪혔다.

그러는 와중에도 총격은 계속되었다. 사각턱 뚱보는 미카엘로부터 총구를 돌려 오토바이에서 떨어진 여자를 겨냥한 뒤 쏘았다. 하지만 그녀는 이미 일어나 움직이고 있었다. 번개같이 빠른 속도로 뚱보에게 돌진했다. 미카엘은 공포 혹은 긴장으로 경직되는 이반의 얼굴을 보았다. 총격과 아우성이 연이어 쏟아지는 가운데 미카엘은 갑자기 격심한 통증과 메스꺼움을 느끼며 의식을 잃었다.

카트린, 아네크, 그리고 요하네스 부부는 배달시킨 인도 음식을 먹으며 잠시 휴식을 취한 뒤 거실로 돌아왔다. 다시 정신을 추스른 카트린은 베이스캠프에서 하산하는 길에 스반테가 요하네스에게 뭐라고 말했는지 정확히 알고 싶었다.

"나를 걱정해주는 말이었을 거예요." 요하네스가 대답했다. "스반테가 내 어깨에 팔을 두르고 말했죠. 산 위에서 일어난 일을 밝힌다면 우리에게 위험이 닥칠 테고, 지금도 아슬아슬한 상황이라고."

"그게 무슨 말이죠?"

"GRU의 고위급 인사들이 우리의 정체를 알고 있다는 뜻이었어요. 그들이 분명 빅토르의 죽음과 우리가 등반에 참여한 사실 사이에 모종의 관계가 있으리라 의심해볼 거라는 의미죠. 스반테는 여전히 친근한 말투로 덧붙였어요. '알잖아, 오래전부터 그들이 자네 목을 노리고 있다는 거.' 그건 사실이었고, 나도 알고 있었어요. GRU는 날 위험하고 기슬리는 인물로 여겼죠. 스반테는 그들이 나에 관한 콤프로마트를 갖고 있을 거라고 했어요."

"콤프로마트?"

"치명적 약점이 될 수 있는 정보 말이에요."

"구체적으로 무얼 말하는 거였죠?"

"스텐 안톤손 장관과 관련된 얘기예요."

"스웨덴 외교통상부 장관 말인가요?"

"맞아요. 2000년 초 스텐은 이혼하고 상실감에 빠져 지내다 알리사라는 젊은 러시아 여성과 사랑에 빠졌어요. 그 불쌍한 친구는 좋아서 정신을 못 차렸죠. 나도 함께했던 상트페테르부르크 여행 때 그들은 호텔방에서 샴페인을 엄청나게 마셨어요. 그렇게 신나게 즐기는 와중에 알리사가 민감한 정치적 사안들에 대해 묻기 시작했죠. 거기서 스텐은 정신이 든 거예요. 그녀가 진심이 아니었다는 걸, 자신이 고전적인 미인계에 걸려들었다는 걸 깨닫고 폭발해버렸죠. 고함을 지르고 삿대질을 해대니 경호원들이 달려왔고요. 그 끔찍한 소동 중에 누군가가 내게 그녀를 신문하는 일을 맡기겠다는 멍청한 생각을 했어요. 그래서 그 방에 불려갔죠."

"그래서 어떻게 됐죠?"

"허겁지겁 그 방으로 간 나는 레이스 팬티와 가터벨트 따위의 온갖 낯뜨거운 것들을 걸치고 있는 알리사를 발견했어요. 잔뜩 흥분한 그녀를 진정시키려 애썼죠. 그녀는 악을 쓰며 돈을 요구했어요. 안 주면 스텐을 폭행 혐의로 고소하겠다고 협박했죠. 난 당황한 나머지 마침 수중에 있던 루블 한 뭉치 정도를 그녀에게 주었어요. 현명하지 못한 행동이었지만 그 순간에는 다른 방법이 없었어요."

"누군가가 그 장면을 촬영했을지 모른다는 걱정이 들었겠네요."

"맞아요. 스반테가 그 사건을 상기시키니 모든 게 한층 복잡하게 느껴졌어요. 레베카를 생각했죠. 내가 그녀를 얼마나 사랑하는지를. 그녀가 날 지저분한 인간으로 여길까 겁이 났어요."

"그래서 산에서 일어난 일에 대해 입을 다물었나요?"

"좀더 기다려보기로 했어요. 니마도 아무 말 없었기에 그렇게 적기를 기다리는 사이에 시간이 흘렀죠. 그러다 또다른 문제가 생겼고요."

"어떤 문제요?"

여기서는 야네크가 대답했다.

"요하네스가 빅토르를 포섭하려 시도했다는 걸 누군가가 GRU에 제보했어요."

"그게 어떻게 가능했죠?"

"우리는 스탠 엥겔만의 짓이라고 생각했어요." 야네크가 계속 말했다. "그해 여름과 가을에 스탠이 즈베즈다 브라트바의 멤버일 거라고 확신할 만한 정보들을 확보했거든요. 그가 등반대에 심어둔 첩자가 요하네스와 빅토르 사이의 유대관계를 보고했으리라는 의구심을 품었죠. 그게 어쩌면 니마일지도 모른다는 생각까지 했어요."

"하지만 아니었군요."

"네. 그래도 GRU에 무언가 제보되었다는 사실에는 의심의 여지가 없었어요. 우리가 아는 바로 그들에게는 확실한 증거가 없었는데…… 스웨덴 정부에 공식 항의가 들어왔죠. 심지어 요하네스가 에베레스트에서 빅토르를 지나치게 압박해서 그가 사망했다고 주장하는 자들까지 있었어요. 그리고 알다시피 요하네스는 러시아에서 추방당했죠."

"바로 그 일 때문이었나요?"

"부분적으로는요. 당시 러시아는 수많은 외교관을 추방했어요. 하지만 이번에는 그 일이 원인 중 하나였고, 우리 모두에게 엄청난 손실이었죠."

"나한테는 아니었어요." 요하네스가 말했다. "내게는 새롭고 더 나은 일을 시작할 수 있는 계기가 됐어요. 제대를 한 뒤 엄청난 안도감을 느꼈죠. 사랑하는 여자와 결혼하고, 아버지에게 물려받은 기업을 발전시켰고, 아이들도 태어났으니까요. 다시 삶을 만끽하게 되었어요."

"그건 위험한 일이었지." 야네크가 말했다.

"냉소적이시네요." 레베카가 항의했다.

"하지만 사실입니다. 사람이 행복해지면 경계심이 풀리는 경향이 있으니까요."

"맞아요, 난 경솔해지고 태만해졌어요. 똑바로 생각하지 못했죠." 요하네스가 고개를 끄덕이며 말했다. "난 계속해서 스반테를 믿고 의지할 사람으로 여겼어요. 국방부 차관에 임명하기까지 했죠."

"실수였다고 생각하는 건가요?" 카트린이 물었다.

"아주 완곡하게 말해서 실수였죠. 그리고 얼마 지나지 않아 과거의 망령들이 따라오기 시작했어요."

"가짜 뉴스 공작의 희생양이 되었죠."

"무엇보다 야네크가 날 찾아왔고요."

"어째서요?"

"니마 리타에 대해 얘기하고 싶었어요." 야네크가 대답했다.

"좀더 자세히 말해주세요."

"난 오랫동안 니마와 연락을 유지하며 지냈어요." 요하네스가 설명하기 시작했다. "돈을 보내주거나 쿰부에 집을 지을 수 있게 도와주기도 했죠. 그런들 달라지는 건 없었어요. 루나가 죽자 그의 삶은 나락으로 빠졌고 그는 심각한 병에 걸렸으니까요. 한두 차례 통화를 했는데 횡설수설하는 통에 무슨 말을 하는지 알아들을 수 없더군요. 완전히 이상해져버린 그의 말을 아무도 들으려 하지 않았고요. 그래도 우리는 그가 해가 될 사람이라고 생각하지 않았어요. 스반테마저 그렇게 판단했죠. 그러다 2017년 가을에 상황이 변했어요. 〈디 애틀랜틱〉의 릴리언 헨더슨이라는 기자가 에베레스트에서 일어난 일에 대해 책을 쓰기로 결정한 거예요. 사건 발생 10주기를 기념해 그 이듬해에 출간될 예정이었고요. 릴리언은 그 사건에 대해 속속들이 꿰고 있었어요. 빅토르와 클라라의 로맨스뿐 아니라 스탠과 즈베즈다 브라트바의 관계까지. 심지어 스탠이 아내와 빅토르를 산에서 죽게 할 계획을 세웠다는 루머도 조사했어요."

"맙소사……"

"릴리언은 뉴욕에서 스탠을 만나 강도 높은 인터뷰를 진행했어요. 물론 스탠은 모든 의혹을 부인했죠. 그녀가 의혹을 뒷받침할 증거를 찾아내리라는 보장은 없었지만 그래도 스탠은 그녀를 심각한 위험 요인으로 간주했어요."

"그래서 어떻게 됐나요?"

"릴리언이 한 가지 실수를 범했어요. 네팔에 가서 니마와 얘기해보 겠다고 밝힌 거죠. 말했듯이 평소 니마는 누구에게 해가 될 수 없는 사람이었지만 충분한 사전 정보를 가진데다 횡설수설하는 말 가운 데서 사실관계를 짚어낼 능력이 있는 탐사기자 앞에서는 아닐 수 있 었죠."

"그 사실관계라는 게 뭐죠?"

"바로 릴리언이 관심 가진 것들." 야네크가 말했다.

"무슨 뜻인가요?"

"네팔 주재 영국 대사관 직원 중 하나가 카트만두에서 니마가 붙 인 벽보를 보게 됐어요. 스탠 엥겔만이 그에게 산에서 맘사힙을 죽 일 것을 요구했다고 명확히 써놓았죠. 엥겔만을 Angelman이라 써 서 마치 하늘에서 내려온 악의 천사의 지시를 받았다는 것처럼 읽혔 지만."

"그럼 당신은 그게 사실이었다고 생각하나요?" 카트린이 물었다.

"네, 그렇게 생각해요." 야네크가 대답했다. "스탠이 한동안 니마를 이용하려 했다고 우리는 믿고 있어요."

"가능한 얘긴가요?"

"스탠은 클라라와 빅토르가 자신을 무너뜨릴 음모를 꾸민다는 사 실을 알고 불안해졌을 거예요."

"니마는 어떻게 반응했나요? 거기에 대해 알려진 게 있나요?"

"물론 그는 충격을 받았어요." 이번에는 요하네스가 말했다. "그가 평생 해온 일은 사람을 구조하고 생명을 구하는 것이지 그 반대는 아니었으니까요. 당연히 그는 거부했으나 나중에 자신이 결국 클라라의 죽음에 일조했다는 사실을 깨달았을 때 깊은 회한에 빠졌죠. 충분히 상상할 수 있는 일이죠. 죄책감과 망상증으로 형편없이 망가져 갔고, 야네크가 나를 찾아왔던 2017년 가을, 그는 자기 죄를 세상에 알리려고 카트만두에서 필사적으로 노력했어요."

"정말 그랬던 것 같아요." 야네크가 고개를 끄덕였다. "그때 내가 요하네스에게 설명했어요. 니마가 릴리언을 만나면 위험에 빠질 수 있다고. 스탠과 즈베즈다 브라트바가 그를 제거하려 들 수 있으니까요. 요하네스는 즉시 이렇게 답했죠. 우리가 그를 보살피고 보호해야 한다고."

"그래서 그렇게 했나요?"

"네."

"구체적으로 어떻게요?"

"스웨덴 군정보보안부 책임자 클라스 베리에게 이 사실을 알리고 영국 외교항공으로 니마를 이곳에 데려왔어요. 오르스타비켄만 부근의 쇠드라 플뤼겔른 병원에 입원시켰는데 불행히도……"

"무슨 일이 있었나요?"

"거기서 제대로 보살핌을 받지 못한 것 같았어요. 그리고 난……" 요하네스가 머뭇거렸다. "니마를 자주 찾아가지 못했어요. 아주 바쁘기도 했지만 무엇보다도 그런 지경에 이른 그를 보는 게 너무 힘들어서……"

"그래서 그저 행복 속에 머무는 편을 택했군요."

"네, 그렇게 말할 수 있겠죠. 그것도 오래가지는 못했지만."

33장
8월 28일

오토바이가 유리창을 박살내는 순간, 리스베트는 잠깐 고개를 숙였다. 다시 고개를 들자 가죽재킷을 입은 남자가 그녀를 겨냥해 총을 쏘는 게 보였다. 리스베트는 그대로 그를 향해 돌진하다 거센 충격과 함께 오토바이에서 떨어져 벽에 부딪힌 후 바닥에 있던 철제 기둥 위로 떨어졌다. 곧바로 벌떡 일어난 그녀는 다른 철제 기둥 뒤로 몸을 날리며 건물 내 세부들을 사진 촬영하듯 눈으로 입력했다. 사람 수, 그들이 가진 무기의 수, 서로 떨어진 거리, 장애물, 그리고 영상으로 본 저쪽의 용광로까지.

흰색 정장 차림의 남자가 미카엘의 옆에 서서 그의 얼굴에 손수건을 대고 있었다. 리스베트는 억제할 수 없는 내적인 힘에 이끌려 불식간에 그를 향해 돌진했다. 총알이 그녀의 헬멧을 스치고 날아갔다. 다른 것들은 쌩 하는 바람소리를 내며 그녀의 옆을 지나갔다. 그들에게 응수하는 그녀의 총격에 용광로 주위에 서 있던 남자들 중 하나가 풀썩 쓰러졌다. 그것 말고는 그녀에게 아무런 계획도 없었다.

무작정 돌진할 뿐이었다. 흰색 정장 남자가 미카엘이 실린 들것을 잡고 용광로 속으로 밀어넣으려는 게 보였다. 리스베트는 남자를 향해 쏜 총알이 빗나가자 그대로 달려들어 그를 넘어뜨렸다. 둘은 뒤엉켜 바닥에 굴렀고 그런 다음에는 모든 게 흐릿해졌다.

그녀가 아는 건 박치기로 남자의 코를 으스러뜨렸다는 사실뿐이었다. 다시 몸을 일으킨 그녀는 총을 쏴 한 명을 더 쓰러뜨렸다. 그런 다음 더듬거리며 미카엘의 팔에 묶인 가죽끈 하나를 풀었는데 결과적으론 멍청한 실수였다. 그래도 필요한 일이라고 생각했다. 레일 위에 있는 들것이 살짝만 밀어도 용광로 안으로 밀려들어갈 것 같았으니까. 가죽끈을 푸는 데 몇 초밖에 걸리지 않았지만 그사이에 그녀의 주의가 분산되었다.

리스베트는 무언가로 등을 가격당하고 팔에는 총알이 적중했음을 느끼며 고꾸라졌고 곧이어 날아온 발길질을 피하지 못해 손에서 권총을 놓쳐버렸다. 대참사였다. 몸을 다 일으키기도 전에 완전히 포위당했다. 그들은 곧장 그녀를 사살할 수도 있었지만 팽팽하면서도 애매한 분위기만 감돌 뿐이었다. 누군가의 지시를 기다리는 듯했다.

그렇더라도 그녀는 그들이 처음부터 노리던 대상이었다. 리스베트는 탈출구를 찾기 위해 눈으로 사방을 훑었다. 남자 둘이 바닥에 쓰러져 있고 세번째 남자는 서 있지만 부상을 입었다. 그녀가 혼자 상대해야 하는 남자는 셋이었다. 미카엘은 그녀를 도울 수 있는 상태가 아니었다. 정신이 혼미하고 다친 두 다리는 처참했으니까……

리스베트는 시선을 돌려 그녀를 둘러싼 남자 셋을 보았다. MC 스바벨셰의 요르마와 크릴레, 그리고 부상을 입어 간신히 서 있는 페테르…… 그가 사슬의 약한 고리였다. 크릴레도 상태가 좋아 보이지 않았다. 아까 유리창을 깨고 들어올 때 오토바이와 부딪힌 게 저자였는지도 모른다.

저쪽에 별관으로 통하는 파란색 문이 보였다. 거기에도 분명 남자들이 있을 것이다. 조금 전 박치기를 당하고 쓰러진 남자의 신음소리가 등뒤에서 들렸다. 이반 갈리노프일 것이다. 그도 마음놓을 수 있는 상대는 아니었다. 리스베트는 자신의 팔에서 뿜어져나오는 선혈을 보았다. 이대로는 가망이 없었다. 조금만 허튼짓을 해도 총알이 날아올테니까. 포기할 마음은 없었다. 머릿속에 온갖 생각이 스쳤다. 여기에는 어떤 종류의 전자기기들이 설치되어 있을까? 감시카메라가 있을 테고, 노트북 한 대, 인터넷 장비, 어쩌면 경보장치까지…… 하지만 거기에는 접근할 수 없다. 어차피 전기도 끊긴 상황이니까.

조금이라도 시간을 끄는 것 말고는 다른 수가 없었다. 그녀는 다시 미카엘을 바라보았다. 그가 필요했다. 누구의 도움이라도 간절했다. 그리고 좀더 긍정적으로 사고할 필요가 있었다. 적어도 미카엘의 목숨을 구하지 않았는가. 일시적으로나마 말이다. 그 외에는 모든 게 엉망이었다. 트베르스코이 대로에서 잠깐 머뭇거린 이후로 그녀는 사람들에게 고통만 안겨주었다. 그녀는 속으로 욕을 내뱉으며 맹렬히 해결책을 궁리했다.

리스베트는 남자들의 몸짓을 관찰하는 한편, 유리창에 난 커다란 구멍과 자신의 오토바이, 그리고 입김을 불어 유리병을 만드는 도구로 보이는 바닥의 기다란 쇠막대기까지의 거리를 가늠했다. 다양한 행동 작전을 고려해보고 포기하기를 반복하면서 눈으로는 사진을 찍듯 건물의 아주 작은 세부까지 포착하고 귀로는 미세한 소리까지 놓치지 않았다. 그러다 이상한 예감에 사로잡혔다. 저쪽의 파란색 문이 왈칵 열리면서 낯익은 실루엣 하나가 당당하면서도 조금은 불만스럽게 또각또각 하이힐 소리를 내며 다가왔다. 건물 안에 불안하고 긴장된 분위기가 퍼졌다. 리스베트의 뒤에서 누군가가 잔뜩 지친 채 러시아어로 말했다.

"맙소사, 키라! 아직도 여기 있었어?"

2017년 9월 30일, 카트만두

니마 리타는 죽은 이들을 화장하는 바그마티강에서 멀지 않은 어느 골목에, 초오유의 크레바스에서 추락해 죽은 루나의 시신을 본 이후 한 번도 벗지 않은 오리털 점퍼를 입고 땀을 뻘뻘 흘리며 무릎을 꿇고 앉아 있었다. 날아가듯 양팔을 활짝 벌린 채 엎어져 있는 그녀의 모습이 계속 눈앞에 어른거리고 저승에서 그녀가 부르는 소리가 들리는 것 같았다.

"제발! 날 버리지 마!"

루나는 맘사힙처럼 울부짖었다. 그녀가 클라라만큼이나 외롭고 절망스러웠을 거라고 생각하면 견딜 수 없었다. 니마는 맥주를 들이켰다. 맥주가 비명소리를 잠잠하게 해주진 못했지만—그럴 수 있는 건 아무것도 없었다—적어도 조금은 약화시켰다. 그리고 세상이 좀더 부드러운 노래를 부르도록 했다. 다행히 맥주는 세 병이나 남아 있었다. 이걸 다 마시고 호텔로 가 그를 인터뷰하고자 미국에서 먼길을 찾아온 릴리언 헨더슨을 만날 것이다. 이건 정말 큰 사건, 그 오랜 세월 만에 그에게 조금이나마 희망을 안겨준 유일한 사건이었다. 그녀 역시 결국에는 그를 외면하고 떠나버릴지도 모르지만.

니마는 자신이 저주를 받았다고 생각했다. 아무도 그의 말을 들으려 하지 않았다. 그가 한 말들은 강물에 뿌려진 재처럼 소용돌이치며 덧없이 흩어져버렸다. 그는 흑사병 같은 존재였다. 그가 나타나면 사람들은 슬금슬금 피했다. 하지만 그는 릴리언 헨더슨 같은 사람이 자신의 얘기를 듣게 해달라고 산의 신들에게 기도해왔다. 무슨 말을 하고 싶은지도 정확히 알았다. 니마 자신이 잘못을 저질렀으며 맘사힙은 나쁜 사람이 아니었다고. 나쁜 사람들은 그녀를 나쁘다고 말했던 자들, 즉 사힙 스탠 엥겔만과 사힙 스반테 린드베리였다. 그녀가 죽기를 바랐던 자들, 그를 속이고 그의 귀에 끔찍한 말들을 속삭였던 자들이었다. 악한 자는 그녀가 아니라 바로 그들이라고, 니마는 그렇게 말해야 했다. 그런데 제대로 할 수 있을까? 니마는 자신의 정신이 성치 않다는 걸 알고 있었다.

그의 머릿속에는 모든 게 혼란스레 뒤섞여 있었다. 자신이 맘사힙을 눈 속에서 죽게 했을 뿐 아니라 아내 루나도 그렇게 만든 것만 같았다. 루나를 위해 비통해하고 사랑을 간직하는 것처럼 맘사힙을 위해서도 그렇게 하지 않을 수 없었다. 그러면서 그의 불행이 두 배, 아니 백 배는 깊어졌다. 이제는 마음을 다잡아야 했다. 정신을 바짝 차리고 목소리들을 분명히 구별하고 모든 것을 뒤섞지 말아야 했다. 그렇지 않으면 릴리언도 남들처럼 놀라서 달아날 테니까. 니마는 눈을 꾹 감고 약을 먹듯 맥주를 벌컥벌컥 들이켰다. 주위에는 온갖 향신료와 땀 냄새가 진동했고 거리는 사람들로 바글거렸다. 그런데 불현듯 누군가의 발소리가 그의 가까이에서 멈췄다. 니마는 위를 올려다보았다. 나이차가 있어 보이는 두 남자가 영국식 영어로 그에게 말을 걸었다.

"당신을 도우러 왔어요."

"맘사힙 릴리언과 얘기해야 해요." 니마가 대답했다.

"네, 그렇게 될 거예요."

니마는 그후의 일이 어떻게 되었는지 분명히 알 수 없었다. 얼마 후 정신을 차려보니 그는 공항으로 가는 차 안에 있었다. 릴리언도, 그의 얘기를 들어줄 그 누구도 만나지 못했다. 니마는 신들에게 수없이 용서를 구했지만 소용없었다. 파멸한 것이다.

그는 파멸해 죽게 될 것이었다.

카트린은 몸을 앞으로 굽히고 요하네스의 눈을 똑바로 쳐다보았다.

"니마 리타는 기자에게 알리고 싶어했는데 왜 그걸 막았죠?"

"그의 상태가 매우 나쁘다고 판단했어요."

"그가 병원에서 제대로 치료받지 못했다고 했죠. 대부분 갇혀 지냈다고요. 왜 자신의 이야기를 정리할 수 있도록 그를 돕지 않았나요?"

요하네스는 시선을 떨구었다. 그의 입술이 파르르 경련했다.

"왜냐하면……"

"……당신이 그걸 원치 않았기 때문이죠." 카트린은 자신의 의도보다 좀더 날카로운 어조로 그의 말을 끊었다. "자신의 행복한 삶을 유지하고 싶었던 거죠, 안 그런가요?"

"아, 이런." 야네크가 끼어들었다. "관용을 좀 베푸세요. 이 이야기에서 악인은 요하네스가 아니라고요. 게다가 그의 행복이 그리 오래가지도 못했고요."

"맞아요. 미안합니다."

"사과할 필요 없습니다." 요하네스가 말했다. "당신 말이 맞아요. 난 형편없는 놈이었어요. 머릿속에서 니마를 지워버렸죠. 그러고서 다른 문제들도 터졌고요."

"혐오 공작 말인가요?"

"사실 거기에는 크게 휘둘리지 않았어요. 한갓 엄포와 가짜 뉴스일 뿐이라는 걸 잘 알았으니까요. 진짜 재앙은 8월에 찾아왔어요."

"무슨 일이 있었죠?"

"니마가 병원에서 사라졌다는 사실을 알고 며칠간 걱정하고 있었는데 어느 날 스반테가 내 집무실에 찾아왔어요. 난 문제가 생겼다는 걸 알아챘죠. 그때 우리는 스웨덴에 니마를 데려왔다는 사실을 스반테에게 밝히지 않았어요. 한마디도 안 했죠. 야네크와 그의 팀의 지시를 따라서요. 그런데 그날 내가 더 견디지 못하고 얘기해버렸어요. 스반테가 얼마나 음험한 사람인지 잘 알았지만 위기가 닥칠 때마다 난 그에게 의지했죠. 에베레스트 이후로 내내. 결국 나도 모르게 말이 터져나와 그에게 모든 걸 털어놓았어요."

"그가 어떻게 반응하던가요?"

"아주 차분했어요. 조금 놀라긴 했지만 불안하게 반응하진 않았어"

요. 그저 고개를 끄덕이고 나갔기 때문에 일이 잘 해결될 거라고 생각했죠. 이미 그전에 클라스 베리에게 연락해 니마를 찾아 다시 병원에 데려다두겠다는 약속을 받았지만 그후로 아무 소식이 없었고요. 그리고 8월 16일 일요일, 스반테가 내게 전화했어요. 스톡순드의 우리집 앞에 와 있으니 차 안에서 얘기를 하자고 하더군요. 핸드폰을 놔두고 오라기에 민감한 사안이구나 했죠. 내가 차에 오르자 그가 음악소리를 키웠어요."

"그가 뭐라고 했는데요?"

"니마를 찾아냈는데 그가 에베레스트에서 일어난 일을 써서 벽보를 붙이고 있다고 했어요. 기자들과의 접촉을 시도하고 있다고. 우리가 취약한 상황에 처한 지금 같은 때에 그런 정보가 흘러나가게 놔둬서는 안 된다고 그가 덧붙였어요."

"당신의 대답은 무엇이었나요?"

"솔직히 기억이 안 나요. 문제를 잘 처리했으니 더이상 걱정할 필요 없다던 스반테의 말 외에는. 내가 화를 내며 대체 무슨 짓을 한 건지 정확히 설명하라고 요구했는데 그가 차분하게 이러더군요. '나도 기꺼이 설명하고 싶지만 그럼 자네도 연루되는 거야. 우리 둘 다 이 일에 발을 담그는 셈이라고.' 상관없으니 무슨 짓을 벌였는지 알고 싶다고 내가 고함치자 그 개자식이 전부 털어놓더군요."

"무슨 짓을 했던 거죠?"

"스반테가 노라 광장에서 니마를 찾아냈어요. 그를 알아보지 못하는 니마에게 약물을 섞은 술병을 건넸죠. 그리고 다음날 니마는 조용히 잠들었고요. 네, 그가 조용히 잠들었다고 표현했어요. 자연사나 마약 과용 이외의 사인을 의심할 사람은 아무도 없을 거라면서 이렇게 말하더군요. '그 친구가 완전히 개 쓰레기 같아 보이는데 누가 달리 생각하겠어?' 네, 정말 '개 쓰레기'라고 했어요. 난 불같이 화가 나서 그를 고발하겠다고, 무기형을 살게 해주겠다고 악을 썼어요. 그렇게 이성을 잃은 나를 그는 차분히 쳐다보기만 하더군요. 거기서 깨달았죠. 드디어 베일이 벗겨진 거예요. 정수리에 벼락을 얻어맞은 기분이었어요."

"무슨 베일이 벗겨졌다는 건가요?"

"스반테가 누군지, 무엇을 할 수 있는 인간인지 비로소 깨달은 거죠. 한순간에 너무 많은 것들이 명확해져서 대체 어디서부터 시작해야 할지 모를 지경이었어요. 무엇보다 에베레스트에서 먹은 블루베리 수프가 생각났어요."

"블루베리 수프라뇨?" 카트린이 놀라며 물었다.

"스반테는 고영양 블루베리 수프를 생산하는 달라르나의 회사로부터 후원을 받고 있었어요. 알다시피 블루베리 수프만큼 스웨덴적인 것이 없는데, 그가 에베레스트에서 수프의 효능을 얼마나 열성적으로 알렸던지 국적을 불문하고 모두가 마시게 됐어요. 그런데 그날 차 안에서 문득 떠오르더군요. 정상 등반을 시작하기 직전에 셰르파들이 제4캠프까지 힘겹게 지고 올라왔던 그 블루베리 수프를 사람들에게 나눠줬다는 사실이. 스반테가 빅토르와 클라라에게도 한 병씩 주었는데 아무래도 그들이 그걸 마시고 난 뒤에 무기력해진 것 같았어요. 그제야 깨달았죠."

"스반테가 사전에 수프의 성분을 변조한 건가요?"

"그걸 밝힐 증거도 없고 스반테가 시인한 적도 없지만 분명 일이 그렇게 됐다는 걸 난 알 수 있었어요. 무언가를 집어넣은 거죠. 사람들을 무력하게 만드는 성분이었겠죠, 수면제 같은. 스반테가 스탠과 음모를 꾸민 거예요. 자기들과 즈베즈다 브라트바를 보호하려고."

"당신은 그들을 감히 고발하지 못했군요?"

"네. 그래서 내가 이렇게 망가져버렸죠."

"스반테가 당신에 관한 어떤 정보를 쥐고 있었나요?"

"내가 스텐 안톤손의 여자에게 돈을 건네는 사진이요. 그것만으로 충분히 악랄했지만 그게 다가 아니었어요. 내가 성매매를 하고 여자들에게 폭력을 휘두른다는 소문이 떠돌았는데 스반테가 그 증거들을 전부 갖고 있다고 주장했어요. 너무 어이가 없어 숨이 막힐 정도였죠. 레베카도 잘 알겠지만 난 그런 사람이 아니에요. 하지만 그의 얼굴을 보고 마침내 깨달았죠."

"무얼 말인가요?"

"그 모든 게 터무니없는 헛소리임을 잘 알지만 스반테는 개의치 않는다는 것. 우리의 우정도 그에게는 전혀 중요치 않다는 것. 필요하면 눈 하나 깜빡이지 않고 날 짓뭉개버릴 수 있다는 것. 그리고 협박까지 하더군요. 그에게 맞서려 들면 니마를 살해한 혐의를 뒤집어씌우겠다고. 난 겁을 먹었죠. 자칫하면 그 재앙이 나뿐 아니라 레베카까지 집어삼킬 수 있었어요. 어떻게 해야 좋을지 알 수 없었죠. 그래서 대책을 세우고 행동하는 대신 일주일 휴가를 내고 산뢴섬으로 떠났어요. 그후의 일은 당신도 잘 알죠…… 더는 나 자신을 견딜 수 없었어요. 그래서 무작정 난바다로 헤엄쳐 간 거예요."

"그 개자식……" 카트린이 욕을 내뱉었다.

"추악한 인간!" 레베카도 분개했다.

"스반테가 언급한 증거들 말이에요, 실제로 존재하는 건가요, 아니면 협박에 불과한가요?"

"불행히도 실제로 존재합니다." 야네크가 침중한 목소리로 대답했다. "그것도 요하네스 자네가 설명하는 게 낫겠네. 필요한 부분은 내가 보충하지."

카밀라는 성장한 뒤로 줄곧 갈망해왔던 것을 마침내 얻었지만…… 뒤따른 감정은 무엇보다 실망감이었다. 이제 모험은 끝났고 그녀는 더이상 꿈꿀 수 없을 것이다. 승리가 상상했던 것만큼 짜릿하지 않았다. 모든 게 급하고 불안하게 돌아가는 바람에 그 순간을 충분히 음미할 수 없었다. 그리고 무엇보다 리스베트……

리스베트의 모습이 그녀가 바라던 것과는 전혀 달랐다. 카밀라는 완전히 박살나서 겁에 질린 리스베트를 보고 싶었다. 팔에서 피를 흘리며 바닥에 납작 엎드려 있는 그녀는 그지없이 더럽고 깡말랐지만 금방이라도 펄쩍 튀어오를 고양이처럼 느껴졌다. 리스베트는 공격에 대비하듯 양 팔꿈치를 받치고 엎드린 채 새카만 눈동자로 카밀라와 남자들 너머 파란색 문 근처의 어딘가를 응시하고 있었다. 카밀라는 투명인간 취급당하는 기분이 들어 화가 치밀었다. "이봐, 쌍둥이! 나를 봐!"라고 소리치고 싶었다. 날 보란 말이야! 하지만 조금이라도 흔들리는 모습을 보여서는 안 됐다.

"자, 드디어 이렇게 걸려들었군." 카밀라가 말했다.

리스베트는 대답하지 않았다. 건물 내부만을 훑어보다 미카엘과 그의 화상 입은 다리, 그리고 그 뒤의 용광로에서 시선을 멈췄다. 빛나는 금속 테두리에 비친 자신을 보려는 듯한 그 모습에 카밀라는 약간 사기가 올랐다. 어쩌면 리스베트가 겁에 질린 건지도 몰랐다.

"너도 불에 탈 거야. 살라처럼 말이야." 카밀라의 말에 마침내 리스베트가 대답했다.

"그럼 네 기분이 조금 나아질 것 같니?"

"그건 나보다 네가 더 잘 알 텐데?"

"안 나아져."

"난 나아질 것 같은데?"

"카밀라, 내가 뭘 후회하는지 알아?"

"관심 없어."

"제대로 보지 못했던 걸 후회해."

"엿같은 소리."

"그에게 맞서기 위해 우리가 힘을 합치지 못한 걸 후회해."

"그래봤자……"

카밀라는 더이상 말을 잇지 못했다. 무슨 말을 해야 할지 알 수 없었고, 어떤 말을 내뱉든 적절치 않을 것 같았다. 그녀는 정신을 추스르고 외쳤다.

"이년 다리에 총을 쏘고 용광로에 던져버려!" 이렇게 말하고 나니 마침내 기분이 짜릿해졌다.

멍청이 같은 남자들이 총을 쐈지만 몇 초쯤 머뭇거리고 말았다. 그 틈을 놓치지 않고 리스베트가 옆으로 몸을 굴렸다. 그리고 갑자기 미카엘이 벌떡 일어섰다. 대체 어떻게 일어났는지는 알 수 없었다. 자신의 쌍둥이 자매가 바닥에 놓인 긴 쇠막대기를 집어드는 모습을 카밀라는 그저 뒷걸음질치며 바라보았다.

모두의 시선이 리스베트에게 집중된 틈을 타 미카엘은 가죽끈에서 손을 빼낼 수 있었다. 그리고 일어서기로 마음먹었다. 두 다리를 제대로 가누기 힘든 상태였지만 마구 솟구치는 아드레날린 덕분에 테이블 위의 칼을 집어드는 데 성공했다.

그로부터 몇 미터 떨어진 곳에서 리스베트가 손에 쇠막대기를 들고 바닥을 굴렀다. 그녀는 기적적으로 오토바이까지 다가가 잽싸게 몸을 일으켰다. 그리고 몇 초간 오토바이를 방패삼아 총알을 피한 뒤 펄쩍 뛰어올라 시동을 걸고 박살난 유리창을 통해 밖으로 튀어나가 벌판 저쪽으로 사라져버렸다. 예상 밖의 일이라 놈들도 사격을 멈췄다. 리스베트는 이대로 도망간 걸까?

믿기 힘든 일이었다. 오토바이 엔진 소리가 점차 멀어지다 결국 사라져버렸다. 미카엘은 한줄기 차가운 바람에 휘감긴 것 같은 휑함을 느꼈다. 그의 시선이 불꽃이 이글거리는 용광로 속을 지나 화상 입은 두 다리로 내려갔다가 다시 자신의 손에 들린 칼로 옮겨갔다. 총검이 난무하는 전장에서 휘두르는 나무막대기처럼 초라하게 느껴지는 칼이었다. 그러다 불현듯 견딜 수 없는 통증을 느끼며 풀썩 쓰러졌다.

잠시 동안 아무 일도 일어나지 않았다.

모두가 경악하는 속에서 시간이 그대로 멈춰버린 것만 같았다. 그러다 누군가가 거칠게 숨을 내쉬며 힘겹게 신음했다. 미카엘을 고문한 이반이 바닥에서 일어서며 내는 소리였다. 코가 으스러져 피범벅이 되고 흰색 정장은 온통 피와 재로 더러워진 꼴로 이반은 당장 이곳을 벗어나는 게 좋겠다고 웅얼거렸다. 그와 시선이 마주친 카밀라는 애매하게 고개를 끄덕였는데 긍정인지 부정인지, 아니면 아무 의미도 아닌지 알 수 없었다. 모두와 마찬가지로 그녀도 충격을 받은 듯했다. 카밀라는 나지막이 욕을 내뱉으며 부상을 입고 바닥에 뒹구는 남자를 걷어찼다. 좀더 떨어진 곳에서 다른 남자가 유리 보그다노프에 대해 뭐라고 말하며 소리쳤다.

바로 그 순간, 미카엘은 건물을 향해 전속력으로 가까워오는 엔진 소리를 다시 들었다. 분명 리스베트다. 대체 어쩌겠다는 걸까? 그녀는 그들을 향해 다가오고 있었지만 아까보다 느리게, 그리고 박살난 유리창이 아닌 미카엘과 용광로가 있는 쪽을 향하고 있었다. 놈들이 마구잡이로 총을 갈겨대기 시작했다. 엔진 소리가 점점 가까워지면서 미카엘의 바로 앞에 있는 유리창을 뚫고 오토바이가 들어왔다.

다시 나타난 리스베트의 주위로 유릿조각이 비처럼 우수수 쏟아져내렸다. 머리와 어깨 위에 그 조각들을 뒤집어쓴 이반은 유령이라도 본 것처럼 소스라쳤다. 시체처럼 하얗게 질린 얼굴을 한 리스베트가 완전히 미친 사람처럼 보였기 때문이다. 그녀는 핸들을 잡고 있지 않았다. 그 대신 긴 쇠막대기를 휘둘러 한 남자의 손에 들린 권총을 날려버렸다. 그런 다음 들것에 부딪히며 떨어진 뒤 미카엘과 함께 벽까지 미끄러졌다. 하지만 순식간에 다시 일어나 바닥의 권총을 집어들고 쏘기 시작했다.

건물 안이 빗발치는 섬광으로 가득한 와중에 미카엘은 무슨 일이 일어나는지 알 수 없었다. 총격과 함께 고함치고 이리저리 움직이는 소리, 헐떡이거나 신음하며 바닥에 털썩 쓰러지는 소리만 들릴 뿐이었다. 마침내 잠시나마 소음이 잦아들었을 때 미카엘은 자신도 행동해야겠다고 생각했다. 뭐라도 해야 했다.

그의 손에 아직 칼이 들려 있었다. 일어서려 해봤지만 통증이 극심해 잘되지 않았다. 있는 힘껏 한번 더 시도한 끝에 비틀거리며 몸을 일으키는 데 성공했다. 정신이 가물가물한 채 주위를 둘러보니 이제 서 있는 사람은 리스베트, 이반, 그리고 카밀라 세 명뿐이었다.

두 사람과 달리 리스베트는 총을 들고 있었다. 상황이 역전되어 그녀가 유리해진 것이다. 이제는 모든 것을 끝낼 수 있었다. 그러나 리스베트는 아무것도 하지 않았다. 꼼짝 않고 서서 눈 하나 깜빡이지 않았다. 무언가 이상했다. 한줄기 공포감으로 가슴이 서늘해진 미카엘은 리스베트의 손이 가늘게 떨리는 모습을 보았다.

그녀는 총을 쏠 수 없었다. 이반과 카밀라가 서로 다른 방향에서 리스베트를 향해 한 걸음씩 내디뎠다. 피를 흘리는 이반은 유령처럼 창백했고 카밀라는 분노로 달아올라 있었다. 그녀는 증오로 가득차 거의 미쳐버린 눈빛으로 몇 초간 리스베트를 노려보다 갑자기 리스베트를 향해 맹렬히 돌진했다. 그대로 총알을 맞고 죽어버리고 싶은 사람처럼. 리스베트는 쏘지 않았다, 이번에도.

그 대신 리스베트는 뒤로 넘어지면서 용광로 화구를 둘러싼 벽돌에 머리를 부딪혔다. 이반이 그녀를 향해 달려왔고 저쪽에서 또다른 남자도 몸을 일으켰다. 이제 그녀와 미카엘에게 가망은 없다는 게 분명해 보였다.

34장

8월 28일

"그때 점점 깊은 절망 속으로 빠져들었어요. 두려웠고 스스로를 경멸했어요." 요하네스가 말했다. "스반테는 단지 날 협박한 게 아니라 내 자긍심 자체를 흔들어놓았어요. 그가 하는 비난들이 내 안에 독처럼 퍼졌고 스스로 살 가치가 없는 사람처럼 느껴지기 시작했어요. 나에 대한 여론몰이에 대해서는 이미 말했듯 크게 신경쓰지 않았어요. 하지만 차 안에서 스반테와 대화해보고 나니 그의 말이 사실일 수 있다는 생각이 들더군요. 그의 주장들이 피부로 스며든 것처럼 난 더 저항하지 못했죠. 산된섬에 가서도 마비된 사람처럼 꼼짝 못하고 누워 있었고요."

"난 당신이 전화에 대고 고함치는 걸 들었어." 레베카가 말했다. "아직 싸울 의지가 남아 있었다고."

"맞아. 싸우고 싶었어요. 야네크에게 전화해 무슨 일이 있었는지 알렸죠. 수상과 경찰청장에게도 알리려고 전화기를 집어든 게 한두 번이 아니었어요. 행동하려고 했어요. 적어도 그랬다고 믿고 싶었죠.

그런데 내가 휴가를 떠나니 스반테가 불안했는지 섬까지 찾아왔어요. 지금 생각해보니 날 감시하려고 그러지 않았나 싶어요."

"왜 그렇게 생각하죠?" 카트린이 물었다.

"어느 날 오전에 레베카가 장을 보러 나갔을 때 그가 예고도 없이 불쑥 찾아왔어요. 우리는 해변으로 나가 얘기를 나눴고, 그때 그가 자료들을 보여주었어요."

"거기에 뭐가 있었는데요?"

"물론 허위 증거들이었죠. 시퍼렇게 멍든 여자들의 사진, 직간접적 증언, 고소문 사본, 소견서 따위로 매우 치밀하게 꾸며놓았더군요. 한마디로 전문가들이 만든 두툼한 서류 뭉치였어요. 내게 돌이킬 수 없는 충격을 입힐 만큼 많은 사람들을 오래오래 사로잡을 수 있는 문건이었죠. 집에 돌아와서는 주위를 둘러보았던 것 같아요. 거기 있는 모든 것들, 주방용 칼, 이층의 창, 전기콘센트 등이 자살에 적합한 도구처럼 느껴졌죠. 죽고 싶다는 생각밖에 없었어요."

"꼭 그렇지만은 않았어." 야네크가 말했다. "자넨 아직 싸울 의지가 있었어. 내게 전화해 스반테와 무슨 얘기를 나눴는지 알렸잖아."

"맞아요, 그랬죠."

"자네는 스반테가 2000년대 초 즈베즈다 브라트바에 포섭되었다는 사실을 확인할 수 있도록 우리에게 충분한 정보를 제공했어. 그 덕분에 그가 얼마나 부패한 인물인지 알았고 에베레스트에서 실제로 무슨 일이 벌어졌는지 파악했지."

"그가 빅토르와 클라라를 중독시킨 사실 말이죠?"

"그 동기는 이미 파악하고 있었어요. 스탠처럼 스반테 역시 빅토르와 클라라가 자기들 조직에 불리한 정보를 공개할까 겁을 내고 있었죠. 빅토르는 즈베즈다 브라트바에서 스반테가 어떤 역할을 맡고 있는지 몰랐던 것 같지만 그건 별로 중요치 않았어요. 그런 조직에 발을 담그면 어떤 역할이든 위에서 시키는 대로 하지 않을 수 없죠. 당시 즈베즈다 브라트바는 빅토르와 클라라를 제거해야 할 이유가 충분했어요." 야네크가 설명했다.

"이제 점점 명확해지기 시작하네요." 카트린이 고개를 끄덕였다.

"좋아요. 스반테가 산에서 클라라를 죽게 한 데는 친구를 구하려는 것 외에 다른 이유가 있었음을 이제 이해하겠죠?"

"그녀의 입을 막으려 했던 거죠."

"그녀가 살아 돌아오면 조직이 위험에 처하니까요."

"끔찍하군요."

"그런데 불행히도 우리는 찾아낸 자료들을 분석하는 데 열중한 나머지 요하네스에게 진척 상황을 알리는 걸 소홀히 했어요." 야네크가 말했다.

"곤경에 빠지도록 내버려두었죠." 레베카가 말했다.

"마땅히 그가 받아야 할 도움을 주지 못했던 일이 아직도 마음 아픕니다."

"마음이 아프다니 그나마 다행이군요."

"레베카의 말이 옳아요. 정말 유감스럽고 부당한 일이었죠. 그리고 카트린, 이제 모든 이야기를 들었으니 당신도 그렇게 생각해주면 좋겠어요."

"어떻게요?"

"처음부터 끝까지 요하네스는 선의를 잃지 않았다고요."

카트린은 대답하지 않았다. 그녀의 시선은 핸드폰 화면에 뜬 속보에 고정되어 있었다.

"무슨 일이죠?" 레베카가 물었다.

"모르곤살라에 경찰이 출동했다고요. 미카엘과 관련된 일일지도 몰라요."

벽돌에 머리를 부딪히며 넘어진 리스베트는 용광로의 열기가 물결처럼 훅 밀려오는 걸 느꼈다. 마음을 다잡아야 했다. 지금 여기에 걸려 있는 건 자신의 목숨만이 아니었다. 대체 뭐가 문제일까? 다리미로 한 남자에게 화상을 입힐 수도 있었고, 또다른 남자의 배에 거대한 문신을 새길 수도 있었고, 완전히 미친 사람처럼 굴 수도 있었는데, 자신의 자매에게는 차마 총을 쏠 수 없었다. 거기에 자기 목숨이 달려 있는데도.

또다시 머뭇거리는 사이에 광기에 사로잡힌 카밀라가 그녀의 부상당한 팔을 붙잡고 용광로 쪽으로 끌고 가려 했다. 리스베트는 머리칼이 열기에 그슬려 타닥거렸고 하마터면 화염 속으로 굴러떨어질 뻔했지만 아슬아슬하게 버텨냈다. 그리고 다시 몸을 일으키면서 저쪽에서 한 남자—아마도 요르마—가 자신에게 권총을 겨누는 걸 보았다. 먼저 총을 쏜 리스베트가 그의 가슴에 탄환을 적중시켰다. 위험은 사방에 도사리고 있었다. 이반도 총을 주우려고 몸을 구부렸다. 리스베트가 그쪽으로 몸을 돌렸지만 미처 방아쇠를 당길 시간이 없었다.

미카엘이 고통으로 얼굴을 일그러뜨리며 풀썩 쓰러지면서도 그 와중에 이반의 어깨에 칼을 꽂는 데 성공했기 때문이다. 바로 그 순간, 카밀라는 한 발을 뒤로 내디딘 채 온몸을 부들거리며 한없는 증오로 이글거리는 눈빛으로 자신의 자매를 노려보았다. 그러고는 그녀를 용광로 속으로 밀어넣기 위해 맹렬히 달려들었다. 리스베트는 적시에 옆으로 한 걸음 비켜섰고 카밀라는 제힘을 못 이기고 앞으로 내달렸다. 순식간에 일어난 일이었고 그걸로 끝이었다.

기이하게도 그녀의 움직임은 슬로모션처럼 펼쳐지는 것만 같았다. 앞으로 내달리고, 그러다 넘어지고, 양팔을 버둥대고, 쿵 소리와 함께 용광로 안으로 떨어지고, 피부가 타닥거리고, 머리칼에 불이 붙고, 비명소리가 화염에 묻히고, 필사적으로 불구덩이를 빠져나오고, 머리칼과 블라우스에 불이 붙은 채 비틀비틀 몇 걸음을 내디디는 그 모든 동작들이.

카밀라가 비명을 지르고 머리를 뒤흔들며 양팔을 맹렬히 휘젓는 모습을 리스베트는 꼼짝 않고 서서 지켜보았다. 짧은 순간 그녀는 자신의 자매를 구해줘야 할지 고민했지만 움직이지 않았다. 그러다 이상한 일이 이어졌다. 갑자기 카밀라가 마비된 듯 조용해졌다. 용광로의 금속 테두리에 비친 자신의 모습을 언뜻 본 듯했다. 그리고 다시 소리를 지르기 시작했다.

"내 얼굴! 내 얼굴!"

목숨보다 소중한 무언가를 잃은 듯한 절규였다. 기이하게도 오히려 힘이 나는 모양이었다. 그녀는 이반이 떨어뜨린 권총을 주워들고 리스베트를 겨냥했다. 리스베트는 순간 몸을 움츠렸지만 이제는 총을 쏠 준비가 되었음을 느꼈다.

카밀라는 여전히 머리칼에 불이 붙어 시야가 흐린 듯했다. 어둠 속을 헤매듯 총을 높이 치켜들고 비틀거렸고, 리스베트는 방아쇠에 손가락을 얹은 채 당길 준비가 되어 있었다. 찰나의 순간, 총소리와 함께 리스베트는 실제로 방아쇠를 당겼다고 생각했다. 하지만 그녀의 총에서 난 소리가 아니었다.

카밀라가 자신의 머리에 대고 총을 쏘았다. 리스베트는 그녀에게 팔을 내밀며 무언가를 말하려 했지만 아무 소리도 나오지 않았다. 카밀라는 허물어졌다. 리스베트는 꼼짝 않고 서서 자신의 자매를 내려다보았다. 불과 파멸에 휩싸인 무수한 이미지들이 그녀의 머릿속을 스쳐지났다.

리스베트는 어머니를, 벤츠 안에서 불타는 살라를 떠올렸다. 얼마 후, 위쪽에서 헬리콥터 소리가 들렸다. 리스베트는 카밀라와 이반으로부터 멀지 않은 곳에 누워 있는 미카엘을 바라보았다.

"끝났어?" 미카엘이 물었다.

"끝났어요." 리스베트가 대답했다.

이와 동시에 누군가가 확성기에 대고 경고하는 소리가 들렸다. 경찰이 건물로 다가오고 있었다.

35장
8월 28일

얀 부블란스키―이따금 불리는 대로 하자면 '부블라' 반장―는
옛 유리 공장 앞의 벌판을 이리저리 서성거렸다. 경찰관과 구급요원
이 사방에 포진해 있었다. 한 TV 방송팀이 현장 상황을 생중계로 보
도중이었고, 얀은 미카엘과 수많은 부상자들이 이미 이송되었음을
알고 있었다. 그런데 구급차의 열린 차문 안에 낯익은 실루엣이 앉아
있는 걸 발견하고 놀라지 않을 수 없었다. 그녀는 온몸이 상처와 먼
지투성이에, 머리칼은 그을리고, 한쪽 팔은 붕대에 감긴 채 들것 하
나가 건물 밖으로 옮겨지는 광경을 멍하니 바라보고 있었다. 들것에
는 회색 담요로 덮인 시신 한 구가 실려 있었다. 얀은 머뭇거리며 다
가갔다.

"리스베트…… 좀 어때?"

그녀는 아무 말이 없었고 눈을 들어 그를 보지도 않았다.

"고맙다는 말을 하고 싶어. 자네가 아니었다면……"

"이 모든 게 일어나지도 않았겠죠." 그녀가 말을 끊었다.

"스스로에게 가혹하게 굴지 마. 그리고 약속해주면 좋겠어. 앞으로는 이런……"

"난 아무것도 약속하지 않아요."

스산한 목소리로 대꾸하는 그녀의 말에 얀은 '누구에게도 속하지 않고, 누구도 섬기지 않는다'는 타락 천사를 새삼 떠올렸다. 그는 어색한 미소를 지어 보인 뒤 구급팀에게 그녀를 최대한 빨리 병원으로 이송하라고 지시했다. 그리고 벌판을 가로질러 다가오고 있는 소니아 쪽으로 몸을 돌렸다. 천 번도 더 한 생각이지만 자신은 이런 광기를 마주하기엔 이제 너무 늦은 것 같았다. 그는 바다로 가고 싶었다. 조용히 쉴 수 있는 먼 곳이면 어디든 좋았다.

세 사람 모두 각자의 핸드폰 화면에 시선을 고정했다. 스베리에 TV 기자의 현장 보도에 따르면 미카엘과 리스베트는 중상을 입었지만 의식이 있는 상태로 건물 밖으로 옮겨졌다. 카트린의 눈가에 눈물이 흘러내렸다. 그녀는 손을 떨면서 멍하니 핸드폰을 내려다보았다. 누군가가 그녀의 어깨에 손을 얹었다.

"두 사람은 괜찮을 것 같네요." 야네크였다.

"그러길 바라야죠."

카트린은 당장 미카엘에게 가보는 게 좋지 않을지 고민했지만 가봤자 큰 도움이 되지 못할 것 같았다. 시작한 일을 먼저 끝맺는 게 나을 듯했다. 아직 그녀를 괴롭히는 문제가 남아 있었으니까.

"요하네스, 사람들이 당신의 상황을 이해해줄 거라고 난 생각해요." 카트린이 말을 이었다. "적어도 선의가 있는 사람들은요."

"선의라는 게 흔한 건 아니죠." 레베카가 말했다.

"순리대로 되겠지." 요하네스가 말했다. "카트린, 우리가 차로 데려다줄까요?"

"아뇨, 괜찮습니다. 아직 마지막 질문이 남았어요."

"네, 얘기하세요."

"병원에 입원한 니마를 자주 방문하지 못했다고 했죠. 그래도 몇 차례 찾아간 걸로 아는데, 그가 제대로 치료받지 못한다는 사실을 알아채지 못했나요?"

"알았죠."

"그럼 왜 조치를 취하지 않았나요? 왜 그의 처우가 개선되는 걸 끝까지 확인하지 않았죠?"

"난 많은 요구를 했어요. 병원측에 언성까지 높였지만 충분치 않았죠. 그리고 포기해버렸어요. 너무 빨리 포기했죠. 문제를 회피한 거예요. 내가 감당할 수 없어서 그랬는지도 모르겠네요."

"무슨 뜻이죠?"

"누구에게나 살면서 감당할 수 없는 것들이 있잖아요. 결국 그걸 외면하고 존재하지 않는 것처럼 여기게 되고요."

"그 정도로 힘들었나요?"

"내게 병원을 찾아갔느냐고 물었죠. 처음에는 그랬어요. 상당히 자주. 그러다 거의 일 년 만에 찾아갔었죠. 일부러 그런 건 아니었고요. 오랜만에 찾아가니 왠지 불안하고 마음이 편치 않더라고요. 니마가 회색 옷 차림으로 내게 비척비척 걸어오는데 완전히 망가진 수인 같았어요. 일어서서 그를 포옹했지만 몸이 뻣뻣하고 생기가 없더군요. 대화를 좀 나눠보려고 계속해서 이것저것 물었는데 그때마다 그는 한두 마디로만 대답했어요. 모든 걸 체념한 사람처럼. 그런 모습을 보니 갑자기 속에서 불길이 치밀었죠. 말할 수 없이 화가 났어요."

"병원에 대해서요?"

"아니, 니마에게요."

"무슨 말인지 잘 모르겠네요."

"하지만 그게 내가 느낀 감정이에요. 말하자면 죄책감이겠죠. 그 죄책감이 원한으로 바뀌었어요. 니마는…… 나 자신의 이면 같은 거였어요. 내 행복을 위해 치러야 할 대가 같은."

"좀더 자세히 설명해주세요."

"무슨 말인지 모르겠어요? 난 그에게 빚이 있어요. 갚을 희망이 전혀 없는 무한한 빚! 그를 갈가리 찢어놓은 그 일을 떠올리지 않고는 그에게 감사할 수도 없었어요. 내가 살아 있는 건 그가 클라라를 희생시켰기 때문이에요. 내가 살아 있는 건 그가 자신을 희생했기 때문이라고요. 나중에는 자기 아내도 희생시켰죠. 그 사실을 견딜 수 없었어요. 다시 병원을 찾아갈 수 없었죠. 나는 그를 외면해버린 거예요."

36장
9월 9일

에리카 베리에르는 고개를 저었다. "아니, 대체 왜 이런 일이 일어
났는지 모르겠지만 너희가 사용한 표현들에는 동의할 수 없어." 그녀
가 말했다. "그녀를 '잘난 척 여사' '유머 없는 아줌마'로 취급해선 안
돼. 오히려 그녀는 유능하다고. 글은 열정적이고 문체는 힘이 넘쳐.
그러니 너희도 투덜거리지 말고 자랑스러워해야 해. 자, 어서 가서
일이나 해!"

"네…… 네……" 그들은 여전히 불만스레 중얼거렸다. "우린 단
지……"

"단지 뭐?"

"아무것도 아녜요."

두 젊은 기자 스텐 오스트룀과 프레디 벨란데르는 질질 발을 끌며
에리카의 사무실을 나갔다. 그녀는 욕이 튀어나오려는 걸 간신히 참
았다. 에리카 자신도 이따금 의문이 드는 건 사실이었다. 일이 왜 이
렇게 되어버렸지? 흔해빠진 로맨스, 호텔에서의 하룻밤이 가져온 예

상치 못한 결과라는 건 알겠지만…… 카트린 린도스는……

카트린은 에리카가 〈밀레니엄〉의 기고자로 채용하고 싶은 유형이 결코 아니었다. 하지만 카트린이 충격적인 폭로기사를 써냈고, 그 글은 박력이 넘쳤다. 기사가 발표되기 전 국방부 장관 요하네스 포르셀은 사임했고, 국방부 차관 스반테 린드베리는 살인·공갈협박 및 국가반역 혐의로 구속되었다. 그사이에 새어나간 정보들이 시시각각 온갖 언론의 헤드라인을 장식했지만, 그런 호들갑이 〈밀레니엄〉의 명성에 손상을 입히거나 다음 호에 대한 기대를 사그라뜨리는 일은 없었다.

〈밀레니엄〉 다음 호에 발표될 사실들을 이유로, 본인은 현 정부에서의 직위를 내려놓겠습니다.

요하네스의 성명서는 한마디로 환상적인 일이었다. 이렇게 〈밀레니엄〉이 굉장한 특종을 얻었음에도 몇몇 기자들이 기뻐하기는커녕 기고자의 험담이나 늘어놓는다는 사실은 이 바닥 사람들이 얼마나 질투가 심한지를 여실히 보여줄 뿐이었다. 파울리나 뮐러는 셰르파니마 리타의 신원을 확인하는 데 일조한 과학 분석에 관한 기사를 발표했는데, 자신들 입장에서 듣도 보도 못한 그런 기자가 속한 독일 잡지 〈게오〉와 협력한 일에 대해서도 그들은 불만을 표시했다.

이 모든 것의 기초를 닦은 건 미카엘이었지만 그는 자신의 글을 단 한 줄도 쓰지 못했다. 침대에 누워 통증과 싸우거나 진통제에 취해 대부분의 시간을 보냈고 몇 차례 수술을 받았다. 육 개월 뒤면 다시 걸을 수 있으리라는 주치의의 말에 크게 안도했지만 대신 그는 과묵하고 우울한 사람이 되어버렸다. 아주 드물게, 가령 에리카의 이혼 얘기가 나올 때나 과거의 모습을 보여줄 뿐이었다. 한번은 에리카가 현재 '미카엘'이란 이름의 남자와 연애중이라고 말하자 "그거 아주 편리한데!" 하며 웃기까지 했다. 하지만 그는 자신이 겪었던 일에 대해선 말하지 않으려 했다.

에리카는 고통을 속으로만 삭이고 있는 미카엘이 걱정됐다. 다행히 마침내 퇴원하는 날이었기에 저녁에 그녀가 미카엘의 집을 방문할 예정이었고, 오늘만큼은 그가 마음을 열지도 몰랐다. 에리카는 먼저 트롤 팩토리에 관한 그의 탐사기사를 훑어보기로 했다. 그가 발표하기를 꺼리다가 마지못해 그녀에게 보내준 기사였다. 에리카는 안경을 쓰고 읽기 시작했다, '흠, 시작은 나쁘지 않은데.' 미카엘은 도입부를 제대로 쓸 줄 아는 기자였다. 그런데 그다음을 읽어보니…… 왜 그가 기사 발표를 꺼렸는지 이유를 알 것 같았다.

글에 긴장감이 없었다. 한꺼번에 많은 것을 말하려다 쓸데없이 복잡해져버렸다. 커피를 내려서 다시 돌아온 그녀는 곳곳에 줄을 그어 문장들을 삭제해나갔다. 그러다 기사 말미에 애매하게 덧붙인 글이 눈에 띄었다. 블라디미르 쿠즈네초프라는 남자가 러시아의 트롤 팩토리들을 거느리고, 체첸공화국에서 성소수자 혐오 공작을 전개해 학살을 초래했다는 내용이었다. 에리카는 처음 듣는 이름이었다.

블라디미르에 대한 내용들을 더 검색해 읽어보니 오히려 그는…… 귀여운 인물이었다. 레스토랑 경영자에 유쾌한 낙천가이자, 아이스하키 열성팬이며, 곰고기 스테이크 전문 셰프 겸 러시아 최상류층을 위한 호화 파티 개최 전문가…… 그러나 미카엘의 기사는 그를 전혀 다른 식으로 묘사했다. 그가 지난여름 증시 폭락을 촉발한 해킹 사건을 비롯해 전 세계적인 가짜 뉴스와 혐오 공작의 숨은 장본인이라는 건 충격 그 자체였다. 미카엘은 무슨 꿍꿍이일까? 왜 아무런 증거도 없는 정보를 기사 한가운데에 툭 던져놓은 거지?

문제의 첨가문을 다시 한번 읽어보던 에리카는 블라디미르의 이름이 언급된 러시아어 자료들을 모은 링크 주소를 발견했다. 그래서 지난여름 미카엘을 보조했던 편집자 겸 자료조사원 이리나를 불렀다. 커다란 뿔테 안경을 쓴 마흔다섯 살의 이리나는 땅딸막한 체격에 조금은 삐딱하면서도 부드러운 미소를 짓는 사람이었다. 그녀는 곧장 에리카의 사무실로 와 의자에 앉아 자료들을 읽으며 번역해주었다. 그러다 둘은 결국 휘둥그레진 눈으로 서로를 마주보며 합창하듯 내뱉었다.

"말도 안 돼!"

목발을 짚고 막 집에 돌아온 미카엘은 에리카가 전화로 횡설수설하는 소리를 도무지 이해할 수 없었다. 머릿속도 그리 맑지 못했다. 진통제를 잔뜩 맞아 머리가 무거웠고 자꾸만 떠오르는 기억들에 시달렸다.

입원 초기에는 함께 있었던 리스베트의 존재가 조금이나마 그를 안정시켜주었다. 그가 무엇을 겪었는지 아는 유일한 사람이 옆에 있었기 때문이리라. 그 존재에 익숙해지자 그녀는 아무 말 없이 사라져버렸다. 작별인사 한마디 없었다. 주위에서는 난리가 났다. 의사와 간호사가 그녀를 찾으러 사방으로 뛰었고, 증인 신문을 마치지 못한 얀과 소니아도 마찬가지였다. 물론 리스베트에게는 병원도 경찰도 아무 의미 없었다.

리스베트가 떠나고 미카엘은 상심했다. '리스베트, 왜 늘 내게서 도망치는 거야? 지금 네가 절실히 필요한 거 안 보여?' 하지만 현실을 받아들이는 수밖에 없었다. 미카엘은 끊임없이 욕을 늘어놓고 진통제 양을 대폭 늘리는 것으로 그녀의 부재를 보상했다.

이따금 새벽녘에는 힘들다 못해 미쳐버릴 지경이었고, 동틀 무렵 겨우 잠들면 어김없이 모르곤살라의 용광로로 꿈을 꾸었다. 서서히 몸이 불바다 속으로 밀려들어가며 지옥 같은 열기에 살이 타기 시작하면 비명을 지르며 깨어나 공포에 질린 눈으로 두 다리를 내려다보고 그것들이 정말로 타고 있지 않은지 확인했다.

오후에 사람들이 병문안을 오면 기분이 조금 나아졌다. 겪었던 일을 거의 잊거나 적어도 유리 공장의 기억만큼은 저멀리 밀어버릴 때도 있었다. 그러던 어느 날, 유난히 눈망울이 반짝이는 흑인 여성이 꽃다발을 들고 병실 앞에 나타나 그를 놀라게 했다. 그녀는 로열블루색 재킷과 나팔바지 차림에 검은 머리칼을 단정히 땋아내린 모습으로 육상선수나 무용수처럼 사뿐사뿐 걸어왔다. 미카엘은 한참이 지나서야 그녀를 어디서 만났는지 떠올렸다. 피스카르가탄 아파트의 현관 앞에서 인사를 나눴던, 이런저런 단체의 비상임이사를 맡고 있는 카디 린데르였다.

카디는 신문에서 그의 소식을 읽고 감동을 받아 혹시 도울 일이 없을까 해서 찾아왔다고 설명했다. 무언가 더 할말이 있는 듯 머뭇대는 모습에 미카엘의 호기심이 동했다.

"이메일을 한 통 받았어요." 카디가 말했다. "정확히 이메일이라고 할 순 없죠. 갑자기 노트북 화면이 깜빡이더니 포르메아 은행의 프레디 칼손에 관한 파일 하나가 마법처럼 나타난 거니까요. 프레디는 내가 몇 해 전 〈베칸스 아페레르〉라는 경제지에 그의 부정함을 지적한 이후로 계속 날 욕하고 트집잡는 인물이에요."

"들어본 것 같네요."

"그런데 파일에 뭐가 있었는지 알아요? 프레디가 발틱 지역 은행들을 담당할 때 돈세탁을 했다는 부인할 수 없는 증거들이었어요. 당시 단 한 차례 부정을 저지른 게 아니라 처음부터 끝까지 줄곧 범죄자였던 거죠."

"놀라운 일이군요."

"더욱 놀라운 건 파일에 첨부된 메시지였어요."

"그게 뭐였는데요?"

"이제 내가 거기 살지 않는다는 사실을 누군가가 이해하지 못할 경우를 대비해 감시카메라로 계속 그 주변을 주시하고 있어요. 정확히 이 말뿐이었어요. 처음에는 어리둥절했죠. 발신자 이름도, 서명도 없었고요. 그러다 전에 당신이 우리집에 찾아온 일, 그리고 모르곤살라에서 겪은 극적인 사건들이 생각났어요. 그제야 감이 왔죠. 내가 구입한 게 리스베트의 집이었구나……"

"너무 걱정할 필요는 없을 거예요." 미카엘이 카디를 안심시키고자 끼어들었다.

"걱정이요? 천만에요. 오히려 흥분되는걸요. 프레디의 자료는 혹시 내게 일어날 불쾌한 일들에 대한 보상물인 셈이죠. 솔직히 감탄할 따름이에요. 두 사람을 돕기 위해 뭐라도 하고 싶어요."

"아, 그렇게 생각할 필요 없어요. 찾아와준 것만도 고마운데요."

그러다 미카엘은 그녀에게 〈밀레니엄〉의 대표이사직을 맡아달라고 요청했다. 스스로도 놀랄 정도로 느닷없고 대담한 제안이었지만 현재 미디어 시장에서 〈밀레니엄〉이 매우 취약한 위치라는 판단에서 비롯된 것이었다. 그동안 〈밀레니엄〉을 사들이려는 공격적인 시도가 많았기에 그녀 같은 유능한 경영인이 절실한 실정이었다. 카디는 밝은 얼굴로 즉석에서 그 제안을 수락했고, 다음날 미카엘이 에리카와 다른 지원들의 동의를 얻어냈다.

이들 외에 병실을 자주 찾아온 사람은 카트린이었다. 그들은 이제 실질적인 커플이었으니 당연한 일이었다. 그뿐 아니라 미카엘이 그녀의 기사에 참여하면서 초안을 읽어보고 그녀와 오랫동안 토론을 벌이기도 했다. 스반테 린드베리, 스탠 엥겔만, 이반 갈리노프는 구속되었다. 이따금 찾아온 동생 안니카에 따르면 스반테는 국가반역 혐의로 종신형을 선고받을 가능성이 크고 불법 형성한 재산도 압류당할 위기였다. MC 스바벨셰도 이번 사건으로 종말을 맞을 듯했다. 즈베즈다 브라트바는 배후에 강력한 보호자들이 버티고 있어 쉽게 와해될 것 같지 않았다.

한편 요하네스 포르셸은 이번 일에서 별 탈 없이 빠져나올 전망이었다. 미카엘은 카트린이 그에 대해 지나치게 관용적이라고 생각했다. 다만 그가 특종을 제공했고 더욱이 괜찮은 사람임을 알았기에 그 정도 양보는 필요해 보였다. 이 기사가 레베카와 그 아이들에게 큰 위안을 줄 것이다.

무엇보다 니마 리타는 요하네스의 주도로 네팔 텡보체에서 불교 의식에 따라 화장되었다. 그를 기리는 추모식에는 미국의 로버트 카슨과 스웨덴의 프레드리카 뉘만도 참석할 예정이다. 모든 게 차근차근 정리되어갔지만 미카엘은 즐겁지 않았다. 유독 자신만 소외된 기분이 들었고, 잔뜩 흥분한 에리카가 전화로 횡설수설 떠들어대는 지금 같은 때는 더욱 그랬다.

"대체 블라디미르가 누구야?" 미카엘이 물었다.

"당신 머리가 이상해진 거 아냐?" 에리카가 되물었다.

"무슨 말이야?"

"당신이 기사에 그를 고발하는 내용을 썼잖아!"

"내가?"

"의사들이 무슨 약을 먹인 거야?"

"별거 없어."

"글이 별로이긴 해."

"내가 경고했잖아."

"그 별로인 글 가운데서 당신이 명확히 밝혔잖아. 블라디미르가 지난여름의 증시 폭락을 초래한 인물이라고. 그가 체첸공화국 성소수자 학살의 배후라는 주장과 함께."

대체 영문을 알 수 없는 미카엘은 노트북이 있는 곳까지 힘겹게 걸어가 자신의 기사를 열었다.

"정말이네? 말도 안 돼……"

"당신의 그 반응이 더 말도 안 되는 것 같은데."

"이건 분명……"

미카엘은 말을 끝맺지 못했지만 그럴 필요도 없었다. 마침 에리카도 그와 같은 생각을 떠올렸으니까.

"리스베트가 한 일일까?"

"에리카, 솔직히 모르겠어." 미카엘이 멍한 목소리로 대답했다. "가만있어봐, 블라디미르라고 했던가?"

"직접 읽어봐. 지금 이리나가 첨부 자료를 번역하고 있어. 정말 믿기지 않는 이야기야. 푸시 스트라이커스가 〈거짓말로 세상을 죽여라〉에서 말하는 인물이 바로 블라디미르래."

"거짓말로 세상…… 뭐?"

"미안. 당신의 음악 지식이 티나 터너에서 멈췄다는 걸 잠시 깜빡했네."

"그만 좀 하시지."

"노력해볼게."

"내게도 한번 들어볼 기회는 줘야지?"

"오늘 저녁에 들를게. 만나서 얘기해."

미카엘은 카트린이 오기로 한 사실을 떠올렸다.

"내일이 낫겠어. 나도 머리를 업데이트할 시간이 필요하니까."

"좋아. 몸은 좀 어때?"

미카엘은 잠시 생각하다 에리카에게는 좀더 진솔하게 대답해야겠다 싶었다.

"사실 많이 힘들었어."

"이해해."

"하지만 지금은……"

"응?"

"회생의 주사라도 한 대 맞은 기분이야."

미카엘은 갑자기 마음이 급해져 전화를 끊고 싶었다.

"나 지금……"

"누군가한테 연락해야 하는 모양이네."

"뭐, 대충."

"그래, 몸조리 잘해."

전화를 끊은 미카엘은 병원에서부터 수없이 했던 일, 즉 리스베트에게 다시 한번 전화를 걸었다. 사라진 후로 살았는지 죽었는지 소식이 없었다. 카디 린데르에게 보낸 메시지 말고는 아무 기별이 없어 미카엘은 불안했다. 늘 가슴을 무겁게 짓누르다 밤과 새벽녘이면 최고조에 이르는 불안과 우울이 사라지지 않는 이유 중 하나였다. 그는 리스베트가 멈추지 못할까봐 겁이 났다. 처단해야 할 새로운 망령을 찾아 과거를 뒤적이진 않을까, 어느 날부터 운이 그녀 편에 서지 않으면 어쩌나 두려웠다. 그녀는 결국 파국을 향하도록 운명지어진 게 아닐까 하는 생각을 좀처럼 떨칠 수 없어 괴로웠다.

미카엘은 다시 핸드폰을 집어들었다. 이번에는 어떤 말을 써야 할까. 바깥 하늘은 검은 구름으로 뒤덮이고 불기 시작한 바람에 유리창이 조금씩 덜컥거렸다. 심장이 뛰었다. 아가리를 벌린 용광로의 기억이 다시 몰려왔다. 그는 리스베트에게 즉시 연락하라는 강경한 어조의 메시지를 보낼지 고민했다. 그러지 않으면 미칠 것 같았다.

하지만 얼마나 걱정하는지 들킬까 두려운 것처럼 그는 한결 부드러운 투로 이렇게 썼다.

나한테 특종 하나 선물하는 걸로 충분치 않았어? 이번에는 접시에 블라디미르의 목을 올려서 보내줬던데?

여전한 무응답. 시간이 흘러 저녁이 되었고 카트린이 왔다. 그녀와 키스를 하고 와인을 나눠 마시는 동안 미카엘은 잠시나마 시름을 잊을 수 있었다. 둘은 계속 얘기를 나누다 밤 11시쯤 서로의 품안에서 잠들었다. 세 시간 후, 그는 파국이 임박했다는 예감에 사로잡히며 잠에서 깨어나 초조하게 핸드폰을 집어들었다. 리스베트로부터 온 건 없었다. 그는 목발에 의지해 절뚝거리며 주방으로 가 새벽까지 의자에 앉은 채 그녀를 생각했다.

에필로그

아르투르 델로프 수사반장이 볼고그라드 북서쪽 고로디시체에서 화재로 전소된 어느 집 앞 자갈길에 차를 세웠을 때 하늘은 금방이라도 비를 퍼부을 것처럼 잔뜩 흐렸다. 그는 화재 사건 하나로 왜 이렇게들 난리인지 이해할 수 없었다.

부상자는 한 명도 없었다. 불에 탄 집은 빈민가에 위치한 보잘것없는 가옥이었고 건물의 소유권을 주장하는 이도 없었다. 그런데 구경꾼 가운데는 아르투르가 보기에 정보부 요원이나 조직폭력배 같은 거물들이 있었고, 이 시간에 학교나 집에 있어야 마땅할 아이들도 모여 있었다. 그는 아이들을 쫓아버리고 폐허를 물끄러미 바라보았다. 남은 건 오래된 주철 난로 하나와 무너진 굴뚝 일부가 전부였다. 다른 모든 건 화염에 휩싸여 완전히 파괴되었다. 바닥의 잉걸불마저 사그라들고 가옥 주변은 검고 황폐한 풍경으로 변했다. 그 가운데 커다란 구멍 하나가 지하세계로 통하는 입구처럼 뚫려 있었고, 옆에는 검은 유령 같은 나무 몇 그루가 까맣게 타버린 손가락 같은 가지들을 떨고 있었다.

간간이 이는 돌풍에 재와 검댕 같은 것들이 회오리치며 날아올라 숨을 쉬기 어려웠다. 공기가 유독 성분으로 가득찬 듯 아르투르는 가슴이 답답했다. 이 불쾌감을 떨쳐버리고자 웅크려앉아 잔해를 들여다보고 있는 수사팀 형사 안나 마주로바에게 고개를 돌렸다.

"거기 뭐라도 있어?"

안나가 머리칼에 묻은 검댕이며 부스러기 같은 것을 털어냈다.

"아무래도 이건 메시지 같아요."

"무슨 말이야?"

"일주일 전 스톡홀름의 한 로펌을 통해 이 집이 매각됐어요. 여기 살던 가족은 볼고그라드의 훨씬 좋은 집으로 이사했고요. 어제 저녁, 이삿짐이 다 나가고 얼마 지나지 않아 안에서 폭발음이 들렸어요. 곧바로 집에 불이 붙어 보다시피 폭삭 타버렸고요."

"이 사건에 왜 이리들 관심이 많지?"

"범죄조직 즈베즈다 브라트바를 만든 알렉산데르 살라첸코가 어렸을 때 여기 살았어요. 부모가 죽고 그는 우랄 지방의 스베르들롭스크 고아원에 보내졌죠. 그 건물도 그제 완전히 타버렸대요. 그래서 이 바닥 거물들 몇이 불안해진 모양이에요. 요즘 즈베즈다 브라트바의 발목을 잡는 일들이 자꾸 생겨서 더욱 그런 것 같아요."

"누군가 악의 뿌리를 불태워버리려 작정한 모양이군." 아르투르가 생각에 잠기는 표정으로 말했다.

그들 위에서 하늘이 낮게 으르렁거렸다. 돌풍이 지나며 재와 검댕을 나무들 너머 동네 저편으로 싣고 갔다. 머지않아 비가 내리기 시작했다. 공기를 정화하는 해방의 비였다. 마침내 아르투르의 가슴이 시원해졌다.

그로부터 얼마 후, 리스베트가 탑승한 비행기가 뮌헨에 착륙했다.

택시에 탄 그녀는 미카엘이 보낸 메시지들을 훑어보고 마침내 답장을 보내기로 마음먹었다.

─난 마침표를 찍었어요.

곧장 그로부터 메시지가 왔다.

─마침표?

─다시 시작해야 할 시간이니까.

리스베트는 미소를 지었다. 벨만스가탄의 집에 있는 미카엘도 미소를 지었다. 무언가 새로운 것을 시작해야 할 시간이었다.

밀레니엄 6권 끝.

감사의 말

노르스테츠 출판사의 에바 예딘, 나의 에이전트 마그달레나 헤들룬드와 예시카 바브 본데에게 진심으로 감사를 전한다.

노르스테츠 출판사의 페테르 칼손과 잉에마르 칼손, 스티그 라르손의 부친 엘란드 라르손과 형 요아킴 라르손에게 깊은 감사를 전한다.

셰르파 유전자에 대해 제보해준 저널리스트 겸 작가 카린 보이스, 유전자 관련 조사에 도움을 준 법의학 교수 마리에 알렌에게 감사한다.

카스페르스키 연구소의 보안 연구원 다비드 야코뷔, 영국의 발행인 크리스토퍼 매클리호스, 내 책을 영어로 번역해준 조지 굴딩, 법의학 교수 헨리크 드루이드, 스톡홀름 법의학연구소 소장 페트라 로스텐알름크비스트, 기타리스트 겸 작가 요한 노르베리, DNA 컨설턴트 야콥 노르스테트, 스웨덴 경찰청 수사관 페테르 비트볼트, 그리고 노르스테츠의 에이전트 린다 알트로브 베리, 카테리네 뫼르크, 카이사 로르드에게 큰 도움을 받았다. 그리고 내 첫번째 독자, 사랑하는 안네에게도 감사의 마음을 보낸다.

옮긴이 **임호경**

서울대학교 불어교육과를 졸업하고 파리 제8대학에서 문학 박사학위를 취득했다. 현재 전문 번역가로 활동하고 있다. 옮긴 책으로 엠마뉘엘 카레르의 『러시아 소설』, 요나스 요나손의 『창문 넘어 도망친 100세 노인』 『셈을 할 줄 아는 까막눈이 여자』 『킬러 안데르스와 그의 친구 둘』, 피에르 르메트르의 『오르부아르』, 기욤 뮈소의 『7년 후』, 아니 에르노의 『남자의 자리』, 조르주 심농의 『갈레 씨, 홀로 죽다』 『누런 개』 『센 강의 춤집에서』 『리버티 바』, 베르나르 베르베르의 『카산드라의 거울』 『신』(공역), 앙투안 갈랑의 『천일야화』, 파울로 코엘료의 『승자는 혼자다』 등이 있다.

문학동네 세계문학

밀레니엄 6권
두 번 사는 소녀

초판 인쇄 2020년 8월 27일 | 초판 발행 2020년 9월 9일

지은이 다비드 라게르크란츠 | **옮긴이** 임호경 | **펴낸이** 염현숙
책임편집 고선향 | **편집** 신견식 김정희 이현정
디자인 김이정 최미영 | **저작권** 한문숙 김지영 이영은
마케팅 정민호 이숙재 양서연 박지영
홍보 김희숙 김상만 지문희 김현지
제작 강신은 김동욱 임현식 | **제작처** 한영문화사(인쇄) 경일제책사(제본)

펴낸곳 (주)문학동네
출판등록 1993년 10월 22일 제406-2003-000045호
주소 10881 경기도 파주시 회동길 210
전자우편 editor@munhak.com | **대표전화** 031) 955-8888 | **팩스** 031) 955-8855
문의전화 031) 955-3578(마케팅) 031) 955-1917(편집)
문학동네카페 http://cafe.naver.com/mhdn | **트위터** @munhakdongne
북클럽문학동네 http://bookclubmunhak.com

ISBN 978-89-546-7454-6 04850
      978-89-546-4657-4 (세트)

www.munhak.com